熱風

Kenji
NAKAGAMI

中上健次

P+D BOOKS
小学館

目次

27 26 25 24 23 22 21 20 19 18 17 16 15 14

160 154 148 143 137 130 125 119 113 106 100 93 86 81

41	40	39	38	37	36	35	34	33	32	31	30	29	28
|	|	|	|	|	|	|	|	|	|	|	|	|	|
|	|	|	|	|	|	|	|	|	|	|	|	|	|
|	|	|	|	|	|	|	|	|	|	|	|	|	|
|	|	|	|	|	|	|	|	|	|	|	|	|	|
|	|	|	|	|	|	|	|	|	|	|	|	|	|
259	251	243	238	231	224	215	209	199	192	184	179	175	166

55 54 53 52 51 50 49 48 47 46 45 44 43 42

341 336 330 325 320 314 306 302 294 290 283 275 269 263

1

耳を澄ますと、車のエンジン音や機械のモーターの音が、敵を機銃掃射するために何台も空にヘリコプターが舞っている音のように聞こえ、心のどこかで驚き、そして、そんな事は平和な東京ではありえないと打ち消す。

ここはブエノスアイレスでもバイアでもない。

東京の空には、騒々しい音を立てるヘリコプターもめったに飛ばないし、ましてや敵も、それを狙った機銃掃射もない。

そう思い直し、殻を割って外に出た瞬間の雛のように眠りの体液で濡れたまま、急き立《せ》てるプロペラの音と、巻き起こった風に、身もだえし慌てふためき揺れる密林の樹木を想像し、愛撫しようと迫ってくるその風、その音から逃れようとシーツに頬をこすりつけて身をずらす。

タケオの顔に窓からの光が当り、一瞬、眼窩《がんか》の奥で赤く炸裂したような眩しさに、風と音がかき消える。

タケオは眼窩に入り込んだ光を払うように眼をこすり、すぐ体を起こしてベッドの枕元のサイド・テーブルに手をのばし、引き出しを開けた。

中に一冊の赤い表紙の仏教の経典が入っている。

その経典を取り出す。

タケオは経典をささげ持ってまた寝転び、朝の光が直接当るベッドの上に置いてから、本当に有難いブッダの教えの一つを読みでもするように、後ずさりしてみる。

手をのばして経典を開けようとして、直射日光にさらされた表紙が、赤というより萌黄色を含んだ炎のような黄金色に光っているのを見つけ、タケオは驚き、一瞬、この事が繰り返し聴かされて来たナカモレ七代の血の奇蹟の事かと思い、本を開こうとした手を思わず引っこめたのだった。

祈ればいままでの神仏への無礼な事も、自分の仕出かした愚かな事もなさけない事も許してもらう事が出来るだろうが、親の代で信心が途切れているので、タケオは咄嗟《とっさ》の対応が出来ず、ただ東京の新宿の、繁華街の一角の安ホテルの中に射し込む光で燃え上がるような赤い表紙の経典が光っているのを見つめている。

もちろんタケオは、さっきうつらうつらしながら見た夢の中に、ゲリラ掃討のヘリコプターや、そのプロペラの音、風、密林の樹木が、若い力の漲ったたくましいタケオの体に擦り寄って来て、おまえの体のことごとくは自分だ、タケオの五体は、ラテンアメリカのブラジルやアルゼンチンの現実や自然が造っていると言い出すのが、まさに夢以外の何物でもないと知っていたように、仏教の経典が赤色とも黄金色とも見える色で光っているのは、ブエノスアイレスやバイアのスペイン語やポルトガル語の三文新聞のヨタ記事にあるような、コーヒー畑の木の根方から掘り出された聖母マリアの像がコーヒー色の涙を流した、という類の奇譚でも奇蹟でもなく、どんな汚れた指で触ろうと手垢がつかないようなつるつるした表紙のせいだと分かっていた。

その光る経典に手をのばし、触れる指がじゅっと音を立てて焼け焦げると思いながら、真中のあたりの頁を繰ってみた。

五百頁のブッダの生涯を綴った経典の丁度真中あたりに、タケオがこの安ホテルに居ついた初日と次の日の二日をかけてカミソリで丁寧にくり抜いた丸い穴がある。

カミソリでくり抜きながら胸が痛んだし、外からの光にさらされている穴を見ている今も胸が痛む。人が知れば口をきわめてののしるだろうし、自分でもバチが当るかもしれないと畏れるが、経典の中のその穴は、まさにそれ故にこそ意味も鮮やかになる。

穴をあけた狙いもそこにある。

穴の中に柔らかい綿のような紙が詰められている。タケオは指でその詰め物を取り出して、シーツの上に置き、すぐに出て来たネズミ色の一目見るだけで貧しいなりふりかまわない、技術の低さの露呈した無料公衆便所のペーパーより劣る仙花紙の包みを三つ取り出して、タケオは一列に並べて見て一等大きい包みの順に右から並び換え、仙花紙の包みを開けた。

緑色のエメラルドが日の光を浴び、経典がさっき黄金色に光っていたように光り出す。うずらの卵ほどの石を指先で転がし、三つの石を比較して見て、一等緑色に光るエメラルドを右に寄せ、大きい石を左に廻して考え込んだ。

一等緑の濃い石は、バイアからその為に運んで来たのだから、必ずママ・グランデに渡さなければならない。

後の二つのいずれかだとためつすがめつ見て、一等大きい方を選び出し、タケオはそれを脇にどけ、残りの二つをまた仙花紙に包み、経典にくり抜いた穴の中に入れ、柔らかい綿のような紙を上から詰め、経典を閉じた。

腹の中をかき廻され、不信心者への怒りが募り炎が吹き上ったように見えるが、同時にタケオ・ナカモレというれっきとしたナカモレの、高貴にして澱んだ血の美丈夫に腹をえぐられ、腹をかき廻され、愉楽にうち震えているように思え、タケオは心の中で、話に聴いているママ・グランデ・オリュウならどう言うだろうかと思う。

そう訊かれることもあらかじめわかっている、中本の血の七代まで、いやその先があるとするなら末代まで見届けようと決めているオリュウノオバは、たとえ他所の血が混って中本がナカモレになろうと、すでに答えは用意している。

タケオはエメラルドを腹に詰めた経典をサイド・テーブルの引き出しに納いながら、ママ・グランデ・オリュウならこういうだろうと、はっきりと、裏山の中腹にあった家のかまどの前にしゃがみ込んで炎を燃やしているオリュウノオバの姿を思い描く。

タケオは「何のバチが当ろうに。仏の腹の中にもう一つ仏を納うたようなもんじゃのに」と言う声を聴いた気がしたのだった。

タケオはさらに、ママ・グランデ・オリュウが一眼で自分をバイアに向って旅立った中本の若者の一人、オリエントの康がこの世に残した一粒の種だと見分けるのも知った。

タケオは一つ残したうずらの卵大のエメラルドを光にかざし、透明な緑の沸き立つ場所から場所へ人が動いているのだと思い、その場所を巡れば簡単にママ・グランデにも会えるし、計画も実行出来ると考えた。

そもそもタケオが日本に現れたのは、父親のコウ・オリエント・ナカモレとは逆の道だった。コウ・オリエント・ナカモレ。

オリュウノオバに言わせればオリエントの康は業苦、貧苦のここより広い土地と無限の可能性のある新天地のほうがよいと行ったが、タケオにはその土地は、業苦、貧苦に映り、コウ・オリエント・ナカモレの生れた場所の方が、飢える事なく豊かに無限の可能性があるように見える。

バイア、リオデジャネイロ、サンパウロからアルゼンチンのブエノスアイレスまで転々と流れていった逆の道をたどって、タケオは日本へ出稼ぎに向う二世の集団の中にまぎれ込んだ。エメラルドは父親の昔の仲間でエメラルドの鉱山を持っている男から正確に三個渡された。一個はコウ・オリエント・ナカモレが繰り返し話していたママ・グランデ・オリュウなる老婆への贈り物。後の二個は、これも繰り返し語っていたコウ・オリエント・ナカモレの一統で、ブラジルのバイアのエメラルド鉱山の開発に関心のある金持ちや、志のある者に証拠の品として見せる為。

タケオは日本に着いて六カ月ほど仲間と一緒に埼玉の手袋工場で働いた。だが手袋用の革の裁断というあまりに単純すぎる作業と賃金の安さに嫌気がさして、そこを逃げ出し、新宿に出た。

2

タケオは新宿では働く気はなかった。

それで一計を案じた。

泊る場所がないので繁華街の一角の安ホテルに拠点を確保し、三個預った一個を売って、ママ・グランデ・オリュウやコウ・オリエント・ナカモレの一統を探し出す為の費用をつくる。エメラルドを売ってよいと聴かされていなかったし、一個幾らで売れるのか見当がつかなかった。

すでに安ホテルに十二日滞在し、毎日部屋代を払っているので、六カ月の手袋工場での就労で貯えた金は底が見えはじめている。

それで切羽詰っている。

タケオはエメラルドの買い手をさがした。

その買い手を紹介すると言ったのが、二日前の女だった。女は紹介するから先にどんなのか見せて欲しいと言ったが、タケオは断った。

事が済んでタケオがシャワーを浴びている間に、女は安ホテルのクロゼットの中に入れてある旅行鞄の中を調べたようだった。おそらくサイド・テーブルの引き出しも開けてみたはずだった。

引き出しの中をのぞいても、新宿の繁華街で遊ぶような女には、いかにも安っぽい、連れ込みホテル向けに粗製されたような、毒々しく赤い表紙の仏教の経典が置かれているだけとしか映らない。

そんな経典は頁を開くさえおぞましい。タケオは苦笑し、サイド・テーブルの中の経典を見て、安ホテルでこんな表紙の経典を開こうとする女は、相手の男が不能か病気持ちと判り、そんな厭なめや、侮辱にあうなら死んだ方がましだと思っている女だ、と思う。

その女が電話を掛けて来るより、直接、この部屋に来る確率の方が高いと気づき、起きあがる。

女はタケオの全部に関心を持っている。

タケオはエメラルドを無造作にサイド・テーブルの引き出しに納い、そのままバスルームに行く。

タケオの肌が少しばかり黒いのも、日本人の若者らより背が高いのも、筋肉がついているのも、性器が太く長いのも、陰嚢が種豚じみて大きいのもことごとく興味がある。

タケオはシャワーを浴びながら、女の顔と裸を思い出し、女がまったくおぼこで、ただ声だけ一人前の女のようにあげ、一回達しただけで気合い抜くくせを持っているのを笑い、その女の友達の方がまだましだったと言いそうになってあわてて口を閉ざしたのを思い出した。

タケオは一番の過ちを犯しかかった。女に性の苦情を言う事と、別の女と比較する事。それに女と別の女は友達同士なのだった。

タケオはシャワーの湯気でくもった鏡を手でぬぐい、自分の顔を写し、コウ・オリエント・

ナカモレを知るバイアの連中から、はっきりとナカモレの血だと分かる顔だと言われた自分にふさわしいいい女をさがそうと決心する。

タケオは自分を見つめるオリュウノオバがすげた口を手で隠しながら笑い出すのを見、中本が他の土地の発音でナカモレに変ったとしても、額に汗して働くのが得手でなく歌舞音曲《かぶおんきょく》の方、楽な方へ、女の方へ、心が傾いていく口実も上等な物だと、からかう声を耳にし、そのからかう声に煽られたように、ものの五分もたたないうちに女の上に乗り、女の顔の上にまたがり、大きく開けた女の口に性器を突っ込み、一から女に教えてやるつもりで「音、立てていいから」といい、心の中でどの時代の若衆も中本の血なら一度は莫連女《ばくれんおんな》のように居なおって吐いた科白《セリフ》、「おうさ、中本の血じゃわい」と言っている。

事の次第は、タケオが話に聴いただけで会った事もないママ・グランデ・オリュウのからかいを想像し、体を拭きながらぼんやりとバスルームから出ると、部屋のドアに鍵をかけていなかったのか、いつの間にか女が部屋の中に入り込み、事もあろうにサイド・テーブルの引き出しを開け、中の仏教の経典を開いて、くり抜いた頁の穴を指でまさぐっている。

左手に、買い手に見せるはずだったエメラルドを持っている。

女はタケオの顔を見て、驚き、あわてて経典を閉じ、左手に持ったエメラルドを前に差し出して、「すごい。本物じゃん」と言う。

タケオは、体をぬぐっていたタオルを棄て女に近寄り、物も言わないまま女の手からエメラルドを取り上げかかった。

女は手を後に廻してエメラルドを隠し、何をやってもタケオが怒らないと言うように、「あなたってどういう人？」ときらきら光る眼をむける。

「返せよ」タケオは言い、女の体の後に廻ろうとする。

女は右手でタケオの胸を突き、「ねェ、どういう人……」と言う。

「どういう人もなにもないよ。俺は俺だよ」

「嘘よ」女はなおエメラルドを隠そうとする。

「あなた、誰なの？　本当はすごい人？　大金持ち？　ブラジルの大富豪の御曹司？　それが日本にお忍びで３Ｋ遊びしに来たの？　それとも悪い事やってるの？」

「返せ」業を煮やしてタケオは女をベッドの上に突きとばす。

女は尻餅を突きベッドに倒れかかり、踏みとどまった。

タケオは性衝動に駆られた男が部屋に連れ込んだ女にむしゃぶりつくように女を抑え込み、女の手からエメラルドを取ろうとすると、女はエメラルドをバスルームの床へ転がして、逆にタケオの腰に両手で抱きつき、起き上がろうとするタケオを抑える。

手を払い、体を起こしかかるタケオをそうすれば止められるというように女はゆっくりと股を開き、タケオを受け止めようとするように腰を立てながら、「一個、すごいお値段じゃないの。あんなエメラルド、どうしたの？」と言う。

タケオは動きを止めて女の顔を見つめたまま答えない。

「あんた、誰なの？　あんなの、あの本の中にも入れてる？　幾つあるの？」

女は言い、見つめるタケオの顔に唇を突き出し、キスをせがむ振りをし、「何でもするから、言って」と言う。

タケオは女をまばたきもせず見つめる。

「すごいわよ。きっとどこかの御曹司なのね。それなのに難民みたいな仕事してて、こんなひどいオカマだらけのホテルに泊ってる。言って？　何でもしてあげるから、言って？　どうしてあんなに沢山すごいの持ってるの？」

タケオは女に自慢の隠し場所を見つけられたと思い失望し、次に何のやましい事もないのにその女の口を封じるには、女を自分の性の奴隷にするしかないと、またママ・グランデ・オリュウが耳にすれば笑うしかないような事を考え、「咥えて欲しい」と言い、そう思っただけで長く身の丈をのばし動き始める性器をしごきながら、マット体操をやるというように女の体をまたぎ、顔の上に来て、ダッチワイフのようにすでに大きく開けた女の口を性器にあてがう。

女は手を充てて咥え、喉首まで入れてから垂れ下がった陰嚢を掌で受ける。

3

女は垂れ下がった種豚のような大きな陰嚢を両手で持ち上げ、タケオに言われるまま音を立てて性器を吸い、タケオがそれでもらちがあかないと女の顔を起こしにかかると息を詰め、眼に涙を浮かべて首を振り、口から赤黒い色に変色して見える性器を吐き出し、ちらりとバスルームの床に転がったエメラルドを見てから、「苦しい。息出来ない」と言い、タケオに服を脱ぐから口でするのは止めてくれと言う。

タケオは女の顔の上にまたがったまま口でさせてくれと言った。

女は苦しいから厭だとまた首を振った。

タケオが渋々、女の上から離れると、女は弾機じかけのように起き上がって素裸のタケオに抱きつき、今度はタケオを仰けに寝かせ腹の上に馬乗りになり、眼を見つめ「ちゃんとしたい」と言う。

「ちゃんとって?」

「あれ」女は言い、またエメラルドに関心があるようにバスルームの床の方を見る。

タケオは鼻白んだ。

「いいよ、後で」タケオは女の眼をまっすぐ見て、どの女も腰から落ちたと言われたナカモレの若者の、人の体の芯から溶かすような微笑をつくり、催眠術にかかったようにおとなしくなった女を腹の上から降ろし、ベッドから起き上がって床に立った。

そのままバスルームの床に転がったエメラルドを拾い、タケオは浴槽に入ってシャワーでまだ勃起したままの性器を洗う。

シャワーの音が立って催眠術が破けたように女はベッドから降りてバスルームに顔を出し、「ねえ、どうしてそんなすごいの持ってるの？」と訊き、シャワーに濡れた褐色の肌のタケオを言うのか、濡れて一層、緑色を増したエメラルドを言うのか、「綺麗」と呟いて後の言葉を失ったように目を輝やかせて見つめる。

女に後の二個のエメラルドの隠し場所を知られて不安だったが、女が言わなければ他に誰も気づかないと思い、ホテルの受付にその日の分の部屋代を払いに行ったついでに部屋の掃除は要らないと断り、誰も入らないように部屋の鍵を持って、タケオは外に出た。

エメラルド一個は、埼玉の手袋工場にいた時に買ったシャツのポケットにあった。

女はそのシャツのポケットが特別な光を放っているように見て、タケオに気遅れしたように物を言わず、ただ角々で方向を差し、夜なら小さないかがわしいスナックの看板が林立する繁華街の一角のビルの前に立つ。

そのビルも一階から八階まで小さなスナックが目白押しに詰まっているが、女がタケオを連れて行ったのは、死角のような九階、エレベータの扉が開くとがらんとした普通のマンションの玄関が現われる。

女は呼鈴を押し、中から明らかにオカマの作った女声と分かる返事が聞こえるのを確め、玄関の戸を開け、タケオに中に入れと言った。

タケオは女の後に従いて中に入った。

案の定、厚化粧のオカマが現われ、待ち受けていたように「さあさあ、上がられ、上がられ」と妙ちきりんな日本語を使い、タケオを見て「あら、外人?」と女に訊く。

「二世じゃない」

女が言うと、オカマは、「あら、そう。よかった、外人と思って死ぬかと思ったわよ」と大仰に胸に手を当て安堵したというように品を作り、突っ立ったままのタケオを見直し、「いい男じゃない。チャキリスとドロンを足して二で割って浅黒くしたようで」と言い、タケオの手を取り、「こっちへいらしゃいな」と応接間の紫のムートンをカバーに敷いたソファに坐らせようとする。

赤茶色の革のソファに紫のカバー、天井には冗談のように大きな手の込んだシャンデリアが飾られ、壁に不釣合な赤い竹の絵が掛けられてある。

悪趣味は部屋の中だけでなく、鼻を刺す臭気と錯覚しかねない強い香水にも言えた。オカマは自分のそばにタケオを坐らせると、並んで坐った女とタケオを見て、「さあ、今日は何が入り用なの？」と訊いた。

女がタケオを見て言い淀み、タケオもどう切り出してよいか分からず戸惑うと、オカマはタケオの膝に手をのばし、さすり、「何でも相談してくらはりませ」と妙ちきりんな日本語をまた使い、「ヤクザから警察から弁護士から、政治家から芸能人から野球選手から、みんなわちきの兄弟」と言い、香水の匂いのする体をタケオの方に寄せて、「この子たち、オコゲというの。オカマにくっついているグルーピー、こんなオコゲの相談だって乗るんだから」

突然、男言葉で、「なあ、君子。おまえたち、一等、差別されてるよな。何が楽しいのか、オカマについて廻ってる女だからって差別されてる」と言い、女が「まあ」と言うと、「ひどいってか？　でも本当じゃないか。いつも馬鹿扱いされてるじゃないか」と笑う。

そのオカマが冗談をそれで切り上げるというように不意にタケオの膝から手を離し、タケオを見て「このオコゲの君子から聴いたけど、金に困って宝石を売りたいって？」と訊く。

タケオはうなずく。

「宝石って何だよ？　ダイア？　ルビー？　断っとくけど、宝石っての、いざ売る段になると、安いよ。買った時の値段、まあ到底無理だって分かっといた方がいい」

オカマがそう言うのを聴いてタケオはシャツのポケットの中からエメラルドの石を取り出してみせたのだった。

「このエメラルド」

タケオが言うとオカマは「これが」と手に受け、掌の中で転がしてから、「おおきな石だなー」と声を出す。

「幾らぐらい？」

タケオが訊くと、オカマは「さあ、分からない。このくらいになると値段がどのくらいつくのか……」と言い、顔を上げ、タケオに差しあたってどのくらいの金が入用なのだと訊いた。

その金をオカマが貸し与え、しばらくそのエメラルドを預かり、宝石商に値ぶみさせ、オカマの人脈を使って買い取る金持ちを紹介する。

タケオが一瞬、躊躇すると、オカマは立って隣の部屋に入り、金の束を持って戻って来る。

三百万ほどあると言い、今、持っていってよいと言う。

タケオはすぐに札束が現われたのに驚き、その三百万の金があれば当分の間のホテル代も、飲み食いの金も心配ないと考え、オカマの言うとおりにエメラルドを預けて買い主をさがしてもらう事に決めた。

オカマはエメラルドを日にかざし、「おそらくすごい高いんだろうな」と呟き、急にタケオに興味がわいたように、「どこから来たの?」と訊く。

「このエメラルドはバイアの鉱山。僕はブエノスアイレスで生れてブラジルに移って、日本に来た」

タケオはコウ・オリエント・ナカモレの息子と言いかかり、オカマには無縁の名前だと気づいて口を閉ざすと、オカマは大きなエメラルドを持っているには訳があると読んだように、「大丈夫だから。お金持ちから地位のある人までどっさりつきあいがあるから、信用して預けておいてごらん」と言い、二、三日のうちに必ず連絡を入れると言って滞在するホテルの名を言えと言う。

タケオではなく女がホテルの名を言うと、オカマは「ひどいとこに泊っている。皆な喜んでおしかけるわよ」と言い、そのホテルはもっぱらオカマの泊るホテルで、タケオのような若者は泊っていては危い、と言う。

「強姦したくったって逆に張り倒されるでしょうけどね。でもつきまとわれるの、厭でしょう」

オカマはそう言ってから思いついたと言い、立って電話を掛け相手の約束を取りつけ、「昼の三時にここにもう一度来てくれ、紹介したい人物がいる」と言う。

「誰?」

女が訊くとオカマは露骨に蔑んだ顔をつくり、「オコゲはいいの。おまえだろ、あんな薄汚ないホテル、教えて、何か起きないかと楽しんでるの」と言い、女に三時に来る時はタケオに従いて来てはいけないと言い渡した。

4

正直、タケオはエメラルドが日本で幾らで売れるのか分からなかった。三百万の金でも大金を摑んだような気になった。

三時までの時間を潰す為に女と外に出て、タケオがオカマをいい人だと言うと、女は「なに、あの九階の怪人」と言い、あのオカマは金持ちや有名人をいっぱい知っているだけでエラぶり、小金を持っているから高利貸しまがいの事をやり、何人も利息を払えないで泣いている人がいると言い、タケオに「あんた、あのエメラルドだまし取られるわよ」と警告する。

「三百万、くれたぜ」タケオが言うと、女はあきれ果てたという顔をする。

「あれ、本物のエメラルドでしょ。幾らすると思う?　三百万の百倍くらいする。少な目に見積っても三十倍、一億くらい」

タケオは三百万の百倍なら三億と計算し、驚き、思わず「まさか」と声を上げ、一瞬、エメラルドを三個タケオに託したコウ・オリエント・ナカモレの昔の仲間は日本での値段を知っていたのだろうかと思い、三億の金を勝手に日本で使ったと知ったら、どう嘆き怒るだろうかと考える。

おそらくブラジルでもブエノスアイレスでも三億の金がどのくらいのものか想像出来ない。

タケオは苦笑し、三億の金が出来たらそっくりそのまま送金してやるのが一等よいと考え、懐の三百万はブラジルの困窮にもブエノスアイレスの貧困にもこだわらず自由に使うと決めた。

女が喫茶店に入ろうと誘うので繁華街の通りの喫茶店に入ると、奥からこれもオカマとすぐ分かる若い男が、「オコゲちゃん」と女に手を振る。

女は一瞬、きつい顔をしたがすぐ顔見知りだと分かったらしく、「あら、トシちゃん、今朝も御機嫌ねェ」と手を振り返し、椅子に坐りかかり、「そうだ、あいつに言っとこう」とタケオを連れて奥の席に行く。

トシちゃんと呼ばれるオカマとオコゲちゃんと呼ばれる女は、外国人同士のように抱きあって挨拶をし、互いに連れている男を紹介し、すぐ「九階の怪人」と呼ばれるオカマの悪だくみの話になった。

悪だくみに引っかかりかかっているのは、日本人とブラジル人の混血のタケオだった。「九階の怪人」は時価三億円はする大きなエメラルドを百分の一の三百万だけ日本の事をあまり分からないタケオに渡して、買い手を見つけてやると取り込みにかかっている。

トシちゃんと呼ばれるオカマはオコゲちゃんと呼ばれる女の話に「ひどいッ」と同調して憤慨したのに、話をどう聴いたのか、「三億円のエメラルドなんてどんな人が持っているのかしら? 会ってみたいわね」と科を作って言い、オコゲちゃんにむかって「ねェ」と相槌を求め、手をぴしゃりと殴られる。

トシちゃんは「なによ」とぶんむくれ、トシちゃんの連れたケイちゃんという男が「眼の前にいるこの人がそうなんだって、オコゲちゃんがずっと言ってるじゃないか」と説明する。

「あら、そうかしら」

「あら、そうかしらじゃないだろ」

ケイちゃんは苦笑し、タケオを見て、「いっつもこんなんだから。だいたいこのあたりのトンチンカンな話は、この男が原因なんだっての」と言い、タケオが反応を示さないのを見て取って「このあたりたって他所から来た人には分かんないよねェ」と言う。

「分かんないわよ。あたしが駅で立っていたの連れて来て、あそこのホテルに泊りなさいよって教えたんだから」

オコゲちゃんがいうと、いまさっきまですねていたトシちゃんがびっくりするほど大きな声で笑い、「あんなホテルに泊ってるの」と言い、オコゲちゃんを見て、「あんたってもう、わがままね。全部、男という男、自分の趣味にしようとするんだから」と言い、タケオに「夜なんかオコゲちゃんに化粧してもらってる？」と訊く。

タケオは言っている事が分からないと首を振った。三人はそれがおかしいと笑い転げた。

5

午後三時になってどうしても従いて行くというオコゲちゃんを振り切って、タケオは言われたとおり一人でビルの九階のオカマの部屋に行った。

背広に着替えて化粧を落していたオカマはタケオを待ち受けていたと言い、中に通した。ソファに一人、中年の女の先客があり、タケオを見るなり、「あんたがエメラルドの坊やね？」と訊き、タケオの返事も待たないでそばに来てそのエメラルドを手に入れた時の話をして欲しいと言い出す。

「まあ、まあ、徳川さん」

オカマは女をなだめ、所在なく立ったタケオにソファに坐れと言い、タケオが腰を下ろすのを待って、「この間、日本に来たらしいのよ」とタケオを言う。

「いい男でしょ。自分では何一つ魅力に気づいてないで、チンクシャの女の子につかまってこのわたしのところへ、エメラルドの買手さがしに来たんだけど、どう黒い牡馬って感じの野性的な魅力でしょう。草の匂いのするエメラルドって感じ。それで二世だっていうのもいい」

オカマはそうまくしたて、タケオに「お父さんが日本人？　お母さん？」と訊く。

「お父さん」タケオは言い、「コウ・オリエント・ナカモレ」と姓名をつけ足し、ひょっとすると二人がコウ・オリエント・ナカモレやママ・グランデ・オリュウを知っているかもしれないと思い、「ママ・グランデは何でも知っていると言っていた」と言うと、オカマは余計な事を言わず黙っていろと言うようにタケオをきつい目で見て、「何でも知ってるのはこっちだよ。何でも知りたがるのは、この徳川さん」と言い、徳川と呼ばれた女に「何せこんな魅力的な男の子が飛び込んで来た。それも幾らするか分からない大きな本物のエメラルドを持って。それで、日頃からあきあきして暮らしているあんたに冒険させてやろうって声を掛けたのさ」と言う。

徳川と呼ばれた女は、オカマの言い種に苦笑し、照れ隠しのようにテーブルのグラスを取る。グラスの中にはワインのような黄色味を帯びた透明な液体が入っている。

グラスに口をつけかかってタケオが息をつめているのに気づいたように「あら、この坊やにないじゃない。今日は後見の固めの盃だから一杯あげてよ」と言い、オカマがタケオにグラスを用意し注ぐのを待ってグラスを差し上げ、飲む。

一口飲んでそれがシェリーだと分かった。

徳川という女は「どう、おいしい？　英国製のいいシェリーよ」とタケオの眼を見ながら言い、「これから紀州徳川藩があなたの後見するんだから」と一気にグラスを飲み干せという。

「紀州徳川藩」

タケオは女の顔を見ながら呟き、どこかで聴いた名前だと思い、「徳川藩って？」と訊くと、オカマは「世が世ならこの方は大奥で権勢振ってるわね」と言い、タケオがグラスを飲み干すのを見て、言うとおりによくやったとほめるように眼を細めてうなずく。

「紀州徳川藩もこんな魅力的な若者がお局様の前に現われたから安泰ってものよ。このお局様、グアムのビーチでハイレグ姿で肌焼いてホテルのボーイ、注文の飲み物届ける度に、股開いて見せて挑発して喜んでるんだから可愛いじゃない」

徳川と呼ばれた女は、「ところでその大きなエメラルドっていうの、見せてよ」とオカマに言う。

「ああ、それ、今ここにないの。さっき、宝石の鑑定の人に預けちゃった」オカマは事もなげに言う。

タケオはオカマを「九階の怪人」と呼ぶオコゲちゃんやトシちゃんの言葉を思い出し不安になった。

徳川と呼ばれた女は、「あら、そう。宮川にもう渡してしまったの」と言い、タケオに「大丈夫、エメラルド見なくったって、あなたが素晴しい人だと分かる」と言い、もっと話をしたいから外へ行こうと誘った。

6

タケオはエメラルドを取り込まれるかもしれないと不安だったが、女が立ち上がり、「さあ、いつまでもこんな不健康な部屋にいちゃああなたまで染まってしまうから駄目よ」と言って手を差しのべるのに釣られ立ちあがった。

「行かられ、行かられ」オカマは妙ちきりんな日本語を使って、二人を追い払うというように手を振った。

女が先に立って外に出、次にタケオが靴をはこうとすると、オカマはタケオの尻に手を当て、

「いいかい、しっかりお勤めするんだよ」とささやく。

靴をはき終って身を起し、「お勤めって？」と訊き返すと、オカマはタケオに何も通じていないのに気づいて、「あのオコゲのやつ、いい加減な嘘ついて」と唇を噛み、「お勤めと言うのはお勤めさ。ブスな婆ァのたるんだ乳房だってゴムの弛んだあれだってお姫様のようなものだってむしゃぶりつく事さ」と言う。

「厭だな、そんなの」

オカマはタケオに大きな声を立てるなと言う。

オカマはきちんと教えてやるから耳を貸せ、と言う。

そばに寄ればオカマが体にふりかけた臭い香水の匂いがすると躊躇すると、「馬鹿だね、何にもしやしないよ」と言い、タケオの耳に手をのばし、引っぱり、「あの人は本当に紀州徳川藩の血の徳川和子という、れっきとしたイカズ後家なんだから。あの人にお勤めするんだよ」と言う。

その時、ドアの外から「行こう」と徳川と呼ばれた女の声がし、すぐドアが開けられる。

「何、耳打ちしてるの」

オカマはタケオの胸をぽんと突き「しっかりやるんだよ」と言う。

徳川と呼ばれた女はタケオが犬か、聞き分けのない子供のようにドアを開けたまま、「さあ」と強い調子で外に出るのを促し、オカマにむかっ腹が立ったように「あまり阿漕(あこぎ)な事ばかりしていたら、そのうちベッドで変死とか、窓から墜落死という具合になるんじゃないのォ」

と言う。

「あら、あなたとこのお庭番が来るの？　雑賀衆とか根来衆とか」

「どうかしら。ＣＩＡとかＫＧＢって手もあるかもしれない」

徳川と呼ばれた女が言うと、オカマは「外人は怖いからこの部屋に入るの無理。ニンジャなら分からないけど」と言い、意味の理解出来ない、しかし悪意の棘ははっきり分かる二人の言葉のやり取りを避けて外に出ようとするタケオに、いままでとまるで違う荒くれ者のような口調で、「おまえのぶっといので何回も突き刺して、イカして、俺の前に出たら二度とこんな口効かねえって具合に調教してやれ」と声を掛ける。

徳川という女はオカマの言葉を聴いて怒り心頭に発したというように「九階の怪人」のマンションのドアを思いっきり閉めた。

タケオはエレベーターのボタンを押した。

マンションのドアの向うから「九階の怪人」の笑う声が聴こえてくる。徳川と呼ばれた女はその声に焦立って、すぐに稼動中というランプがついているのに、エレベーターのボタンを押し直した。

ドアが開いて、タケオは徳川と呼ばれた女を先に乗せ後から従いて乗って、一階に降りるボタンを押した。

タケオは、腹立ちに燃えているようにドアの上に取りつけた降下の位置を示すランプの点灯を見つめている徳川と呼ばれた女の肩を抱いた。徳川と呼ばれた女は「殺してやる」と言う。

「殺すって？」

いくら侮辱を受けたからと言って一言二言のやり取りで激怒し、殺すとは大仰だとタケオは思って見つめると、タケオの胸に体を寄せ、「いつもこうやって金をムシリ奪る」と怒りに体を震えさせながら言う。

「怒らないで」

タケオが胸に抱き寄せ、ごく自然に背中を撫ぜると、徳川という女はいきなりタケオの腕を撥ねのけ、「あなた、グルなんでしょう」と歯をむき出して詰め寄った。

「エメラルドなんて持ってもいないいくせに持っている振りをして。ブラジルやアルゼンチンって言ったって、あなた、あのダニみたいな奴に代々木公園あたりをうろついているのをスカウトされて、わたしみたいな女にあてがう玩具として日当幾らで雇われたんでしょう」

タケオが徳川と呼ばれた女の剣幕に度肝を抜かれながらも、「違う」と辛うじて否定の日本語を吐いた時、エレベーターが止った。

徳川という女は「さあ、来るのよ」とタケオの腕をつかみ、開いたエレベーターのドアから降りかかると、若い男が一人外から乗り込んで来る。

徳川と呼ばれた女はエレベーターに乗る人間は降りる者を待つのが当然だと言うように、乗り込もうとする若者を無視し体当たりするように前に出ようとすると、若者は身をよけ、「ここ二階ですよ」と言って、するりとエレベーターの中に乗り込んだ。

「二階だって」タケオは言った。

徳川と呼ばれた女は一瞬、動きを止め、戸惑ったように周りを見廻してからすぐ侮辱され腹立ちに耐えかねている自分に戻ったように、「いいの、二階だって。ここから歩いて降りればいい」と言い、タケオの腕を引いた。

タケオはその乱暴なやり方に耐えかねて腕を払った。

「なによ、あんた」女はタケオが腕を払ったのを信じられないというように見た。ドアが閉りかかり、女はあわてて手で押えようとした。だが、女の力よりドアの閉る力の方が強い。

女は「開けなさい」と怒鳴る。

「あんたを買う為、わたしはあのダニに三百万円、払ったんだからね」

女はドアを開けろと怒鳴り、ついに力が及ばないと分かるとドアを押えていた手を離し「ちくしょう」とドアを叩く。

ドアが閉り切り、エレベーターが降下しはじめると若者がへヘッと笑い、タケオに「ジゴロか?」と訊いた。

タケオは若者に訊かれ、急に腹立つ。無言のままのろのろと降下するエレベーターの機械音を聴いていると、若者はまた、「ああいう手の金持ちのババァがしつこいんだよな」と、タケオをジゴロだと決めつけたように話しかける。

タケオは、女に誤解されるならまだしも男に誤解されたくないと腹立ったまま若者に侮辱を返すように、「あんたはジゴロか?」と訊いた。

若者はヘッと笑い、「俺に誰も三百万払ってくれないけど」と言う。

その若者の言い方では分からないと思い、タケオはもう一度、「ジゴロか?」と訊いた。

「そうだよ。ジゴロだよ」

若者は言い、「あんたもだろ?」と訊き返す。

タケオが「違う」と否定した時、エレベーターが一階に着き扉が開いた。

若者は先にエレベーターを降りてビルの階段の方に歩き、上をのぞき込んでから、タケオに「あのババァ、せっかく買った男が、空飛んでいっちゃうんじゃないかって急いで階段降りてくるぜ」と言う。

女の声が階段の方からする。

タケオはうっとうしかった。出来るならすぐにでもその場から逃げ出したかった。しかし「九階の怪人」にエメラルドを預けている。その「九階の怪人」が女を紹介したのだった。女がその「九階の怪人」に汚い言葉で侮辱され、急に激怒し、口にした言葉の意味を確めたいと思い、タケオが階段の昇り口に立つと、若者はまるでタケオに言われたからそう言うように、「心配する事、ないってよ。ここで、どこにも行かないで待ってるって」と声を掛ける。

タケオはむかっ腹が立ち、その若者の胸を突いた。

信じられない事だが、若者は素早く体を後ずさりして、タケオが「なんだ、おまえ」と殴りかかるのを避け、タケオを煽るように、「俺がここで見張ってやるからよォ」と声を張りあげる。

「なんだ、この野郎」

タケオが殴りかかると、若者は軽々と身をよけ、一層からかうように、「三百万って大金だから、飛んでかないように捕まえててやるから」と言う。

タケオが殴りかかった時、女が階段から一階のビルの入口に現われ、「止めなさい」と怒鳴る。

タケオの腕の届かない距離まで身を避けた若者は女を見て、「ほら、ちゃんと飛んでかないでいたろう」と言う。

「おまえに何で俺が見張られてなくちゃならない」とタケオが言い、足で蹴ると若者はまた身を避け、「無駄な運動だって」と言い、女に「あんた、三百万もの金、出してんだから、このジゴロ、自由にする権利あるよ」と言う。

「俺はジゴロじゃない」タケオは言う。

「なんだよ、まだカッコつけて言ってんのかよ」

若者は本当に腹立ったように拳を固め、「いいか、俺は訊かれたら素直に言ったぜ。おまえはなんで言わない？　言わせてやろうか？」とタケオの方に近寄る。
一、二歩前に体を寄せただけだが、武術の心得のないタケオの眼にも、腰を落とし半身になる若者の動きは空手かカンフーのものと分かる。
若者が急に大きく見える。

女が「止めなさいよ」とタケオの前に立つ。

「俺はあんたなんか、知らない」

「強情な奴だな」と若者は言う。

「いいか、俺は女の子に連れられて、エメラルドの買い手、紹介してくれると言うからあそこへ行っただけなんだ」

「本当にエメラルド、あったの？」

「あった」タケオは言う。

「あの人も言ってたじゃないか、宝石の鑑定士に出してるって。その人の名前まで言っていた。あんた、その人、知っていそうな口ぶりだった」

女はタケオの言葉を鼻で吹き、「いい？　あいつの口実はいつももっともらしいのよ」と言い、「ジゴロだろ？」と背後から若者が声をはさむと、後を振り向き、「余計な事、しかも昼日中から言わないで下さいな」と言ってから、「あのダニのような口入れ屋に拾われて、エメラルド持っていたと言えと教えられて、その通りにわたしの前で言っているだけでしょ」と言う。

タケオは女の嘲りに満ちた顔を見て、女が本当に、タケオと「九階の怪人」がグルになって自分から金をせびり取ろうとしていると信じている、と分かった。

7

ひょんな事から「九階の怪人」と知り合った女は、「九階の怪人」がその都度見つけてくる口実に釣られ、自尊心をくすぐられ、金をせびり取られる。

或る時はマラカニアン宮殿にフィリピンの元大統領夫妻が脱出の際のごたごたに気を取られて残した象牙の眠る天使像だった。

盗品を持って青年が現われた。一千万くらいで引き取ってやってくれないか。ひいては取りあえず二百万、用意して欲しい。

「九階の怪人」たるオカマの手口はいつも同じだった。

象牙の眠る天使像は鑑定に出している。その代わりに、女好みの浅黒い肌のフィリピン人の美青年が、「九階の怪人」から吹き込まれた象牙の眠る天使像をマラカニアン宮殿から盗み出し、日本の新宿の繁華街の一角の九階の部屋まで運び出したという筋を諳んじて、体をぴかぴかに磨いて待っている。

そのフィリピンの青年はまだよい。最悪だったのは、呉服店の新入社員だった。着ようにも着れない振り袖を二枚、どうしても引き取って欲しい、そうでなければノルマが達成できないと若者に泣きつかせ、女が引き取ると言って仲介に立った「九階の怪人」に金を振り込むと、一目で二束三文と分かる品物を持って来る。

徳川と呼ばれた女は「九階の怪人」に「あれ、駄目よ。あんなの、猿廻しの猿だって着ない」と苦情を言うと、「あら、着物の鑑定士が最高級、正倉院に収めてもいいくらいって鑑定したんだけど」と言い、べらぼうな値段だと分かるけど、値引きを要求したらあの若者がせっかく就職した呉服屋を首になる、と言う。

「エメラルドって言ったって、象牙の眠る天使像って言ったって、まっ赤な嘘なのよ」

女は言い、「ねえ」とタケオに相槌を求める。

タケオは茫然とする。

見知らぬ若者とタケオの前でいままでの「九階の怪人」とのいきさつを話し、侮辱された腹立ちがおさまった徳川と呼ばれた女は、見知らぬ若者がそこにいるのに、若者がジゴロだと聴いただけで気を許したように、タケオの体に体を擦り寄せ、股間に手を伸ばして指でタケオの性器を撫ぜあげ、ズボンの上から性器と陰嚢を選り分けて性器を握り、「いいのよ。エメラルドの筋書きなんか、忘れて」とささやきかける。

「どうせろくでもないんだから。あいつ、あんたに付加価値つけたいから、テレビショッピングでエメラルドの指輪見て、おッ、今度はこれで行こ、とでたらめ作っただけなんだから」

タケオは、徳川と呼ばれた女の指にもみしだかれ勃起する性器に促されるように、「違うよ。でたらめじゃない」と言う。

「まだ言ってる」若者は言う。

「でたらめじゃない。本当に、エメラルド、持って来た」

タケオが言うと、若者が徳川と呼ばれた女の背後に歩み寄り、タケオを見て、「もういいってこの人言ってくれてるじゃないか」と言い、女の髪に手をのばし、触れ、「俺もジゴロやってるからよ。パトロンを邪険にしてるの見たら虫酸走って、たたきのめしてやろうかと思ってしまう。さあ、ここで立ちマンするわけにいかんだろう」と言い、ホテルにでも行け、歩け、と二人の体を押した。

「違う」

タケオは言い、若者が二人を見て性衝動に駆られ、女の後に腰を擦り寄せるようにして歩けと促すのを見て、またオコゲちゃんが言っていた話を思い出し、ひょっとすると「九階の怪人」と徳川と呼ばれた女とジゴロだという若者は、取り込み詐欺の仲間なのではないか、と疑いがわき、「違う。俺はジゴロじゃない」と勃起した性器を握った女の手を払い、体をよじって抱え込んだ女のもう一方の手から抜け出した。

「俺は違う」

タケオは自分がアルゼンチン、ブラジルと渡って日本に来たコウ・オリエント・ナカモレの嫡子、オリュウノオバに言わせれば天から降る甘露に突き刺され万物に万遍なく熱を与える光に突き刺される業苦、貧苦のここから彼方の楽土を求めて船出したオリエントの康のこの世に残した一粒の種、という思いがよぎった途端に生じた油断を突かれ、若者の拳を顔面に受け、あおむけに倒れたのだった。

それからどのくらいの時間が経ったのか、気絶している当の本人は分からなかったが、意識を取り戻し、顔を濡れタオルで冷やされているのを気づき、その途端、バイアの父親の仲間から、コウ・オリエント・ナカモレは二回、狙撃を受け瀕死の重傷を負ったと聴いたのを思い出し、自分に襲いかかる敵の牙はこの程度ではないと心の中でうそぶき、起き上がる。

いきなり殴りつけ、気絶させた若者と、その原因を作った徳川と呼ばれた女は、タケオを手近にあったホテルに連れ込み、介護したものの、意識が戻らないから、救急車を呼ぶべきかどうか、額を寄せあい相談していたところだったから、いきなりベッドの上で起き上がり、夢遊病者のように立ってそのままバスルームに入るのを見て飛び上がるほど驚いた。

タケオは鏡に顔を映し、右の眼と頬がこころもち腫れているのを見る。

タケオは水道の蛇口をひねり、水を手ですくって顔を洗った。

自分の手なのか、若者の拳を受けた顔なのか、やけに熱いのを知って顔を上げ、鏡を見てタケオは自分の顔も手も色を塗ったように暗い桃色に発光しているのを見て、驚く。

タケオは次々と服を脱ぎ、体のいたるところが同じように色が変り、発光して熱を持っているのを知り、女と若者がドアを開けてのぞくのを一瞥して、空の湯舟に入り、熱をさます為にシャワーを浴びた。

水だけのシャワーだと分かっているのはタケオとママ・グランデ・オリュウの、裏山の中腹にある家のかまどで火を焚き、自分に生命があるなら、生れて来る子、その子の子と、末代まで産湯を使わせてやりたいと願っていたオリュウノオバだけだった。

水のシャワーはタケオの体があまりに熱いのですぐ湯気を立てる。心地よい水のシャワーを浴びて脹みかかった性器の先にまで立つ湯気を見てみろと言うように、入口から顔を出しておそるおそる覗いている徳川と呼ばれた女と若者に、タケオは性器を持ち上げ、腰を突き出し、笑いかけた。

8

徳川と呼ばれた女と若者は茫然として、体に当った湯が性器の先を伝って勢いよく流れ落ちるので浴槽の中で小便をしているようなタケオの姿を見つめた。シャワーの金具から出ているのが湯ではなく冷たい水だと気づかず、タケオの体が暗い桃色に発光し熱を持っているのも、高貴にして澱んだ血を持つ中本の若者に必ず起こる霊異だと知らず、単なる熱い湯のシャワーでほてったせいだと取ったように、「気絶していきなりシャワー浴びて大丈夫?」「痛くないか?」と声を掛ける。

自分は特別な体の持ち主だと言いたかったが、はしょってタケオがうなずくと、二人は安堵したように顔を引っ込め、バタンと浴室のドアを閉めた。

タケオの体から立つ湯気は、ドアが閉められてみると一層、浴室の中に籠もり、硝子を曇らせた。水と湯気の温度差が風をつくる。

気持ちがおさまり、シャワーから流れる水の冷たさを感じたので、きりをつけるようにタケオは水を手で受け、顔を洗ってからシャワーを止めた。タオルで濡れた体をぬぐいながら外に出る。部屋の脇に置いてあるソファに向いあって坐っている徳川と呼ばれた女と若者はタケオを見つめた。

タケオは「ブラジルのバイアって知っている?」と訊いた。

「知らないわァ」

徳川と呼ばれた女が呟くので、「君は?」と若者に訊くと、ただ首を振った。

「ブードゥー教の盛んなところだよ。僕はそこから来た。そこでエメラルド持たされて日本に来た」

「ブードゥー教?」徳川と呼ばれた女は呟く。

「その宗教に熱中している人の多いバイア」

タケオはそう言って、まだ水滴のついている体のままベッドに尻を降ろし、タオルで髪をぬぐいながら、「まだ信じない？」と訊く。

徳川と呼ばれた女は、「信じられない」と言い、タケオが脇腹をタオルでぬぐい出すのを見て、「でも、不思議な男の子ねェ」と言う。

タケオがその徳川と呼ばれた女の言い方に笑いを返すと、「その笑い」と言う。

「人を誘っているような感じ。そのブードゥー教、あなた、信じてるの？」タケオはブードゥー教を信じていないと言う。

笑いが人を魅きつけるのはナカモレの血だ、徳川と呼ばれた女がタケオの体からナカモレの血を見ているからだと、挑発するようにまた笑いをつくり、若者にむかって、「エメラルドを本当に持っていたし、あいつに預けた。それにジゴロなんかじゃないよ」と言うと、若者は「ああ、なんとなしに分かるよ」と言い出す。

「エメラルドの事は分からないけど、おまえ、ジゴロじゃないよ。でもジゴロになりゃ抜群に人気が出る。女、おまえの後、従いて廻る」

若者はそう言ってから立ちあがり、ジャケットの胸ポケットから名刺を取り出し、腕をのばして「俺って愛田淳って芸名なんだけど、本当は坂田準一って名前。淳でも準一でもいいよ」と言いながら渡した。

名刺に刷られた漢字が読めなかったので見ていると、愛田淳は布川裕樹、柏木勲の三人でジゴロの事務所を持っていると言う。もしジゴロになって一緒の仲間になる気なら名刺にある電話番号に電話を掛けてくれと言う。

徳川と呼ばれた女は、愛田淳と名乗った若者を心外だという顔で見て、「ジゴロというなら、もう私がツバつけてるわよ。三百万、払ってるんだから」と言い、若者に気絶したタケオが息を吹き返したのだからもう用は済んだはずだと言う。

「帰ったら?」

「帰りますよ」

愛田淳と名乗った若者は女となれあっている口調で答え、タケオに「しばらくこの人から逃げられそうにないな」と引導を渡すように言い、もしその気になったら、事務所に電話をくれと言い、部屋を出かかった。

タケオはその若者の動きも言葉も不自然で何から何まで徳川と呼ばれた女の指示通りのような気がして、「だまさないでくれよ」と言葉を掛けた。

愛田淳は意表を衝かれたように立ちどまり、ドアのノブにかけていた手を離して振り返り、「誰がだましたって?」と訊く。

「だまさないでくれよ。東京なんてどうなってるのか、知らないんだから。エメラルド、バイアの皆の気持ち籠もっているんだから」

「俺はエメラルドなんか知らないよ。ただ、おまえにジゴロ勧めてるだけだぜ」

愛田淳は素裸のタケオを、ヤクザがやるようにせわしく二度、三度見降ろし見上げ、「俺にまたインネンつけようってのか」と言う。

「そっちだろ？　俺は全然、おまえと関係ない。この人とも関係ない」

「おまえが金を三百万もふんだくって、パトロンに不親切だから、見るに見かねて忠告しただけだよ。おまえがあんまり強情だから、痛い目にあわせてしまったけど。それだけだよ。空手一発、見舞ったのなら、このホテルで、パトロンと姦って、満足させるまで監視しといてやるのが筋だけどな。でも、大丈夫だろうよ。女と二人、ホテルにいて、しかもシャワーまで浴びて準備してるんだから、俺が監視してたらパトロンに迷惑かかるって、気を利かして帰ろうとしてるんだから」

「この人をよく知ってるんだろ？」

愛田淳は素早くソファに坐ったままの徳川と呼ばれた女を見て、「知らねえよ」と言う。

「知ってるよ」タケオは言う。

「知ってて知らないふりをしている」

タケオが言うと愛田淳はドアのそばからソファの方に戻りかかり、タケオが素裸でベッドに乗り、膝を立てて坐っている前に来て、「チンポコもキンタマもケツの穴もまる見えじゃないか」とニヤリと笑う。

タケオはあわてて足をのばした。

愛田淳はベッドに尻を降ろし、声を立てて笑う。

「不思議な奴というより、ヘンな奴だぜ、まったく。体ちゃんと拭かないで坐ったから、シーツ、寝小便したように濡れてるだろ。それになんだ、素裸のままで。素裸でまた懲りないで俺を怒らせるような事を言ってる。その腹、蹴りが入ったら、内臓破裂するぜ」

「二人、知ってる同士だろ？」タケオは言う。

愛田淳はタケオの顔を見つめる。

手をのばせば届く距離にいる愛田淳が自分を見つめるのを見て、殴られると不安になったりおびえたりすれば、猛獣の攻撃本能を挑発するような事になるとタケオは思い、おそらく父親のコウ・オリエント・ナカモレも言葉の通じないバイアやサンパウロ、あるいは流れていったコロンビアのボゴタで荒くれ者らにそうやって相対したというようにまっすぐ愛田淳を、くもりのない純な目で見つめる。

タケオは心の中でママ・グランデ・オリュウの名を呼んだ。

オリュウノオバは裏山の中腹にある家の縁側に坐り、日の光の撥ねる屋根を見、光が空から降って来るのでなく地上から清水のように湧き出していると思い、その固い地表を崩し破って湧き出した光のかたまりが半蔵という名前であり、三好という名前だったのを思い知り、オリエントの康がこの世に残した一粒の種の、タケオ・ナカモレに、くもりのない純な目で見つめれば、相手がいかに荒くれであろうと、たとえ鳥獣の類の心しかない者であろうと、目が目に反応し、血が血に反応し、荒くれの心が静まり馴致《じゅんち》されると語りかける。

タケオの眼に宿った窓から射し込む夕刻近くの光を愛田淳は眼で受け、タケオの素裸の体の中心で刻む心臓の音は吸って吐く息と共に愛田淳の体の中に入り込み、伝わり、共鳴し、たとえタケオが手の届く距離にいようと、殴りつけたり蹴りつけたりする事なぞ出来ないはずだった。

愛田淳はタケオにくもりのない純な眼で見つめられ、そのうち迷いが生じたように視線をずらし、「ジゴロになれよ」と呟く。

その言葉を聴いてタケオが水のシャワーを浴びながら浮かべたような快楽そのもののような微笑をつくり、「ちゃんと白状するのなら、ジゴロの仲間に入ってもいいさ」と言うと、愛田淳は、本当はタケオの体の中を流れるナカモレの七代に渡る高貴にして澱んだ血の霊異に馴致されたのを気づきもせず、自分の脅し半分の口説きが成就したように錯覚し、「本当かよ?」と言い、タケオが「俺は嘘は嫌なんだ」と答えると、あっさり、徳川と呼ばれた女と知り合いであり、徳川と呼ばれた女としめしあわせて「九階の怪人」の部屋に行くところだった、と白状する。

ただし、タケオのエメラルドは知らない。そのエメラルドが実在したのかどうかも知らない。というのも徳川と呼ばれた女、徳川和子から愛田淳は「九階の怪人」を脅してくれないかともちかけられ、あの時、タケオが素直に徳川和子と共に三百万円で買われたジゴロとしてホテルに向っていれば、九階に上り、新聞の集金か宅配小包みの配達だと言ってドアを開けさせ、押し入り、徳川和子がいま払ったばかりの金を強盗するという筋書きになっていた。

徳川和子はそれ以前から冗談めかして何回も警告していた。あまり阿漕な事をするととんでもない眼にあう。

明治維新以降の日本の政治は薩摩や長州が牛耳ってきたので皆がコロリと徳川幕府が三百年も続いて貯えた有形無形の力を忘れている。徳川御三家の一つ紀州徳川藩の存在も忘れている。紀伊半島の特殊性も気づかない。

あそこには何もかもある。伊勢も熊野も高野山もある。伊賀も甲賀もある。根来衆も雑賀衆もある。

「九階の怪人」は口実をつけて徳川和子から金を巻き上げ、誘いに応じないと言うといままでの事を徳川家最後の大奥㊙物語としてバラすと脅すので、徳川和子は声を掛ければまだ徳川家の為に動いてくれる者がいると警告すると、「お庭番かしら?」と嘲ったのだった。

ジゴロの愛田淳が気の荒い空手の達人だと知って手ぐすね引いているところへ、「九階の怪人」から南米の少年がうずらの卵大のエメラルドを持って現われたと電話が入った。

「エメラルド、本当に持っていた」

タケオが言うと、徳川和子はソファから立ちあがり、愛田淳の肩に手をかけてベッドに坐り、

「どうやら本当らしいわね」と言い、タケオの顔を見ながら愛田淳の耳に口を寄せてひそひそ声で物を言う。

愛田淳は素直にうなずき立ちあがる。

タケオが眼で追うと、愛田淳は眼の中から好きでもない中年女と二人、ホテルの部屋に残されるジゴロの初心者の苦痛を読み取ったように、「すぐ取り返して戻って来てやる」と言い、ドアを開けて外に出る。

9

愛田淳が外に出て、タケオは徳川和子にそばに来るか？　と訊いた。

「おいでよ」と友だちを呼ぶように声を掛け、体を一つ脇にずらすと、徳川和子は思いがけな

い言葉を耳にしたようにタケオを見て、「あんた、本当はこんなお婆さんじゃ、厭でしょう」と言い、ベッドの端に坐ったまま手を振り、「綺麗な青年は見ているだけで楽しい。ここで裸、見るだけでいい」と言って笑い、溜息をつく。

「おいでよ」

タケオが言うと「本当にいいのよ」とまた手を振り、「九階の怪人」がどんな事を吹き込んだか知らないが、自分は人が言うほど遊んでいないと言い、「九階の怪人」に押しつけられた青年たちのほとんどと食事をし、少し酒を飲んで話をして帰すだけだと言う。

二人になった途端、その徳川和子の変り様がタケオの遊び心を誘った。

もちろんいくら齢若いタケオといえ、精通の始まる前の十歳の頃から女との遊戯のような性交を経験していたから、徳川和子が二人になった途端、見せる気遅れのようなもの、男との露骨な性の欲情の表われを回避しようとする姿勢は、それがタケオの持っている男の攻撃心を強く挑発する為のポーズと透けて見えても、オカマについて廻るオコゲちゃんの直截よりもはるかに強くそそられる。

それが証拠に、ぶっといの、と「九階の怪人」が見てもいないのに言ったタケオの形のよい、まるでポルノショップの陳列ケースに飾られた模造男根そのもののような性器は、徳川和子が羞かしげに眼を遣る度に長く太く勃起しはじめる。

タケオはメイル・ショーの役者のように性器をしごき、種豚のもののような大きな陰嚢を両手でおさえ、腰を突き出して十インチはあろうかと思うほどにのびた性器を突き出し、「ほら、見てみろよ」と言う。

徳川和子は顔を赧らめ、「いつも人が徳川という名前で誘ってくれるから、こっちもつい話、乗ってしまう」と言う。

「ねェ、誰がグアムやサイパンのビーチでバーのボーイをからかって遊ぶ？　あのオカマの彼が言うように男の人、平気で取っかえているなら、そんな事しない。わたしのような事、何て言うの？　口すけべ？」

「口がすけべ？」

タケオが訊き返すと、徳川和子は体をよじり、折り曲げて大仰に笑い、性器をしごいているタケオの顔を見て、「すけべ。へんな語感」と言い、タケオが手に唾をつけ、眼を閉じて本格的に性器をしごき始めると、「痛いみたいね」と呟く。

タケオは眼を開け、しごく手を止めて徳川和子を見て「痛い」と言い、親の代、親の親の代、七代も前からナカモレの血の男らは、この痛みを愉楽にして歌舞音曲の中で生きて来たと思い、徳川と呼ばれた女に、そばに来て介抱して欲しい、触り、握り、しごき、なめ、咥えて欲しいと哀願するように言った。

「ちょっとだけ」と言うタケオの言葉を反復しながらおそるおそるという風に、だが、内心は喜びもだえながら、徳川和子はベッドに上がり膝で歩いてタケオの横に来て、性器にそろそろと手をのばす。

タケオはその手を取って性器にみちびき、上半身を徳川と呼ばれた女の体に擦り寄せ、耳元に顔を寄せ、服を脱いで見せて欲しいと言った。

徳川和子の事だから着ている服を脱ぐまで一つ二つアクションが入ると覚悟していたのに、うなずいて素直に上着を脱ぎ始め、スカートを取り、シュミーズ姿になった時、ふと思いついたように手を止め、バスルームに行きたいと言い出す。

最初、タケオは鼻白んだ。

「ああ、いいよ」と返答したが、心の中で姦る寸前にトイレに行くのか、小便の滴のついたアレに顔を突っ込めと言うのかとなじり、こんなのなら、ただ機械的に体を動かし感じたような声を出す、おぼこのオコゲちゃんの方がはるかにましだと思っていると、徳川和子はタケオの手を取り、一緒にバスルームに行こうと誘う。

バスルームで一緒にシャワーを浴びようと言うのか、それともタケオを三助にして、大奥の局然としてその体を洗わせ、ソープ・ランドの女版をやってみたいのかと確かめるようにのぞき込むと、徳川和子は顔をまっ赤に赧らめ、虚ろな眼でタケオを見て、「あなたの」と言い、タケオの腕を引く。

　徳川和子の異様な興奮を知って、瞬間、タケオは期待するものがあったが、しかし、金で買ったと思っているジゴロとしての男とそんな事までするか半信半疑だったし、また、タケオに、男の性器を女の性器の中に入れる、という性の他はさして知識もなかったので、女が要求する事をしてやればよいとタカをくくり、浮き足立ったような徳川和子に手を引かれ、ベッドから降り、バスルームに入ると、徳川和子はあわてて内側からドアを閉め、ロックし、いきなり抱きついてキスをする。

　唇を合わせながらタケオは徳川と呼ばれた女のシュミーズを脱がせ左の中指でブラジャーのホックをはずした。

　徳川和子の舌の動きは激しかった。タケオの舌を自分の方に誘い、唾液を吸い、もっとよこせというように舌をこすった。

　タケオが両の手でパンティーをずり下げさせ、股を開かせ、バスルームの中で立ったまま性器を中に入れようとすると、徳川と呼ばれた女は首を振り、あわてて唇を離し、素早くバスタオルを棚から取って浴槽の中に敷き、タケオに一緒に入ろうと手を引く。

　徳川と呼ばれた女は二人で浴槽に入って立つと急に力が抜けたようにのろのろとパンティーを取り、素裸のタケオを怖ろしいものを見るように見ながらひざまずき、勃起した性器に聴いてもらうにはそんな声しか有効でないというように蚊の鳴くような声で、「出して」と言い、しばらくしてまた震え声で「かけて」と言う。

それが精液の事ではなくもう一つ別の、ナカモレ七代の男の誰もが持っている黄金色の体液だというのは、徳川という女が眼を閉じ、口を開けた時に分かった。

10

しばらく下腹に力を込めていても何の動きもなかったが、先走りの液のように、さながらサンパウロの三文新聞のヨタ記事の、コーヒー畑から掘り起されたマリア像の頰に流れるコーヒー色の涙のように、タケオの勃起した性器から小便が流れ出て、すぐ止まる。なお力を込めると奇術のように屹立した性器が容積はそのままで身を傾げ、二度三度、性器そのものがこれから起る事に緊張し深呼吸でもするように痙攣し、いきなり性器の鈴口から太い黄金色の液を吹き出させる。

珍しい事でも何でもない、いつも見ている自分の小便の光景だったが、女が自分の性器の前にいて、一部始終を見ていると思うと、タケオは自分が奇蹟を引き起している気になる。

徳川と呼ばれた女は浴槽の中に敷いたバスタオルの上に横坐りになり、タケオの尻に手を廻して当てて、仔細に眺めるように顔を性器に近づけ、タケオの性器から黄金色の液が激しい勢いで噴出しはじめると、待ち望んでいたと呼びかけるように「ああ」と声を上げ、顔面にまともにあたる黄金色の液の熱さに感応したように眼を閉じ、口を開けて液を受け、飲み込み、それから黄金色の液を一口でも飲めば呪術にかかり、森の中で狩人に射止められた鹿かうさぎのように傷が死に至るまで草の臥所で身を臥えるしかないというようにあおむけに倒れる。

タケオはその女の顔にも髪にも、狙い場所を暗示するように手を当てている齢にしては張りのある乳房にも腹にもかけた。

アクロバットのように横坐りの姿のまま浴槽の中にあおむけに倒れた女の股間のあたりに丁寧にかけ、タケオ・ナカモレは徳川と呼ばれた女が身もだえし、声を上げるのにひかれ、女の上半身をまたいで黄金色の液で濡れたバスタオルの端に足を降ろし、右足を右の乳房の上に置き、足の指で乳首をはさみ、一層、声を上げる徳川と呼ばれた女の顔に直射しはじめた。

徳川と呼ばれた女は、黄金色の液の激しい直射に気づき、甲殻類が不意の驟雨にひかれて穴から這い出すように顔を持ち上げる。

その女の頭をタケオは腕で支え、身を屈め、大きく開けた口の中にゴムのように長くのびた性器を突っ込む。飲み込む速度に上まわった液は徳川と呼ばれた女の口からあふれ、顎を伝い落ちる。

最後の一滴が痙攣と共に飛び出し、それをごくりと喉の音させて飲み込むと、徳川という女は、中腰になったタケオの尻に手を当て引き寄せ、小便を出したばかりだからゴムのように長くのびた性器を根元まで咥えた。

喉の奥深くまで入れてもむせる事なく、唇で陰毛と性器の裏側の浮き上がった管を締めつけ、こすり、そのまま、蛇が呑み込んだものを引きずり出しているようにずるずると出して、形のよい、しかし今は何の用にもならない性器の先を舌でなめ、鈴口に舌先を差し入れようとする。女の赤い舌の動きを見ていると、勃起しはじめる。

徳川と呼ばれた女が一心不乱に勃起を促すように舌を動かすのを見て、タケオはそれがナカモレ七代、オリュウノオバにすれば高貴にして澱んだ中本七代に課せられた因果か、タケオもまた女の体内から吹き出す黄金の液を目にし、飲み、体に浴びたくなる。

オリュウノオバはかまどの前で、中本の血の歌舞音曲に狂う禍々しさに衝き動かされはじめたタケオを知って羞しさに顔を赧らめ、他の女なら知らず、紀州徳川藩の局だと言われ、いかず後家だと言われる徳川と呼ばれた女にそんな事をするものではない、となじり、怒りに震える。

世が世なら徳川と呼ばれた女と会う事なぞ滅多にあるものではないが、偶然と言え、現在の、東京の、上下左右、男女入り乱れて混乱の渦中のような新宿の繁華街で会ったのなら、上のものを下に引きずりおろすその行為だけでよい。

オリュウノオバはタケオに語りかける。

その昔、参勤交代の行列を見かけた者らが難を避けて竹藪の中に駆け込み、茂みの中に身をひそめてワー、ワー、と怒鳴りながら進む行列の怖ろしさに身をすくめた、そのワーワーという怒鳴り声が耳に届かぬか？　と問いかけ、オリュウノオバはその怒鳴り声に抗って、中本七代の血の若衆らに「下にー、下にー」という奴《やつこ》の声を聴き取れず、ただワーワーと怒鳴っていると聴く心が、この世の一等尊く優しい者らの宝だと言い続けたと思い、タケオが今、小便で濡れた髪に手をそえてやり、窮屈な中腰になって勃起した性器を咥えさせている女のその口から、昔、怒鳴り声が飛び出したのだ、と言う。

しかしタケオは小便にまみれた女が、もうすでに固く勃起し、口にあまるほどになっているタケオの性器を一心になめ、喉の奥まで入れるのを見て、女が誰であれ、齢寄りであれ、醜女であれ、淫蕩《いんとう》をさらけ出してひたすら男に奉仕する姿に、ナカモレの歌舞音曲の血が感応したように、徳川と呼ばれた女の体から吹き出す黄金の液を見てみたいとうずき出し、オリュウノオバの差し出口を拒むように、女の中から性器を引き抜き、身を一層屈めて、自分を見つめる徳川という女の口にキスをする。

女の顔や髪から立つ異臭も口の中の苦さも徳川という女の優しさのように思え、一向に気にならない。

唇を離してタケオは、「やってごらん」と女に言う。女はタケオが何を言ったのか分からなかったのか、一瞬、判断停止のような表情をつくる。

「俺と同じように小便、出すんだよ」

タケオが言うとやっと理解したように、「駄目」と首を振る。

その駄目という一語の中に、怖ろしい男から脅迫を受け、喜びにうち震えているような気持ちが隠されている気がし、タケオは「やるんだよ」と、性器に顔を近づけようとする徳川と呼ばれた女の濡れた髪を引いて離し、浴槽に臥ったままの女の体を起して、元のように坐らせる。体の一部を支えてやらなければそのまま後に倒れかかるので、タケオは徳川と呼ばれた女の腕を持ったまま、女の前に移動し、女と向いあって坐った。

タケオは両膝を立てた。

徳川と呼ばれた女は横坐りのままだったので、「ほら、それじゃ、何にも出来ない」と言い、手をのばして、女の股を広げさせ、膝を立てろと持ち上げると、徳川と呼ばれた女は、後手をつき、「こうなの？」と自分から膝を立てる。

そのままタケオのいきり勃った性器を女の秘部の中に収めると、どんな名前の体位になるのか、タケオは分からなかったが、性交を単に触感だけでない視覚の楽しさも加味されたものだと考えると、相手にもあられもない姿をさせているという加虐的な面白さが加わり、タケオの好きな体位だった。

タケオは女の秘部に手をのばした。

ふっくら脂肪のついた恥骨の周りの毛の茂みは柔らかく優しく、その下の秘部は股を広げているので花弁がこころもち開き、中の濃赤色の花芯をのぞかせている。下腹が少しふくれ、その上に女の臍がもう一つの花芯のような振りをしてひょうきんな表情である。その上に乳房がある。

タケオは二本の指で花弁を開いた。

女は声を上げ太腿を閉じかかる。

タケオは「言うとおりにしろよ」と声を出す。タケオは「ほら」と花弁を大きく広げ、花芯をむき出しにさせて言う。

「ほんとにィ」

女は言い、タケオが「そう」と言うと、「初めてなのよ」と言い、眼を開け、タケオの顔を呆けたような顔で見つめたまま、粗相をしでかしたように声をもらす。

その声と共に花芯から白い透明な液が現われ、花弁を広げたタケオの指や手首を濡らし、すぐ勢いよく吹き出し、尻の下のバスタオルを濡らす。

「ほら」タケオが言うともう耐え切れなくなったと眼を閉じ、声を上げて首を左右に振りながら液を噴出し続け、その白い透明な液の出る源にタケオが顔を近づけ、唇を当てようとすると徳川と呼ばれた女は「やめてー」と絶え入るような声を上げ、膝を閉じ、タケオの顔をはさむ。

花芯に唇が届く寸前のところで顔をはさまれ、そのままでタケオは徳川と呼ばれた女の、白い透明な液の直射を浴びたが、息を詰め、女の秘部の柔らかい毛やその下の花弁、その中に脹れ上がったこりこりした固い突起に舌を這わせた。

白い透明な液の噴出が終ったのか、徳川と呼ばれた女は一層タケオの顔をはさんだ膝に力を込め、手をのばしてタケオの肩をわしづかみにし、爪を立てる。

徳川という女の膝から力が抜けたのと同時に、タケオは体を起し、力ない女の体を持ち上げるようにして固く締った花芯の中に性器を強引に入れ、女が抗議するように身をよじるのにかまわず、女の両脚を自分の両肩にかけ、女を担ぐ形になって溜っている欲情を解き放とうとするように腰を動かした。

11

その時バスルームのドアを叩く音がした。タケオは無視しようと決心した。ドアを叩き続け、ノブをカチャカチャと廻す音がする。放っておけばそのうちあきらめるだろうとたかをくくり、性は楽しめるだけ楽しんだらよいと腰を使い続けていると、バスルームのドアのロックがはずれたような音が立つ。

タケオが振り向いた時、ドアが開き、愛田淳が顔をのぞかせ、すぐ顔をしかめ、「何だ、この匂い」と言う。

「外で待ってろよ。すぐ終るから」

タケオが言うと鼻をつまみながらバスルームに入り、浴槽の方に近寄って、「何、やったんだよ、ここで」と言う。

「決ってるじゃないか、セックスしてんだから」

「何だ、これ？」

愛田淳は浴槽の床に敷いた黄色く染ったバスタオルを指差す。

「行けって」タケオは言う。

「そうか、でももういいんじゃないか。ぐったりしてるぜ」

愛田淳は徳川と呼ばれた女の濡れた髪を触わり、手についた液の匂いをかぎ、「なんだこのハッカのような匂い」と訊き、浴槽の水と湯の蛇口をひねる。

湯が流れ出す。

「体を洗えって。おまえに会いたい奴、外で待っている」

途中で止めたタケオに心苦しいのか、シャワーに切り換えて二人並んで頭から浴び始めると、徳川と呼ばれた女は石鹸を取り出し、タケオの体を洗った。

その手の動きが燃焼しきっていない自分の欲望に火をつけると思い、逆に石鹸を取り上げ、女の体になすりつけ、手を使って洗いはじめると、女は「待っているから」と言い、タケオの手を両手で抑え、「こんど、ゆっくりして」と、タケオの手からまた石鹸を取り上げる。

「誰なんだよ?」

タケオは言うと、徳川と呼ばれた女は、「さあ」と首を傾げ、シャワーの真中にタケオを引き出して、石鹸で肌をこすり、「若い綺麗な体ねェ」と呟く。

その時、ドアがまた開き、愛田淳が顔を出し、「あの九階の怪人に紹介されたって徳川さん、言ってるよォ」と声を出す。

徳川和子は「わたしにィ?」と驚いて、手を止める。

「わたしに会いに来たの？」

「違う、違う。いつかあのオカマが徳川さんに、先祖代々、紀州徳川藩の毒味役だったって紹介した男だって。その人が、彼氏に話を聴きたいって。聴いて確かめたいって」

愛田淳が言うと、徳川和子は男に心当りがあるらしく驚き、タケオの顔を見てバツ悪げな表情をつくり、「またあいつの差金」と唇を噛み、タケオが表情の変化を読んで「どうした？」と訊くと、外に出てみれば分かる、と言うように、「先に出て」と言う。

素裸の上に腰にバスタオルを巻き、バスルームを出てベッドの方に歩くと、何のつもりか見知らぬ男が片ひじついてベッドの上に服を着たまま臥り、タケオを見ている。

「誰だよ？」

タケオが窓際のソファに坐っている愛田淳に訊くと、見知らぬ男は、「おまえもあの女に見込まれたんだ」と言い、「誰だよ、おまえ」とタケオが訊き返すと体を起し、「悪い、悪い。何しろ先祖代々、毒味役やって、毒をたらふく肝臓にためちゃってるから、ちょっとでも肝臓にいいようにって、横になっている」と冗談とも本気ともつかない言い方をして笑う。

「毒味役って？」

タケオが訊くと、男は「知らないってか？」と訊き直し、タケオが首を振ると「うん、確かにあの怪人が言う通り、なかなか脈がありそうだ。可愛い。合格ッ」と言う。

男は手招きし、タケオがとまどうと、「バカッ、大丈夫だよ。いきなりカマなんか抜くものか」と笑い出し、大声で「あの徳川のトウの立ったお姫様、なかなかのものだろう。しっかりかけてやったか？　しっかり飲ませてやったか？」と訊く。

タケオは狼狽する。

そのタケオの狼狽ぶりもまた男には可愛らしく映るのか、「おっ」と指差して「照れてやがんの。可愛いねェ」と言う。

不意にベッドの上に立ち上がって、「このベッドの中にもぐり込んで女の子みたいに服着るか？　それとも俺みたいな危い奴の前で、尻もチンポコもさらしながら服着るか？」と、ベッドから降り、ソファに坐っている愛田淳の頭を一つ小突き、「このアンチャンにはあの徳川のお姫様、俺やおまえにしてもらった事、要求してないらしいぜ」と笑う。

タケオは愛田淳が頭を小突かれ、怒り出すのではないかと思った。

愛田淳は怒りもせず、「そんな趣味ねえよ」と言う。

男はまた愛田淳を小突く。

「違うだろ。俺らの趣味じゃないだろ。あの徳川のお姫様の趣味だろ。あの徳川のお姫様、独得な鋭いカンを持っててな、それこそ小便の中に猛毒の混っているような奴、選び出して御用達にしてるのさ。毒味の役なんて、一つの料理にほんの少し砒素なり水銀なり混ってても、毎日、食い続けていたら、完全に毒だらけになる。一発で死ぬほどのものだったら、お殿様やお姫様、食う前に、毒味が口から泡吹いて死ぬ」

男は言い、愛田淳が二度まで小突かれて怒らないのを見て、男と愛田淳は仲間なのだ、と思って見ているタケオに、「早く服を着ろって」と言う。

男はベッドの脇に脱ぎ散らしているタケオの衣服を指差し、「あのオカマから巻き上げた金、三百万、入ってんだろ?」と言う。

「巻き上げたって……」

タケオが言い返そうとすると男は近寄り、床に脱ぎ散らした下穿きをつかみ、広げ、「可愛いパンツじゃねえか」と言い、タケオの前に差し出す。

タケオは催眠術にかかったように腰に巻いたバスタオルをはずしてから、下穿きを受け取る。男に見られながら下穿きをはき、ズボンを拾おうとして身を屈めると男はタケオの尻の割れ目を刷毛で撫ぜるように素早く触って「たまんねぇな。きゅっと締った尻」と言い、タケオがズボンを拾わずにあわてて身を起すと、「早く服を着ろって」と言う。

「人の尻、触ったじゃないか」

男は口をとがらせて言うタケオのその少年のような表情が可愛いと言うように眼を細め、「そうか、そうか。感じたってわけか」とあらぬ事を言って笑い、不意に真顔になる。

「尻を触られたくらいで大騒ぎするのは、あの九階の怪人ぐらいで充分だよ。おまえはこれから大物になるんだからな。病める東京を救う、病める日本を救う。いいか、おまえが三百万巻き上げたのではなく、逆に三億するエメラルド、本当に徳川のお姫さんが言う通りあの九階の怪人に猫ババされかかっているのなら、取り返してやる。だが、それを俺らに寄附しろ」

「俺らに寄附しろって?」

タケオが訊くと男は、「あの徳川のお姫様、統領にした超過激な、超反動的なグループにだよ」とシャワーの音のし続けるバスルームの方を顎で差して言う。

12

先祖代々毒味役をやっていたという男は、タケオが無反応なのに気づいたように振り返り、「超過激、超反動」と言い直してタケオを見る。

それでも分からないとタケオが言うように首を振ると、焦立ったように、タケオに早く服をつけろと言う。

「テレビ、見た事ないか?

よく昼頃やっているだろ。江戸の町人がな、次々、理由なしに毒殺される。不安が江戸中にまんえんする。

そのうち幕府と取引していた商家が狙われる。善人の主人が毒殺される。やったのは番頭だ。実のところ、この番頭はかつての熊野水軍の一人だった。江戸の大店《おおだな》の商家に熊野水軍が送り込んでいたゲリラだった。そのゲリラの番頭は主人になりすまして、将軍に会いに行く。将軍を殺すつもりだ。だいたいテレビの筋は、このあたりで将軍を殺し、替え玉を送り込み、天下を掌中に収めようとする陰謀が発覚し、徳川の隠密らに殺されるが、超過激な超反動の一派は、なにしろ徳川のお姫様が中心になっているのだからその逆だ。

時代は徳川幕府の江戸ではなく、長州、土佐、薩摩が権力を握り続けている明治以降の社会。いいか、明治維新から今までの歴史を否定し、無視し、またもう一度徳川時代に戻そうというのだから、ちょっとやそっとの金じゃいかない。エメラルドの金が三億だったとしても、そのくらいの金、取りあえずの活動資金ぐらいにしか使えない」

「でも、三億円、僕が寄附するの？」

服を着終ったタケオが訊くと、毒味男は事もなげに「ああ」と言う。

ちょうどその時、徳川和子がシュミーズ姿でバスルームから出て来た。毒味男が話かけようとすると、徳川和子は話より衣服を着るのが先だというように毒味男の前の衣服をひろい、黙ってつける。

タケオはその徳川和子の動作を見て、部屋の中にいる三人は確実に「九階の怪人」の、取り込みサギの仲間なのだと判断し、ジャケットの内ポケットから金を取り出した。

「このお金」

タケオが言うと、「その金じゃない、その百倍の金」と、毒味男は言い、何のつもりか服をつけ終った徳川和子に眼配せをやり、「俺たちと一緒に、あのビルの九階に戻り、あいつ、とっちめて、エメラルド、取り返しに行こう」と言う。

タケオは徳川和子を見、愛田淳を見て、おそらく取り込みサギの主犯の「九階の怪人」は、エメラルドなぞ預からない、見たこともないとトボけるのだ、と思ったが、しかし、あの九階に戻るしかないとうなずいた。

毒味男はまた徳川和子に眼配せをやり、「じゃあ、善は急げだ」とタケオの背を叩く。

毒味男に押されるようにして部屋を出、廊下を歩いてエレベーターの前まで来ると、後から従いて来た徳川和子と愛田淳が部屋に引き返しかかった。

「お姫様、何だよ?」と毒味男が声を掛けると、徳川和子は無言のまま、下で待っていろというふうに手で合図する。

ホテルの玄関でタケオは毒味男と一緒にしばらく二人を待っていた。

繁華街の連れ込みホテルの玄関に、男二人が立っていると誰もが錯覚する。通りかかる人の何人も露骨に好奇の眼をむけるし、中には毒味男の知り合いなのか、「あらッ、またいい人、見つけたってわけ」と声を掛ける者もいる。タケオにはあきらかにオカマと分かるその男も、取り込みサギの一味のように見えた。

繁華街の真中で、背広姿に下駄履き、頭に姉さん被りでタオルを巻き、手に洗面器を持った男は、タケオが奇妙この上ない格好をしていると驚くのを見て取って、「こんなスタイル、分からないわね。オフロ。オフロ、分かる?」と言う。

風呂へ行く格好と言われても充分に呑み込めないでいると、男は「そこのマッサージ・パーラーにシャワーをつかわせてもらいに行くの」と言い、タケオに、こんな繁華街のど真中の、連れ込みホテルの前で、毒味男なぞと立っていたら、繁華街のビルの中に巣を構えたオカマ、ホモ、ゲイのみならず、レズやオコゲ、マッサージ・ガールやマッサージ・ボーイに一発で顔を知られ、逃げかくれ出来なくなる、と言う。

その男が品をつくりながらマッサージ・パーラーの看板を出したビルの中に消えた後、またすぐ、厚化粧の女装男が通りかかり、その女装男の髪に結えた風船のようなものが、小さくふくらませた色とりどりのコンドームなのに気づき、眼をまるくしていると、女装男はタケオに難くせつけるように、「何なのよ、あなたァ」と野太い声で因縁をつけるようにすごみ、「まァ、まァ、マリちゃん」と毒味男がなだめると、「今日からさとみよォ」と言う。

「マリじゃなしにさとみってか？」

毒味男が訊くと、「そうだわさ。あんた、何年この界隈で遊んでるのよォ、わたしは土曜日はさとみでしょ。十年たったら、けいこよ」とわけの分からない事を言う。

「今日は特別、派手な格好じゃねェか？」

「だから言ってるでしょ。土曜日は普通じゃなくって、特別に淫乱になるからこのごろ悪い病気はやってるから、その予防の為に準備してるんだわさ。外人が危いの外人が」

男はタケオを挑発するように言い、タケオが「俺か」と訊くと、男は、「あなた、九階の怪人からエメラルド、どうしたの？」と訊く。

タケオは驚き、声を上げると「わたしよ、わたし。昼間、オコゲと一緒に会ったでしょ」と言う。

「あの喫茶店にいたオカマ」

タケオが言うと、女装男は、芝居じみて口をあんぐりと開けて「まァ」と声を立てる。

「あんた、オカマに向ってオカマって言うの？　じゃあ、あんた、何？　ヤカン？　ハシタテ？」

女装男は「ハシタテだって」と自分の口を突いて出た言葉が面白いと言い直して笑い、それから真顔になり、「こんな男にひっかかっちゃ、駄目よ。この男は、この近辺に出入りしている坊や、片っぱしから毒味している男なんだから。別名、カマ割りのサブ」

毒味男はあきれたという顔をし、「冗談じゃないぜ、マリちゃんよ」と言う。

すかさず「さとみ」と女装男が言うと「マリでもさとみでもいいや」と毒味男は言い、タケオの肩を引き寄せかかり、タケオが拒むと、「ほら、本気にしておびえてる」と言い、冗談も休み休みに言えとすごむ。

女装男は、その毒味男のすごみ方を鼻で吹いて笑い、「いいかい、なんかあったらシルクハットにおいで。わたしゃ、あそこの鼻つまみものだけど、助けになるの、大勢いるから。毒味なんかさせちゃ、駄目だよ」

女装男が言うと、毒味男はがまんならないと言うように、「行こう」とタケオにホテルの前から動こうと言う。

ホテルの奥をタケオはのぞいた。

「どうせ来るって」

毒味男は言い、「あいつの安香水、臭くって鼻がひんまがっちまう」と言い、九階の怪人のビルの方を顎でしゃくって教え、歩けとタケオの背を押した。

13

ビルのエレベーターで九階までのぼり、「九階の怪人」の部屋の前に立ち、半開きになったドアを不審に思いながら、タケオは毒味男と二人、「居ますかァ?」「宅急便ですよォ」と冗談半分の声を掛けながら部屋の中に入り、一等奥の六畳ほどの畳敷きの部屋の上に置いたベッドの上で、「九階の怪人」が額から血を流して仰向けに倒れている姿を見て、瞬時に、犯人は、超過激、超反動の徳川和子を統領とする一味だと思ったのだった。

タケオの中に、超過激、超反動という一味が実在するとは信じきれないものがあったが、しかし、「九階の怪人」の死に方の酷さや突飛さを考えればはっきり実在するとしか言いようがない。

まだ仰向けに倒れた額から血が垂れていた。大きな透明な灰皿で割られたらしい、くぼんでくだけた額からの血は、量が多かったらしく、髪全体を血糊で固め、顔面にも流れ、顎に垂れ、それがさらにベッドの下に落ち、血溜りをつくっていた。

腕を広げて仰向けに倒れている死体は、上半身は背広にワイシャツ、ネクタイという姿なのに、下半身は何もつけていなかった。ズボンと下穿きは次の間にあった。

毒味男は、その「九階の怪人」の姿を見るなり、性器を犯人かその共犯者に咥えてもらっている最中に灰皿で襲われた、と笑いもしないで、言った。

タケオは死体のチグハグな感触から頭にタオルを巻いた背広、下駄履き姿のオカマを思い出したし、死体の突飛な出現から髪に色とりどりのコンドームの風船をつけた女装男を想起し、「九階の怪人」を殴り殺した犯人は、タケオの無意識にまで手をのばす奴、と思い、「九階の怪人」の口に耳を当てたり、唾液で濡らした指を鼻先に持っていき、息があるかどうか確かめている毒味男に、「殺した?」と訊ねた。

毒味男はタケオの言葉を「死んでいるか?」と言ったと聴いたのか、「いや、まだ死んでいない」と体を上げ、「エメラルド、早くさがすのならさがせ」とタケオにそそのかす。

その毒味男の声に我を忘れ、鏡台の引き出しの中、茶簞笥の中、を次々と開け、ひっかき廻し、そのうち、サンパウロでは盗人するものは手袋をはめる事を思い、眼では今は見えないが、部屋の方々に指紋をつけてしまっているのに気づき、タケオは自分が犯人と名差されると怖れ、突然、エメラルドさがしを止めた。

「どうした?」毒味男は驚いたように顔を上げて訊いた。

タケオはその取ってつけたような驚きようを見て、毒味男が「九階の怪人」を殴り殺して人を犯人に仕立て上げようとしていると思い、「殺したの、あんただ」と呟く。

部屋を出た途端、九階からエレベーターを使って降りるべきか、階段を駆け降りるべきか、一瞬躊躇した。

タケオの後から部屋を出た毒味男は躊躇なしにエレベーターのボタンを押した。

一瞬、自分を犯人に仕立てようとする毒味男がエレベーターを使って九階から降りるのは何かトリックがある、それなら階段を駆け降りようと思ったが、しかし毒味男は階段を選ぶタケオを読んでエレベーターのボタンを押したのではないか、と疑い、日本語のことわざに言う、乗りかかった船、毒喰わば皿まで、だと思い、毒味男の後に従いてエレベーターに乗った。

降下する音を耳にしながら、タケオはホテルの部屋の中で毒味男と徳川和子が眼配せしあっていたのは、この事だったと思ったし、徳川和子と愛田淳がホテルの玄関に出て来なかったのは、この事だったと思い込んだ。

タケオはそれを毒味男に訊いてみたかったが、しかし一切合財が妄想じみていて、言葉にし難かった。

エレベーターが一階に着き、扉が開きかかった時、「どうするよ、坊や?」と毒味男は訊いた。

エレベーターから外に出てビルから歩き出しかかり、毒味男は、俺に従いて来るか、自分勝手に別な方向へいくのか、と問うように、「どうするよ?」と訊いた。

一瞬、エメラルドを一個あきらめても、後二個、仏教の経典の中に残っていると思ったが、日本円で三億という金はバイアやサンパウロなら、人を何人殺せるか分からない、と思い、毒味男に従いて行くと言った。

毒味男はにやりと笑い、「そうか、見抜いていたか。あの血はケチャップだよな」と言う。

タケオが驚くと、毒味男はタケオの尻を下から上に撫ぜ上げ、「いくら仮装して人、驚かすのが好きなオカマでも、ケチャップで頭、べたべたにして、萎びたチンポ出して死んだ振りしてるはずないよな」と言い、タケオが心の中で、やっぱり死んでいたのだ、徳川和子を統領とする超過激な、超反動の一味がやったのだ、と思っていると、毒味男はタケオの心を読んだように、「あの九階の怪人、愛田淳に殺されたのなら、大奥のお庭番に殺されたわけだ」と言う。

「一味が殺したのじゃないの？」

「一味？」

毒味男が言うので、「その超過激、超反動の」とタケオが言うと、毒味男は笑い、また尻を撫ぜる。

「そんな一味があるはずないじゃねえか。これからそんなの出来ると俺が言ってんの。つまりそのエメラルドが一個あるとな。たったエメラルド、一個。いいか、誤解しないように言っておく。俺は九階の怪人を殺してない。殺すのも手伝ってない。ひょっとすると愛田淳かもしれないし、愛田淳じゃなしに、他にあいつに怨み持っているやつかもしれない。だがな、愛田淳に俺は聴かされた。あの部屋で、あいつが殺されるってな。今、思い出したら、あいつ、死んでいたんじゃなしに、ケチャップ塗りたくっていたって思えて来る。

俺は本物の、毒味男さ。先祖代々、紀州徳川藩のな。しかもそいつがおまえと同じように、徳川のお姫様の変態趣味の御用達ってわけさ。しかし御用達というなら、もっと過激、反動をやった方がいい。しかし、徳川のお姫様と毒味男とお庭番の三人じゃ、どうという事ない。だが、おまえが持っている石ころ一つ、そこに持って来たら、今の明治維新以来のもの、ぶっ壊して徳川を再興するとか、もういっぺん移民して他所で理想の国つくるとか、いや、俺だったら、ソドムやゴモラのような国つくるとか、出来る」

「そんなのが、エメラルド一つで出来るって？」

「一つじゃ、無理だけどな」毒味男は言う。

「ソドムやゴモラって？」

タケオが訊くと、毒味男は大股でまるでスカートが広がるのが面白いというように歩いて来る女装男を指差し、「あんな奴がうろうろしているこんな町だな」と言う。

タケオは女装男から眼をそらそうとしてそらしきれず、女装男と眼が合ってしまう。

女装男は後を見ろと合図する。

女装男の十メートル後を、オコゲちゃんが見知らぬ女と歩いて来る。

14

「どうしようもない連中ばかりだぜ」

毒味男は女装男の合図に促されたようにオコゲちゃんと女を見て、タケオに「あいつら、知っているのか？」と訊く。

「あの女の子の方は知ってるよ。あいつが九階の怪人、紹介してくれた」

タケオがオコゲちゃんの事を言うと、女と並んで歩いていたオコゲちゃんは自分の事を誰かが話しているとテレパシーで気づいたように、あたりを見廻し、毒味男と並んだタケオに気づき、明るい笑いをつくり手を上げ、「お金、もらった？」と声をかける。

そのオコゲちゃんの無造作な言い方につられ、タケオは九階の怪人が殺されていると言おうとして、ふと、傍の毒味男を見、毒味男の顔が繁華街の一角に始った夕暮に感応したように真顔なのを知り、オコゲちゃんに何を言っても繁華街に噂をバラまかれると思い、「もらったよ」と嘘を言う。

そのタケオの嘘が意外だったらしく、毒味男は意味を確かめるようにタケオを見た。

タケオは、その瞬間に、齢も二歳も三歳も取ったように、毒味男にニヤリと合図するように大人びた笑いを送り、「あのエメラルドの金、そっくり銀行に預けた」と言う。

「ほんとう、あいつ、ちゃんと払ったの」

オコゲちゃんは言い、角を曲がろうとする女装男に「さとみちゃん、この人大金持ちよ」と言う。

女装男はオコゲちゃんに声を掛けられ立ちどまり、苛立ったように振り返った。

「お金持ちが何なのよ。きたない女は、往来で声掛けないでちょうだい。オコゲのくせに」

女装男はタケオに「ねぇ」と相槌を求める。

タケオが曖昧にうなずくと、女装男は急に気持ちが昂揚したように、早口でまくしたてる。

「いい事？　この町での鉄則は、いくらオコゲでもきたない女は生理なんかあっちゃうんだから、二等市民なんだから、わたしのような特等市民に往来で対等に口なんか効けないって事よ。絶対駄目。あなたがどんなにお金持ちでも駄目」

「だから、わたしじゃないって。この人」

「お黙りッ。いい事？　お黙りなさいな、きたない女が。あんたがお金持ちじゃないの、知っている。あんたはクビになった婦人自衛官でしょ！　まァ、レズのなりそこないが聴いてあきれるわ。聴いてやってよ、このオコゲ、レズにもなれない、ただ特等市民に従いて歩きたいだけ」

「何一人で機嫌悪いのよ」

オコゲちゃんは口をとがらせ、なじられて同情を求めるようにタケオを見、毒味男を見て不意に顔色を変え、「ひょっとすると、あの九階の怪人が言っていた不動産屋さん？」と言う。

毒味男は無言のままだった。

「あの怪人が怖ろしい、怖ろしいと言っていた人？」

毒味男はオコゲちゃんの言葉を聴かなかったように、タケオに青くきらきら光る空と、繁華街の一角に立籠める茜色のもやのような気配、灯が入り始めたスナックの看板を指差し、「いいじゃねえか。ソドムの町の破倫の悲しみと湧き出るような淫蕩さと身も魂も溶けるような崇高さが出てて」と呟き、オコゲちゃんがなお、「あのオカマのオジサンが、わたしが殺されるなら、あんな悪い奴だっておびえていた人？」と訊くと、毒味男は喉を鳴らしてペッと唾を吐き、ちらっとタケオの顔を見てから二等市民だと女装男が言ったオコゲちゃんにやっと物を言ってやるというように顔をむけ、「おまえはこのマリと話してればいいんだ」と言う。

「やっぱりそうだ」

オコゲちゃんは言い、タケオに「あんたこんなとこにいないで、逃げ出しなさいよ」と苛立って言う。

「お金持ちだったらこんなとこにいちゃ駄目よ。こんな連中とつきあっちゃ駄目よ」

タケオはオコゲちゃんの言葉に衝撃を受けたが、オリュウノオバには分かるが、五体の中を流れるオリエントの康の無頼の血が毒味男に感応したように一瞬のうちに、たとえ、「九階の怪人」の殺人を毒味男がやっていたとしても、いや、気が動転した為に確かめ切れなかった故に、不確かだが、殺人そのものが存在しない、タケオをだます取り込み詐欺の連中の仕組んだトリックだったとしても、エメラルドも三億円も手元にないのだから毒味男のそばにいて、超過激、超反動の一味に加わるしかないと思って腹をすえ、毒味男を挑発するように「俺はこいつ、気に入ってるよ」と言ってみた。

毒味男は言葉の意味より、齢下のタケオが「こいつ」と使ったのに驚いたように見、女装男がすかさず、「あら、意外。毒味されるの、恐かないの?」と言う。

女装男はタケオの顔をのぞき込む。

「あんた、こんな純粋な綺麗な眼してて、この界隈じゃ泣く子も黙るカマ割りのサブを好きだって言うの。怖ろしいんだから。恐いんだから」と言い、タケオが毒味男に超過激、超反動の一味として合図を送るようにニヤリと笑うと、女装男は、タケオの外見にまどわされ、無頼の血に気づかないまま、「太いんだから」と、それが怖ろしい事、恐い事の根本の理由だというようにつけ加える。

「俺のだって、大きいよ」

タケオが言うと女装男はおぼこだと思っていた少年にからかわれたと思ったのか、逆上したように「何？　人が割られて裂けたと病院に駆け込まないようにって心配してやってるのに」と言う。

「割られたら割り返せばいい」

「ああ、結構だ事。ごちそうさま。姦ったり姦られたりどうぞ御随意に」

女装男は言い、さっき二等市民とは話したくないとなじったオコゲちゃんに、「往来で人の目も気にしないで手離しでのろけているのって醜いわねェ」と話しかける。

「ヤキモチかよ？」毒味男が言う。

「何て言種」

女装男は言い、自尊心を逆撫ぜされて一層逆上したというように、毒味男につかみかかる。

毒味男は身をそらしてかわした。

「いい？　わたしたちあんたらみたいな特等市民を食い物にするゲスな連中、もうあきあきしたんだ。出てってちょうだいよ。このあたりからさっさと。刑務所の話とか鑑別所の話、何が自慢出来るのよ」

その女装男の声があまりに大きく、繁華街の一角にいた者が一斉に振り向き、注視したので、毒味男は、タケオの耳に「駄目だ。こりゃあ、オカマと喧嘩しても勝ち目はない」とささやき、逃げるというように顎をしゃくって、大通りの方を教えた。

15

「一緒に行くの？」

オコゲちゃんが訊くのでタケオはうなずくと、オコゲちゃんはいきなり早口で、他に二個持っているエメラルドをこの女の人に売る気はないかとオコゲちゃんの背後に立った中年女を教える。

まだ最初の一個も決着がついていないのに、毒味男の前で安ホテルのサイドテーブルの引き出しの中にある仏教の経典の腹に納った二個のエメラルドを口にするのであわて、タケオがそんな事は今、考えていない。考えたとしても一個はどうしても父親のコウ・オリエント・ナカモレ、オリエントの康が繰り返し、語っていたママ・グランデ・オリュウ、オリュウノオバに持参するものだと父親の盟友から渡されたものだというと、毒味男と女装男は一様に驚いた顔をする。

ただ一様に驚いたが、タケオにも二人の驚きの意味がはっきり違うのが分かる。

女装男は一個三億円の相場のエメラルドをまだ二個も保持しているというケタはずれの金満家の少年だったという驚きだったが、毒味男の方はタケオが口にした、コウ・オリエント・ナカモレ、ママ・グランデ・オリュウという言葉の響きのなつかしさにひかれ、コウ・オリエント、オリュウと言い直し、眼の前の浅黒い肌の美少年を見つめ、形のよい澄んだ眼に漂う人を魅きつける不思議な光を知り、毒味男に見つめられバツ悪げに笑い返す爽やかな笑みを見てそのタケオ・ナカモレとはまぎれもなく中本の血の若衆であり、コウ・オリエント・ナカモレとは中本の血のオリエントの康、ママ・グランデ・オリュウとはいまなお、生き続けているように人の口の端にのぼるオリュウノオバに他ならなかった、と気づき、思わず、青が黄金色に変り、茜色が暗いすみれの色に変ったソドムの町の夕暮にむかって、「オバ、こんな事、あるんこ」と毒味男は方言で語りかけたのだった。

タケオは毒味男の唇から洩れた方言を理解出来ず、ただ呪文を耳にしたようにきょとんとしている。

オリュウノオバはビルの向うの黄金色の雲のわきたつ空の彼方から「おうよ」と答える。

毒味男は続いてオリュウノオバが自分を指弾する言葉が届くものと思って耳を澄まし、何も聴こえないのを気づいてオリュウノオバが齢を取りすぎて耄碌《もうろく》したか、それともその計画はいずれこういう結末をむかえて中止になると、知っていてバカバカしい事だと笑っていたのか、と考えたが、毒味男は眼の前のタケオをつくづく見、詫びる気持ち半分、愛しさ半分でたまらず、タケオの肩を抱き寄せ誤解して身を避けようと暴れるタケオの頬に頬を擦り寄せる。

「まあ、お熱い事、こんな往来で」

女装男がからかうので、毒味男は素直に名乗り上げる純な気持ちが消え、むらむらと無頼の気が頭をもたげるのにまかせたまま、タケオに言い聴かせるように、「いいか、あと二個もエメラルド持ってると知って、俺はおまえにひどい事をしなくて済んだんだぜ」と持ってまわった言い方をした。

タケオはその毒味男の言い方にむかっ腹がたち、肩を抱え込んだ毒味男の腕をはねのけ、

「何だよ、何で俺がひどい事、される？」と言う。

「一個なら殺そうと思った。おまえなら、突然、居なくなったって、不審がる奴、いないからな。俺と、弟分の愛田淳と組んでな」

毒味男はタケオの肩をまだ引き寄せにかかる。

タケオは毒味男の腕を払う。

「いいから、肩を抱かせろ。俺はお前を可愛くてしょうがない」

「殺そうとした奴を可愛くてしょうがないのか？」

タケオはしつこくまといつく毒味男の腕を払い、突然、何を思いついたのか、「それなら俺がお前を抱いてやるよ」と言い出し、毒味男が「じゃあ、そうしろ」と言うと、繁華街の一角なのに照れもしないで毒味男の肩に手を廻し、「これでいいんだろ？」と毒味男に訊く。

毒味男は「嬉しいね」と言い、女装男とオコゲちゃんに、「うらやましいだろ？」と訊く。

「いえ、一向に。ここでは、そんな姿、見あきるほどある」

女装男はオコゲちゃんに「ねえ」と相槌を求めると、オコゲちゃんは二人を見つめながら首を傾げ、「二人、似てると思うけど、親戚？」と訊く。

「まさかァ」と女装男が言い、オコゲちゃんが、「ほんとよォ。この人、ぱっと見は恐そうだけど、よく見るとハンサムよォ。似てる」と言い、その言葉を受けて、毒味男が「だろう？俺はやっと腑に落ちたんだよ。あそこまであの怪人が凝りに凝ってメイキャップして殺された振りしてたのを」と言い出し、タケオの腕を離し、タケオを正面に見すえて驚くしかないような事を言い出した。

「九階の怪人」はタケオがオコゲちゃんに連れられてビルの九階に来た時から印象は正反対だが、毒味男にそっくりだと知り、血縁関係だと気づいて、さぐりを入れた。

それでエメラルドの取り込みをもくろみ、徳川和子、愛田淳、毒味男に話を持ちかけ、徳川和子から三百万出させてその代わりにタケオをあてがい、監視役に愛田淳をつけ、徳川和子との一戦を終えたタケオを毒味男にエスコートさせて、「九階の怪人」の部屋に運ぶ。

「九階の怪人」はそこで何者かに殴殺されていて、エメラルドは行方不明という設定だった。殴殺現場に踏み込んだタケオは「九階の怪人」のもくろんだとおり、動転し、しかしエメラルドをさがし、不意にその行為は誰かが自分を意図的に犯人に仕立て上げようとするなら容易に可能なものだと気づき、一層、取り乱し、今度は逃亡にかかる。

逃亡を促すのも毒味男の役割だった。

しかし万が一、タケオが逃亡せず、取り込み詐欺に気づいたなら、毒味男がタケオを郊外の山の中にでも連れて行き、「九階の怪人」が凝りに凝ったメイキャップで示唆したように殴殺し、埋め込む。

毒味男が「九階の怪人」と徳川和子の二人の気づいている事だと前置きして、タケオと毒味男は、イトコの子供同士に当る、と言い出して驚愕した。

タケオは茫然としたが、それもまた毒味男のあみ出した、残りの二個のエメラルドの取り込み詐欺の筋書きかと疑ったが、毒味男は「九階の怪人」の凝りに凝ったメイキャップと、タケオ殴殺の筋書きの血なまぐささ、異様さが、それが極端に強い分だけ、審美的で、悪党好きという性格を持った「九階の怪人」が二人の関係を読んでいた証左に他ならない、と言う。

というのも赤の他人同士の殺し合いより血の繋りのある者同士の殺し合いの方が、血なまぐさいし、醜男同士より顔立は共に美形の念者と稚児という殺し合いの方が耽美的《たんび》になる。

徳川和子の方は本能のようなものだった。

「イトコの子供同士？」

タケオが訊くと毒味男はうなずき、自分の親はブラジルに渡ったオリエントの康のイトコ、中本から浜中に養子に出された貞造だと言い、オリエントの康がオリュウノオバに送った昔のタンゴのレコードを、「九階の怪人」が持っていると言う。

「聴きに行くか？」と毒味男は言い、タケオが何故、自分の父親のオリエントの康ことコウ・オリエント・ナカモレがオリュウノオバことママ・グランデ・オリュウに送ったタンゴのレコードが「九階の怪人」の部屋にあるのか、と不審に思い、「何で？」と訊くと、毒味男は「あいつ、オリュウノオバのオイっ子。ずっと前から、ここに住みついて、オカマをやってる」と言い、オリュウノオバが死んだ時、周りの者が形見に何か残して欲しいと止めたのに、オリュウノオバの現存する唯一人の親戚としての特権を振り廻し位牌から着物から蒲団からさらにオリュウノオバの亭主だった毛坊主の礼如さんの書き留めた過去帳まで一切合財を運び出し、九階の部屋に運び込んだと言った。

タケオはオリュウノオバことママ・グランデ・オリュウが死んでいると聴かされ、何の為にバイアから日本にやって来たのかと声を上げて失望し、父親のオリエントの康ことコウ・オリエント・ナカモレが言っていたママ・グランデ・オリュウに会い、ブラジルの新しい血を交え、たくましく健康に育つナカモレの若衆の自分を祝福してもらいたかったのに、と思い、ふとバイアの父親の盟友から託されたママ・グランデ・オリュウへの贈り物は遺産相続人の「九階の怪人」が受け取ると気づいて暗澹《あんたん》とする。

「ラテン・アメリカから来たんだからスペイン語、分かるんだろ?」毒味男が訊く。

タケオがうなずくと、「あそこにあるのは、スペイン語ばかりのタンゴだな」と言い、何はともあれ、父親がオリュウノオバに送ったタンゴを聴いてみろと言う。

事態の新しい展開に興味を持ったのか、オコゲちゃんと女装男、それに他の二個のエメラルドを買い取りたいと言う女まで「九階の怪人」の部屋に従いて来た。

毒味男が合図のように続けて五回、ドアのチャイムを鳴らすと、中から鍵が開けられ、シャワーを浴びていたらしく素っ裸の「九階の怪人」が、「いらはれ、いらはれ」と妙ちきりんな日本語を使いながら姿を見せ、五人を見て、「あれれれ」と驚いた顔をつくり、毒味男に「冗談じゃないわよ、人が芝居の幕、降りたと思って気分よくドーラン落としてるのに、二幕目の主演もしろって言うの」と言い、タケオの顔を見て臆面もなしに「演技賞ものだったろ?」と言う。

「ジーラってあったろ?」毒味男が訊く。

「何、ジーラって?」

「あれだよ」

毒味男は苛立ったように言い、タケオの頭を手で触り、「てめえ、こんな可愛い俺の親戚を殴り殺してしまえとよく言えたな」とすごむ。

「あら」

「誰の子供か知ってるのか? オリエントの康の息子だぜ」

「あらら」

九階の怪人は声を出す。

16

毒味男がタケオをオリエントの康の息子だと紹介して、「九階の怪人」の態度は、劇的なほど一変した。

凝りに凝ったメイキャップを落とし、シャワーを浴びていた最中だったと言うが、殴殺死体が下半身まるだしだった事を考えれば、素裸で五回続けて鳴らして合図とするチャイムに反応して出て来たのは、意図的に裸体をさらすつもりだったと思われるが、タケオがオリエントの康の息子と知ると、急激に自分のドタバタ劇に興醒めしたように、「ちょっと待っててくれな」と男言葉を遣い、毒味男を「サブ」と呼びかけ、タケオを奥の書斎に案内しておいてくれと言う。

「九階の怪人」は浴室に戻る。

しかし出つづける熱いシャワーを見、音を聴くと、本来の男なら切り上げて裸をぬぐい服をつけにかかるところを、快楽原則に沿って生きるオカマとしての地金が出て、欲望の衝動を抑えきれないように、またシャワーを浴びかかる。

毒味男は書斎のソファに坐り、タケオに、苦笑を送る。

本や置物でごった返した中に立ったタケオの耳に、シャワーを浴びながら歌う「九階の怪人」のスペイン語のような歌が届く。

ジーラ。ジーラ。

「九階の怪人」ははっきり聴こえる声で歌い、急に男に戻ったようにシャワーを止め、どこにでもいる日本の中年の男と変らない服を着て、まっすぐ書斎にやって来て、前に立ったオコゲちゃんと中年の女に「ちょっとどけてくれるか」と男言葉で声を出し、小さな仏壇についた引き出しを開ける。

「九階の怪人」は毒味男を見、次に、タケオに眼を遣り、無言のまま顎でしゃくり、その中の不思議な出来事を自分の眼で確かめろと合図した。

毒味男はソファから立ちあがってのぞき込んだし、タケオはその毒味男の肩越しにのぞいた。うずらの卵大の、タケオがバイアから運んだエメラルドが古びた錦の布の包みの上に乗っている。

毒味男は驚いたが、タケオが案の定、エメラルドは「九階の怪人」の部屋にあったというように「ここにあった」と声を立てると、「九階の怪人」は、そんな事ではない、というように、タケオとオコゲちゃん、それに中年の女と女装男を見廻し、まず仏壇に手を合わせてから、エメラルドを乗っけたまま錦の布の包みを両の手で引き出しの中から取り出し、ソファの前のテーブルの上に置く。

「九階の怪人」は溜息をつき、決心したように、錦の布の包みの上にあるエメラルドを摑んで、脇に置いた。覚悟はできているかと訊くように、「九階の怪人」はタケオを見つめ、また溜息をつき、不意にオカマの地金が出たのか歌舞伎の女形の所作のように指をそろえ、小指は立て、包みの布を片方ずつ開けていく。

中から出て来たのはラベルの印刷があせて文字の判別がつかなくなった古いSP盤のレコー

ドだった。

「驚くだろ？」と「九階の怪人」は毒味男に語りかける。

　毒味男はただうなずく。

「九階の怪人」はタケオを見て、何が驚く事なのか皆目見当がつかない状態のタケオに苛立ったように、「このレコードは、オリエントの康がブエノスアイレスから、オリュウノオバに送ったもの。見えるか、レコードに疵がついているのは、オリュウノオバが他の土地へ行ったオリエントの康、思う度に、このレコード聴いていた時につけてしまった」と言い、事態がまるで呑み込めず、ただ面白い事が突発しそうだと「九階の怪人」の部屋にまでついて来たオコゲちゃんと中年の女と女装男らの存在に不意に苛立ったように、また妙ちきりんな日本語で「いのられ、いのられ」と言い、率先して手を合わせ念仏を唱える。

　ただ「九階の怪人」の唱える念仏はどこまでが本心でどこからが冗談なのか分からない。びっくりするような野太い声で「まんまいっ」と繰り返し、タケオがその女のような科と野太い声のチグハグさに笑い声を上げると、「本当にお前やこのサブは、バチ当りの腐れ、澱んだ中本の一統だ。どんな事あったってへらへら笑っている」と怒り出すのだった。

　毒味男はいきなり「九階の怪人」の尻を蹴った。

「九階の怪人」ではなく、女装男が「まあ」と声を上げ、自分が蹴り上げられたように、「何よ、お尻なんか蹴って」と言いかかり、「九階の怪人」にコンドームのついたかつらの頭をはたかれる。

「お前が余計な事を言うと、わたしが被害を受ける。黙っときな。いまさっき、知りあって、互いに中本の血だと分かりあったばかりなのに、こいつら、もう千年も一緒にいるみたいに、ちょっとでも人が悪口言うと、庇いあうんだから」

「あら、そうなの」女装男は言う。

「でもこの近辺のホモの連中、そんなのばっかりよ。でも一晩経ったら、ごちそうさまって別れてそれっきり」

女装男が「九階の怪人」に頭をはたかれた腹いせのように言うと、その女装男の言葉が毒味男を一層刺激したのではないかと恐るおそる顔を見ると、毒味男は自分の感情は、突然、出現した同じ中本の一統の若衆、オリエントの康の息子のタケオがコントロールしているというようにタケオの顔色をうかがう。

タケオは女装男が何を言おうと怒る気はなかった。ただ、ぼんやりと、「九階の怪人」は女装男の頭をはたいた、その「九階の怪人」は毒味男に尻を蹴りとばされた、と力関係を考えている。

タケオの顔から錦の布から現われたレコードが父親のオリエントの康が送ったものだという

事に対する半信半疑の気持ちを読み取ったように、毒味男は「九階の怪人」に、「レコード、早くかけてやれ」と命じた。

レコードから美しいスペイン語の発音の、女の声のタンゴが響き出す。レコードについた疵と古式の録音の為に雑音がはいるが、歌手の声が透明なので一向に気にはならない。

曲が繰り返しの二重唱のところに来て、毒味男が「何て、言ってる？　悲しい歌なのか？」と訊いた。

タケオはうなずき、「Verás que todo es mentira, verás que nada es amor, que al mundo nada le importa, yira, yira」と反復した。

「分かんねえな」

毒味男は言い、タケオが歌声を耳で追いながら日本語に訳そうと言葉を探しながら毒味男を見つめると、「同じ中本の血だと思うと、たまんねえな。可愛いな」と言い出す。

タケオは毒味男に見つめられながら、繰り返し部分を訳し出す。

「分かるか、みんな嘘だと。分かるか、愛はないと。世界は知らんぷりで、ただ廻る」

タケオが訳すと、毒味男も「九階の怪人」も、そこだけ覚えているようにジーラ、ジーラと声をそろえて歌う。

タケオにその「ジーラ」という歌は不思議な感慨を呼び起こした。

というのも、その「ジーラ」は、コウ・オリエント・ナカモレがブラジルから流れていってアルゼンチンのブエノスアイレスにいた頃、耳にし、歌声に感動し、曲と歌詞に心動かされて手に入れたものだった。

歌詞は売春婦に託して、のたれ死にするような人生の絶望を歌っている。

曲に耳を傾け、透明な声の意味を追っていると、父親のコウ・オリエント・ナカモレがブエノスアイレスに流れていって何を覚悟していたのか、腹の底から伝わってくるし、その曲のレコードをママ・グランデ・オリュウに送った気持ちも伝わって来る。

日本の、本当の僻地の、さながらアマゾンのジャングルの奥の村のようなところで、スペイン語も皆目分からないママ・グランデ・オリュウは、蓄音機からもれて来る歌声を繰り返し、耳にし、父親のコウ・オリエント・ナカモレがレコードに託した自分の決心やママ・グランデへの気持ちを正確に理解したのも、歌声を耳にすると分かる。

さらにそのレコードを、東京の繁華街の一角で、オリュウノオバの唯一人の血縁の者だという「九階の怪人」がかけ、それを、ナカモレの血の二人の男が聴いている。

「ジーラ、ジーラ」毒味男と「九階の怪人」は声をそろえてその条《くだ》りを歌う。

17

あきるほど繰り返しレコードを聴いてからテーブルにあるエメラルドを毒味男は、一等、超過激、超反動の一味で力のある者として独断するというように、タケオに持っていけと言った。

「九階の怪人」は、不服顔で、「じゃあ、あの大奥の局から巻き上げた三百万は？」と言い、エメラルドをポケットに入れたタケオの前に手を差し出し、「分け前ちょうだい。コージネート料なのよ」と言い、毒味男に、「お前、そんなにあこぎにするのか」とすごまれる。

「コージネート料って言葉が悪かったら出演料と演出料。だってこのオコゲが持ち込んだ話、すぐ大奥の局に振ったの、わたしだもの」

「この男、南米から来たんだぜ、しかも、あのオリエントの康の息子だ」

毒味男は言い、ふと気づいたように、「お前、オリュウノオバのオイっ子のくせに、知らないってわけじゃあるまい？」と「九階の怪人」の顔を見ながら言う。

不貞腐れ顔の「九階の怪人」は、「あんたらと同じ中本の血の、いい男なんでしょ」と言い、くだくだと、南米からエメラルドを持って来た美少年が中本の血だったと分かってめでたいが、徳川和子に出資させた三百万は一個三億円は下らないエメラルドを取り込んでこそ出資と言えるが、エメラルドがタケオの元に戻った今は、単なる徳川和子のジゴロ遊びの代金になり、徳川和子からあこぎな商売をした、だましたと言われる、と言い始めた。

「いいんだよ、あいつ、楽しんだのだから」

毒味男は言い、タケオの顔を見てニヤリと笑い、「あの女、極上の男、二人、御用達にしたってわけだ。安い金じゃねえか」と言う。

「でも、わたし、一人、うらまれる。そのうらまれ料」

タケオはいつまでも言い続ける「九階の怪人」のエネルギーに舌を巻き、何よりもタケオの体の中に流れる無頼の血が、エメラルドの一個はママ・グランデ・オリュウに、一個は費用に、一個は観せて売り、買手をバイアに連れていく為にともくろんでいたと考え、ママ・グランデ・オリュウが死んでいたと分かった今、三個を「九階の怪人」も徳川和子も加わった超過激、超反動の一味の活動資金に供出してもよいと決心した。

一度はポケットに納ったエメラルドを取り出し、テーブルの上に置いた。

驚いて顔を見る毒味男と「九階の怪人」に、「あと二個、あるから。三個あれば、充分だろ」と言う。

仏頂面の「九階の怪人」は掌を返したように眼を輝かせ笑みを浮かべ、「何に充分なの？」と機嫌よく訊ねる。

「さっき、あんたが言っていた組織つくるの」

タケオが言うと毒味男は「もちろん、充分だ。買おうと思うなら、ミサイルだって手に入る額じゃねえか」と言い、どうしてそんな気になったのか、訊ねる。

「コウ・オリエントの血だよ。ここで『ジーラ』を聴かせてもらったから」

「オリエントの康の血」

毒味男は言い、「九階の怪人」に、「あんたがオリュウノオバだったら、どんなに面白がるか」と挑発するように言い、頭の中に超過激、超反動の組織がくっきりと姿を現わし、事件を仕掛けていく過程が浮かぶように、「国会も要らねえな。民主主義も要らねえな、選挙も要らねえな」と言い、突然、想像が飛躍したように「十億ぐらいで中国の上海に土地買ったらどのくらいの広さだろうか?」と訊く。

「さあ」と「九階の怪人」は気のない返事をする。

「ライフル銃だったらどのくらいだろうか?」

毒味男は言ってから、タケオに「いや、すぐはそんな事はしない。徳川のお姫様に錬金してもらい、何百倍にも増やしてから、使う」と言う。

他に二個あるエメラルドを取りにタケオは一人、安ホテルの部屋に戻り、くり抜いた穴の中に二個入っているのを確かめ、仏教の経典ごと持って「九階の怪人」の部屋にむかうと、オコゲちゃんと中年の女、女装男が、一階のエレベーターの前に立っていた。

女装男はタケオを見るなり、「あんた、単純ねェ、あんな悪い奴、二人の口車に乗って、財産、全部、吐き出そうとするの？」と訊く。

「これは俺の財産じゃない」

「じゃあ、誰のよ」

「皆なの」

「皆って誰よ？　あの怪人？　あの釜割りのサブ？」

タケオがうなずくと、女装男は鼻で吹き、ただでさえ悪い奴らが軍資金を作り、活動の幅が広がればどんな事をするか怖ろしいと言い、大仰に身を震わせる。

タケオは女装男を笑った。

オコゲちゃんと中年の女がタケオを見ているのを知って、エメラルド二個、九階の部屋に運び、二人に渡してくるだけだから待っていろと命じ、エレベーターに乗ろうと、振り向くと丁度、毒味男が出て来て、タケオに徳川和子と連絡がついた、エメラルドを三個、徳川和子に渡しに待ち合わせ場所に行くから、同行しないか？　と言う。

タケオは躊躇した。

毒味男は躊躇するタケオの気持ちを見抜いたように笑った。

「しょうがねえな、このオリエントの康は。このくらいの女、腐るほどいるってのに、女の方が、何億もするエメラルドより大事ってわけか」と言い、ニヤリと笑い、「よし、俺も一発、抜いてから、徳川のお姫様との謀議に参加しよう」と言い、上衣のポケットから無造作にエメラルドを取り出し、タケオのズボンのポケットに入れる。

タケオは手に持った仏教の経典の中から仙花紙で包んだ二個のエメラルドも取り出し、仙花紙をはがし、「ほら」と毒味男に見せる。

オコゲちゃんと中年の女が、タケオの掌のエメラルドを見ようと体を寄せる。

タケオはそれが中本の一統のオリエントの康の息子の証だというように、掌のエメラルドをのぞきに身を寄せたオコゲちゃんと中年の女に、「明りのあるところでじっくり見せてやるよ」と言い、毒味男に片目をつぶって合図し、「むこうのホテルならいいだろ？　もし気に入って買いたいって言うなら、相談に応じてやるよな」と話しかける。

「そりゃ、もちろんだよ」

毒味男はタケオの言葉に呼吸よく応じ、オコゲちゃんと中年の女に「行くか？」と訊く。

オコゲちゃんと中年の女が返事をしないうちに、女装男は「あたし、怖いから、あんたたちと行かないわよ」と言う。

タケオは女装男の言葉に腹が立つ。

タケオの腹立ちを察したように毒味男は声を荒らげる。

「人の商売や恋路を邪魔するもんじゃねぇって、昔から言うだろ。お前のやる事ァ噂をせいぜいピーチク、パーチク広める事しかねえだろ。なあジーラ」

突然、売春婦という意味の歌のタイトルを言われ、タケオがとまどうと、毒味男はタケオのエメラルドをのせた掌を押し、「さあ、ポケットに納っとけ」とタケオの肩を抱く。

「ジーラと言うのは、お前の事だ」

タケオはジーラが自分につけた仇名だと言うならどうでもよいが、中本の血で繋がっていると分かった毒味男に、街角に立つ売春婦のように肩を抱えられ、誤解されて尻を犯されれば眼も当てられないと思い、「おい、間違えんな」と肩から毒味男の手をほどきにかかる。

「分かってるよ」毒味男は腕に一層力を込め、抱きしめながら言う。

「本当に分かっているのかよ？　俺は、オコゲちゃんとこの女、ホテルで姦ろうと思って、いまホテルに誘ってんだぜ」

「そうだ」毒味男は言う。

「俺もこの二人の女、いてこましてやろうと思っている」

「だったら間違えるから離せ」

タケオが言うと、「そうよ。きっとこいつ、間違えた振りして、あんたのカマ、狙うんだわ」と女装男は言う。

その女装男めがけて、毒味男はいきなり、タケオの肩を抱いていた腕を離し、タケオの手から仏教の経典をひったくり、投げつけた。

仏教の経典は女装男の平べったいままの胸に当り、地面に落ちる。

「なにすんのよ」と怒鳴り、地面に落ちた仏教の経典の表紙が幾つものネオンサインや看板の灯りに照らされて炎を吹きあげたように見えるのに魅かれたのか、身を屈めて手をのばして拾い、「本当に、あんたたちバチ当りだわ」と言う。

18

毒味男はバチ当たりという女装男の言葉を鼻で吹いたが、タケオにはその言葉も、すねた仕種で女装男が土埃を払う仏教の経典も不思議な魅力を持っているように思えた。

タケオは「バチ当たりだって」と呟きながら、女装男に手を差し出し経典を渡せと言った。

女装男はタケオを見て、「何をしようって言うのよ」と差し出したタケオの手をはたいてから、経典を二つに開き、頁をパラパラとめくり、「どんな人間か知らないけど、こんなとこに穴、剝り抜いて」と言い、大仰に身震いをしてから、オコゲちゃんと中年の女に見せて、「あんたら、この二人になんか従いていったら、こんなめにあっちゃう。それでも行くの?」と訊く。

中年の女は無言のまま従いてなぞ行く気はさらさらないと手を振った。

オコゲちゃんはその中年の女の反応に驚き、失望したように顔をつくり、「行かないの?」と訊く。

「オコゲは行けば。一人でこんな怖ろしい、悪い奴、二人、相手にしてくればァ。でも、そうしたら、あんた、オコゲ、もう出来ないわよ。これから、わたしはシルクハットに行って、おふれを出すように、皆なにバラしてやる。

あのオコゲって普通のノンケの女だって。オカマにくっついているオコゲしてるの、本当は男が欲しい淫乱娘の地金を隠す為だけなんだって。あら、あのオコゲはそんなオコゲの隅におけないシルクのマスターなら何て言うと思う? あら、あのオコゲはそんなオコゲの隅におけないオコゲなのって言う。

そう、そうならクリスマス・パーティーの時、オコゲだと思うから、皆な全裸で化粧している控室に入れたのに、あのオコゲ、わたしたちを淫乱な眼で見ていたのかしら? 太いとか細いとか長いとか短いとかぶつぶつ呟きながら、淫乱な光る眼で、そうよ。

わたし言ってやる。シルクのマスターにつきまとわないのこのさとみより細くって短いからだよ」

女装男はシルクハットのマスターと今、話しているように一人二役を演じ始める。

女装男は左を向く。

「あーら。お黙り」女装男は右を向く。

「お客に向かって、まァ、お黙りだなんて」女装男は左を向く。

「お黙りったら、お黙り。あのオコゲがおまえさんに従いて廻ってるのは、おまえさんの方が広いからじゃないのかい。あのオコゲ、実のところ太平洋で、それで男らに嫌われて、オコゲになったたって噂だからわたしゃ憤然とする。

マスター、たとえオカマでも言われて良いことと悪いことある。もう友情もお終い。いつでも走れメロスになってやろうと思ってたけどメロンパンでも食べて牛乳でも飲んで、あんたが首はねられて呻く声、空耳にでも聴きながら、一休みでもしてらァ。あのオコゲが太平洋だってのは本当。哀れな偽オコゲ。でもこのさとみは違う。本当の処女」

女装男がそう言って科をつくるとオコゲちゃんは初めて何を言われたのか気づいたように「バカ」と言い、「言ってなさいよ。その化粧取って、明日、男に戻った時、徹底的にいびってやるから」と言う。

オコゲちゃんはタケオの顔を見る。

「いい？　知ってる？　この人の言ってるの、嘘ばかりなんだから。このままシルクハットに行けると思う？　シルクのマスター、女装してさとみになったら、出まかせに嘘ばかり言ってるから出入り禁止だって言ってた。この人、今日だけ、女装した時だけ。ぺらぺらぺらぺら、嘘ばかりしゃべってる。明日になったら普通の男の格好に戻るから、しゅんとしている」

「あら、オコゲも三年も年季積むと、見て来たような嘘のお上手な事。シルクハットでこのさとみが出入り禁止だなんて。何なら、シルクにいまから行って、さとみがお出ましよって言ってごらんなさいな。シルクのマスターの奴、あわてて、あら、まァ、大変、ライトの具合、どうかしら？　クッション、大丈夫かしら？　誰か、トイレに入らなかった？　って大騒ぎで準備して、わたしがドアを押して入るや否や、ラッパのファンファーレで迎える。あんた、タンバリン、たたかせてもらったら上等なものよ。あなたなら、その不細工な顔の額でも頬でも手で張って音、出させてもらうくらいが関の山」

「ふん」オコゲちゃんはオカマのように不貞腐れ顔をする。

だが、タケオの眼にも、オカマの影響を受けて不貞腐れ顔をするオコゲちゃんより、女の真似し、研鑽を重ねた女装男の「ふんって何よ、ふん」と言ってつくる不貞腐れ顔の方が迫力があり、不貞腐れの真実味があるのが分かる。

だが、女装男の不貞腐れ顔はオコゲちゃんの「何よ、嘘ばかり言って。この間、自殺しかかったくせに」という一言で、一挙に崩れる。

女装男は仏教の経典を平べったいままの胸に抱え、泣き出しそうな顔で「ひどい」と呟き、あたりを見廻す。

ビルの中に入った小さなスナックの看板に灯りが入っている。

女装男は看板を見つめその一つを「エイモス」と読みあげ、胸に抱えた経典の力なのか、コンドームのリボンをつけたカツラを被った奇抜な女装の力に支えられてなのか、オコゲちゃんの言葉の衝撃から急速に立ち直るように、「薄命な人は総て美人じゃないけど、美人って総て薄命だって思ってるから、魔が差したの」と呟き、タケオに「だろ?」と訊く。

タケオが言葉の解釈に戸惑うと毒味男が、「まあ、そうだな」とうなずき、嘘をつくのもいい、騒ぎ廻るのもいい、女装も人に迷惑をかけない限りかまわない、だが次の日、元の普通の男の姿に戻って騒ぎの反動で自殺しようとするのはつまらないと言う。

タケオにも毒味男の言葉はあまりに常識的に聴えたが、女装男はいままでの不利な状況を一挙に逆転しようとするように、いきなり笑い出し、「まあ、この悪の権化がよく言うてくれるわ」と言う。

「あんたやあの九階の怪人の、ひとでなしはよく知ってるんだから。いままで何人殺したのよ。

どのくらい、独り暮しのババアやジジイを殺して、金を取り上げたり、土地を取り上げて売り飛ばしたのよ?」

女装男はいまさっきまで言い争っていたオコゲちゃんに、「聴いて、聴いて」と耳を貸せと手招きし、タケオと毒味男、それにただ立往生しているだけのような中年の女に聴えよがしに、「この間、独り暮しのババアが殺されて山の中で発見された事件、知ってる? そのちょっと前、昔は大会社の重役だったけど、病高じてこのすぐ裏にマンション、買って住んでて、それも殺されて山の中へ放られてた事件、知ってる? それから、もう一つ、古道具商が殺されて、これも山の中に放られてた事件、知ってる?」と言う。

「何だよ? それが俺と関係あるのか?」

毒味男は女装男の言葉をどう聴くのかタケオが心配なようにちらりと眼をやり、タケオがまた女装男の嘘、妄想癖が始ったというように手を広げ、肩をすくめると、毒味男は腹に据えかねるというように女装男を見、「口から出まかせを言って人を誹《そし》るのもいい加減にしろ」とすごみかかる。

「あら、わたしが、言ってるんじゃない。この町の人間、皆な噂してる。いい、このさとみ姐さんがするのは、あの九階の怪人と釜割りのサブが、素敵な混血の坊や、咥え込んで、四つめの怖ろしい事件、計画してるって事だわ」

女装男はオコゲちゃんが止めるのを振り切る。

「ババアと重役のジジイ、それに古道具商、これもジジイだわ。じゃあ、次はババア？　色ボケのババアだわね」

女装男はオコゲちゃんに寄りそうように立った中年の女を指差し、「この人？」と訊く。

「いやですよ」中年の女は肩をすくめ、女装男の方へ身を寄せる。

女装男はその中年の女の肩を突く。

「あなた、その齢でオコゲの身分っての、ちょっと虫がよすぎるわよ」

「オコゲの身分って言ったたって」

中年の女が戸惑うと女装男は得意げに周りを見廻し、「あなた、オコゲじゃなくオオコゲでしょ」と言い、口を手でおさえて笑う。

結局、女装男の策謀でタケオと毒味男のもくろみは崩れ、オコゲちゃんと中年の女をホテルに引きずり込む事に失敗し、二人はそのまま徳川と呼ばれた女にエメラルド三個を預けに行く事になった。

19

毒味男が徳川と呼ばれた女、徳川和子と待ち合わせしたのは電車を使えば二駅先の近間だったので、電車を使うまでもない、歩くうちに約束の時間になると毒味男は言い出し、東京の地図の呑み込めていないタケオは、さそわれるまま歩き出した。

繁華街の一角から北の方にのびる大通りを歩き、細い路地を抜けて縦に走る道路を横切り、また路地に入る。

路地の両端は安ホテルになっていた。その安ホテルの前を通りながら、毒味男はふと女装男が言っていた繁華街の一角で広がっている噂はこんな事件だと言い出す。

その第一は独り暮しの老女殺しだった。

老女には身寄りはなかった。老女の持っている土地は東京の都庁ビルのそばにあり、数年前からその周辺の地価が高騰したので、不動産ブローカーたちは目をつけていた。老婆はつましく暮していたし、年金も入る齢だったので不動産ブローカーの言葉に耳を貸さなかった。

それが崩れたのは身なりも悪くない優しい言葉を掛ける女の出現からだった。

女は老婆に病気の事、お寺の事から語りかけ、そのうち、老婆を善光寺に連れていったり、日光に連れて行くまでになった。女は善光寺の時、帰りが難儀そうだったから老婆をおぶう為にと、日光の時は男を同行させた。

老婆はその女を信用し、女が男にぶたれる事があると言い出したので、男からかくまうつもりで、女を家に置いた。

家において三日目に老婆も女も姿を消した。

三カ月めに老婆の死体が山の中から発見された。

家も土地も老婆が女をかくまったあたりで人の名義になっていた。さらに調べると別の会社に法外な値段で売り飛ばされていた。

第二は大会社の重役をした老人の話だった。

その重役も土地をしこたま持っていた。重役をしている間に土地を買い、それが高騰したのだが、退職金をどう動かそうか、と考えていた重役はひょんな事から知りあった不良少年の話に耳をそばだてた。

不良少年は地主のドラ息子で、親に勘当され、それで公園で男をつかまえ体を売って暮している。

印鑑や登記証なんかいつだって盗み出してやる。一つ二つの土地なんぞ売り飛ばしたって、横柄なだけが取柄の親爺は気づかない。重役はおそらくその少年の言う土地に目をつけ、それで少年を手なずけようとして自分の部屋に住まわせ、小遣いを与えた。

少年は小遣いのある間、外をほっつき、なくなると重役の部屋に戻り、体を開き、またくやしげに地主の親爺の薄情をなじった。

重役は「じゃあ、いっその事、やっちゃいなよ」と言った。

少年はうなずいた。

或る日、少年は例のように小遣いをつかい果して外から戻るなり、重役に、印鑑も登記証も一切準備出来たから、その土地を見てくれと言った。

昼間はサングラスで顔をかくしたって、人が見ればあそこのドラ息子が来ていると分かるから、夜、一緒に行って土地を見てくれ。

その夜から、重役は姿を消した。

三つ目の事件は単純だった。

ホモの古道具商が苦味走った悪の男に入れ上げた。男が女に使う金が要ったからか、単に情婦きどりの古道具商をうっとうしかったのか、或る日、古道具商は簀巻《すま》きにされた死体で山の中から発見された。

「全部、その話は、あんたたちなのか？」

タケオが訊くと、毒味男はニヤリと笑い、「あのオカマらが俺たちがその犯人グループだと噂しているって事だからな。俺は知らねえよ」と言う。

毒味男は「あの怪人だろ、俺だろ、徳川和子だろ、それに愛田淳」と指を折る。

「愛田淳は重役を誘い出した奴？」

「まあ、あいつらの想像力では、その役だな。四人のうちで一等若いからな。つまりこうさ。俺や怪人や徳川和子が最初から、独り暮しの重役いてこませようと狙って筋書き、つくっている。

土地をしこたま持っているし、株式を持っているのも知っている。バブルで腫れ上がっている。

このバブルで脹れ上がっている日本を誰よりも嘆いているの、誰だと思う？　徳川和子さ。それで、重役に天誅加えるつもりで、重役の食いつきそうな餌を置く。

その重役は少年愛の趣味で公園に少年をあさりに行く。それで愛田淳をそこにおく。あいつは積極果敢に重役に体を買ってくれとアタックする。

その次は少年の証書だ。そのうち自分のものになる親爺の土地。金もくさるほどあるのに、オートバイに乗った、女の子と不純異性交遊した、勉強しないという理由で勘当され、一円もないから、体を売っている。

重役には夢のような奴さ。重役は危険そうに見えて実のところ初《うぶ》な少年の世界を一切取り込んでやろうと、わざわざ夜、自分から人目を避けて、山の奥深くに入り込む。あの連中の空想はたいしたもんだって感心するぜ。山奥に俺や怪人や徳川和子が待ち受けてるってわけだ」

「本当に殺した？」

タケオが訊くと、毒味男は苦笑し、「殺したやつが簡単に殺したって言うか」と言い、タケオの肩に手をかけ、耳元に顔を寄せ、同じ中本の血の若衆だから一つだけ打ち明けてやると言い、その三番目の話の古道具商を殺したのは自分だと言う。

というのも、子供の頃からグレていた毒味男は故郷に戻ろうにも戻れず、それで繁華街の一角のビルに巣喰った「九階の怪人」の噂を聴きつけ出かけていった。

「九階の怪人」は快く迎えてくれたが居候を置ける身分ではないし、といってすぐ古道具商を紹介した。

古道具商は最初はパトロン気分、情婦気分で金離れよかったが毒味男が女をつくると急に金を出すのをしぶり始め、そのうちねちねち叱言を言い始めた。

或る日、毒味男はしつこい愛撫を耐え続けた後、女に急に会いたくなって金をくれと申し出、古道具商が断ったのに腹を立て、手近にあった古伊万里の壺で殴りつけた。

古道具商は血だらけになって死んだ。「ジーラはあそこで、あの怪人、ひっくり返っているのを見て、驚いたろう。本当は俺の方が驚いた。あいつがああいう事しておまえを驚かすというの分かっていたけど、あいつの姿。下半身、素っ裸。その古道具商と同じ姿だよ。あいつは警察か発見者ぐらいしか知らんものを知っているんだから、それを見てたかもしれんと思うほどだな。

俺は素っ裸の古道具商だったから、このままだったら俺があいつに囲われているの何人も知っているからやばいと思って、取りあえず上着を着せたってわけだけどな。上着、着せて、下も着せようとして、面倒くさくなったってわけだ。それで毛布やらシーツやらで簀巻きにして、山の中に放り投げた」

タケオが訊くと「何にだ？」と毒味男は訊く。

「見つからなかった？」

「警察」

タケオが言うと、毒味男は顔を近づけてニヤリと笑い、「迷宮入り」と言って立ち止まり、両腕をまくり上げ、次にシャツのボタンを一つずつはずし、裸の胸を見せる。

腕を連れ込みホテルの灯りにかざし、次に胸をのぞきこみ、「あのホトケさんに病気もらったのかもしれんし、中本の血の若衆の運命かもしれん。あれからぼうっと青く光っている」と言って、タケオの眼の前に腕をつき出す。

20

毒味男が、待ち合わせ場所だと言ったのは駅のガードそばの喫茶店だった。

タケオが毒味男と並んでその喫茶店の前に立つと奥の席にいた徳川和子と愛田淳が顔を上げる。二人は毒味男に同行してタケオがいる事にさして驚いた風ではなかった。

歩いて近寄る毒味男を二人は眼で追った。

毒味男がそばに立つと、徳川和子が「その子、親戚だったってね」と言った。「ああ、親戚も親戚。もうこれ以上の仲は考えられないな」

毒味男は言ってタケオに坐れと命じた。

タケオは毒味男の命じるまま椅子に坐り、いまさっき毒味男から聴かされたばかりの三つの迷宮入りの犯罪を思い出して、改めて徳川和子と愛田淳を見た。

毒味男は無言のタケオが何を考えているのか見透しているようににやにや笑い、脇に坐って、「超過激、超反動の一味ってのがどんな連中なのか、よく分かるだろ」と言い、タケオのポケットに納まった三個のエメラルドを出してテーブルの上に置けと言う。

タケオは躊躇した。

その三個のエメラルドをバイアのコウ・オリエント・ナカモレの盟友から預り、一個はママ・グランデ・オリュウに、一個はタケオの費用に、一個は取り引きの相手にと言われていたが、犯罪者の一味に渡していいものかどうか。

「ほら、早く」

毒味男が言うので、タケオは目を潰って断崖から飛び降りる覚悟でポケットの中から三個を取り出し、「ほら」とテーブルの上に置いた。

「バイアの連中、こんなエメラルド、買い取る金持ちの日本人をさがしている。いいか？　今、世界の中で一番金持ちは日本人だよ。だから日本に期待している」

タケオが言うと、毒味男はテーブルの上のエメラルドを一つ摑みあげ、喫茶店の天井の照明にかざしてみながら、「分かっている」と言う。

「面白いじゃないか。一億国民をあげて欲ボケして金、金と騒いで廻り、あげく土地転がしたり、株転がしたりしてしこたま稼ぎ、その上に脱税までする欲の皮の突っ張った連中がうじゃうじゃいる。

この三つのエメラルドで何人、欲ボケの連中がひっかかるか。そんな連中を一人ずつ、掃除してやろうじゃないか。明治、大正、昭和と三代も、人より抜けめのない連中が財を作ってのさばって来たんだ。

もちろんそう言えばその前の徳川だって、豊臣だって、織田だって抜けめなく動いてのさばって来たんだけど、連中はまだいい。他の国だって封建領主なんてそんなものだし、そこまでさかのぼったら、縄文時代の頃まで行くしかないからな。徳川のお姫様と結託してやるんだしな。俺たちの狙うのは、明治維新からの近代だ。

つまり本来ならこの俺も仕える事になっていた紀州徳川藩の毒味役がなくなって俺の先祖が失職して路頭に迷った時からこちら側」

そう言って毒味男は徳川和子に手に持ったエメラルドを渡した。

「これがそのエメラルド」

徳川和子は感に堪えないように呟き、その手に持ったエメラルドを愛田淳に見てみろと渡し、テーブルの上から別のエメラルドを一つずつ摑んで手に乗せ、エメラルドの大きさと品質に感心したように「これならどっさり欲ボケは引っかかるわ」と事もなげに言い出した。

「一個五、六千万から三億ぐらいまでの値段の幅だろうけど、このまま高値で売って三億。三個で九億。それじゃあ、あまり面白くないから、取りあえず、この三個で百億ぐらいの金、どこかの欲ボケから引き出せないかな?」

毒味男が言うと、エメラルドに見入っていた徳川和子は顔を上げた。

「出来るんじゃない」

「何かアイデアあんの？」愛田淳が徳川和子を見た。

徳川和子は表情一つ変えず、目の前のタケオを顎で差し、「この素敵なカリオカの血の混った中本の若者」と言う。

「俺が？」

タケオが訊き返し、毒味男が「このジーラが？」と言う。

「どんなアイデアだよ？」愛田淳はまるで自分に割り振られた役のような事をタケオがやらされるように、人を憐れむような眼で見た。

愛田淳は、タケオが重役殺害の事件の粗筋を毒味男から聴いているのを知らない。

タケオは人を憐れむような眼で見る愛田淳を嘲い、自分だったらたとえどんなに仲間から懇願されようとしない事だと思った。

「どんな事、させる？」毒味男が不安になったように訊き返した。

「何もさせないの。ただそのまま。あの九階に現われた時のそのまんまで、土地を転がしたり株を転がしたり、絵を転がしたりしている連中の前に行って、一個三億をくだらないエメラルド、三個、持ってバイアから来たってその通り言うの。

エメラルド、バイアにはごろごろ転がっている。皆な売りたがっている、そう言えばいいの。

後は、わたしやあんたや、あの怪人が出て、出資しなさいよと煽り立てればいいのよ。必ず欲ボケはひっかかる。だってわたしたち、仲間うちでそうなったじゃない。あの九階の怪人が欲ボケして、このエメラルド、取り込もうとしたじゃない。どうしてだと思う？この子のカリオカの血のせいだし、あなたの言う中本の血のせい。見て、この眼。純粋で無垢な眼をしてるし、笑い顔が人を魅惑するから。

だからその若者を見たら、誰でも、この若者の言ってる事は本当だと思うし、誰でも、この若者なんか簡単にだませると思いはじめるから」

「また、だましたと思ってるのをだまして、殺す？」

タケオが訊くと、徳川和子は「あら」と驚きの声を上げ、愛田淳が自分の事件を言われたと察知したように緊張した顔になった。

毒味男が愛田淳の緊張が体の中に広がった怒りの現われだと気づいたように、「心配するなって。俺がこいつに、一味に加わる心がまえに必要だから言っといたんだから」と愛田淳に言った。

「殺すのか？」タケオは訊き直した。

「殺す必要なかったら殺さないわよ」

徳川和子ははっきりと愛田淳を庇うように言った。

「いい？　この人にどう説明受けたのか知らないけど、殺人まで持っていくのは、この人ですからね」徳川和子は苛立った声で言い毒味男に憎悪のような眼を向けた。

毒味男はへらへら笑った。

「なんだよ。いまごろそんな事、言うのかよ」と言う。

「言うわよ。こんなとこへ引き込んだの、あなただもの。わたしはあなたがもうすでに取り返しのつかない事してたの、何にも知らなかった。ただ九階の怪人から素敵な男性がいるからつきあってみないかと紹介され、ほんの軽いアヴァンチュールのつもりでつきあいはじめたばかりよ。

あなたの祖先が紀州徳川の毒味役やっていたというのも面白いと思ったし、毒味役の家に伝わる怖ろしい怪談のような話も面白かった。もっともそれを後で人に話したら、江戸時代の人の書いた雨月とか春雨とかにそっくりあるって分かったけど、それでわたしはあなたに言われるまま、雨月か春雨に出てくるような身寄りのない幸せ薄い女になったつもりで、強つくババアのウメさんの持っているアパートに住んだんじゃない。わざわざ地味な服着て、化粧落として。ウメさんは強欲だから、幸せ薄い女からでも何かと物を巻き上げにかかった。ゾッとするわね。

大きい魚は中ぐらいの魚を食べ、中ぐらいの魚は小さい魚を食べ、その小さいのはもっと小さいのを呑み込む。まるでボッシュの絵にあるような世界。

お大師さまがどうのと話してウメさんが帰っていったら、幸せ薄い女の持っているたった一本のリップスティックがないの。ウメさん、持っていったのよ。あなたにそう言うと強つく張りとはそんなものだと言い、その強つく張りに一泡吹かせてやるとあなたが計画した。

ウメさんの家へ住み始めた頃、温泉に連れ出して、そこでめいっぱい飲み食いして騒ぎ、そのままウメさんを置き去りにして逃げ去り、つけを全部ウメさんに払わせてやる。ところが、温泉に行きつかないうちに、あなたは九階の怪人と組んでウメさんを殺した。わたしは逃げられなくなった。この淳はその後に引き込んだ」

21

徳川和子は愛田淳に「どこでこの人と知りあったの?」と訊く。

愛田淳はへらへら笑っている毒味男の顔をうかがい、「サウナ」と呟く。

「サウナじゃない、パチンコ屋だろ」毒味男が言う。

「サウナ」

愛田淳が言うと、毒味男は「バカ、それはあの怪人がおまえの裸、見たがったから行ったんだ。パチンコ屋」と言い、苛立った声で、「九階の怪人」と連れ立って行ったパチンコ屋で薄汚れた少年の姿は二人の注目を集めたと言い出した。

オリュウノオバの唯一人の甥に当る「九階の怪人」は、夏の間はもっぱらパチンコ屋とサウナで暮していた。

肌寒ければすぐ暖房を入れ、暑ければ冷房を入れるこらえ性のない「九階の怪人」は、朝から毒味男に電話を掛け、暑さで何度も死にかかっているとまくし立てていた。

「クーラー、かければいいじゃないか」と毒味男が言うと、よくぞ言ってくれたというように、

「だから死にかかったのよ。息苦しくて、空気が塩辛くて、駄目だ、こりゃあ、酸欠だって。頭が痛くてしょうがないから、窓開けたら、外の熱気がむっと入って来て、眩暈してしばらく鳩のように倒れていた。この九階のテラスで鳩が死ぬんだよォ」

そう言って、「九階の怪人」はパチンコ屋に行くから毒味男につきあえと言う。

パチンコにあきた時、しゃべくりの相手が欲しい。たまにその相手になるのも、毒味男にはオリュウノオバへの供養だとも思え、それでパチンコ屋に出かけて、薄汚い服の少年がひっきりなしに玉を買い、その度に打ち込んでしまっているのを見つけた。

「九階の怪人」は「可愛いじゃない」と言った。

毒味男も同意した。

「可愛いねェ。なんて可愛いんだろ」

パチンコをやる気のない「九階の怪人」は少年を見続け、そのうち何かを思いついたのか、毒味男に「スカウトするつもりだから、サウナに連れていって、オーディションしようよ」と言い出した。

毒味男は無視する。

「九階の怪人」は言い出すと止まらない。

スカウト。サウナ。オーディション。

毒味男の脇で言い続け、そのうち、自分の言う事を聴かないとバラすというように、古道具商の話を持ち出す。

それで仕方なしに、玉を打ち込んで、金も費い果たした少年の脇に寄り、少年を漁る男のように「のぼせ上っちゃうよな」と声を掛け、負けが込んでいるのを見るのにしのびないから、余分な玉をやると箱いっぱいの玉を渡した。

その玉も打ち込んでしまった少年は自分から進んで毒味男のそばに来て、「打ち込んでしまった」と、また玉を欲しげに言った。

脇にいた「九階の怪人」がすかさず、「サウナでも行こうかい」と普段のオカマ言葉と違う野太い声を出し、思わず勢いがつき過ぎて妙な言葉になったのを取りつくろうように、「サウナじゃ、サウナじゃ」と言い出す。

毒味男は笑った。

毒味男に釣られて少年も笑った。

三人でサウナに行き、裸になった少年を見て、「九階の怪人」はオーディションは合格させると言い、それで少年は愛田淳になり、重役の出没する公園に、ただ狙った獲物の重役ひとりを罠にはめる為に立つ事になった。

愛田淳もまた、徳川和子同様に強欲な相手に一泡吹かせて笑い転げる為に手の込んだ罠を仕掛けているだけと思っていたが、結局、毒味男は重役を殺した。

「殺人鬼だな、俺は」

毒味男は言ってタケオの肩を抱き、「殺された連中、今ごろオリュウノオバやら礼如さんやら、お釈迦様やら阿弥陀如来やらに、中本の一統の一番どん尻ぐらいの男を何でいつまで生かしているのかって文句を言ってるな」と呟く。

「何んで人を殺す?」タケオは訊いた。

毒味男はタケオの肩から手を離しながら「さあ」と言う。

「俺も分からんな。おそらく殺したいから殺すんだろうな。世の中には殺された奴らよりもっと悪くて金の亡者で、ずる賢い奴、どっさりいる。だからそいつら殺されないのに、俺の罠に掛かった奴だけ殺されるのは、単に俺が殺人鬼だというせいだろうな。

中本の一統の中に澱みに澱んでいた血が、代々毒味をして来て溜った毒と化合して俺みたいな奴になった。その殺人鬼の俺が作ろうと目論む超過激、超反動の一味に、オリエントの康の息子のおまえがエメラルド三個、寄附して加わるのだからな。おまえは俺より先に死ぬのか、後に死ぬのか、それとも、二人、一緒に死ぬのか、今ははっきり分からない。だけどどうせ若死にするさ」

「若死にするって本当なのか？」タケオが言うと、毒味男はああとうなずく。

毒味男はタケオの脇腹を突つく。

「この腹から空気が抜けるように生きる力が抜け出てしまって、何しろ、中本の一統の若衆は若いままで死んでしまう。人に殺されたり、病気したり事故にあったりして、この世から消えてしまう」

「あなた達二人が死ぬならそこに立ちあいたいわね」徳川和子は言い、エメラルドを三個、ハンドバッグの中に納い、腕時計を見て立ちあがった。

「さっきの要領で行くなら、さして準備する事もないから、すぐでも連絡出来ると思う。この間、新聞で書きたてられた株の仕手グループがいるでしょう。おそらくその一人が、このエメラルド三個を見せたら、鉱山の経営権とか販売権欲しいってすぐ飛びつくと思う。他の絵を売買している人にも声を掛けてみるし、その娘で宝石に狂っているのもいるから、あなたが出るなら、一も二もなく信用する。すぐと言っても二日か三日かかるけど、それまであまり垢抜けしない事ね」

「そのエメラルドを人殺しの道具にするのか」

タケオが言うと、徳川和子は「殺すのは中本の血の、あの苦み走ったハンサムよ」と毒味男を見て言う。

タケオは徳川和子に釣られて毒味男を見た。

毒味男は突然、腹が立ったように、「おまえも中本の血じゃないか」とタケオをにらみつけた。

22

その待ち合わせた喫茶店から目と鼻の先の距離に毒味男の住むアパートはあった。徳川和子が帰り、タケオと愛田淳を連れて案内した毒味男は事もなげに、「これからおまえはここで住む」と言う。

「ここに？」

タケオが訊くと、毒味男は坐り、おまえも坐れ、と言うように狭い六畳の部屋を顎で差し、タケオが毒味男と愛田淳に監視されるような気になりながら坐ると、にやにや笑い、「誰もだいそれた事をしようとする連中がこんなところに住んでいると思わないって」と言う。

右隣には中国人の学生が住み、左隣にはフィリピン人の夫婦が住んでいる。

「ここにおまえと一緒に住むのか？」

タケオが訊くと、毒味男は、「あんな安ホテルにいるより、ましだって」と言い、愛田淳に押し入れの中にある週刊誌の束を出せと言う。

愛田淳は一瞬いいのか？　と訊くように毒味男を見てから押し入れを開けて、紐で結えた週刊誌の束を二つ、新聞の束を二つ、どさっと音させて放り出した。

「日本語、読めるか？」毒味男は週刊誌の束を一つ、自分の手元に引き寄せながら訊く。

タケオは答えなかった。

「読めるのかよ？」

毒味男は苛立ったように声を出し、紐で結えた週刊誌の束の中から一冊、古週刊誌を抜き取り、グラビア頁を開き、写真に写った写植文字を読んでみろと言う。

タケオは腹が立つ。

「何のテストだよ？」

毒味男はそのタケオの言い方がおかしいというようににやにや笑い「読んでみろって」と言う。

愛田淳はタケオをにらみつける。

「読めって言うんだから読め」

「何だよ」タケオは愛田淳に言う。

愛田淳はタケオのその言い方にむかっ腹が立ったようにこぶしを握り、「また、一発見舞って欲しいのか」とにらみつける。

毒味男は週刊誌でいきなり愛田淳の頭をはたいた。愛田淳は頭をはたかれて一層、腹だちが強くなったように、「読め」と言う。

タケオは愛田淳を無視する。毒味男がそのタケオから写真に写った漢字の最初の一字が読めないと判断したように、「ジーラ」とタケオを呼び、週刊誌のグラビア頁を広げ、「この漢字は、どく」と指で差す。

「どくってあのどく？　トクシコの事？」

毒味男は苦笑する。

「毒だよ、毒。俺の体の中に廻っている毒」毒味男は言い、次の文字を読めるかと指で差す。

「どくいり、きけん」タケオははっきりした発音で読む。

「たべたらしぬで」

毒味男と愛田淳は顔を見合わせて、タケオの日本語の発音がおかしいというように苦笑し、

「何だよ?」と訊くタケオの言葉もまた、ラテン・アメリカ訛がついているというように笑う。

「どくいり、きけん、たべたらしぬで」

毒味男は歌うように言ってから、タケオを見つめ、真顔になり、「いいか、おまえがオリエントの康の息子だと俺ははっきり分かっている。もう一つだけ、字、読んでくれ」とひらがなを指で示す。

「ひらがなもカタカナも読める」

タケオが言うと、毒味男は「アニよ」と訛のある日本語を使う。

「読んでくれ」

「読めるって」

タケオが言うと、愛田淳は「読めってものは読め」とすごむ。

「読める」タケオは言う。

「読んでくれ」

毒味男は言い、タケオが口を固く閉ざしているのを見て誘うように「この字はかだろう?」と訊く。

「かいじんにじゅういちめんそう」

タケオが読みあげると、毒味男は嬉しげに「読めるじゃないか」と言い、タケオが突然、変身をでもしたように、「アニよ。オリエントの康のアニよ」と呼びかける。

毒味男は方言を使って言う。

「どくいり、きけん、たべたら、死ぬで。かい人二十一面相。オリエントの康のアニ、この週刊誌の束も新聞の束も、かい人二十一面相の記事、載っとるやつ集めとる。今日からその二十一面相の一人に、オリエントの康のアニも加わるんじゃ」

「二十一面相って?」

タケオが訊くと、「二十一の顔、もっとる」と言う。

タケオがまだ分からないと首を振ると、毒味男は超過激、超反動の組織をかい人二十一面相と名乗った事がある、と言い、愛田淳に命じ、古新聞の束の紐をほどかせる。

「日本語、読めるなら読んでくれりゃ、一番いいがな」

毒味男は古新聞の束を目の前にしたタケオの狼狽を見てとって心もとなくてしょうがないというように、「分かったよ、話してやる」と呟き、愛田淳に古新聞の束を結え直して、押し入れの中に納っておけと言う。

三つの事件を犯した徳川和子を中心とする超過激、超反動の一味は、或る時、遊び半分真面目半分の気持ちで、大会社の社長を誘拐し、金を奪い取り、それから次々と脅迫事件を起こした。


その脅迫事件は金持ち日本を揺さぶった。

新聞や週刊誌が書きたてた。それが押し入れの古週刊誌と新聞の束だと言う。

毒味男は愛田淳に部屋の隅にあるウィスキーを取れと言う。

愛田淳は半分ほど入ったウィスキーのビンに手をのばし心得たように立って流しから、湯呑みを二個、グラスを一個、取って水道の水で洗ってから坐り、それぞれにウィスキーを注ぎ、乾杯しようと言うように湯呑みを差し上げ、「毒入ってないからな」と言う。

「面白いと思わんか。中本の一統の俺が徳川和子と一緒にかい人二十一面相を名乗っていた。その二十一面相の一人に、新たにオリエントの康のアニが加わる。脅迫事件で金をどっさり奪ってどう使ったか訊きたいか？　このボロアパートに何で住んでるか訊きたいか？　右隣は中国人の学生、左隣はフィリピン人の夫婦。右の中国人学生は昼間はレストランで雑役している。左の夫婦、片一方は売春婦、片一方はポン引き。

このアパートに五つの国の人間、住んでいる。日本人はこの俺ぐらいだぜ。部屋代が三万円。

五億も六億も脅し奪ったのに、このボロアパートに住んでるのは、金を全部、徳川和子の名義で預けてるからだぜ」

毒味男は独白劇の科白のように呟き、タケオがまだ分からないという顔をしていると見たのか、「分からんでいい」と言い、不意に、そのアパートの一室が、路地の裏山の中腹にあるオリュウノオバの家で、直にオリュウノオバに対面しているように「オバ」と呼ぶ。

オリュウノオバは毒味男の声を聴きとめた。オリュウノオバは、超過激、超反動の一味であり、この間までかい人二十一面相を名乗っていたと言う毒味男の不意の昂《たかぶ》りを分かるというようにうなずき、可能なら、路地からそのアパートまで出掛け、胸に去来する想いの一切を聴いて慰めてやりたいと思う。

路地の唯一人の産婆だったオリュウノオバが、大きく育った中本の一統の若衆らに出来るのは何もなかった。ただ聴き、相槌を打ち、毒にも薬にもならない半畳《はんじょう》を入れるだけだった。

タケオは毒味男が呼びかけるオバが父親のコウ・オリエント・ナカモレが事あるごとに呼びかけ、タケオもまた呼びかけたママ・グランデ・オリュウと同一人物だと気づく。

そう気づくと、まるで部屋の中にオリュウノオバが坐っているような気がする。

毒味男はそのオリュウノオバに語りかけるように、「面白いのがいいと言う。あの徳川のお姫様がまた遊ぼと言う。あの九階の怪人もこの南米から戻って来たオリエントの康を見て、血がわきたっとる。俺は毒だらけの男じゃ。このオリエントの康は汚れ一つないような純無垢の男じゃ。同じ中本の血。おそらく同じ時に、この俺とこいつは死ぬ」

毒味男は言い、グラスのウィスキーを飲み干し、タケオにグラスを突き出し、タケオがそのグラスを持つと「どくいり、きけん」と呟きながら、ウィスキーを注ぐ。

23

その次の日、タケオは毒味男のアパートに安ホテルから荷物を移した。

毒味男はタケオを連れている事が嬉しくてならないように、繁華街の一角のビルに巣喰った「九階の怪人」の部屋に連れて行き、超過激、超反動の一味の一切合財を話して聴かせたと言い、「九階の怪人」が気のないように、「そうれれか」と妙な日本語で言うと、「カマボケしてると承知しないからな」とすごむ。

「何なんだい、カマボケって？」

「だから、徳川のお姫様が、獲物を見つけたと連絡がここに入るから、しっかりやれと言うんだ」

「カマボケって何だよ？」

「九階の怪人」はむかっ腹立ったように言い、ねめつけ、なお物を言いかかると、玄関のチャイムが鳴る。

「どなたァ」

「九階の怪人」はびっくりするほど大声で怒鳴った。その怒鳴り声に応じる声が聴える。

「どなたなのよ？　どなた？」

怒鳴る「九階の怪人」の頭を、毒味男は思いっきり平手で張り、「人の耳のそばで大声出すな。オリエントの康だって耳、塞いでいるじゃないか」と言う。

「どなたか訊かなきゃ分かんないじゃない」

「耳のそばで」と毒味男は言いかかり、「九階の怪人」が科をつくりながら、「どなた？　誰？シルク？」と言う姿を見てみろとタケオに教え、「あれがオリュウノオバだって言うんだからな」と呟き、「カマボケってあれだぜ」と鼻で笑う。

「あいつも一味？」タケオが訊く。

「ああ」と毒味男はうなずく。

「情けないけどな」

「九階の怪人」は毒味男の言い種に同調するタケオを一層、鼻白ませるように、犯罪なぞ縁もゆかりもないただなよなよした芯棒の一本欠けた男だと誇張するように尻を振りながらドアに行きつき、「シルク？」と言う。

「そう、シルク」ドアの向うから声がする。

「シルクだって」

「九階の怪人」は毒味男とタケオに言い、突然、駄じゃれを思いついたように「しるくって」と言い、二人が反応しないと、「中本の一統はいけすかないよ。ハンサム、鼻にかけるんじゃねえって」と鼻を鳴らす。

「九階の怪人」はドアを開け、「あらァ、シルクさん」と声を出し、不意に外に立っているのがシルクハットのマスターだけでないと気づいたようにドアを閉めかかる。

「どなた？」

「九階の怪人」はドアを押さえたまま言う。

「ちょっと、ねえ、聴いてくれる」シルクハットのマスターは言う。

「九階の怪人」は毒味男とタケオに、小声で二人を部屋に入れていいかどうか訊いた。毒味男が舌打ちをし、「仕事に入ったらこんな事は許さんからな」と言うと、「九階の怪人」は許可を得たと顔を明るくし、ドアを開け、「入れれ、入れれ」と声を出す。

シルクハットのマスターはポロシャツにジーパンという普通の男の姿だったが、やはり体から芯を抜かれたように科をつくりながら部屋に入り、毒味男とタケオを見て、「あら、怖い人がいる」と言い、「いいのかしら」と「九階の怪人」に訊く。

「何、早く言って。いまこの二人からわたし、責めさいなまれてるんだから。しつこいの。何度も何度も」

「あら、いいわねェ、お盛んなこと」

シルクハットのマスターが言うと、毒味男は「そんな事ばかりよくしゃべってられるよ」とあきれ顔をする。

「何?」と「九階の怪人」が訊くと、シルクハットのマスターは後に立った少年を呼び、「この子、岩手の釜石から出て来たひろし君」と言う。

「おかまいしから?」

「そう、そのおかまいしから、お尻一つで家建てる金、稼いでやるって青雲の志抱いて出て来た子」

「まあ、まあ」

「九階の怪人」は言う。

「ところが昨夜、殴られちゃったと言うのよ」

「まあ、まあ」

「それもあの角でたむろするヤクザだと言うのよ。殴られたあげくに財布まで取り上げられたって」

毒味男が「そんな事、交番へ行って言え」と言う。

「やっぱり交番かしら？　あなたじゃ、駄目かしら？　交番へ行ったらこのひろし君、住所、訊かれるでしょ。住所不定だから、おかまいしの住所訊かれるでしょ。家出して来たって言うし、けなげにお尻一つで家建てる青雲の志、潰す事になるでしょ」

シルクハットのマスターが言うと、「九階の怪人」は急に義俠《ぎきよう》心が出たように、「サブ」と毒味男を呼び、「ちょっくら行って、ゆすってやろうか？」と男言葉で訊く。

「俺は行かねえよ」毒味男は言う。

「かわいそうじゃねえか」

「もうそんなガキの話なんかに首突っ込みたくない」

毒味男は言い、「そう言わないで」と言うシルクハットのマスターに、「そのぐらいの事、自分らで解決すりゃいいじゃないか」と言う。

毒味男は「なあ」とタケオに相槌を求める。

タケオが少年に幾ら財布に入っていたのかと訊くと、「二十万円ぐらい」と答える。

「大金だわ」

「九階の怪人」は言う。

「大金だな」

毒味男は言い、何事かを思いついたように少年を見て、「行ってやるか」と立ち上がり、タケオに「訓練だと思ってやってみるか」と訊く。

「何を?」タケオは訊く。

「何をって、この尻で家建てるつもりで家出して来た坊やと一緒に行ってな、その財布巻き上げた奴、引っ張り出してな、財布を吐き出させる。喧嘩ぐらい出来るだろ?」

「喧嘩はあまりした事ないけど、ゲリラの訓練は受けていた」

タケオが言うと、毒味男は驚き、物を言おうとして急に言葉をなくしたように両手で機関銃を抱え、掃射するように左右に振り、「これか?」と訊く。

タケオは「そうだよ」とうなずく。

24

毒味男はうなずくタケオを見て嬉しげに肩を抱き寄せ、「ようし、いっちょう訓練だ」と言い、その前に計画を練る必要があると言い、ひろしと呼ばれた少年を手招きした。

ひろしは身を固くして、動かなかった。

シルクハットのマスターが、「ほら、呼ばれているんだから、行きなさいよ」とひろしの肩を科をつくって日本舞踊の振りのような仕種で押すと、ひろしは、「いいんです」と言い出す。

「いいって何がさ」

シルクハットのマスターが言うと、「お金」と小声で答える。

「中に二十万も入ってる財布、巻き上げられて、いいって事ないがね」

「いいんです」

「だから、あんた」とシルクハットのマスターは言いかかり、毒味男の顔を見て「ああ」と合点したようにうなずく。

「あの人らが怖いのか。二十万の大金、取り戻すより、あの人らにインネンつけられ、また脅されるんじゃないかと思うんだ」

シルクハットのマスターは自分で訊ねて、そうよねーと自分でうなずき、「ま、ヤクザを脅す人だから怖いわさ」と言う。

「いいんです」

「でも怖いって言ってたらお金戻ってこないのよ。わたしらだっていつも厄介な事、起きるたんびに、この九階に来るけど、言ってみれば、ここは互助連合組合のようなところだから。三本の矢のたとえ。三矢作戦。三羽ガラス作戦。一羽のカラスだってうるさいけど三羽のカラスならもっとうるさい。このお姐さんと、いつもわたしたちカラスだわ、と言ってる。カラスって賢いのよ。知ってる？　猫なんかの比じゃない。一匹くらいの猫だったらカラスは寄ってたかって突つき殺しちゃう」

「いいんです」ひろしはなお言った。

それを見て毒味男が痺れを切らしたように、タケオに「行こうか」と声を掛けて立ち上がり、ひろしの前に立って優しい声で「俺もこのオリエントの康も、カラスじゃねえけど、そんな奴、見逃しに出来ない」と言い、立てと命じる。

ひろしは毒味男を見上げ、次にタケオの顔を見、渋々立ちあがった。

毒味男は「九階の怪人」とシルクハットのマスターに一緒に行くか？　と訊いた。

「九階の怪人」はシルクハットのマスターの顔を見つめてから、「見あきた顔と、ここにいてもしょうがねえな」と棚からひょいとハンチング帽を被り、眼鏡をかけて印象の一変した顔で立ちあがると、「そうよ、カラスが二羽、ガアガア、部屋の中で鳴いててもしょうがない。いっそやるなら外でやりましょうよ」と言い、よいしょと掛け声をあげ、立ちあがる。

まず毒味男がヤクザをおびき出し、ひろしに奪った財布を返させる筋書をつくった。

舞台は繁華街の一角にある公園だった。

ヤクザの事務所のあたりでひろしが脅喝した相手を見定め、ビルの角におびき出し、タケオが加わって逆襲する。それを毒味男と二羽のカラスが、通りかかったふりを装って相手が逃げ出さないようにブロックしている。

眼鏡をかけハンチング帽を被った「九階の怪人」が事もなげに「だめだよ、もっと面白くしなきゃあ」と退けた。

タケオに尻を振って科をつくって歩くシルクハットのマスターの後姿を見てみろと笑いかけ、タケオが笑うと、「九階の怪人」は「可愛いねえ、ほんとに、この笑顔」と毒味男に相槌を求め、毒味男が案を否定されたのに苛立ち、「どうするんだ?」と訊くと、「このオリエント・ジュニアの訓練だろ?」と言う。

「ジュニアの訓練だったら、前の真似するしかないじゃないか。風呂入って素裸のとこを縛りまるけて連れ出す。昼間から風呂なんか入らない、それにあいつらたむろする事務所に風呂なんかないっていうなら、人間が風呂と同じように無防備になるとこ考えればいいじゃないか。この程度の遊びなら、さしずめ、欠伸をしてるとか、小便かクソ垂れている便所だな。便所を蹴破って入って連れ出す」

毒味男は「九階の怪人」の案に呆気にとられ、「九階の怪人」が冗談を言っているのだとタケオに「どう?」とウインクすると、「まじめに考えろ」と頭をはたく。

結局、決定したのは毒味男の出したものと「九階の怪人」の出したものの折中案だった。

タケオは繁華街の一角の中にある公園のベンチに坐っていた。

毒味男は便所の入口でぶらぶらつっ立っていた。

「九階の怪人」とシルクハットのマスターは二羽のカラス役として、公園の隅のベンチに腰かけていた。

ひろしは長い時間かけてその相手をさがして来た。案ではヤクザものにひろしが財布を返してくれと懇願し、それを見たハーフのタケオがひろしの味方をし、強引に便所に連れ込み、殴りつけ、縛り上げ、もっぱらタケオが主になってヤクザものの財布や時計を奪うという筋だったが、ひろしの連れてきたヤクザものを見るなりタケオは立ちあがってしまい、ヤクザものに公園にいるのはひろし一人ではないと察知され、逃げ出されかかったので、役の配置は一瞬に乱れ、「九階の怪人」やシルクハットも加わった五人で暴れるヤクザもの一人を取り押える事になった。

事の前も事の最中も事の後も、カラスのようにオカマ言葉でガアガアしゃべり続けて、他の人間が訊いても、ヤクザものの仲間が訊いても、公園の中では何も起らなかった、この繁華街の角の公園では、オカマたちの聖なる静かな時間が流れているだけだと証明する役だったシルクハットのマスターは突然の予定外の行動に興奮し、ヤクザものの股間を思いっきりつかんでねじりあげ、「あなたにもお母さんがいるんでしょ。いるんでしょ」と世迷い言をわめいている。

毒味男はヤクザものの背広のポケットから財布を抜き、腕時計を取り、首に黄金のチェーンを巻いているのをはずし、全部をひろしに渡した。

ひろしが財布は自分の物ではないと困惑すると、「こいつがおまえの財布持って来たら、返してやればいいじゃないか」と言い、毒味男はヤクザものが股間をねじり上げられ、失神寸前なのを見て、「ほら、放してやれよ」とシルクハットのマスターに言う。

シルクハットは我に返ったように手を離し、「九階の怪人」を見て照れわらいをし、手のにおいを嗅いでから、「この手で今日も氷つかんで、水割りつくってるんだから」と言う。

毒味男は後を「九階の怪人」にまかせると言ってタケオを公園が一望出来る喫茶店に誘った。

25

その窓際に坐るとヤクザものがどう反撃に出ようと応対出来る。

喫茶店に入るなり、毒味男は「あんなものだな」と言い、ボーイが注文を取り、注文の品物を運び終って誰も邪魔するものがないのを確かめてから、テーブルの上の紙ナプキンを取って広げ、ジャケットの胸ポケットに突っ込んであったサインペンを取り出して、公園の絵を描き、人物の配置を描き込み、最初の案とは違う予定外の行動をおさらいするように、それぞれの動きの反応に番号をつける。

タケオには番号も、番号をつなぐサインペンの黒い線も、サッカーかラグビーのゲームでのボールの動きのように見えた。

「サッカーみたいだね」

タケオが言うと、毒味男は「そうだよ」と顔を上げ、ベンチに並んで腰かけた「九階の怪人」とシルクハットのマスターの姿をのぞき、二羽のカラスのようなオカマ言葉のしゃべくりを耳にしたというように苦笑し、「犯罪はゲームみたいなものさ。人生もゲームみたいなものさ。だから、犯罪は人生みたいなものだぜ」と独り言を呟くように言い、最初からおさらいをしはじめる。

計画した案のとおり行かなかったのは、ひろしが相手のヤクザものを連れて来るのが遅れたのがそもそものきっかけだった。

毒味男はタケオにいまさっきやった事はタケオの訓練の為に仕組んだもので、ゲームと犯罪というなら、あたうる限りゲームに近いと言った。

「いいか、サッカーなら試合時間が決められているし、最初のボールのパスのミスはゲーム展開の中で解消されるけど、本当の犯罪なら即刻中止だな。あのチンピラがボールとしたら、キーパーやらなにやら、ゲーム開始と共にむらがったけど、ゲームだからいいのさ。犯罪なら、一味が警察に一網打尽に挙げられてしまうリスクの多い開始だな。というのも、あのおかまいしのひろしが、相手の居場所をはっきりつかんでいなかった。本当の犯罪なら、一味が総力あげて、相手がいま、何をしていると確かめる。

いま風呂に入っている。よし。一等人間が無防備になりくつろぐ時だ。その人間をら致するには徹底的に調べ、下準備をしてなくちゃならない。そいつはいつも何時頃、風呂に入るのか、統計も取る。もちろん家の中の事情、家族の様子、間取り、家具の配置が精密に分かっているなら、風呂でなくともよい。あのオカマが言ってたようにクソをしに便所に立った時、セックスしてる時、寝ついた時でもよい。ゲーム開始のボールを正確に蹴るのは犯罪では絶対だ。

ひろしのもたつきがおまえにイライラを起させ、不安を起させ、必要以上に、不自然にベンチから立ち上がらせた。①のボール・ミスは②のボール・ミスにつながり、すぐ③のリアクションになる。③は相手のパニックだ。サッカーならゲームだからたちまちボールを奪われ、相手主導の状態になる。さっきもこの反応は相手主導で、攻撃側は計画した案では応じきれなくなって、④のキーパー役の俺と⑤のオカマ連中の、相手のパニックに対応したパニック、ダンゴ状になって相手の逃亡を阻止するという動きになる。本当の犯罪ならパニック起した相手にパニックで対応するってのは、せっかく手に入れた虎の子をあまり騒ぐのでカッとなって殺してしまうようなものだな」

「普通の誘拐事件だったら、あいつを殺してしまっている」

毒味男は人が近寄る気配に気づいて紙ナプキンの図解から顔をあげ、ポロシャツ姿の男が脇を通って左隣のテーブルに着くのを見て、あわてて紙ナプキンをわしづかみにし、くしゃくしゃにまるめ、胸ポケットにサインペンと共に入れた。

タケオがポロシャツ姿の男に眼をやると、毒味男はタケオの足を足で突つき、「出よう」と目で合図する。

「誰?」タケオは訊く。

「刑事」と毒味男は言う。

公園の中に「九階の怪人」とシルクハットのマスターはまだいたが、毒味男はタケオにそのまま繁華街の一角から離れようと言うように手を上げて合図し、歩き出した。

大通りに出てから歩を緩め、タケオに「あの刑事があの喫茶店にいるのは、おそらくヘロインとかマリファナの内偵だろがな」と言い、繁華街の一角にあるバーの何軒かは毒味男が知っているだけでもヘロインやマリファナの取り引き場所だと言う。

「おまえはヘロインをやったか？」タケオは首を振る。

そのタケオの首の振り具合が嘘々しかったのか、毒味男は「嘘つかなくっていいって。オリエントの康のおまえがやってないはずないじゃないか」と頭をこづき、「いいか、この日本で絶対やるな。特におまえは中本の一統だから、やるな。やれば、その時から、針の穴からその体の精力が抜け出してほどなく死ぬぜ」と言う。

「あんたはどうだよ？」タケオは訊く。

「だから、あの刑事は俺がヘロイン扱っているから、このあたりをブラブラしていると錯覚している。

俺は射たねえよ。シャブだってやらない。コカインも吸わない。マリファナもそうだ。麻薬のGメンが俺を追ったって駄目さ。俺の体は毒でいっぱいで余計なものはひとつも入らない。入れなくたって、毒と毒が血の中で化合してな、ヘロインもコカインにも負けないようなハイの状態つくってくれる」

「俺も？」

「ああ、お前も」

「どうやって？」

タケオが訊くと毒味男はニヤリと笑い、両手で紐の先を持っているように腕を広げ、右手をぐるぐると廻し、紐で首を縛る振りをしてぎゅっと引く。

「やってみりゃ分かるさ。相手の喉がぴくんぴくんと動き、そのうち断末魔をむかえてふるえる。金、金、とさっきまで眼の色変えていたのが、金の餌に釣られて集まって来て、金をだまくらかそうとして自分から罠にはまって、御陀仏の時だよ。俺の血はコカインにもヘロインにもなってるさ。オリュウノオバなら仏さんの血だって言ってくれるさ」

その毒味男は大通りの電話ボックスから、徳川和子に電話を入れた。

電話ボックスから出た毒味男はもう少し獲物を特定するのに時間がかかると言い、その前に同じ紀州の出身で、幾つかの事件で下働きした女を紹介すると言い、駅の大ガードの向うのパチンコ屋に行こうと誘った。

パチンコ店の中に入り、奥の台の列でフィーバーを出したばかりの赫く髪をそめた女がいた。

毒味男が脇に立つと、玉を受け皿から箱にかき出すのにいそがしい女はちらりと顔を見、

「何か用？　もう仕事なの？」と訊き、毒味男が「仕事はいま鋭意検索中さ」と言ってから、何を思いついたのか、タケオにハンドルを押え、玉のかき出しを代ってやれと言う。

タケオはパチンコは初めてだった。

どうしてよいかうろたえると女は顔を上げてタケオを見、「代るなら早く代ってよ」と言い、ハンドルを押えたまま立ちあがりかかる。

それでもタケオがうろたえると「あんた初めてなの？」と訊き、毒味男を見る。

毒味男がにやにやしているのを見て「何かあるの？」と言い、タケオにフィーバーが終るまでハンドルをただ押え、玉が受け皿にたまれば箱にかき出せばよいと言い、タケオの手をハンドルにそえる。

女はハンドルを離す。

女の代りにタケオは椅子に坐った。

毒味男が女の尻をさっと触り、奥の方に行こうと眼で合図すると、女は毒味男にそうされるのがまんざらでもないと言うように、「なによォ」と口では言いながらついていく。

その二人の行方も話も気がかりで、受け皿にたちまち溜る玉をかき出すのを忘れていると、不意にハンドルのバネがはじく玉が出なくなる。台のどこかが詰ってしまったと思って台のわくをたたくと、左の客が黙ったまま手をのばし、受け皿の玉をかき出して箱に入れてくれる。

タケオは頭を一つ下げて玉をかき出す。

しかし、やっとバネが玉を弾き出し始めた途端にフィーバーが終ってしまう。チッとタケオが舌打ちした時、女は一人、戻って来て、「あんたの兄さん、わたしにあんたを預けていったよ」と言い、ハンドルから手を離し受け皿の玉を総て箱に入れろと言う。

「磨いたら金ピカの玉になるから磨いてやってくれって」

タケオは「え？」と顔をねじって訊き返した。

「金ピカの玉だってさ」女はさも面白い事を言ったようにわらう。

26

箱いっぱいになったパチンコの玉を女はタケオに運ばせて店の景品交換所で数を計り、赤や青のチップに換えた。チップに換えるまでもない端数が出ると、女は「この子にチョコレートやって」と言う。店の女は無表情のまま、チョコレートの箱を棚から一つ取り、タケオに渡す。

「さあ、行こうか、坊や」

女はチップを中に入れた小さな紙袋をひょいとつかみ、タケオが、このチョコレートをどうすると言うように差し出すと、「毒なんか入っていないから、あんた食べなさいよ」と言う。

女は唇に指を当て、下の白い綺麗な犬歯を見せる。

「この隣の歯、虫歯にかかりそうだから、チョコレート、食べない」

「歯、綺麗だよ」とタケオがお世辞を言うと、「でしょう?」とうなずき、これから歩いて百メートルの場所にある外の景品交換所で現金に換えに行くと言い、先に立って歩き出す。

「食べないの?」女はタケオを見た。タケオは女に言われるままチョコレートの箱の封を切り、アーモンドの形をしたチョコレートを一つつかんだ。口に入れ、噛んで中に本当のアーモンドが入っているのに気づき、箱を見てカタカナを読んだ。

アーモンド・チョコレート。

「おいしい?」

タケオはうなずいた。

景品交換所で女は二万二千円、現金を手に入れ、アーモンド・チョコレートを半分ほど食べてしまっているタケオに苦笑し、「さてと」と思案顔をし、タケオ本人に内心を打ちあけるように「この金の玉をどうやって磨こうか?」と言い、タケオがその言い方を笑うと、「あら、生意気ねぇ。女だと思って甘く見てるの?」とタケオの胸を突く。

タケオは口の中のチョコレートを噛み砕き、飲み込み、「どうやって磨く?」と訊いた。

女は物を言いかかり、言ったとしてもタケオには通じないと思ったように、「まあ、そこの台湾料理屋で昼御飯、食べながら、話するわ」と言い、従いて来いと先に立って歩き出す。大《おお》ガードを越え直して、歌舞伎町の方へ戻った。初夏の日射しを受けた街は湿気が多いせいか、ラテン・アメリカのどの町とも違う匂いがした。

女に従いて客のいないがらんとした台湾料理屋に入り、席に坐って女の肩越しに外を見て、タケオは「サンパウロともブエノスアイレスとも全然違う」と思わず呟いた。

「何が違うのよ?」

女は訊く気もないのに訊き、タケオがまたアーモンド・チョコレートを一つほおばると、「もういい。チョコレート、食べるの、止しなさい」とタケオの手からチョコレートの箱を取り、手をタケオの口の前に突き出し、チョコレートを吐き出せと言う。

一瞬躊躇するが、女が早くしろと手を突き出すのでタケオは吐く。

「毒、入ってたら、あんた、二、三回、死んでる」女は立ちあがって、トイレの方に行く。トイレに入り、チョコレートを棄てたのか、手を洗って戻り、おしぼりで手をぬぐい、店員に料理を注文してから、「何が違うって?」と訊き直す。

「日本はアジアでしょ。だから、そんな事」タケオは言う。

女はタケオの言葉の真意をさぐるようにタケオを見つめ、タケオの澄んだ濁りのない眼を幾ら見つめても、言葉以上の意味はさぐれないと取ったように、「あたり前でしょ。日本だって台湾だってフィリピンだってアジアじゃない」と言う。

タケオは女の言い方を可愛いと思う。タケオは眼の前の、化粧っ気のない、しかし健康そうな女の言う磨くとは、セックスの事も含まれているのだろうか、と考えながら、運ばれて来た料理に箸をつけ、女をからかうように、「ブエノスアイレスの匂いと違う。あそこでジャカランダの匂いする」と言う。

「ジャカランダって何よ?」

「紫の花つける木」

タケオは言い、不意に嘘をついては、自分を磨いてくれる女に悪いと反省し、「嘘だよ」と言う。

「何なのよ、変な子ね」

「ジャカランダの匂いって嘘だよ。今ごろあちこちで咲いているけど、むしろ匂いっていうとゴミ棄て場の匂い。貧富の差、激しいから、高級住宅地の方は花の匂い、それこそジャカランダの匂いしてるかもしれないけど、僕の転々としていたのは貧民窟ばかりだから、ゴミ棄て場の匂い。でも、ここの町も臭いけど、随分、違う」

「そら違うでしょう」

「全然違う。いまでもその匂い、思い出す事、あるなァ。本当に匂いなんかかいでないし、何にも似てるものなんかないのに、朝、眠ってて、ホテルの窓からオートバイの音とかバスの音とか聴えてくると、敵のゲリラ掃討のヘリコプターに追われている夢、見るんだよね。ジャングルを逃げていて、途中、バンバン交戦していて、そのうちゴミ棄て場のような匂いがして、いつも貧民窟が近くにある、あそこに逃げ込めば、一挙に態勢を立て直す事が出来ると思っている」

女はタケオの顔を見つめる。

「あんた、何?」女は訊く。

「だから、東京でも夢、見て、時々、ブエノスアイレスを思い出す」

女はタケオの顔を見つめたまま、「ブエノスアイレス? あんた、ハワイとか、そんなとこから来たんじゃないの?」と訊き、タケオが「ブラジルって言ってもいい。ペルーって言ってもいい。アルゼンチンって言ってもいい。方々を転々としてるから」と歯を見せて笑うと、

「そうなの。ハワイじゃないの」と言う。

タケオは憮然とした。

「ハワイでゲリラ戦やってるはずないじゃないか」

「ゲリラ?」女は驚いた顔をする。

「あんたゲリラだったの？」

女が直截《ちょくせつ》に訊くので、東京の新宿のここで身分を明しても一つも危険はないと分かっているのに、タケオは習性になっているようにあたりに眼をやってからうなずき、タケオの言葉に呑まれたように黙って見つめる女の手に手を差し出す。

女は手を引っ込めかかる。

タケオは女の手を摑む。

「だからバイアからエメラルド持って来た。革命資金の調達、どうしてもしたいから。ペルーの日系の大統領、日本へ国の財政の建て直しの為の資金調達に来たでしょう。あれは政府側。僕の方はその反対」

女は「そうなの」と言う。

「そう」タケオは言う。「だから、エメラルド三個、あいつに渡した」

「エメラルドをあのサブちゃんに？」

女は、タケオの顔を見て「毒味男に？」と訊く。

タケオがうなずくと、「幾らぐらいの？」となお訊き、「一個三億ぐらいはするって言ってたやつ、三個」

タケオが答えると、女は突然、笑い出し、「何言ってんのよ、あんた」とタケオの手から手をはずして腕をたたく。

「あいつらこの前の時だって、分け前なんか雀の涙程度で、皆な納い込んだんだから、もしあんたの言うのが本当なら、そのままそれも納い込んじゃう。もう戻ってやきやしない」

「そのエメラルドはいいんだ。バイアの連中も、そのエメラルドじゃなくって、ゲリラの解放地域にある鉱山に日本の資金、欲しいだけだから」

女は「駄目よ」と首を振る。

「あいつら、業つく張りだから。ただ納い込んじゃう」

27

タケオは不意に腹立ち、毒味男の顔を思い出し、たとえ同じナカモレの血であろうと、革命の命運のかかったエメラルドを取り込むなら、報復を考える、と思う。

戦いに慣れていない日本人に報復するのはタケオが考えてもわけのない事だった。

一人で報復するのが難しいと言うなら、ブラジルからもペルーからもアルゼンチンからも国の不況の為に出稼ぎに来ている者の中から、ゲリラの訓練を受けている二、三人を選び出し、組を組めばテロ・グループは出来る。

武器が日本国内で調達出来ないと言うなら、本国と連絡を取り、貨物船で輸送させればよい。

タケオは何人もから、ゲリラのテロ・グループではなく、麻薬シンジケートのテロ・グループが日本の中に出稼ぎ外人を装って入国しているのを聴いていた。

麻薬の売人は仲介役から渡された麻薬を日本で売りさばき、決められた一定の額を麻薬シンジケートの指定した口座に振り込む事になっているが、中に、外国だと安心して、金を振り込まないで全額取り込む者がいる。

テロ・グループはその裏切り者を追う。

裏切り者を処刑すると聴いたなら、マシンガンをでもラテン・アメリカの船は運び込む。

「大丈夫だよ。あいつら、俺を裏切れないよ」タケオは言い、そんなに甘い連中ではないと言うように首を振る女に、はっきり冗談で言うのではないと教える必要がある、と思って「俺の言う事、聴くゲリラ、何人だって日本にいるんだから。マシンガンだって手に入るし」と言う。

女はタケオの言葉を聴いて不意に真顔になった。

「何なの、坊や。かい人二十一面相のグループを坊やたち、脅迫出来るって言うの？」

タケオはうなずく。

「裏切ったら」タケオが言うと、女は顔を明るくさせ、「面白い」と言い、ねえねえと小声でささやきながら、立ちあがってタケオの脇に来る。

女はタケオに体を寄せる。

タケオが体をずらすと、「いいじゃない。これからわたしのツバメになるんだから」となお体を寄せ膝に膝をくっつけ、「ねえ、二人で組んで、あいつらゆすってみようか?」と言う。

「仲間なんだろ?」タケオが訊くと女は返事するより先にタケオの股間に手をのばし、合図のようにズボンの生地の上から性器を撫ぜ上げ「一味」と言う。

「一味でもわたしなんか、端の端。下の下。遣いっ走りの役。生れも育ちもいい徳川のお嬢さんだけがチヤホヤされて、わたしなんかみそっかすなんだから。二人で組んであいつらを脅してやる。下手にやると殺されるけど。そのゲリラのテロ・グループ、紹介してよ。そのゲリラのテロ・グループに、明治維新以来の体制ひっくり返して、昔の徳川幕府の再興計るなんて馬鹿な事、考えないですぐ集めた金を山分けしろと脅迫させる」

「紹介するの簡単だけど、あいつらまだ裏切ったわけじゃない」タケオは言う。

「ねえ、紹介してよ」

女はまだタケオのズボンの生地の上から股間をこすり、半勃ちの状態の性器の形を指でなぞり、「これからすぐホテルに行って、それから、行動を開始しよう」と言う。

台湾料理屋の店員の好奇とも軽蔑ともつかない眼に送られて料理の大半を残したまま外に出

て、タケオは女と共にこの間まで泊っていた安ホテルに行った。

女は毒味男に開発されているのか演技で声をあげるオコゲちゃんとは比べものにならないくらいの反応で、終ってシャワーを浴びながら、女の言う事を聴き、ゲリラの仲間を見つけ、一味の中の党内党、かい人二十一面相を内側から脅迫するグループを組織してもよいと思い始めた時、電話が鳴った。

女が出て、すぐタケオに受話器を渡した。

電話は毒味男からだった。

毒味男は女の感度はなかなかのものだろうとまずからかい、徳川和子から招集の電話があったから、午後の九時に、「九階の怪人」の部屋に女ともども集るように、と言った。

「九時に九階に来いって」

タケオが言うと、女は手早く下着をつけながら、「いま三時だから六時間ある」と言い、六時間のうちに、一人でも二人でもゲリラのテロ・グループを見つけ、紹介しろと言う。

「六時間って言ったって、あいつらどこかで働いてるぜ」

タケオが言うと、「3Kをさがせばすぐじゃない」と事もなげに言う。

KITUI、KITANAI、KIKEN。

タケオは女の言い種を笑い、自分もエメラルドをバイアの連中から託されていなければ、その３Ｋの現場にいて汗と埃にまみれていると思い、ふと金満日本に住む日本人が腹立たしくなる。

しかし、タケオと違って外国人労働者は腹立てれば何もかもおしまいになる事を知っている。労働が厳しく過酷で危険であろうと、本国に比べて圧倒的に労賃が高いその労働そのものを求めて日本にもぐり込んだのだった。

タケオは一緒に日本に入国した連中の顔を思い浮かべた。

タケオの知っている限り、その中にゲリラの経験者はいない。

一緒に日本に入り、手袋工場で働く昔の仲間に連絡を取るより、タケオに麻薬シンジケートのテロ・グループの情報を教えた男の方がゲリラ経験者を割り出せる確率が高いと思い、タケオは女に、高田馬場のレストランに一人、皿洗いをしている奴がいると伝えた。

その男はゲリラの経験者ではないし、麻薬の方なのでどこまでゲリラの情報が取れるかどうか分からないが、会ってみるか？　と訊くと、女は不意に「そうよ、こんな事を金の玉を磨くというのよ」とわけの分からない事を言い出す。

「何だよ、いきなり」

タケオが言うと、「あのサブ、あの毒だらけの奴」と唇を嚙み、急激に体から力が抜けたように、ベッドに坐り込み、のろのろとブラウスをつけ、「あの毒だらけの奴、わたしがあんたにそのかしている事を知っている。あんたが、それにのって、毒だらけの奴だって怖かないって物を考え出すのも知っている」と言い出し、不意に感情が激したようにベッドを手で叩き「厭なのよ、わたし。あいつらだけＩＱ高いって感じで、人の反抗心まで自分らの為に利用する」と言い、身を振る。嫌い、嫌い。女は駄々をこねるように言う。

「どうした？」タケオは女の前にしゃがみ、下から顔を見上げスカートをつけた膝を両手でこする。

「何、思いついた？」

「止めよォ」女は言う。

「どうして？」

女はタケオの両手をおさえる。

「あの毒味男も怪人も、いつもわたしにこんな役させる。ＩＱ高いんだから。ボーッとした坊っちゃんみたいなあんたをいっぱしの犯罪者に仕立てるのに自分らに噛みつかせる方法を取ったんだ。怖ろしいかい人二十一面相に噛みつく気力を持てるようになれば、どんな事だって出来る。ＩＱ高いから、わたしの反抗心、利用したんだ。だって、今のあんたとパチンコ屋で会った時のあんたと全然違う。今、何だってする顔だよ」

「革命の為なら何だってする。裏切りには絶対報復する」

「あいつら、その気持ちが、使えると踏んで、この前の事件で不満、持っているわたしを使ったんだ」女はちくしょお、とわめく。

タケオは女のわめきの方が可愛いと思う。

「さあ、ゲリラさがしに行こう」タケオは言う。

28

タケオは女を連れて高田馬場まで行った。駅前のビルの五階に上がり、女を階段の踊り場で待たせ、タケオはレストランの扉を開け、女従業員にカルロスはいないか、と訊いた。

女従業員は、タケオが英語かスペイン語を話したとでも言うように「イエス、イエス」と答え、タケオがその返事に戸惑うと、「あッ、います」と言って、お辞儀をし、奥に入って行く。

すぐ女従業員と一緒に汚れた白い作業服の色の黒い若い外人が現われる。

「カルロスは?」

タケオが訊くと、女従業員は「え?」と訊き直す。

「カルロスって、コロンビアから来た奴」

タケオは言い、呆けたように立った若い外人に英語でどこから来た？　と訊くと若い外人はバングラディシュと答える。

タケオが女従業員の早とちりに苦笑し、踊り場で待っていた女に日本の若い女のトンチンカンぶりを言うように見ると、「この子なの？」と言う。

「違う。こいつ、バングラディシュ」

「違ったらしょうがないじゃない」

「そうだよ」

タケオは女従業員に「カルロスは？」と訊き直した。

「カルロスってどういう意味？」

女従業員はまたトンチンカンな事を訊く。

「人の名前。マリオとかマヌエルとか、アドルフォとか、ビセンテとかレオポルドとか。だからカルロス」

女は笑い始める。

「それじゃますます分かんない」

女は言い、女従業員とバングラディシュから来たという若い男に通訳するように、「いい？　わたしの名前はユキエ。彼の名前はタケオ」と言い、「あんたの名前は？」と女従業員に訊く。

「島崎ですけど」

おずおずと女従業員が答えると、ユキエと名乗った女は舌打ちし、「どうもずっこけてるな、あんた。島崎だれ子なのよ?」と言う。

「だれ子」

タケオが言うと、女は「あんたが口はさむと、よけいずっこける」とタケオの尻を一ったたき、「島崎だれ子なのよ?」と訊く。

「島崎だれ子じゃなくって島崎ケイと言います。ケイというのは、土を二つ書くの」

「ケイなのね。あんたの名前はケイ。あんたの名前は?」

バングラディシュから来た若い男は待ち受けていたように「シャヒン」と言う。

「シャヒン? それ名前?」女は笑い出す。

バングラディシュから来た若い男は真顔でうなずく。ユキエと名乗った女はその顔もおかしいと言うように笑い、タケオに、「あの連中脅そうと思うんだったら、こんなの駄目よ」と言う。

「だからカルロスを捜している」

ユキエは圭と名乗った女従業員に「カルロスって名前の外人いるの?」と訊いた。

女従業員は首を振り、「外人はこの人、一人」と答え、不意に思いついたように、店の奥に歩き、調理場で働く男に話しかけ、うなずき、紙切れに何かをメモしてまた戻って来る。

「カルロスって人は日本語学校へ行けば会えるって。ロドスとかロゴスとか言う日本語学校」

「ロゴス日本語学校」

シャヒンと名乗ったバングラディシュの若者は言う。

「知っているのか？」タケオは日本語で訊いた。

シャヒンと名乗った若者はうなずき、英語で仕事が終るといつもそこに日本語を習いに行っている、あと十分もすれば仕事が終ると言う。

タケオはユキエに通訳し、カルロスをたずねてロゴス日本語学校まで行ってみるか、と訊いた。

「いいわよ」ユキエは言う。

「あの連中に一泡吹かせてやる党内党を結成するんだから、お安い御用よ」

階段の踊り場で待っていると、私服に着替えたシャヒンと女従業員が現われる。

ユキエが女従業員に、「あんた、何？」と言うと、「わたしも一緒じゃないんですか？」と訊く。

「あんた、何すると思ってるの？　わたしら何しようとしてるか、知ってるの？」

「わたしも一緒じゃないんですか？」

女従業員はタケオに訊く。

タケオが首を振ると、「本当？　どうしよう。チーフに用が出来たから早引けさせてって頼んだのに」と言う。

ユキエはあきれ顔をし、シャヒンに「その学校へ連れてって」と言い、女従業員に「あんたも従いて来たいのなら来ればいいじゃない」と声を掛け、タケオの耳元に顔を寄せ、「この連中、遣い走りの役にいいかもしれないね」と耳打ちする。

高田馬場の目白寄りの場所にロゴス日本語学校はあったが、カルロスはいなかった。一人、生徒の中でペルーから来た若者がいたのでタケオは、連絡を取りたいとメッセージを書いて渡し、そのまま「九階の怪人」の部屋に行き、徳川和子の話を聴いた。

徳川和子は愛田淳にアタッシュ・ケースを開けさせ、写真を取り出し、エメラルドに興味を抱き、バイアの鉱山の開発に関心を持ったのは、ビルを幾つも所有している斎藤興産の社長の斎藤順一郎という男だと言った。

徳川和子は斎藤順一郎に関するファイルも作っていた。

大正六年二月十日、岐阜県生れ。

徳川和子はファイルのワープロ文字を読み上げてから、「岐阜県生れじゃない。大阪ですよ」と言う。

徳川和子はそう言ってから、また愛田淳に「次の写真」とせかせる。

「この人、見たことある?」

徳川和子は愛田淳から手渡された老人の写真をタケオに見せ、訊く。

タケオは首を振る。

「そう、この人、ブラジルやアルゼンチンじゃ、有名じゃないの」

徳川和子が言うと、「このオッサンも標的か?」と毒味男が言う。

徳川和子が毒味男を見つめてうなずくと、毒味男は「面白い。こんな大物相手に活躍出来るのかよ」と言い、好々爺のような老人の写真を見つめているタケオに、この老人の顔は日本人の誰もが知っていると言う。

町工場から身を起し、いまや企業を世界中に名の通ったメーカーに仕立て上げた立志伝の人として、知らない者はない。

「和歌山県生れ。本籍」と徳川和子はファイルのワープロ文字を読み始め、笑い、「大変ね、みんな。成功したら成功したで、戸籍買いまでしなくちゃならない」と言い、タケオに「戸籍買いって分かる? 系図買いって言うのかな」と訊く。

タケオが「分からない」と言うと、毒味男は徳川和子の物言いに腹立ったように「いいよ。分からなくても」と言う。

「この女の厭味なとこはそこだよ。育ちを鼻にかけやがって。誰が責める資格、持ってるんだよ。誰がそれを嘲けられると言うんだよ。一本どっこで汗水垂らして金稼いで成り上ったら、誰だって生れを取りつくろいたいだろうよ。豪邸に住んで腐るほど金持って、それで親が水呑み百姓だ、木馬率《きんま》きだとなると、親をちょっとは飾ってやりたくなるだろうよ。人の系図買って、先祖は藤原だ、平家だ、と言ったってちっともかまわない。どの財閥だって元を正せば、炭焼きだったり、鍛冶屋だったり桶を日がな一日つくってたってもんじゃないか。徳川だってそうだ。名前を残す前は、どん百姓だろ」

「九階の怪人」は不意に怒り出した毒味男をなだめるように「まあ、まあ」と言い、徳川和子を見つめ、「あんたにしろ、この中本の一統の若衆にしろ血筋を自慢にしてるんだから、わたしらとしてはやにこいよォ」と言う。

「やにこいって何だよ?」

毒味男が訊くと、「あれ?」と驚いた顔をし「九階の怪人」は小声でやにこい、やにこいと呟き、「紀州弁じゃなかったかしら?」と訊く。

「九階の怪人」は膝を手で打ち、「ああ、そうだわ。岡山弁だわ。昼行った定食屋の坊やの言葉がうつったんだわ」と言い、それで毒味男の気分を和らげたように、「さて、どっちから先にやる? その順一郎君の方、それとも、立志伝の人?」と訊く。

「どっちからでもいい。どっちにもエメラルドの事はもう話してあるの。ブエノスアイレスから来た坊やがとんでもない高価なエメラルド持って来たのよって話してあるのね。財界のパーティーでこの二人に会ったから」

徳川和子は斎藤順一郎の写真の眼の部分を指でたたく。「このどんよりとした眼がぎらりと光るのって怖いわよ。徳川って言っても、幕府が終って百年も経てば名前だけだし、わたしのような行かず後家、そんな高価な物、手出し出来ないし、鉱山から買いつけるお金もないって言うと、この眼がぎらりと光って、この顔に笑いが浮かぶの。こっちの会長の方もそうね。眼の奥が光って、とっても九十越えたような齢に見えない」

「どっち？」

「九階の怪人」が訊く。

毒味男は身を乗り出す。

「俺はこのオッサン、罠にはめた方が面白いけど、今回はオリエントの康が主役だろ、だから、そのどんよりの方を先にやった方がいいな。先にそっちをはめてから、その騒ぎの中でこっちを脅す」

毒味男はそう言ってから、タケオとユキエを見、「この欲ボケの男、最初に引っかけて、犯罪のノウハウ身につけた方がいいだろう」と訊く。

タケオは今一つピンと来なかったが、毒味男に「いいよ」と言った。

「よし」毒味男は言う。

「じゃあ、そうしましょ、このオジイサンの方はしばらく置いておきましょう」

徳川和子は老人の写真とファイルを取って愛田淳に渡す。

徳川和子の秘書役に徹している愛田淳はそれを受け取ってアタッシュ・ケースの中に納い、金具を閉めかかる。

「あ、ちょっと待って。中のエメラルド出して」

徳川和子の言う通り、アタッシュ・ケースから三個、取り出す。

タケオは驚き、「エメラルドじゃない」と声に出すと愛田淳はテーブルに並べて初めて気がついたように「石ころじゃないか」と言う。

「本物はちゃんとわたしの金庫にあるわよ。この石、持って来たのは、話を分かりやすくする為」

徳川和子は平然と言って、三個の石ころをタケオに渡し、日にちを今月の二十日に設定するという。二十日の午後一時に徳川和子とタケオは本物のエメラルド三個を持って銀座の宝石店に出掛け、鑑定を依頼する。

すでにエメラルドは他の宝石店に鑑定を依頼し、三個とも確実に億は下らない高価な物だと分かっているが、徳川和子がつきそってタケオがその宝石店に行くのは、犯罪の前の呼び水のような行為だった。

29

筋書きはこうなる、と徳川和子は言う。

徳川和子はそのエメラルドに興味を持っている。金があれば買い取りたい。だが金はない。アルゼンチンから来た身寄りのない少年に心魅かれてもいるので、せめて少年に親切にしてやろうと、名の通った銀座の宝石店を紹介し、鑑定証を書かせてやる為に骨を折る。

それでこの犯罪における徳川和子の出番は終りだった。どんな騒ぎが起ころうと、もう二度と、独り暮しの老婆を殺害した時のような出ずっぱりになるような愚を避ける。その代わり、裏で、斎藤順一郎の欲望を刺激するようなことを電話でささやきかける。

欲しくてしょうがないし、また、あどけない混血の少年が不憫にも思え、宝石店へ連れていった。

鑑定は二十二日の昼の一時に上がる。

宝石店に少年はエメラルドと鑑定証を取りに行くだろうから、そこにいあわせたふりをして、声を掛け、安く買い取ってやったら、徳川和子はそうささやく。

「一人で宝石店に行くのか？」

「だから二回目は、わたしは行かない。彼女と一緒でもいい」

「わたし？」ユキエは訊く。

「わたしなんか一緒に行ったら、ガラが悪いから宝石店もその欲ボケも警戒しない？」

ユキエは言い、急に思いついたとタケオに「ほら、あのバングラディシュの男の子とかトンチンカンな女の子と一緒がいいんじゃない」と言う。

「何だよ、そいつら」毒味男が訊く。

「日本語学校の生徒」タケオはごまかそうとして咄嗟に言う。

毒味男はタケオの表情から何事かを読み取ったように「そうか」と言い、タケオに向き直る。

「いいか、これからやるのはゲームだけどスポーツじゃないんだからな。知恵と体力と、それからひょっとすると生命まで使うかもしれん犯罪だからな。一人じゃなくて、そのバングラディシュの奴、連れて行くなら、まずこの俺に会わせろ。おまえからエメラルド巻き上げた欲ボケをとっつかまえて縛り上げて脅して、そいつの持っている金やら土地やら、身ぐるみはいでやるの、この俺なんだからな」

二十日の午後一時きっかりにタケオは徳川和子に連れられて銀座の宝石店に出掛け、三個の石ころでシミュレイションしていた通りにエメラルドをポケットの中から出し、鑑定を依頼した。

徳川和子は宝石店に入ると、印象が一変したように上品にしとやかになり、店員に二日後の二十二日には自分には所用があり、少年一人だけで現われるがよろしく頼むと口添えをした。

宝石店を出ると道路の向う側のパーラーにいた毒味男とユキエが手を振り、愛田淳がタケオを見つめ、「九階の怪人」が早く店の前から離れろというように手を払う仕種をする。

徳川和子がタクシーを停めた。

「じゃあ、明後日、がんばって」徳川和子は言い、タクシーに乗り込む。

徳川和子の作った筋書きでは、宝石店にエメラルドを渡してからは、用心して誰かが尾行しているのを考えて、早くその場所から立ち去る事になっていた。

タケオは地下鉄の駅にむかって歩きながら、毒味男にバングラディシュのシャヒンと女従業員を引きあわせる前に、二人に対してカルロスを捜していることを口留めしておく必要があると思いつき、方向を変え山手線の駅の方に歩きかかると、パーラーから毒味男と「九階の怪人」、愛田淳、ユキエが出て、車道を一直線に横切って宝石店の方へ歩いて行く。

タケオは立ち止って、四人の動きを注視した。

四人は宝石店のウィンドウの前に立ち、そのうち、毒味男とユキエが、ウィンドウを見て興味のある指輪でも見つけたというように、宝石店の中へ入っていく。

「九階の怪人」と愛田淳はまだウィンドウの中をのぞき込んでいた。

徳川和子の言った筋書きの中に宝石店の中に入るという設定はなかったと気づき、四人が強盗をでもするのだ、と驚き、立ちすくんだ。

そのうち、毒味男とユキエが店から出て来る。

入れ替わりに、「九階の怪人」と愛田淳が宝石店の中に入る。

毒味男とユキエは歩き出した。

二人の姿が人ごみの中にまぎれてしまっても「九階の怪人」と愛田淳は宝石店から出て来なかった。

タケオはその四人の行為が強盗ではなく二十二日の午後一時に始まる犯罪の現場の下見だろうとカンをつけ、徳川和子の筋書き通りではなく、臨機応変に対応する四人の姿を目撃した気になり、一味に抵抗し、脅すだけの能力を備えた党内党を作るには、麻薬シンジケートのテロ・グループと手を組むか、外国人労働者の中に噂の広がっている香港やタイやフィリピンのマフィアの連中を引き込むしかないと決心し、歩き出した。

タケオが麻薬シンジケートの一人でテロ・グループのメンバーのカルロス・ルゴーネスをつ

かまえたのは午後四時十分、すでにバングラディシュのシャヒンと女従業員を毒味男に引き合わせる為に待ち合わせを約束した四時を十分、越えていた。

毒味男が苛立ち怒っているのを想像して、タケオは仕方なく、カルロス・ルゴーネスが流暢な日本語を使えるのに「アミーゴ、日本人の前で日本語を使うなよ。全部、スペイン語だけで話してくれ」と頼み、待ち合わせ場所の高田馬場のレストランに行った。

30

タケオがカルロス・ルゴーネスを連れて高田馬場のレストランに着くと、毒味男はバングラディシュのシャヒンと女従業員のケイと一緒にドアの前に立っていた。

シャヒンとケイにはタケオは銀座から直行して、カルロスをさがしていた事の口封じをしていた。

二人はカルロスを見て、あきらかに芝居だと分かる顔をして挨拶をした。

毒味男は約束の時間に三十分以上も遅れている苦情を言うようにレストランの壁の時計をのぞき込み、それからカルロスを連れているのを見とがめるように、

「何だ、こいつ」

と夕ケオに訊ねた。

「こいつはカルロス・ルゴーネス。いま青果市場で働いている」

タケオは咄嗟に思いつきを言い、毒味男が、

「ヤッチャ場？」

と訊き返すのを聴いて、青果市場で働いている外国人労働者はシャヒンの仲間のバングラディシュ人ばかりだったと気づき後悔した。

案の定、トンチンカンなケイが、コロンビアから来たカルロスをさがしているが、その事を秘密にしろと言ったばかりなのに、

「あんたもバングラディシュ人？」

と訊く。

「コロンビア」

カルロスはケイに誘われて言う。

「あれ、青果市場ってバングラディシュ人ばかりと言わなかった？」

ケイがシャヒンに訊くと、シャヒンはタケオの頼んだ事を記憶していて、それで毒味男の手前、演技してみせるというように、

「コロンビアから来た奴もいるよ。バングラディシュも青果市場だけと違う。レストランだって、喫茶店だって働いている」

と言い、タケオにウインクしてみせる。

「あ、カルロスもここで働いていたんだよね」

ケイは言う。

そのケイの言葉に釣られ、当のカルロス・ルゴーネスが、

「ここのレストランで半年いて、その後、今のアクセサリー売りに移ったね」

と、タケオとの約束を忘れて、日本語で話し始めた。

毒味男はタケオの嘘を軽々と見抜き、コロンビアから来たカルロス・ルゴーネスを連れて来た魂胆を見破ったというように、にやにや笑いながらタケオの肩をつかみ、

「南米二人、バングラディシュ一人、日本の女の子一人か、こりゃあ、斎藤順一郎だけじゃなしに、どんな欲ボケだってひっかかる」

と言い、細かい指示を与えるから、近くの喫茶店に移ろうと言う。ビルの外に出るなり、毒味男は、何もかも察しがついたというように、タケオの耳に、

「あのカルロスという奴な、上手に使えば、俺とおまえとあいつの三人で組めるぐらいの玉になるぜ」

とささやく。タケオは毒味男のカンの良さに舌を巻きながら、
「あいつを」
と訊き返すと、毒味男は、「ああ」とうなずき、タケオを見て、
「犯罪なんてゲームみたいなもんだぜ。一つやりはじめると次々と持ち駒を動かさなくちゃ面白くない。後で俺が編み出し続けているゲームのような犯罪、教えてやる」
と言う。

駅の横断歩道を渡り、坂道を下り切ってどぶ川沿いにある喫茶店に入るなり、毒味男はまたいつぞやのように、テーブルに置いてある紙ナプキンを広げた。

それに暗号のように①②③と番号を打ってから、ボーイに飲物をそれぞれ注文をし終えるのを待って、二十二日の昼の二時に、銀座の宝石店にタケオと一緒に行ってやって欲しいと言った。

用件はただそれだけだった。

大事なのは午後二時、一分も遅れてはいけない事。それが①だった。②は自然に振る舞う事。③は斎藤順一郎が喫茶店やレストランに行こうと言うなら行ってもかまわないが、ホテルや事務所に行こうと言った時は、タケオを残して自然に離れる事。

毒味男はボーイが注文した品を運んで来た時、話を中断し、手持ち無沙汰を埋めるように、

カルロス・ルゴーネスを露骨に観察し品定めするというように見てボーイが去ってから、

「金は今、払っとく」

と言い、財布を取り出した。

シャヒンとケイに一万円ずつ渡し、二十二日の集合場所をこの喫茶店にする、と言う。昼の十二時きっかりに集合すれば、どんなトラブルがあっても二時前には銀座に着け、二時きっかりに宝石店の中に入る事が出来る。

そう言うと、毒味男は、

「カルロスだけ残して帰っていいぞ」

と言い出し、二人があわてて頼んだ飲物を飲み干して立ちあがると、タケオに、

「おまえとカルロスの役割は複雑だから、丁寧に説明し直す」

と言い、二人が店の外に出るのを目で追ってから、またさっきの紙ナプキンを手元に引き寄せる。
①の時から超過激、超反動の一味は、宝石店の真前のパーラーにいる。狙う相手の斎藤順一郎は宝石店の中にいる。
②は、バングラディシュのシャヒンとケイの役割は自然のままだが、斎藤順一郎に声を掛けられたタケオは困惑し、コロンビアのカルロス・ルゴーネスは何でも反対の役。

③はその反対を押し切ってタケオがエメラルドを買い取るという順一郎に預ける為に従いていきかかると、仕方なしに離れる事。
「単純な事だよ。そこまでやってくれればこっちの番だ。単純な強盗とか、物盗りのようなものだな」

と言う。

31

タケオはカルロス・ルゴーネスが毒味男の言っている事を理解していないのに気づいていた。その事を毒味男に言わず、どの程度まで毒味男の観察力があるのかテストする気持ちで見ていると、毒味男は正面に坐ったカルロス・ルゴーネスをまじまじと見つめ、

「おまえカタギじゃない、ヤクザだろう」

といきなりカルロスの腕を摑む。

カルロスは驚き、手を引っ込めかかるが、手首を摑まれているので毒味男の手を離せない。

毒味男は片方の手をのばし、カルロスの長袖の腕をまくった。腕にローマ字の刺青があるだ

けなのを知って毒味男はチッと舌を鳴らす。

「ヘロインの針跡だらけじゃないかと思ったら、単に毛だらけの腕じゃないか」

毒味男は言い、またカルロスを見つめる。「そのおまえのよく動く眼な。何か隠している眼な。その眼に、何隠しているのか、はっきり分かったら、この初級の犯罪も一気に面白くなる」毒味男はタケオに眼を遣る。

「おまえが連れて来た奴だからな。あのバングラディシュだってイモ姐ちゃんだって、おまえが連れて来ると何かあるんじゃないかと思うさ。俺はオリエントの康の連れて来た奴に、絶対、文句は言わねェと決めている」

「俺は明後日のつきそいにスペイン語の出来る奴、さがして来ただけだよ」

タケオはとぼける。

カルロスが日本語が分からないから通訳してくれと言った。

それでタケオはスペイン語で、通訳するふりを装って、この目の前の犯罪を企む男は、まだはっきり気づいていないがおまえの身元を察知しはじめている、だが、ブラジルから来た俺はおまえを知っている、と切り出したのだった。

カルロスはタケオの言葉を聴くと、手をあげて「そんなに有名じゃないって」とおどけ、タケオに不意に真顔になって「あんた、誰だよ」と訊く。

「いつか分かるから今は聴かなくったっていい」

タケオは威嚇するように言い、単刀直入に、「米ドルで五十万ドルあれば、どのくらいの武器調達、出来る？」と訊く。

カルロスはタケオの言葉を信用しないように、へらへら笑い、タケオがむかっ腹立った顔で、本気で訊いているのだと言うと、

「ここはコロンビアじゃない、日本だから、武器なんか手に入るはずがないじゃないか」

と言い、毒味男にいきなり日本語で「全然、駄目だよ。僕の事、悪いコロンビア人だと思って次々言って来る」と、タケオとのスペイン語の会話の中味をすっぱ抜くというように言う。

毒味男が事の意外な展開に驚くという顔をすると、初めて本性をあかすというように、カルロス・ルゴーネスは「あんたたちどんな悪い事、考えている？　明後日の悪い事、どんな事？」と言い出す。

「おまえの事を俺は知りたいのさ」

毒味男がすかさず言うと、カルロスはタケオを親指で差し、「この人、知ってる」と言い、指でウノ、ドウオ、クアトロと数え、「五十万ドルの武器、日本で難しいよ」と言う。

「五十万ドルの武器って。このオリエントの康が言ったのか」

と毒味男は絶句し、タケオを見つめ、意を決したように、

「ようし、おまえがそう出るなら、この初級犯罪演習をな、もう少し高級なものに仕立ててやる」

と言って、先ほどの紙ナプキンを三人の前に引き出し、いままで書かれた数字に加えてⒶⒷⒸと書き加える。

その紙ナプキンの数字やアルファベットは単純なものだったが、紙ナプキンを現実に置き換えると、たとえシミュレイションを繰り返していたとしても複雑極まりないものに見える。

ましてやタケオが党内党の結成要員にと考えて引き込んだカルロス・ルゴーネスの素姓を知って毒味男が興奮し、三人でアパートに舞い戻り、三人だけの行動の規範をつけ加え、さらに、第一の犯罪が第二の犯罪の動機となり、それが第三の犯罪に継がるというように、世界同時犯罪計画のようなものを勢いにまかせてつくり上げたから、タケオもカルロスも、自分のささいな一挙手が一国の資本主義経済を崩壊させ一投足が社会を大混乱させると思い、二時きっかりに宝石店のドアを開けた時は、うんざりしている。

その場面の主要人物であるタケオとカルロスが精彩なく、バングラディシュのシャヒンと女従業員が張り切り、タケオが友だちだと言わなかったら、即刻、つまみ出されかねないほど、二人であの指輪がいい、このブローチがいいと、店員に品物を見せてもらっている。

斎藤順一郎の顔はすぐ分かった。

斎藤順一郎は店の奥のソファの席で店員から指輪のケースをテーブルに広げて見せてもらっていた。

徳川和子と一緒に来訪した時に応待してくれた店員に、タケオは斎藤順一郎から一つ離れたソファに坐らされた。

店員がエメラルドを持ってやって来て鑑定証を広げ、説明する。

色彩といい純度といい大きさといい申し分のない物だと説明している最中に、たまたま宝石を物色に来ていた斎藤順一郎が、そのエメラルドを盗見し、魅惑されて、

「おお、素晴らしい物じゃないか」

と声を掛け、その素晴らしいエメラルドが欲しい、出来るなら、分けてくれないかと言い出す。

何もかも徳川和子の書いた筋書き通りだった。

斎藤順一郎は名刺を取り出した。

その条りは筋書きに入っていなかった。タケオは漢字の多い名刺を意図してカルロスに渡して、

「このクソッたれオヤジの名刺の漢字、読めるか?」

とスペイン語で訊くと、カルロスは、

「ヘラヘラ笑いやがって、これから待ち受けてる運命も知らないで」

とスペイン語で答え、大仰に十字架を切り、日本語で、

「漢字、とっても難しい」

と肩をすくめる。

バングラディシュのシャヒンはロゴス日本語学校へ通っているので、

「イチロウ」

とだけ読める。

最後に女従業員のケイに名刺が渡る。

「最初の字、難しい字、なに？」

とケイは訊き、タケオ担当の女店員が「サイ」と小声で言うと、

「その次はフジだから、サイフジじゃなくって、サイトウ。ジュンイチロウ」と読み上げる。

「なかなかの物じゃないか。君が一番、皆なの中で勉強出来るんだ」

斎藤順一郎が笑いながら言うと、ケイはうなずきかかり、急にうなだれた振りをし、「わたし、日本人ですけどー」と言う。

タケオもカルロスもシャヒンも笑ったが、斎藤順一郎は顔に笑顔めいた表情をつくっただけで、ケイの手から名刺を取ってタケオに渡し、

「そうか、君らはいま日本語を勉強中なんだ」

と言い、タケオに食事しながらその由緒あるエメラルドの話を聴きたいから、どこかでお茶でも飲みながら話さないかと切り出した。

それも筋書きに入っていたので、タケオは仲間と一緒に行ってもよいかと斎藤順一郎に訊いた。

斎藤順一郎は一瞬、

「四人、乗れるかな」

と小声で呟いて渋ったが「車、使わないで近くへ行けばいいのだ」と言い、外に出て宝石店の真前のパーラーに一直線に向かう。

タケオ一人、パーラーには「九階の怪人」がハンチングを被って宝石店に異変がないかさぐる役で張っているのを知っている。

四人掛けの丸テーブルだったので、シャヒンははみ出してしまい、椅子を一つ、事もあろうに「九階の怪人」のテーブルから持って来ようとする。

新聞を読んでいた振りをしていた「九階の怪人」はシャヒンが自分の顔を知っていてなれなれしくすると思ったように、新聞から顔を上げ、怒り心頭に発したというようににらめつけかかる。

シャヒンがその「九階の怪人」の表情に戸惑って運ぼうとした椅子から手を離すと、シャヒンが自分を知るはずがないとやっと気づいて自分の錯覚をごまかすように、「どうぞ」と笑い顔を浮かべ、科をつくる。

「あッ、オカマがいる」とケイが言う。

「オカマ?」

カルロスが振り返ると、ケイは、

「本当よおっ。あんな帽子なんか被ってるけど」と言い、タケオに「オカマって知ってる?」

と訊く。

「知らない」タケオは言う。

「いいか、こんなとこで、他人の事、とやかく言うの、失礼なんだぞ」

タケオが言うと、斎藤順一郎は、

「どうも日本人の若い子はしつけが悪いな」

と呟き、タケオにそのエメラルドの由緒を語って欲しいと言い出す。

32

斎藤順一郎はタケオのすぐ隣りにいた。

その二人を両脇からはさむようにカルロスとシャヒンが坐り、さらにシャヒンの隣りに女従業員のケイが坐っている。

丸テーブルだからタケオと斎藤順一郎からは見えないが、シャヒンとケイからは奥で一人、ハンチング帽を被って一心に新聞を読む振りをする「九階の怪人」の姿は見えている。

悪い予感は最初からしていた。

タケオには見えなかったが「九階の怪人」が新聞をめくるとケイはシャヒンに、

「あっ、スポーツ新聞、読んでいるんだ」

と言い、水を一口飲むと、シャヒンに、

「水、飲んでるよ」

と大へんな事をしでかしたように耳うちする。

シャヒンはその都度、「九階の怪人」を見る。

そのケイとシャヒンに気を取られ、タケオはエメラルドの由来をうまく語れなかった。

斎藤順一郎はそのタケオに救け舟を出した。

あらかじめ徳川和子に聴いていたというように、

「ブエノスアイレスだって？」

と言う。

タケオはうなずく。

「ブエノスアイレス」

タケオは言い、カルロスを見て、

「そこから転々としていた」

と言う。

カルロスは、タケオがブエノスアイレスと発音すると、その町が今、出てきた宝石店のあたりだというように見て、

「一度もそこに行った事ないよ」

と言う。

「俺は、転々としていた。ブエノスアイレスからはじまってペルーにも行ったし、サンパウロも行った。僕の持っているエメラルドはバイアの物」

タケオは言うと、

「そんだけの物だから、何か由緒あるだろう?」

と斎藤順一郎は訊く。

「うん、由緒はある」

タケオはエメラルドを三個取り出してテーブルの上に置く。

「三個のエメラルドのうち、このエメラルドだけ、本当は特別」

タケオは斎藤順一郎を挑発するように一等緑の濃い、ママ・グランデ・オリュウに渡すはずだったエメラルドを取って握る。

「熱くなる」

とタケオが言うと、斎藤順一郎は、

「どう?」

と手を差し出した。

タケオは躊躇した。

その躊躇が悪かったのかタケオは手の中のエメラルドを斎藤順一郎に渡そうとして落してしまった。

エメラルドは床を転がり、「九階の怪人」の方へ行く。

女従業員のケイがあわてて立ちあがり、「九階の怪人」の足元に転がったエメラルドを追い、

「九階の怪人」が新聞を熱中して読んでいる振りをしているのを見て、何のつもりか、

「いい？」

と訊いた。

「九階の怪人」が答えるより先にタケオは思わず、

「だめ」

と声を出してしまった。

斎藤順一郎はそのタケオの反応から何事かを読み取ったように一瞬、周囲を見廻し立ちあがりかかる。

徳川和子の計画の中にも毒味男の筋書きの中にも、取りあえず入った喫茶店やレストランの中で、自分たちの素性をバラすような条りは一切なかった。

「九階の怪人」はケイの突然の行為にどう対処しようかと迷ったように、立ちあがった斎藤順一郎を見、あわててケイを見てから、

「何なの？」

と訊き直す。

「いい？　いいかな？」

ケイは改めて訊き直し、「九階の怪人」の靴のちょうどつま先に転がったエメラルドを指差

す。

「九階の怪人」は靴でエメラルドを蹴った。

エメラルドは勢いよく飛び出し窓辺に置いた観葉植物の鉢に当たって撥ね、ケーキの陳列ケースの方に転がる。

タケオより早く斎藤順一郎は身を屈めて陳列ケースのそばに転がったエメラルドを拾いあげ、憤慨に堪えないという顔を「九階の怪人」に向け、

「どうも済みません」

とあわてて事態を取りつくろおうとするタケオに、

「大事な物だから」

とエメラルドを手渡しする。

「この友だちと一緒でもいいけど、君だけと話、出来ないか」

斎藤順一郎はタケオの肩に手をかけ、小声で言う。

タケオは戸惑った振りをする。

「どうせ、君はこのエメラルド、売るつもりだろう。それなら、ゆっくり話をしたいな」

斎藤順一郎はささやくように声を出し、また顔を伏せて新聞を読みはじめた「九階の怪人」を見て、

「どうもここは下品だな」

と言う。

「この足で場所を変えて話してもいいし、日を改めて、話してもいい」

「このエメラルド、買ってくれるんですか?」

タケオが言うと、斎藤順一郎はテーブルの上の伝票を取り、

「買ったっていいし、その鉱山の開発に出資したっていい」

と言い、ケイがシャヒンの体を突ついて「九階の怪人」の態度がおかしいというように笑うのを見て、

「この連中とずっと一緒じゃないだろ」

と訊く。

「まあ、そうです」

タケオは言い、カルロスにスペイン語で、そろそろ時間が来たので次の場所に行くから一緒に従いて来いと言い、カルロスの返事を待たずことさら下手な日本語で、

「どこへ、行くよ?」

と斎藤順一郎に訊く。

「僕、エメラルド三個持っているよ。僕の友だち、皆な心配してくれる。一番心配してくれる

の、カルロス。その次にあの二人。僕、友だちいないと、不安になってしまう」

斎藤順一郎はタケオの背を軽く押して、レジの方へ歩こうと顎をしゃくって合図し、

「じゃあ、こうしよう。会社へ一緒に来ても人が多いから、事務所へ行こう」

と言う。

「友だちと一緒でもいい？」

斎藤順一郎は一瞬、思案し、

「まあ、しょうがないな」

と言う。

斎藤順一郎はタケオに車に乗れと勧めた。

カルロスに、一緒に車に乗るか？　とスペイン語で訊くと、カルロスは、おまえのポケットのエメラルドを狙っているこのオヤジは、車におまえを乗せた途端に豹変して武器で威嚇するかもしれないから用心した方がよい、と言い、車に乗るなら全員で乗った方が安全だと言い出した。

タケオは、首を振った。

毒味男は綿密に計画を立てている。

斎藤順一郎がタケオに、エメラルドの売買の為に二人だけでじっくり話そうと申し出た時は、

まずタケオは二人だけになる事におびえ、友だち全員を連れてゆく、それが駄目ならカルロスだけでも連れてゆく、と可能な限り抵抗する。

その毒味男の筋書きどおり、斎藤順一郎が呼んだ自家用車を前にして、タケオはカルロスとスペイン語で、車に乗る、乗らない、と言い争っていた。

斎藤順一郎は理解出来ないスペイン語のニュアンスから、タケオとカルロスが自分を警戒しているのを気づくのだった。

車に乗ろう、乗らないとやりとりする二人を見て、斎藤順一郎はどう転んでも御しやすい若者たちだという気持ちのありあり出た微笑をさえ顔に浮かべていた。

33

そこまでは順調だった。

ところが、またケイが、

「あッ」

と声を出し、パーラーの店内で立ちあがり、伝票を持ってレジの方へ歩いて来る「九階の怪人」の姿を見て指差す。

タケオがケイに釣られて振り返ると、「九階の怪人」は我慢ならなくなったようにレジに金を突き出しながら、

「やってられないよ」

と言い出す。

「ほら、早く」

とレジの女に勘定をせかし、おつりをもらってから外に出て科をつくりながら難くせをつけるというようにまず斎藤順一郎に頭を下げ、ケイのそばに寄って、

「なんてガキ。なんなのかしら、人の事、笑い者にしようとして」

とすごみ、女従業員のケイが面白い事を言ったと笑い出すと、

「なんなのよ、あんたら」

と言う。

タケオとカルロスは顔を見合わせた。

「九階の怪人」はそのタケオとカルロスにそう言う事で毒味男の立てた筋書きとはまるっきり違う手順を踏むのだというように、

「人のそばでわけの分からない言葉ぺらぺらまくしたてて、あんたら何なのよ。何を言いたい

のよ」

　と言い、タケオにむかって、

「何なの？　はっきり言いなさいよ。日本語、うまく話せないっていうならわたしが通訳してやるから」

　と言う。

「スペイン語出来るのか？」

　タケオが訊くと、

「出来るはずないじゃない、分かっているくせに」

　と平手で腕をたたく。

　斎藤順一郎は「九階の怪人」の登場に驚愕した顔をし、知っているのかと訊くように、タケオを見つめた。

「知らない」

　タケオは言った。

「九階の怪人」はまたタケオの腕をたたいた。

「とぼけなくったっていいんだから。あんただろ、このわたしの力を見込んで、エメラルドを銀座の宝石店に鑑定に出していて、鑑定、終ったら売り払うからつきあってくれって頼んだの」

　そう「九階の怪人」は言い、タケオの腕を取り、

「行これ、行これ」

　と車に乗り込もうとする。

　タケオは腕を払って拒んだ。

　斎藤順一郎はしかめ面をした。

「九階の怪人」はその斎藤順一郎に、

「あんたは有名な人よ。みんな、あんたの顔を知っている。乗りられ、乗らられ」

　と自分の事だというように言って背を押し、斎藤順一郎が、

「何だ、君は」

　と体を振って腕を払いかかると、逆に背中にぴったりと体を重ね、

「おとなしくしろって、この欲ボケが」

　と、いまさっき出した声とまるっきり違う圧し殺したしゃがれ声を出して、斎藤順一郎の耳元にささやき、いきなり右手で拳をつくり脇腹を突く。

　斎藤順一郎は喉が詰ったような声をたてた。

　車の運転席から降りて来る男の顔を見て、今度はタケオが思わず声を上げた。

毒味男はタケオをからかうように帽子を取ってウィンクを一つ作った。

毒味男はタケオに先に乗れと命令した。

タケオは毒味男の命令通りに車に乗り込んだ。

「さあ、社長さん、乗った、乗った」

と毒味男は言い、後から「九階の怪人」に体をぺったりと圧しつけられた斎藤順一郎の頭を小突く。

斎藤順一郎はタケオと「九階の怪人」にはさまれて坐った。

助手席のドアが開き、カルロスが乗り込む。

毒味男は外からドアを閉め、一瞬のうちに急展開した事態がのみ込めず、

「うっそー」

と声をあげたきり立ちつくすケイとシャヒンに、

「さあ、行って、行って」

と手で払ってから、運転席に戻って来る。

毒味男が運転席に乗り込んだ時、斎藤順一郎は体をよじって暴れ、救けてくれと声を上げかかった。

その声をかき消すようにいきなりボリュームいっぱいにカーラジオが鳴った。

身をよじり暴れかかる斎藤順一郎の脇腹を「九階の怪人」はまた拳でどんと突く。

斎藤順一郎は悲鳴を上げた。

車が走り出した。

「あなた坐りなさいよ。もう」

「九階の怪人」は暴れる斎藤順一郎に焦れたように言い、三度脇腹をたたいてから、振り廻した足が当って、痛いから仕返しをするというように、

「人を蹴るの、こっちなの？　それとも左の足なの？」

と言い、最初右膝を、次に左膝をとんとんと拳でたたく。

斎藤順一郎は悲鳴をあげてから坐り込んだ。自分の膝をまるで木切れがくっついてでもいるように視線を落とし、驚いて目を見開く。

その驚き様が、異様だと気づいて斎藤順一郎の視線をたどってみて、タケオも声を上げた。「九階の怪人」がとんとんと拳で突いたあたりから、血が濃い灰色のズボンの生地を突き上げて流れ出していた。

「何やってんだよ」

タケオが非難するようににらむと、「九階の怪人」はふんと鼻を鳴らし、

「この男、足くせ悪いんだから。おとなしくしてればいいのに。ちょっとの間なのに。だって

ボコボコ当るの、痛いのよ。こんな欲ボケのいかつい足なんか柔肌に当ったら、もうアザだらけになっちゃうわよ」

と言い、突然、男の口調に戻り、

「欲ボケ野郎、徹底的にいたぶってやるからな」

と斎藤順一郎の顔に顔を近付けてすごむ。

斎藤順一郎は眼の前にせまった「九階の怪人」の顔を避けるようにのけぞらせ、その斎藤順一郎の反応が面白いというように、「九階の怪人」は、

「ほら、いらっしゃいよ、キスして上げるから」

と唇を突き出し、斎藤順一郎が顔をタケオの方に向けると、楽しくてならない事を発見したように座席のシートに手をかけ、毒味男の背中をたたき、

「釜割りのサブちゃんさあ、やっぱし悪い奴の痛がる顔って独得ねえ」

と言う。

毒味男はカーステレオのボリュームを下げる。

「九階の怪人」の言った言葉を音楽のせいで聴き取れなかったように、

「なんだって?」

と毒味男が訊き返すと、「九階の怪人」は、人差し指と中指の間にはさんだ血のついたメス

のようなものを、

「ほら」

と言ってひらひら動かしてみる。

「またそれを使ったのか」

毒味男が言うと、「九階の怪人」はカルロスとタケオに教えるように、

「手裏剣だわさ」

と得意げに言う。

「九階の怪人」は斎藤順一郎の首を手裏剣で触った。

「昔の人は便利な物、持っていたってつくづく思うわ。座頭の市っつぁんの仕込み杖より便利だわさ。だってちくっと突く事だって出来るし、ぶすっと突く事だって出来る」

「九階の怪人」はタケオに持ってみるかと訊いた。

タケオが手を振って断ると、

「そうだよな、こいつの血、ついてるものな」

と言い、斎藤順一郎が眼を閉じて歯を喰いしばっているのを見て、

「ぶすっと突いたの膝だけだから。腹は手加減してちくっとしか突いてないから」

と笑う。

高速道路を降り渋滞する大通りを避けて裏道を器用に抜けて、車は見覚えのあるガード下をくぐった。

おそらく毒味男のアパートに斎藤順一郎を引きずり込むのだとタケオは思い、アパートの前の道は人が二人並んで歩けるかどうかというくらい狭かったと気づき、車から斎藤順一郎をどう降ろすのか心配していると、車は突然、モーテルの中に入った。

毒味男はエンジンを切ってから、

「さて」

と仕事にかかる景気づけのように膝をたたき、カルロスを見、後を振り返って斎藤順一郎をはさんで坐った「九階の怪人」とタケオを見て、

「仕事はこれからだぜ」

と言う。

毒味男は、

カルロスが毒味男の日本語を聴き違えたように助手席のドアを開けかかった。

「アミーゴ」

と言って止めた。

「いいよォ」

とすぐ聴き覚えのあるマイクの声がする。

「あのなァ、少し浴衣、多めに用意しといてくれ。それから、バンソウコウないか、マスキングテープでもいいぞ」

毒味男が言うと、はっきりとユキエだと分かる声で、

「わかったァ。だけどどうしたのォ」

と返って来る。

「どこかのババアがな、忍者になったつもりで、余分な事しやがった」

ユキエは笑い出す。

その笑いに不満なように、「九階の怪人」は、

「あたしがおとなしくさせたんじゃないか。あたしが上首尾だったから、仕掛け、全部生きたんじゃないか」

とふんと鼻を鳴らし、すねた振りをする。

34

毒味男が合図をして、まず助手席のカルロスが車から降り、後部座席のドアの前に立つのを見てから、「九階の怪人」はおもむろにドアを開ける。

「九階の怪人」が振り返って斎藤順一郎の腕を引くと抵抗するように身をそらし、タケオの胸に背が当たり、腕が当たる。タケオは斎藤順一郎の体を後から手で押した。

「何をしてるのよ、あんた。ここで降りるのよ」

「九階の怪人」が言うと、斎藤順一郎がまた身をそらし、タケオに体をもたせかけ、膝から流れ出た血がズボンにつきそうになったので、今度は後から思いきり押すと、斎藤順一郎の顔がまともに「九階の怪人」の肘に当たった。

二人は同時に呻き声を上げた。

誰が見ても顔面を肘で強打された斎藤順一郎の方が痛みが強かったと分かるのに、「九階の怪人」は、

「痛いっ」

と大声を上げ、逆上したように、

「あなた、抵抗する気なの？」

と平手で頰を張ってやろうか、というように構えた。

毒味男は「九階の怪人」の逆上ぶりも計画の細部に織り込み済みだというように見て、

「さっき下品だってよく言ってくれたわね」

と言う「九階の怪人」の言葉を笑い、ドアを開けて外に出る。

「九階の怪人」の後から外に出る斎藤順一郎をその背後から逃げ場を断つようにして車の外に出るというのがタケオに割り振られた役だったが、座席にも背もたれにも血がついていたので、咄嗟に判断して、タケオは反対側から車を降りた。

毒味男は、シミュレイションと違う行動を取ったタケオをめざとく見つけ、無言で早く斎藤順一郎の背後につけと顎をしゃくって合図する。

モーテルの部屋は中にベッドメーキングを途中で放棄したようなシーツのかかっていないベッドがあった。

奥に硝子で仕切った広いバスルームがある。

四方は鏡張りだった。

その鏡張りの壁の中に大きなテレビ受像機がそなえられている。

「九階の怪人」がテレビのスイッチを入れた。

私語が聴こえ、不意に笑う裸の女の姿が浮かぶ。

「つまんない」

「九階の怪人」はスイッチを切った。

「何でだよ」

と訊ねる毒味男の言葉を無視し、壁に肩をもたせかけて立っている斎藤順一郎に、

「傷、痛むんだったら、そこに坐っていいよ」

とマットのむきだしのベッドを指差す。

斎藤順一郎が答えないと、

「早く坐れって」

と言う。

「君たちは誰なんだ」

斎藤順一郎が訊くと、

「君たち？」

と訊く。

「君たち？　おまえに君たちって言われる筋合いない。おまえの欲ボケの仲間じゃないしな。手下でもない」

「九階の怪人」はタケオとカルロスに力ずくでベッドに坐らせろというように合図する。

カルロスは「九階の怪人」の合図を受けて、まるでそうする事が外国人慣れしていない日本人を脅す最良の方法だというようにスペイン語を遣って言い、ベッドを指差し、後から突いた。

「そこへ坐れってよ。坐ってマリア様にいのってでもいた方がいい」

タケオにははっきり分かる言葉でも斎藤順一郎には分からない。

斎藤順一郎は意味の分からないスペイン語に怯えたように、カルロスに背を突かれてよろよろと歩き出し、マットだけのベッドに尻もちをつくように坐った。

外からドアがノックされ、警戒した毒味男が応待してユキエだと確めてからドアを開けた。

毒味男はユキエを部屋の中に入れず、ドアを半開きにして浴衣を一抱え受け取ってカルロスに渡し、包帯とマスキングテープの入った箱をタケオに受け取らせた。

「じゃあ、後は電話で連絡するわ」

とユキエが言ってドアを閉めてから、毒味男はタケオに、

「いいか、これはおまえの訓練の為にだけ、やる犯罪ゲームなんだからな。よく俺が説明したセオリー思い出して見てろよな」

と言い、タケオの両肩に両手をかけ、

「さあ、おまえの出番だ」

と、マットに尻もちをついた格好のままの斎藤順一郎の前に歩き出す。

毒味男は「九階の怪人」とカルロスに、これからの主役はタケオでおまえたち二人は脇役にすぎないというように後に退けと合図し、傷の痛みに顔をしかめ、眼を閉じた斎藤順一郎に、

「社長さんよ、眼を開けて、起きた起きた」

と声を掛けた。

斎藤順一郎はその毒味男の声に含まれた何事も遊びにしてしまう若者のような調子と、社会を騒がせて喜ぶ愉快犯のような響きに、不意に、東京のまっただ中で地揚げで荒稼ぎして来た男の闘争心を刺戟《しげき》されたように、眼を開けて毒味男をにらみ、

「何だね、君たちは。こんなとこへ連れ込んで」

と言い、ドアを守るように立ったカルロスに、

「開けなさい、そのドア」

と命じる。

「社長さんよ。斎藤興産の社長さん。ここまで来たら、もう観念した方がいいって」

毒味男はタケオの肩を抱いたまま言う。

「社長さん。世の中、面白い事があるって。この南米の少年と、このワル中のワル、あんなオカマが百人かかったってかなわないほどのこの毒だらけの俺、よく見るとそっくりだと思わな

いか」

毒味男は、ほらとタケオの顔の頬に自分の頬をくっつける。

毒味男はベッドの向うの鏡に眼をやる。

「眼の形だろ、眼元だろ、このあたりな」

とタケオの眼の下、頬のあたりを指で差し、鼻、口元と、そうする事が、斎藤順一郎の闘争心をかきたてるというように指で触った。

「同じ一統ってわけなんだ。言われてみれば、そうだと思うだろ。こともあろうに、この俺の一統の若衆に、社長さんは近寄ったってわけだ。危いって。危い、危い。こんな俺の弟のような奴をたぶらかそうなんて、あんたみたいな、もうれっきとした名士に納まっている人が考えを持っちゃいけない」

毒味男は一切合財の仕掛けは自分とよく似ているタケオの為だというように、

「こんな可愛い奴」

と頬に頬をこすりつける。

タケオはその毒味男の仕種が大仰すぎると思い、羞しくなってカルロスを見た。

カルロスは真顔で見ている。

「わたしがその少年に何をしたと言う」

毒味男は、

「いや、いや」

と声に出して首を振る。

「形の上では何もしていないが、あんたがこの弟に声を掛けた時から、もう眼で犯っているよ。頭の中で犯ってるよ。昔、人の使いっ走りをしてる頃ならいざ知らず、紳士になって方々に名を知られてるようになってから、そんな邪《よこしま》な事、やっちゃあ、駄目だよ」

「何をわしが犯ったって言うんだよ」

斎藤順一郎が業を煮したと言うように声を荒らげると、毒味男は「九階の怪人」に眼で合図する。

35

「九階の怪人」の動きは素早かった。

マットだけのベッドにとび乗ったかと思うと、いきなり浴衣を頭から被せて斎藤順一郎を横倒しにし、浴衣をひきはがそうと暴れる腕をまた拳でとんと叩き、声を上げるのを気にかけず体を回転させて、腕のつけ根をまたとんと叩く。

カルロスに手伝わせて「九階の怪人」は浴衣を斎藤順一郎の体に何枚も巻きつけた。

頭を押えた浴衣の向うからくぐもった声がするのを聴いて、初めて浴衣でくるんだ斎藤順一郎が窒息しかかっているのに気づいたように「九階の怪人」は手の手裏剣を持ち換えて手で顔のあたりの凸凹をさぐりながら布を切り裂きはじめた。

切り裂いた六枚の浴衣の布の向うからやっと空気が吸えるという斎藤順一郎の至福の溜息のような息の音がする。

「九階の怪人」は足で斎藤順一郎の体を蹴って転がす。

足が股間に入っても反応はしない。

毒味男はベッドの方に歩き、股間を「九階の怪人」の足でこすられている浴衣でおおわれたのっぺら棒の斎藤順一郎の顔にむかって言う。

「おまえの得意な詐欺だよ。かつあげだよ」

斎藤順一郎が声を上げたので、毒味男は自分に抗っていると思ってむかっ腹立ったように、

「何だァ」

と訊き返してみて、その斎藤順一郎の上げ続ける声が、股間を足で嬲《なぶ》られる苦痛を訴えてのものだと気づいて、

「こらッ。そんな余計な事、やるな」

と「九階の怪人」をにらんだ。

「おまえはちょっとだけ、悪戯しているつもりか知らんけど、俺は気が短いんだからな。相手の反応の仕方で、どうとでもなるんだからな。俺の引金を引くな」

毒味男は浴衣をほどいてやれと命じた。

斎藤順一郎の体の自由を奪うなら、まず出血している傷の手当てをしてから手足でも縛れ。その為に包帯もマスキングテープも用意したし、浴衣も揃えた。

「九階の怪人」は、毒味男の怒りに怯えたように命令に柔順だった。

タケオとカルロスに手伝えと合図し、働き者の看護婦にでもなったように手際よく、斎藤順一郎の頭から被せた浴衣を取り、

「さあさあ、背広もサルマタも脱いでちょうだい。傷の手当てしてから、縛りまるけてやるんだから」

と言い、息をつぐ為に浴衣を切り裂いた時に手裏剣の刃が当ったのか血で汚れた顔を見せた斎藤順一郎を起こしにかかる。

斎藤順一郎は眼をつぶって動かなかった。

その頭を、

「さあさあ、縛りまるけるんだから起きて」

と「九階の怪人」が持ち上げにかかると、いきなり、斎藤順一郎は腕で「九階の怪人」の顔を思いっきり払い、どこにそんな力があるのかと思う勢いではね起きる。

あわてて押え込もうとする「九階の怪人」の手を払い、

「救けてくれェ」

と大声を上げ、前に立ったタケオに体当りする。

一瞬の出来事だったのでタケオは不意を突かれてよろけた。

その瞬間だった。

毒味男が、斎藤順一郎の首に、浴衣の帯をかけ、引いた。

動きを封じられた反動のように、斎藤順一郎は毒味男を足で蹴りかかった。

毒味男はその足をかわして、逆に、斎藤順一郎の片方の足を蹴り、同時に首にひっかけた帯を引いた。

斎藤順一郎はベッドのわくに腹をうちつける形になってうつぶせに倒れる。

手早く毒味男は首の帯を三重に巻いて、思いっきり絞め上げた。喉からは虫類のような声が立つ。

「このまま絞め殺してやろうか。おまえのような奴、生きててもろくな事しねえだろうから」

毒味男は後から首にかけた帯を両手で絞めたまうつぶせの斎藤順一郎の頭を蹴った。

またぐえっと音が喉から立つ。

斎藤順一郎は毒味男が帯を絞めると首を上げる。

首が上がったところを、毒味男は後頭部を靴で押える。

その度に斎藤順一郎は声を立てる。

「殺してやろうかよ?」

毒味男は笑いながら、タケオを見て言う。

「このまま絞め殺してやろうかよ?」

毒味男はそう言って、ふと思いついたというように、タケオに眼で、こっちへ来いと合図する。

タケオがそばに寄ると、

「いいか、おまえはこっちの端をぴんと張った状態のまんまで持っとけ」

と帯の片一方を渡す。

「こうか」

とタケオがわざと強く引くと、毒味男は、

「オリエントの康が、こんな欲ボケと遊ぶ暇ない、さっさと殺してしまうんじゃと思うんじゃったら、そんな風に強う引け」

と方言で言い、今度は「九階の怪人」に、

「オバ。オリュウノオバ」

と呼んで手招きする。

オリュウノオバと呼ばれた「九階の怪人」は一瞬、本当のオリュウノオバになったと錯覚したように、

「なんなら？」

と方言まがいの言葉を遣って科を作りながら近寄る。

「オバもこっちの端、持つか？　殺そと思うんじゃったらちょっと力入れたらええ。間違えて力入れて殺してしもても、ひとつもかまわん。どうせ、いつものように山の裾野にでも放り出したるか、ガソリンかけて焼くんじゃさか。いまは火山が爆発してくれるさか、死体隠すの、楽じゃ」

「このオバが持つんかよ？」

「おうよ」

毒味男は言う。

「面白い時代じゃがい。オバも考えたらわくわくするがい。火山が二百年ぶりに爆発しとる。

明治も大正も昭和も、そんな時代、ほんまにあったんかというように、火山、爆発して、二百年前みたいに、みんな、おろおろしとる。こんな欲ボケの欲、吹きとばすんじゃ。あの灰の中に欲ボケの連中、みんな殺して埋め込むのが一番ええ。こんなの間違えて絞め殺してもかまわん」

「九階の怪人」は毒味男から帯の端をいったん受け取り、

「おお、そうじゃねェ」

とオリュウノオバその人になり切ってぐっと力を入れて引いてみてから、ぐえっと立つ斎藤順一郎の声を聴いてすぐ力を緩め、不意にいつもの「九階の怪人」に戻ったように、

「釜割りのサブとチャキリスが、欲ボケを絞め殺した方が歌舞伎のようで、絵になるって」

と帯の端を渡しにかかる。

「人殺し、水もしたたる色男が二人でするっての、粋なんだから」

毒味男は首を振る。

「九階の怪人」は、

「じゃあ、あんた」

とカルロスに渡そうとする。

カルロスは無造作に受け取る。

そのカルロスの物怯じしない様子を感心したように見てから、毒味男はふと気づいて、時計を見て枕元の受話器を取る。

フロントにいるユキエにすぐつながったらしく黙ったまま一方的に話を聴き、

「わかった」

とだけ言って電話を切り、毒味男は斎藤順一郎の頭の前に立ち、靴で頭を小突いてから、

「さて」

としゃがむ。

「ABCDと言う四人の人物の絡む事件から話しようか。たとえばこの間、『加商』という中堅商社の株が買い占められた時の事件だ。『加商』を仮にAとする。買い占めようとした『地産』をBとする。『加商』の顧問弁護士をCとする。さらに『地産』側についている野村証券をDとする。AとBが対立するのは当然だ。だがBが頭が廻ってこずるくってな、裏の事情にたけていたらどうなる。Aについたを取り込もうとするな。そうだ、結局、この事件は、Bの『地産』がDの野村証券と謀って、Cの顧問弁護士を金で籠絡して、Aを裸にした。

表面的にはAC対BDだが、裏ではA対BCDという形だ。このパターンが最近の流行さ。Aだって同じ穴のムジナだけどBCDが出来てしまうのは、企業の吸収、合併とか買収とか流行ってて信頼とか筋とか倫理がまるっきりなくなったからだけどな。斎藤興産がこの間、使っ

たのもこの手だな。ＡＣ対ＢＤがいつの間にかＡ対ＢＣＤになっていた。おまえはまず相手の不動産屋についているヤクザに話をつけて、相手を引っかけたのさ。相手の不動産屋も欲ボケなので、すぐ詐欺を出来ると思った。相手の不動産屋『石井産業』がヤクザの組長と一緒に持ち込んだ新宿の都庁近辺の小さなビルの物件を調べ、それがおまえをひっかけるガセだと分かった。それでおまえは、自分の顔見知りの組長を使い、相手の『石井産業』についたヤクザの組長に直談判させた。それでＢＣＤ連合の出来上り。餌食はトンマなＡだな。おまえらは六億ほど脅し取ったはずだぜ。地揚げ屋から甘い汁を吸い上げたってわけだ」

毒味男はそう言って手で斎藤順一郎の頭を押え、立ちあがる。

「世も末だぜ。世紀末だぜ。だから俺らは、おまえらから甘い汁を吸わさせてもらったってい い」

毒味男はよく見れば形のよい黒い瞳が目立つ青みがかった眼でタケオを見つめ、

「なあ。オリエントの康よ」

と呼びかける。

36

「世も末だ」

毒味男は言い直してから「九階の怪人」に眼で合図し、電話を掛ける手振りをする。

「九階の怪人」は分かったとうなずきベッドの脇の電話を取ってフロントの番号を押す。

フロントにはユキエが控えている。超過激、超反動の一味のもぐり込んだモーテルの外部で展開している事が、ユキエに逐一入っているはずだった。

何人、外部で展開しているのか、タケオには分からない。

モーテルの中にいないのは、徳川和子と愛田淳の二人だけだったが、この一味が、その二人を加えればフル・メンバーになるのか、それともまだ他に何人かいて、役を割り振られて行動しているのか、分からない。

毒味男がしたように、「九階の怪人」は無言のままフロントからの報告を聴き、時おり返答がわりにうなずく。

その「九階の怪人」のうなずきようにも、体の芯が抜けたような日本舞踊の仕種が混っているのに気づき、タケオは見たくない物を見てしまったと眼をそらし、帯で首を締められてうつぶせに床に伏した斎藤順一郎を見る。

頬に傷を受けている為に、うつ伏せにした顔のあたりの床に、血がついている。

だがその血はすぐ止まる、とタケオは思う。

出血は、「九階の怪人」が何回か拳でたたいた太腿のあたりと脇腹のあたりからがひどく、血だまりが出来はじめている。

「アミーゴ」

とタケオは、麻薬シンジケートのヒットチームの一人だと分かっているカルロスに、スペイン語で訊いた。

「こいつ、このままにしていたら首を締めなくても、一時間ぐらいで出血して死んでしまうだろう？」

タケオが訊くと、カルロスはノーノーと驚いたように顔をつくり、首を振った。

カルロスは、隠語のようにスペイン語を話し出した。二人を怒りの浮き出たきつい眼でにらむ毒味男に弁解するように、

「ノーノー、日本語」

と言い、二人が私語を交わすのに了解を求めるように毒味男を見て、日本語で、

「動いたら出血で死ぬけど、このままだったら体が弱くなるだけ」

と言い出す。

タケオはカルロスの反応も、言い方も面白いと思う。

「アミーゴ」

タケオは、ことさらスペイン語で言う。

「何度もこんな奴、見たぜ。ゲリラが殺ろうと思ったら一発で殺す事なんか要らない。政府の要人、眠り込んでいるベッドに行って、こんなふうに身動き出来ないようにしてやる。ただ両手、両足をベッドの四隅にくくりつける。それで両手の腱と両足の腱だけ、ナイフで切ってやる。そいつは明け方に死ぬのさ。女房がコーヒーを運んで来るとか、子供が朝の挨拶に来る頃、衰弱して、死ぬ」

「日本語」

カルロスは言い、毒味男が何も言わないのに、日本語で、

「こいつ、ゲリラでこんなにして、人、殺した」

と説明した。

電話を切った「九階の怪人」が振り返って、

「そりゃ、いいわ」

と事もなげに言う。

「さあ、しっかり首を締めておいてね。これから、このオッサンを宝の玉にして、わたしら遊ぶんだから」

「九階の怪人」はそう言って、毒味男に指でOKのサインを作る。

毒味男はうなずき、タケオとカルロスに首を締め上げていた帯を渡せと手を差し出す。

毒味男の手で首に巻かれた帯を解かれた斎藤順一郎は恐怖の為か、呼吸のしづらさと傷の痛みと出血による衰弱の為か、おとなしく、まるで人形のように柔順に体を起こされた。

毒味男が背広を脱がせ、血でべったり塗れたワイシャツのボタンをはずし、ズボンのベルトに手をかけた時、辛じて、

「何をするんだ」

とまるでロボットのような平板な力のない声で訊く。

「この忍者きどりのバカオカマと違うんだからな。こいつがあまりに可愛いがりすぎてそれで死ぬかもしれないと俺は親切にも心配してな、死なないようにしてやろうと思ってるんだ」

毒味男が言うと「九階の怪人」は、

「死なないように生きないように、でしょ」

と言う。

「生きないようにってのは、こいつの運だな」

毒味男はまずベルトを抜きとる。それから、「九階の怪人」に合図して手を差し出し、「九階の怪人」愛用の手裏剣を受け取り、斎藤順一郎の前に屈み込んで、

「運だよ、運」

と言いながら、ズボンを切り裂き、下穿きを切り裂く。

方々を切り裂いてから、毒味男は手裏剣を「九階の怪人」に渡し、起きあがって、

「手馴れたもんだ。あの古道具商の時は往生したけどな」

と独り言のように言ってから、タケオとカルロスに、

「南米のゲリラでもマフィアでもこんな丁寧な事しないだろ？」

と訊く。

「そんな事はしないさ」

「そうか。だったら日本流の丁寧さをオリエントの康は学んでおけよ。いいか、死体を裸にひんむく時、背広のどこを裂いておけばよいか、ズボンのどこを裂いておけば、一発で手品のように服が取れるか」

毒味男は辛じて顔をあげ、怯えた眼であたりを見る斎藤順一郎にかまわず、

「ここを裂く」

と背広の肩の部分、脇の部分と次々と手で触れ、次にズボンの腰廻り、膝をたたき、

「さあ、いいか、手品だぞ」

と言って、まず背広とシャツを引き抜く。

血か泥を塗りたくったように見える素裸の上半身が現れ、次にズボンの前をめくると素裸のやはり血だらけの下半身が現れる。

ズボンの後ろ半分は斎藤順一郎の体の下にある。

その無抵抗の素裸の斎藤順一郎の両腕を、後ろで縛った。

「やめてくれ」

斎藤順一郎はロボットのような口調で言い、

「おまえが運がよければな」

と薄笑いを浮かべた毒味男が言うと、不平を声に出さずに呟くように口を動かし、抵抗するように体を揺すり、後ろ手に縛られた帯が一層喰い込むのか動きをやめ、うなだれる。

「死んでしまうな」

タケオはカルロスに言った。

「血が大分出たから疲れるんだ」

タケオの言葉にカルロスは今度はスペイン語で、

「動脈、切ってなかったら、まだ大丈夫だ」

と言い、自分の右の首を指一本で断ち切るというようになぞり、

「タケオ」

と呼びかける。

「どうしてこいつらこの男をこんな目にあわせる。こいつはひどい事したのか？　こいつは裏切ったのか？」

タケオは違うと言う。

「こいつは俺たちの仲間じゃない」

タケオはそうスペイン語で言ってから毒味男と「九階の怪人」の二人を交互に見て、二人がスペイン語に何の警戒もせず、うなだれた斎藤順一郎の体の周りの床についた血を浴衣でぬぐっているのを確かめてから、

「アミーゴ、話しとく」

とそばに来いと言う。

37

カルロスが秘密の話を聴けるというような好奇心の浮き出た顔で近寄ると、毒味男がタケオの心の動きを察知したように、

「おまえたち、何、話す？　いいか、これはスポーツじゃない。犯罪だぞ。犯罪というゲームだと言ってるだろ。だから俺らにも分かるように、これから絶対、日本語だけで話せ」

と言い出す。

「こいつに俺は説明している」

タケオは言う。

「何の説明だ？」

「何の説明って、この男が、本当は悪い奴だって」

「悪いって言っても、俺らも悪いだろう」

毒味男はタケオを挑発するように、タケオの言い方が幼稚だとからかうように笑い、

「それじゃ何の説明にもなってねえじゃないか」

と言ってから、不意に素裸のまま後ろ手に縛られてうなだれている斎藤順一郎の頭を足で蹴

る。

ぼこっと音が立ち、急に電流が通じた人形のように斎藤順一郎は呻き、身もだえする。

「悪いっていうのならこんな事やる俺らの方も悪いぜ。少なくともおまえの持っているエメラルドに関しては、こいつは心の中は知らんけど、実際は、何にも悪い事をしちゃいない。ただ喰いついただけだ。

欲ボケという魚が釣れますという釣り堀に、右も左も分からん日系混血の少年という棹《さお》の先にエメラルドという餌をつけた糸垂らしたら、こんな欲ボケが喰いついたというだけだ。悪いのは俺らだよ。まずバケツに入れるように車に入れて拉致したろう。モーテルに連れ込んで小さな鉢に入れるように監禁した。さらに乱暴に扱って傷害を与えた。もうこれだけで相当な懲役のつく罪だぞ」

「分かってるよ」

タケオは言う。

「何が分かっている?」

「だからこいつらは、もっと悪い。皆が苦しんでいるのに自分らだけ、富を独占して」

毒味男は笑い出し、タケオにもう言うなと手を振り、

「ゲリラの教本どおりの答か」

と呟き、ベッドに腰かけ、裸の斎藤順一郎の背中を靴の先で突きながら、

「オリエントの康よ。今、何をスペイン語で言おうとしていた?」

と訊く。

斎藤順一郎が呻くと、「九階の怪人」は毒味男の感情の変化を感じとり、危険を察知したように、

「三郎君」

と今まで使わなかった呼称を用いて、

「落ちつきなさいよ。あんたが興奮しはじめると何が起るか分からない」

とベッドの脇に立つ。

「なんだ、今ごろ、この俺に指示するのか」

毒味男は「九階の怪人」の介入に腹だち、その腹いせのように斎藤順一郎の後頭部を思いっきり蹴る。

瞬間、斎藤順一郎は首をうなだれる。

そのうなだれた顎を伝って、後頭部からの血が流れ落ちた。

タケオはその血を見て緊張し、その血の流れた瞬間から毒味男の言うゲームのような犯罪が別の方向に動き始めたのを感じ、毒味男を注視した。

毒味男は血を流す斎藤順一郎どころか、モーテル外で展開している愛田淳の動きも含めて犯罪そのものにも関心がなく、ただひたすら眼の前にいるタケオ・ナカモレに一切の行動が収斂《しゅうれん》しているというように見て、

「何から何まで包み隠さず言え。何、言おうとしてたのか、何でこのカルロスという奴、連れて来たのか」

と言う。

タケオは毒味男を見て、この男は手の込んだ脅しをかけて来ているのだと思い、毒味男をからかうようにカルロスに、

「俺は日本に来たのは革命の為だ。俺がカルロスをさがし出して来たのも革命の為だ」

とスペイン語で言う。

カルロスは驚く。

タケオはカルロスが日本語をしゃべれという毒味男の言葉を気にしているのだと笑い、カルロスに、

「スペイン語をしゃべるなって言われていると気にするのなら、おまえが日本語に通訳しろ」

と言う。

カルロスはその言葉で、ラテン・アメリカ人気質を刺戟されたというようにノー、ノーと肩

をすくめた。

「俺は何だっていい。誘拐だって人殺しだって、銀行強盗だって、革命の為ならやる。その革命の為にサンパウロにある日本商社を襲撃したり、日本の海外への技術援助の人員を反革命として殺害するかわりに、革命の鉱山開発の資金を調達に来た。カルロス」

タケオはカルロスを見つめる。

「いいか、おまえがコロンビアの麻薬シンジケートの一員だってかまわない。おまえがマフィアから送り込まれた裏切り監視のテロ・グループの一員でもかまわない。俺とおまえは対立しないんだから、俺はおまえを俺の仲間にする。そのかわり、報酬を払う。この日本人らが俺を裏切った時の為の、党内党、ゲリラの中のゲリラとしてな」

タケオのスペイン語を聴いて、スペイン語を話すなと言った毒味男や「九階の怪人」より、カルロスの方が茫然としていた。

カルロスはタケオが別の男に見えるというように眩しげに見て、

「分かった」

と言い、胸をそらし、国は違うが同じラテン・アメリカに生れ、同じ光、同じ風を受けて育った男同士だから、右翼であろうと左翼であろうと盟友になれるというようにスペイン語で、

「裏切ったこの連中とやるのなら、シンジケートから機関銃でもロケット砲でも仕入れてや

る」

と言い、毒味男を見る。

そのカルロスの視線から毒味男は二人の会話の内容を察知したようだった。

「よし、おまえらがそう出るのなら、俺はそのＢＣＤ連合を、このＢの役目やるオッサンとＣの役やりたがるおまえらと、Ｄの役目やるお巡りか、ヤクザか、別の犯罪グループか知らんが、そんな物、ぶったぎる為に、決断する」

毒味男は宣言するように言い、立ちあがり、タケオの肩をつかむ。

タケオは払った。

カルロスはタケオに加勢しようとするように緊張する。

毒味男はまたタケオの肩をつかみ、

「一緒にやろう」

と言う。

「何を？」

タケオが訊くと、

「最初から言ってるだろう。これは入門篇だってな。これはおまえの訓練の為の犯罪だって言ったろう。だから、こいつを殺す」

と毒味男は言い、振り返り、

「あいつを見てみろ。最初から俺の動き、読んでて、この欲ボケの魚を身動き出来ないように血を抜いている」

と事態の展開に呆気に取られたような「九階の怪人」を顎で差す。

「もちろん、こいつが死ねばＢＣＤ連合は瓦解し、今度は新たな玉突きが始まる」

「このまま放っておけば死ぬから、放ったらかすのか？」

タケオが訊くと、

「オリエントの康よ。俺は代々、毒味の家系と中本の一統の血が混っとる男じゃ。そんな事、させるか」

と方言を使って言い、斎藤順一郎のうなだれた顎を靴の先で持ち上げ、

「まだこの欲ぼけ、生きとる」

と呟いてから、

「生きているうちにガソリン、ぶっかけて、火あぶり」

と断言するように言った。

38

「火あぶり」

　とタケオは言い直して見る。

　そのタケオの言葉を辛じて耳で聴きとれたと言うように斎藤順一郎はのろのろと顔を上げて、正面に立ったタケオを見て、

「何でも言うとおりするから救けてくれ」

　としゃがれた声であえぐように言う。

　タケオが物を言おうとすると毒味男が手をあげてさえぎり、

「何でもだと？」

　と言い、ちょうど時計を見てフロントとボタン一つで直結された電話の受話器を摑んだばかりの「九階の怪人」に目を遣り、

「もう手遅れだよ、おまえが出来るのは牲《いけにえ》の仔羊の役しかない」

　とうすら笑いを浮かべる。

「何でもする」

「だからその役をやってもらおうと言ってる。牲の仔羊になってな。火だるまになって。しっかり焼き上げてやる。骨もきちんと拾ってやる。ただし火葬場のように骨壺一つに骨全部を入れるなんて事しない。もったいないと思ってな」

「あたし、尾骶骨のあたりでハンコ作ろうかしら」

「九階の怪人」が受話器に耳をつけながら合の手を入れる。

「それじゃ、このオリエントの康とカルロスには歯でネックレスだな」

毒味男は「九階の怪人」の案より自分のアイディアの方が大胆で面白いというように言って、

「金歯じゃ格好つくが虫歯じゃ、しょうがねえけどな」

とタケオを見る。

「九階の怪人」がまた無言のままフロントにいるユキエの報告を聴いて電話を切り、振り返って指で○を作る。

「OK」

カルロスが言う。

毒味男は、今言ったOKの意味を分かっているのかと訊くようにカルロスを見て、

「OKだな」

と反復するように言い、

「ようし、これできっちり玉突きは最初のショットを終ったってわけだ」

とまた靴の先で斎藤順一郎の後頭部をこづき、

「哀れな奴だよ。俺らのようなワルに狙われて」

と言う。

タケオには自分の加わった犯罪の全貌が分からなかった。

斎藤順一郎を素裸にし、監禁し、体に傷をつけて冗談のように生命を奪うと脅しているのは分かるが、その斎藤順一郎に何を要求しているのか、不鮮明だった。フロントにいるユキエの報告を受けている事から、モーテルの外部にいる者らが、斎藤順一郎の誘拐、監禁をタネにして誰かを脅迫しているのは見てとれた。

「九階の怪人」が作ったOKのサインを境にして、もう電話を使う事はなかった。

「九階の怪人」は浴室に入ってバスタオルを湯で濡らして石鹸をつけ、床についた血の跡をこすり取りはじめ、タケオとカルロスに手伝えと言い、二人が渋々と湯で濡れたタオルを持つと、

「すぐユキエが来るから、そんなのはあいつにさせればいい」

と毒味男はタケオを庇うように言う。タケオがタオルを持ったまま素裸の斎藤順一郎の体の傷の血を見ると、

「なあ、床の血より、体の血、先に止めた方が賢いよな」

と言い、時計を見て、

「もうすぐユキエが弁当持ってくる。その弁当を食べ終って、俺とオリエントの康とカルロスは、このオッサンを連れて次のポイントに移動する」

と言う。

「じゃあ、九階の部屋に来るの、深夜の十二時ぐらい？」

「おそらくそのくらいだな」

「このくらいの箱？」

「九階の怪人」は自分の手の指を折り曲げて四角の箱を作る。

「ケーキを入れるつもりか」

毒味男はあきれ果てたという顔をし、

「ダンボール箱、どっさり用意しときゃあいいんだ」

と面倒臭げに言った。

車が一直線に向ったのは、東京から放射状に延びた高速道路の先にある山の中だった。

何もかも明るく彩られた電飾の東京から、車で小一時間も走れば、茂った木々が空をおおう山に入ってしまうのを、後部座席に坐ったカルロスは感心し、タケオに、「東京というのはコロンビアと変らないな」とスペイン語で言うのを聴いて、タケオが、「ブラジルのアマゾンのジャングルと街みたいだよ」と言うと、運転席に坐り、ハンドルを握っている毒味男は、「おまえら幾らスペイン語で隠語のように話しても分かる」と言い、二人が逃げるのなら今のうちだと相談し合い、いや面白いからやり続けようと結論を出したのだとトンチンカンな推測を言い出す。

タケオは毒味男の推測を正そうと思ったが、勘のよい毒味男があえて二人を仲間に引き入れる為にトンチンカンを言っているのだと気づき、

「その通りだよ。二人で決めた」

と言う。毒味男が、

「本当にそう話していたのか？」

と訊くので、タケオが、

「シィ、シィ」

と答えると、助手席のタケオの顔を見て、

「おまえもいい玉だよな」

と呟く。

39

毒味男は、空をおおうジャングルのような木立の中を走りながら、目的地まで三十分ほどかかると言い、そこは二十年ほど前、タケオのように革命をめざした者らが軍事拠点にした山だ、と説明した。

毒味男は、タケオの顔色をうかがうように、ちらりと見る。

「ちょうどいい距離だな。こうやって、素裸の牲の仔羊をトランクに乗せて走ってみりゃあ、分かる。軍事訓練して首都に打って出るのに丁度いいし、俺らのような超反動の犯罪者一味が、とんでもない事をしでかしに首都から脱け出して出かけ、またそこから首都に戻るのに、丁度いい。二十年前の奴も考えてたって訳だ」

「そいつら、上手い具合に、首都に攻撃をしかけたのか？」

タケオが訊くと、毒味男は、首に手刀を当て切る素振りをし、

「仲間うちで粛清しあって、自滅」

と言う。

「オー・ボーイ」

タケオは声を出し、毒味男が黙ったままなのに気づいて、

「同志だったのか?」

と訊いた。

毒味男は鼻で吹く。

「誰が同志なものか。その反対だぜ。むしろ俺がそいつらを征伐に行ってやりたいと思う。あの『九階の怪人』だろ、その連中と知ってるのは。あいつが全部、絵を描いているのだからな。直接、俺はあいつから聴いたからな。おまえくらいの年齢の時、予備校生の頃、あいつはその軍事訓練するグループに加わったと。あのオカマの言う事だから、どこまで本当か分からないとおまえは思うかもしれないけれど、あいつのあの手裏剣の遣い方を見ていると、本当だと信じるしかないよ」

「これから行く山の中で、粛清しあって自滅したのか?」

タケオが訊くと、毒味男は答えず、素裸の斎藤順一郎を縛って車のトランクに入れた後、モーテルに残り、ユキエと二人がかりでモーテルの部屋の掃除をしている「九階の怪人」の放つ冗談を耳にしたように身をすくめる。

車のヘッドライトを消せば明りのまったくない山と山のはざまの平地で、三人はしばらく物

も言わず、車の中にいた。

毒味男は、動かなかった。

まるっきり身動きせず、呼吸する事も止めたような毒味男に全神経を集中しながら、タケオは、車の周りをおおう暗闇を凝視した。

アマゾンのジャングルでは、暗闇は、夜行性の虫や獣の立てる音で満ちていたが、革命を標榜して粛清にあけくれて自滅していった者らの拠点とした山は無音に近かった。

何人も同志に反革命だと疑われ、自己批判をさせられ、処刑された。革命組織を維持する為に、それは起り得る。

その処刑が正しいか誤りかは、その粛清の議論を全て点検しなくては、判断出来ないが、革命組織の維持の為に反革命分子を処刑する事は、起り得る。一つはその分子の犯した罪の為、今ひとつは他の者の組織への忠誠心を引き出す為。

タケオは、助手席に身を固くして坐り、ただ暗闇に眼を凝らした。

トランクの中の、素裸の斎藤順一郎は、毒味男に言わせれば、タケオの訓練の為の牲の仔羊だった。

だらだらと出血して衰弱し、息たえだえになっているが、まだ生きている牲の仔羊を、同じトランクに入れた三つのポリタンクに入れたガソリンをかけ、火あぶりにするというのは、二十年前の粛清となんとなしに似ている。

牲の仔羊の犯した罪を処罰する事と、処罰を三人で行う事で、タケオとカルロスを共犯者として組織の中に取り込む事。

心の片方に毒味男のたくらみを肯定する気持ちがあり、もう片一方には、そんな事をしてはいけないと否定の気持ちが渦巻く。

カルロスは、後部座席で、二人を監視する暗殺者のように動かなかった。

「オリエントの康よ」

毒味男が、父親の日本名前を、呼ぶ。

「タケオ・ナカモレ」

タケオはあえて訂正した。

「分かっている。俺はいまさっき、何を考えていたか分かっているか。突飛な話だけど、日本の天皇家に昔からずっと絡みついて来た藤原という一族の事だ。

藤。蛇のように絡みつく木。佐藤、今藤、藤田、藤井、藤のつく姓字はどっさりある。藤は絡みついて養分の血を吸い取り、血を入れ換えようとする。

おそらく中本の一統もその末流だろう。オリエントの康は元気な血を吸い取り、入れ換える為に、おまえの母親におまえを産ませた。

俺は同じ中本の者としてそれを確かめたい。俺とおまえが同じ中本の血だとはっきりと確かめたい。

一方は代々、天皇家や徳川家に路地から差し出された毒味係の一統に絡みついて血を吸って入れ換えたあげくここにいる俺だし、一方は白人の血も黒人の血もインディオの血も混った女に絡みついて血を吸って入れ換えたおまえ。二方が中本の血を確かめるのはそう簡単に行かない。

だからとびきりむごい事をするんだぜ。あいつをまだ生きてて、熱い、痛いと知覚するうちに、二人の手でガソリンをかけて火あぶりにする」

「そんな事をしなくても分かっているじゃないか」

タケオは自分の日本語が震えるのを聴き、気持ちを落ち着ける為に大きく息を吸う。

「俺は、おまえたちのグループの同志になる。仲間になる。おまえたちが裏切らない限り、俺は絶対に裏切らない。いいか、俺はブラジルのバイアから来た。その前は父親のコウ・オリエント・ナカモレが革命組織に入って転々としていたから、俺も親爺の後を追って、南米中を転々としていた。ブエノスアイレスも知っている。今ごろだったらジャカランダの花が咲いている。ペルーにも行った。コロンビアにも行った。どこでも俺はコウ・オリエント・ナカモレという日本人の話を聴いた。俺はそのラテン・アメリカから来た。処刑するには裁判が要る。

裁判が悪を排除して正義を確立する為なら、処刑するには正義が要る」

タケオは息をつぐ。

「分かった。正義がここにあるのを、認めよう。その正義が、あの男が死ぬに価するほど人をだまし、苦しめ、あげく富を独占し、人民に大混乱を与えたあいつを裁くのを認めよう。だけど、このまま放っておけば死ぬものを、あえて生きているうちにどうして焼き殺す?」

「ガソリンかけて焼くのに反対か?」

毒味男は訊く。

「どうしてそこまでする?」

毒味男はタケオに物を言いかかり言葉を呑み込んでから、

「俺が独自に決行したら、おまえら、ゲリラやテロで訓練を積んだ南米グループが、かい人二十一面相グループに堂々と叛旗をひるがえすか?」

と言い出す。

「おまえも訓練を積んでいる。そのカルロスも訓練を積んでいる」

毒味男はそう言ってから、天井に手をのばしてルームランプを点けた。一瞬、タケオはそこをゲリラの基地と錯覚し、無造作に灯りを点けるのは危険だと緊張し、そこが日本の山深く入り込んだ人気のない場所だったのを思い出し、毒味男にさとられないように息を吐き出す。

「俺もあのオカマのおっさんだって訓練は積んでいる。他に何人も同志はいる。かい人二十一面相だからな、あらゆる顔をして社会に入り込んでいる。俺らは一グループにすぎないと言っていい」

毒味男はそう言ってから車の備えつけの時計を見て、遂に時間が来たというように、右手をのばして無造作に車のトランクを開けるレバーを引く。後部でトランクの開く音がする。

毒味男は車のヘッドライトを点けた。次に運転席のドアを開け、

「降りろ。手伝え。そうしたら、何でこんなむごい事をしなくちゃいかんか、その理由を教えてやる」

と言って、早くしろと顎をしゃくり、車から外に出る。

毒味男は車のトランクの方へ廻った。

「早くしろ。早くしないと、こいつ、死んでしまうじゃないか」

毒味男のその声はタケオの耳に奇妙に響いた。コウ・オリエント・ナカモレことオリエントの康が、繰り返し語っていたママ・グランデ・オリュウことオリュウノオバなら、まさにその声こそ、危機に瀕した蛇が仲間の蛇の救けを求める時に立てるような、血から血へ直接呼びかけるような、中本の一統の若衆の声だと言うはずだとタケオは思いながら、性の衝動に煽られたようにドアを開け、草の生え出た暗い外に降りて車の後部に廻る。

牡の仔羊は暗い山の、トランクの中では、名前なぞない。人間でもない。

右の心でそう思いながら、左の心で、違う、これは人間だし、斎藤順一郎だ、と思う。

毒味男は、暗闇の中でぼうっと白く浮び上がっているくの字の形に横臥した牡の仔羊の頭を

まず手前に引き寄せてから、

「足を持ってくれ」

とタケオに言い、タケオが足に手をかけるなり、胸のあたりに手を廻し、引き出しにかかる。

トランクの壁に音を立ててわき腹のあたりが当ったが、口にマスキングテープを貼られている

為に、牡の仔羊は呻き声も立たない。タケオは足を持って、やる事がブッダの言う慈悲のよう

に思い、膝のあたりに腕を廻して抱き上げた。

牡の仔羊の体は、トランクから外に出る。カルロスが、後部座席から降りた。

「カルロス」

タケオは名前を呼び、まるで、誰かに腹話術の人形のように扱われでもするように、スペイ

ン語で、

「ガソリンのタンク、三個あるから、車の前に運んでくれ」

と早口で言う。

毒味男は、丁寧に、静かに、まるで愛しくてしょうがない恋人を草のしとねによこたえるよ

うに置き、カルロスが左右両の手に一個ずつ持って来たポリタンクを一つ受け取り、今度は気乗りしない事をやるという様子で、牲の仔羊の上にガソリンをまいた。

「後二缶あるからな」

そう言って、一缶すべて牲の仔羊の上にまき、

「さあ」

と言って、胸ポケットから煙草を取り、ふと気づいたように車に戻って車を大きく後に退らせてから、煙草に火をつけ、その煙草を放る。

ほんの一瞬の間があり、音と共に炎が噴き上がる。

40

光と音の途絶えた暗闇の中で、想像をはるかに超えた炎が立ちあがる。

噴きあがった炎の中を下部の方から気化したガスが突き上げ、それが炎の外側でまた発火して炎になるので、昼のように明るくなった斎藤順一郎の体の周りの雑草が爆風で揺れ、飛び火し、熱に身もだえするように動くのが見える。

炎の噴きあがる中心部で黒い影のような斎藤順一郎が微かにしか動かず、飛び火した夏草の葉や雑木の枝がよじれたり、燃え落ちるのが、大仰に熱さや痛みを訴えているようにタケオには見え、声を失う。

毒味男は炎を見つめるタケオのそばに来て、動揺を防ぐにはそうするのが一等効果的だというように肩に手を掛け、

「動いているの、見えるか?」

と訊く。

「あれは生きているからじゃないな。九十九パーセントは死んでいるから、ありゃあ、神経だな。鯛の活造りとか伊勢海老の活造りの、尾鰭やひげが動くようなものだな。サド侯爵はこんなふうにガソリンぶっかけて焼いて、瀕死の状態の時、姦るのが最高の強姦だと言っている。相手が女だったのか男だったのか、忘れた。前の穴だったのか後の穴だったのか」

毒味男は炎に見惚れたように眼を離さず、

「もう絶命したな」

と呟いてから、タケオの顔に顔を近づけ、

「これがおまえの通過儀礼だ」

と言い、まだポリ缶を一つ持ったまま棒立ちになっているカルロスに、

「下火になったらガソリンを少しずつ足してやれ」

と命じて、タケオの肩を抱き寄せ、

「たまんないな。最高だな」

と言う。

「もう俺は逃げられない」

「ああ、もうおまえは逃げられない。インドの盗賊みたいなものだ、俺たちは。俺とおまえとカルロス。いや、カルロスはいい。逃げ出したけりゃ、逃がしてやる。ただし密告だけは許さない。だが、おまえは違う。これから俺らは双子のように生きてゆく。誰が見たって、人間の仕業じゃないと言う方法で、盗賊のように、やっていくさ。インドの代々、盗賊をやっている一統は、美男子揃いで、追いはぎをやった後、必ず相手を殺すってよ。俺たち二人はそれと一緒だな」

「どうして殺す？」

タケオは自分の言葉が唐突だし、幼い口調だったのに気づいた。

毒味男がタケオの顔を見るのを見て照れた。

すでに自分は火あぶりの私刑を認めている。

タケオは思った。

「二人で次々、殺すのか？」

「ああ、次々と殺す。俺らは次々と人を殺す。面白いぞ。あらゆる方法を使ってな。刃物だろ。縄だろ。何にしろ、そいつら息が出来なくなって死ぬ。出血多量で死ぬのも、息を吸う力がなくなってだし、あの斎藤順一郎だって炎の中で息が出来なくなって死んだんだからな」

カルロスがスペイン語で炎が弱くなってしまったと言い、ガソリンを継ぎ足そうとするので、タケオは「俺がやる」とカルロスの手からポリ缶を受け取り、毒味男の視線を意識しながらまいた。

ガソリンが炎の上にかかると、炎は生きているように立ちあがる。

三度ほどガソリンを継ぎ足してから、タケオは毒味男に言われて棒切れをさがした。

草むらのはずれに茂った灌木の幹を折った。

その棒で炭化した斎藤順一郎を裏返しにする。

タケオはもう躊躇しなかったが、カルロスは自分が苦労して折った灌木の幹が人間の体を裏返しにする為に使われる道具だと知ると、うろたえた。

車のヘッドライトの照明の届かない草むらの中に駆け入り、しゃがみ、吐いた。

タケオは覚悟していたので、毒味男と二人、何のこだわりもなく、灌木の幹を使って裏返しにする。

裏返しにした後、またガソリンをかける。

爆発するように炎が立ちあがって、毒味男は、

「こいつの会社の人間も、家族も、いま、こんな運命だって知らないで、のんびり、次の脅迫電話が掛かって来るの、待っている」

と言い出す。

毒味男は、火に手をかざし、次に灌木の幹の先を炎につけ、生木が燃えはじめると煙草を取って、咥え、灌木の先で火を点ける。

「こいつは厭な奴だが、他から見れば、こんな目に遭わなくたってもいい、という奴だな」

と言い、毒味男は斎藤順一郎を焼く炎が、キャンプ・ファイヤーの炎だというように、タケオに草むらの上に坐ろうと言う。

「俺には厭味な奴だよ。だけど、他の奴には、気障だが人のいい奴だと見える。どっちが本当のこいつの姿かと言うと、俺の見る方。こいつはまず自分の戸籍をごまかしてるな。そんなのはかまわない。こいつの業界では、生れがうさんくさいというのは一概にマイナスとは言えない。というのは、地揚げという商売は、必ず表と裏がある。表の方は、それこそ背広してネクタイ締めて財界のパーティーに出て、徳川家の嫁かず後家なんかと挨拶して、当りさわりのない会話してる部分だな。日本の名士。だが裏は違う。裏は、俺は日本のどん底を生きている、

という居なおりだな。どん底に生きている奴のうわ前をはねているわけさ。本当はどん底の生れじゃない。ただのどん百姓のこせがれにすぎん。俺はそこが厭なんだ。こいつをおまえの通過儀礼の牲にしようと思った最初の一点は、そこだな。こいつは路地の人間じゃない。こいつは単なるどん百姓のこせがれだ。それが、ある人間には、どん底の人間の振りをしてすごむ。ある人間には、財界のお偉方とつきあいがある、徳川和子と顔見知りだと、逆にほのめかす。その使い分けはうまいもんだ。その使い分けが出来るのは、こいつが結構、デリケートな神経持っていたからだが、このくらいのデリケートさは、俺やあのオカマや徳川和子には、おあつらえ向きなのさ。エメラルドの餌ですぐひっかかった」

「前からこいつを狙っていたのか?」

「いや」

毒味男は灌木の幹で炎を上げる斎藤順一郎を突つく。

炎が突ついた部分に立ちあがる。

「こいつは結構、名前を売っていたよ。一度、詐欺で捕まった事もあるな。西新宿の地揚げでもこいつは大活躍したし、千葉や埼玉のあたりのゴルフ場建設でも、こいつは大活躍だったな。五、六年前だけど、こいつの最盛期だな。そのあたりから徐々に名士面してあまり表面に出る事がなくなって来た。そのままおとなしくしてりゃ、こんなに生きながらガソリンかけて焼かれる事もなかったけど、こいつ、徳川の嫁かず後家の御不興《ごふきょう》を買ってしまった。

というのも、こいつ、ひょんな事で、野心のある絵描きに出資してしまった。その絵描きは贋作専門さ。あいつは最初は騙されていたけどすぐわかって、何人もの人間に贋作を作らせて声を掛けた。

徳川和子にも声を掛けた。ろくでもない絵描きさ。斎藤順一郎はディーラーをでっちあげた。そのディーラーは徳川家御用達だと触れ歩いて、そいつの描いた名作の偽の絵を元に詐欺まがいの事をはじめた。斎藤順一郎、ディーラー、絵描きがぐるだ。絵描きと斎藤順一郎はよく似た者同士だけど、徳川和子は騙されたと知って怒り始めたわけさ。

その逆のケースがおまえだ。今度は徳川和子がおまえを斎藤順一郎に紹介する。だから、ここでじっくり一片の肉もついていないくらい焼き上げて、こいつの体を、骨にするだろ。斎藤順一郎が贋作の絵をさばいた同じ相手に、詫び状のようにこの斎藤順一郎の骨を送るわけさ。こいつの詐欺の相手が、こいつの骨を受け取って、大嬉びして溜飲を下げるか、それとも哀れだと涙を流すか」

「大嬉びすると言いたいんだろう」

タケオは言い、草むらにしゃがんでしきりに唾を吐いているカルロスに、車の中に坐って休んでいろと言う。

カルロスはただ首を振る。

毒味男は灌木の幹でまた突ついた。焼けてはずれた長い骨が一本、炎を上げながらも転がり出し、毒味男は「おっと」と声を出して骨を突いて元に戻した。

「わかった」

タケオは言った。

「さっきモーテルから電話を掛けていたのは、斎藤順一郎の詐欺の被害者のところだ」

タケオが言うと、毒味男は「それで？」と、その後の展開を当ててみろ、と促した。

「俺だったら、こいつの相手だけでなく、こいつの仲間にも脅迫の為に送る」

毒味男はタケオの言葉に「そうだ」と笑い、カルロスが草むらの中で声をあげて吐き始めたのを横目で見て、

「まず送りつけるのは徳川家の嫁かず後家の徳川和子さ」

と思いがけない人間の名前を言った。

「太腿の骨でも一本、宅急便で送り届けてやれば、何が始ったか分かって震え上がるさ。あの人は根っからのお嬢さん育ちだから、この事件が、骨の廻りの肉や筋まで綺麗に燃えるまでガソリンを何回もかけて焼いてるところまで進展していると思っていない。まだホテルのスイートルームかどこかに監禁して、こいつの家か会社に、身の代金の脅迫でもしていると思ってい

る。太腿の骨、送られて、徳川の嫁かず後家、俺やおまえが、本当にやりはじめたと震え上がる。逃げようにも逃げられない。やるしかないって泣きわめきながら、覚悟するって。

斎藤順一郎一人で一石三鳥も四鳥も、役割を果たすのさ。もう一本の太腿の骨は、おまえにやる。おまえは逃げられない。一緒に焼き殺したんだからな。強引に通過儀礼受けさせられて、人殺しの仲間になった記念だ。後の骨は、あの『九階の怪人』にまかせてある。こいつが詐欺をした銀行の会長、証券会社、不動産、宗教団体、いずれうさんくさい連中のところに送ってやる。仲間の地揚げ屋や暴力団にもだな。送りつけられたそんな連中の誰が警察に届けるか興味があるな。その中に、次の標的が入っているってわけさ」

41

新聞もテレビも誘拐し、殺害し、焼いて骨を方々送りつけるという例を見ない事件の異様さに衝撃を受けて、連日報道していた。

大久保の毒味男のアパートで、二日間だけ用心して、タケオはカルロスと共に泊ったが、三日目になると、狭いアパートで男三人も同居するのは苦痛だと毒味男は言い出し、カルロスを用がある時に招集すると言って自分の部屋に帰した。

自分の部屋と言ってもカルロスがいるのは、コロンビアから来た出稼ぎ労働の者ら五人と借りた部屋だったので毒味男の部屋の方がよいと渋ったが、毒味男はすぐ次の計画を立て招集すると言い張って意見を通し、カルロスが帰ってから、それが本当の理由だったというように、

「オリエントの康よ、あいつ、消してもいいか?」

と切り出した。

タケオは唖然とし、次いで、理由もなしに仲間を殺害しようとするのは毒味男が狂人の類だからだ、一種の倒錯だと思い、

「あいつを殺すなら、俺はおまえらも殺す」

と言うと、毒味男は、

「そうだろうよ」

と言い出し、殺害予告なのか次々と証券会社や不動産屋に斎藤順一郎の人骨が送られて来たという記事の載った新聞を見せ、

「いいか、おまえがカルロスと組んで、俺や『九階の怪人』を狙っていたのは知っているんだ」

と言い出す。

「狙ってるんじゃない。俺は、おまえら裏切った時に対抗してあいつを仲間に入れた」

「俺がおまえを裏切る……」

と毒味男は言って絶句し、悲痛な声を出して溜息をつき、

「おまえがエメラルド三個、守る為にそんな事やるから、俺は煽られて、あいつ、焼き殺してしまった」

と頭を抱える。

タケオは毒味男のその仕種が演技だと見抜いていた。

「それは後悔しているという演技か?」

とタケオは言った。

タケオは腹立ち、その腹立ちの感情こそ一筋縄で行かない毒味男の演技が引き出したかったものだ、と分かりながら、

「俺はおまえの言うオリエントの康の息子だぜ」

と言う。

毒味男はきらきら光る眼でタケオを見る。

「俺はまっすぐな男だぜ。だから、殺した事を後悔しない。おまえが、言うように、インドの盗賊のように、二人で組んで次々と相手を殺してやってもいい」

「そうか？」

毒味男は挑発するように言う。

「そうか、とは何だ。いいか、俺はナカモレの——」

「いや、中本の」

毒味男は訂正する。

「中本でもナカモレでもいい。その血のおまえはその血の俺と二人で組んで、相手かまわずひっかけて、性交の愉楽みたいなものだから、人殺ししようと言うんだろ？ 気持ちがいいって。だから俺はあいつ、生きているうちにガソリンかけて焼いて、よし、おまえと一緒にやってやると思った。誰でも連れて来いって。誰だって俺が喉首かき切ってやる。女でも男でもいい。金持ちでも貧乏でもいい」

タケオの言葉に、

「そうだ」

と毒味男はうなずく。

「俺はおまえに煽られる」

「正義も革命も忘れろって言うんだろ？」

「ああ」

毒味男は言う。

「だからカルロスを血まつりにしようと言う。あいつは中本の同じ血じゃない。あいつは牲の仔羊、焼いてる時に吐いてた。冒瀆していると思わないか。いや、吐いていたから、こういうんじゃない。本当の理由は俺とおまえと、二人の中本の男の、誰も見ちゃいかん秘密の儀式を目撃していたからだ」

タケオは黙る。

「かわいそうなカルロス」

タケオは呟く。

42

毒味男にカルロスを消す事を同意してみたが、不馴れな東京で計画を立て決行するのが容易な事ではない、とすぐ分かった。

「おまえが連れて来た奴だし、おまえが同じラテン・アメリカから来た出稼ぎ労働者として、気質も習性も一等知っているから」

と言って毒味男は、カルロス殺害計画の主犯はタケオだと言った。

タケオは、人間の気質を知ろうと習性を知ろうと、犯行現場の地理や状況があやふやなままでは、犯行を決行する前に発覚し、頓挫すると溜息をついた。

それなら何よりもまず、カルロスを観察する必要があると思いつき、さがしたが、やっと姿を見つけたのはカルロスが毒味男のアパートの部屋を出て十時間後、早朝の公園の外国人の出稼ぎ労働者がひしめく公園の中でだった。

その公園は、このところ急激に増えたイラン人が大半だったので、どちらを向いてもペルシャ語が飛びかい、仕事の情報の交換や新聞の廻し読みする者でごった返して、隅に幾つか言葉が通じる者同士の小グループがあった。

カルロスはベンチに腰かけ、隣に坐った男の持ったラジカセに触り、話していた。

「あそこにいる」

タケオが言うと、毒味男は早朝まで引っ張り廻されてくたくただというように欠伸をやり、首を折って鳴らしてから、

「さて、どうする?」

と訊く。

「まさかここで殺すわけにいくまい。忍者のように吹き矢でもつかえて毒でも用意していれば、

ふっと吹いて、公衆の面前で殺すのも面白いがな」

「どうすればいい？」

タケオが訊くと、

「それを考えてくれ」

と言って、公園の芝生に寝転ぶ。タケオも坐り込もうとすると、

「俺は眠るけど、ちゃんと監視していろよ」

と顔を上げる。

「あいつは、おそらく、悩んでいるし、興奮している。ラジカセのボタン、しきりにいじくっているだろう。本当はラジカセに興味なんかないんだ。ただ同じスペイン語を話す奴と、話をしていたいんだ。ラジカセを持っている奴も、そうだな。こいつもただ、話がしたい」

毒味男は、ベンチの上のカルロスから視線をはずし、あたりを見廻してから、あおむけに寝そべる。

「おまえも、そうだろう？」

「スペイン語を話したいってか？」

タケオが訊くと、毒味男は、眼を閉じたまま、急に睡魔に襲われたように、声に出さず、ただうなずく。

「夜中、あいつを捜してスペイン語を話していたからそうでもないな」

タケオが言うと、また、毒味男はうなずく。

「東京は広い。分からない」

タケオは日本語で言ってから、スペイン語で言い直す。

「なんだって？」

毒味男が、眼を閉じたまま、スペイン語の意味を訊ねた。

「東京は広くて、分かりにくい」

と、タケオは言い直し、ふと毒味男も、ママ・グランデ・オリュウの住む路地から東京に出て来た時に、自分と同じような気持ちを持ったのだろうか、と思い、

「東京へ出て来て、迷わなかったか？」

と訊くと、毒味男は、首だけ左右に振る。

睡魔に襲われている毒味男に眠る時間を与えようと、黙った。

カルロスはまだラジカセを触って、男と話していた。

カルロスはベンチの前を通りかかる男に眼を遣り、隣り合った男に話しかけた。

カルロスの様子が毒味男の言うように、話す事に飢えているのではなく、怯えているのだ、と分かり、タケオは、カルロスがはっきり、自分が殺害の対象になっている、と気づいている

と思う。

そう考えれば毒味男の部屋を出てからの行動は解けた。

カルロスは、コロンビアから来た仲間やラテン・アメリカ人が出入りする場所を、避けていた。

誰に訊ねても、カルロスを見ていないと言った。

麻薬のシンジケートに関わったカルロスは、毒味男に、招集をかけるまでグループから離れていろと命じられた意味を、正確に理解している。

タケオは、カルロスの動きを観察しながら、カルロスが公園に来て、しつこくラジカセの説明を男から求めるように話している気持ちを、手に取るように、分かった。

タケオが、地理のあやふやな東京を、夜中、毒味男を従えて走り廻っている時、カルロスは、藪の中に弱い動物が身をひそめるように、どこかで、夜の暗がりを耐えていた。

人のごった返す公園なら身は安全だ、と夜明けを待ちかねてやって来た、カルロスは、まず話したい、と思う。

生きのびる方法は、話して、救けを求める事だ。

しかし、職さがしや情報を求めて集った出稼ぎ労働者の誰に話しても、手救けしてくれる者はない。

一等手救けの可能性の高いのは、日本の警察に駆け込む事だった。

男女五人ほど、いや、フロントとの電話のやりとりから推測すれば、もっと多くの一味が斎藤順一郎を誘拐し、監禁し、傷害を与え、さらに山の奥へ運び込んで、生きたまま、ガソリンをかけ焼き殺したのだった。

骨を箱に詰めて、宅急便で方々に送りつけた。

カルロスは、その犯罪の手伝いをさせられたと訴え、口封じの為に、自分が殺される、と庇護を求める。

その犯罪に関しては庇護をしてくれる。

だが、世界に名の轟いた優秀な日本の警察は、カルロスが、コロンビアの麻薬シンジケートの一味であり、販売をまかされた売人らが代金をシンジケートに振り込まず、ネコババする者らを狙い撃ちする、ヒット・チームの一員だ、と割り出して、必ずシンジケート全体を洗い出しにかかる。

そうなれば、カルロスは麻薬シンジケートの裏切り者として、生命を狙われる。

どちらにしてもカルロスは救かる道はない。

「かわいそうなカルロス」

タケオは呟く。

カルロスは、ベンチに腰かけて、両足をそろえてベンチの端に当てて、膝を立て、肩をすぼめて、膝の中に両腕を入れてはさみこみ、横を向いて話しながら猿の中でも一等哀れな奴が孤独を耐えるような姿で、話している。

体を、起きあがりこぼしのように、前後に揺すっているので、遠目には、複雑な姿勢でオナニーをしているように見えかねないと思って、タケオは笑い、体を揺する度に確実に性器に刺激があるが、その快感をオナニーと言うとオナニーすら哀れすぎると思って、カルロスの為に、

「オー・ボーイ」と呟く。

43

カルロスがベンチから立ちあがったので、眠っていた毒味男を起こした。

毒味男はカルロスを見て起きあがって、欠伸をやり、よく眠ったと言う。

「いびきをかいてたか？」

タケオが首を振ると、毒味男は、

「あの怪人がいびきをかくから、こっちまでいびきをかいて何もかもぶち壊してしまったんじ

ゃないのかって、ノイローゼ気味さ」

と言い、タケオが、カルロスが歩き始めたと眼で合図すると、

「どうせここに戻るだろう」

と、カルロスの行動を読んでいると言う。

それでも万が一を考えて、タケオはカルロスを眼で追った。

カルロスはバングラディシュ人らのたまった方に歩き、丁度コンロをのせた屋台をリヤカーに積んで現われた男の方に歩き、たちまち出来る人の列の二番目に入り、焼いて削った羊肉と香菜を中東近くのパンの一種で包んだサンドイッチを手に入れ、食べながら歩いて来た。

その食い方は、毒味男の部屋から出てまる十時間何も食べていなかった、と人に推測させる。元のベンチに戻る頃は、あらかた羊肉のサンドイッチを食い尽していた。カルロスは、ベンチに腰かけ、最後の一かけを口にほおばる。

「さて、どうする?」

毒味男は訊いた。

「殺るしかないだろ。おまえの言うインドの美男ぞろいの盗賊のように、あいつに事件をのぞかれているから消すしかないんだろ?」

「そうだ。俺は今度は主犯じゃない、従犯だからな。主人様のお気の召すままだ。武器は?」

「ずっと俺も考えていた。おまえの言う通り、人間が死ぬのは、病気だろうと事故死だろうと、自殺だろうと、息が出来なくなって死ぬんだろう。だからあいつをどうやって、息、出来なくさせるか」

タケオは、次に何を言い、どう決断を下すのか、眼をきらきら輝やかせて、タケオよりも幼いような顔になって見つめる毒味男が、タケオの通過儀礼だと言って息のある牲にガソリンを浴びせ、派手に炎を上げさせたと思って、

「水だな」

と、思いつきを言う。

毒味男は失望した、というように「水か」と呟き、

「それで?」

と気のない訊き方をする。

タケオは、その毒味男の口調に腹立ち、自分の心のどこかに、サンドイッチの具の羊の肉汁がついたと指をなめているカルロスに同情する気持ちがあって、水で殺すというアイディアに興を抱かないと露骨に表情に出す毒味男に腹立つのだ、と分析しながら、

「俺を誰だと思っている。ラテン・アメリカから来たオリエントの康の一粒種だぞ」

と声を荒らげる。

「分かっている。だから、訊いている。それで?」

タケオは一層その毒味男に腹立ち、スペイン語で、

「この変態野郎」

と怒鳴り、その声が近くのラテン・アメリカ人に聴きとられたのに気づき、声を抑える。

「いいか、俺の親爺は、新天地を求めてラテン・アメリカに渡った。ラテン・アメリカを愛した。大好きだった。その息子が、日本へ来て、ラテン・アメリカ人を殺そうというのだ。斎藤順一郎殺したのは俺の為だと言う。同じ一統のおまえが俺の為に用意した通過儀礼だと言う。おまえはガソリンを使った。炎を使った。だから俺は炎の反対の水だと言ったのだ」

「そうか。悪かった。オリエントの康よ」

毒味男は素直に詫びた。

「だがな、これから、この毒だらけの美男子の前で、さっきみたいな声出すの、許さん。俺は盲目の毒蛇みたいなものだから、あんな声がすると、見境いなくなって嚙みついてしまう。こんなに可愛い弟のような奴、俺の毒で殺してしまう」

「おまえの毒なんかで死ぬか。俺の体の中の血に何が入っているか知っているか。アマゾンのインディオの血もアフリカの黒人の血もスペインのジプシーの血も入っている。おまえの毒くらい、何だという?」

毒味男は、興奮し始めたタケオをなだめるには自分が先に折れるしかないというように、

「分かった」

と言い、

「その血だよ」

と言い出す。

「俺たちあいつをさがして、大久保の国際通りをうろうろして、立ちんぼしている売春婦に訊いてまわった。売春婦の一人がスペイン語を話す恋人がいると聴いて、その売春婦がよく商売の場所に使っているビルの屋上にさがしに行った。歩道橋の上で人に訊いた。レストランの裏の非常階段でも訊いた。だから俺のカルロスの処刑のイメージはな、高いところであいつを血まみれにしているのさ。血がたらたら高いところから街へ垂れ落ちて、通りを歩いている奴が奴の死体に気づくのさ。おまえと一緒にカルロスさがしてて、出稼ぎの外国人労働者から見たら、東京というのはそんな風な都会に見える、と思ったな」

「水だよ、水」

タケオは言い、ふっと、いまさっき腹立っていた事を忘れたように、おかしくなる。

「なんだよ？」

毒味男は訊いた。

「炎だ、水だって言ったって、殺される側からすりゃ、二人の気の狂った男がやるのは一緒だから、何も変りゃしない。おまえは狂ってるよ。俺も、狂った。もう取り返しがつかない。神様やブッダが、俺らをどう裁くかは知らんが、俺はおまえと組んで、これから思いっきりやってやる。おまえが炎を放って牲を捧げたなら、俺はあいつを日本の一等深い海に沈めて牲にする。だが、深い海はどこにある？」

「知らないなァ」

毒味男は言い、

「いいって事よ、どこか高い崖から海に突き落してやりゃあ、深いって意味になるんだから」

と言って、タケオにさっそくカルロスを連れて行こうと促した。

タケオは歩き出しながら、明るい声で、

「カルロス」

と呼んだ。

「カルロス。でっかい仕事が転がり込んだ」

タケオは手をあげる。

声が寝不足の為の空耳だと思ったのか、カルロスはあらぬ方向に振り向き、周りのラテン・アメリカから来た男らが「でっかい仕事」というのに釣られ、タケオと毒味男を見るのに気づいて、あわててタケオの方に顔を向けた。そのカルロスの顔に、恐怖が広がるのが、見て取れる。

カルロスはベンチからあわてて立ち上がる。

「さあ、行こうぜ」

タケオは隠語のように日本語で言った。

44

カルロスは日本語を聴いて、怯えた顔で振り返った。この男を殺るのはわけない。タケオは思った。

タケオは、カルロスに「ここだ」と手を上げた。

そのタケオの声にカルロスは、本当に次のでっかい仕事があり、その為にタケオと毒味男が自分の協力を必要としているのだと信じたように微笑さえ浮かべ、

「よくここが分かったね」

と言って、近寄るタケオに握手の手を差し出した。

「アミーゴ、でっかい仕事だ」

タケオは握手をしながら言い、次に毒味男がカルロスに握手の手を差しのべる為に体を脇にどけ、「やあ」「ハロー」と言いあう二人の表情が硬いのを見て、カルロスが怯えているのは毒味男であり、毒味男が警戒しているのは、カルロスだったと気づき、タケオは、突然、思いつきを言ってみたくなる。

「ちょっと話をして来るから」

タケオは毒味男の不審げな顔を無視して、カルロスの背を押して、人のいない芝生の方へ歩いた。

「俺がここへ来たの、びっくりしただろう」

スペイン語で話しかけるとカルロスはうなずく。

「俺はずっと必死でおまえをさがしていた。というのも、下手をすると、あいつに殺されるから。あいつはずっと俺のエメラルドを追っている。エメラルドに名前を書いているわけじゃないからな。俺を殺してエメラルドを取り上げればあいつはたちまち大金持ちになり、この間のような酷い事をしなくてすむからな。カルロス、おまえ、あの処刑をどう思う？　酷すぎると思わないか？」

カルロスは麻薬のシンジケートの一員としての自分に訊いているのかと問うようにタケオを

見つめ、タケオが見つめ返すと、

「ひどいやり方だ」

とスペイン語で返す。

「あんなやり方はそう滅多にない」

「そうだろ。両手両足の腱を切って動けないようにして放ったらかすのはあったけどな。そいつは出血多量で、死に怯えながら死ぬのさ。左翼はそこまでしかしないけど、あいつは、その上にガソリンをかけた。どうしてそんな酷い事をするのか、と訊いたら、俺があの一味へ加わった事の祝賀儀式だって言う。通過儀礼だとも言ったぜ。だけど、考えてみたら、俺とおまえに対する脅迫だ。言うとおりしないとこうやって焼き殺すってな。俺はずっと脅迫されている」

「おまえはあのファミリーじゃないのか？」

カルロスは訊く。

「ああ」

タケオはとぼけ顔で言う。

「どうやらそうらしい。だが、本当のところは分からない。分かっているのは、あいつら俺のエメラルドに関心ある事だ。あいつが思っているのは、俺の持っているエメラルドを独り占めにしてしまおうという事さ。あいつは俺をもおまえをもなめている。だってそうだろう、優秀な警察がいて治安のいい社会があって、日本人は清潔に勤勉に暮らしている。外国人労働者に意地悪だけどな。そんな日本にいてあまり日数も経っていない俺たちを、ラテン・アメリカでも滅多に起らないような犯罪に引っ張り込む。俺たちは金縛りさ。言うがままさ。お前はいい。何も持っていないから。あのラジカセを欲しいと思っているくらいだから。だけど俺は、具体的に脅される。いや、殺される不安がつきまとう」

カルロスはタケオの口調から察したと言うように、

「あいつから逃げたいのか？」

と訊く。

タケオは一瞬、間を置き、

「殺られるのなら殺る」

と言い、カルロスの顔から怯えが消え、シンジケートに関わった男としての自覚と自信が現われるのを見て、

「俺はあいつから逃げられないから、俺と一緒に行動してくれ」

と言う。

カルロスは「よし」と言う。

カルロスを連れて毒味男の方に戻りながら、言った言葉の一つ一つに嘘はなかったが、言葉を組み立てる方向が逆だった、と心の中で笑い、チョロイものだ、と思った。

カルロスを引き連れて戻って来るタケオを毒味男は感心しきった顔で見ていた。

毒味男が物を言おうとして、ふと自分の遣う日本語をカルロスが理解するので不用心には口に出せないと気づいたように、黙る。

タケオはその毒味男の態度から、自分の思いつきが、カルロスを引き入れた最初から一貫した党内党の戦略にかなったものだと知り、意図的にカルロスにスペイン語で、

「さあ、この狂った変態男のでっかい仕事、一緒にやろうじゃないか」

と言う。そのタケオの言葉を聴いたカルロスが、毒味男に挑戦的な軽蔑したような眼を向けるのに気づいて、タケオはあわてて、

「絶対、俺の指示に従え。いいか、日本語を絶対、使うな」

と言い添える。

スペイン語と日本語の文法も違うし、単語の意味も違う。

カルロスとスペイン語で話している限り、スペイン語に何の知識もない毒味男はまるっきり理解出来ないはずなので、殺人狂、狂人、変態野郎、オカマ、加虐性欲者、と毒味男を誹謗する言葉を会話の中に入れたが、それが毒味男自ら言う中本の一統の血の不思議というものか、

日本一深い海をさがす為に新宿の書店に行って旅行案内書を買い、近くの喫茶店に入って話しているうちに正確に言葉を分かったような反応をし始めた。

毒味男は、タケオとカルロスが交わしたスペイン語の会話にむかついたように、旅行案内書をタケオに放るように置き、

「探さなくたって最初から分かっているさ。紀州藩の海さ。おまえが俺に贈り物してくれる場所はそこしかない」

と言い、タケオの顔を物言いたげに見る。

「何だよ」

タケオは言う。

「分からないか？　俺は紀州藩と決めた途端、すぐ頭が巡るけどな」

毒味男は手をあげてタケオの肩を引き寄せて耳のそばで、

「ダンボールの宛名にあのあたりの人間、二人、入っていたろう？」

と言う。

タケオは気づかないと言う。

焼き上げた骨をあらかじめ用意したダンボールに詰めたがその箱の上には、宅急便の規定の宛名書きが貼られてあった。

宛名も差出人も写植文字だった。

かい人二十一面相より。

差出人の欄にはそうあった。

骨を詰めるのは手分けしたが、輸送は愛田淳一人が当った。

高速道路をひた走り、宅急便の仕分け場所で、ダンボール箱を宛先別に宅急便のトラックに入れる。

宅急便の労働者の中に、一味がいるのかいないのか、タケオには分からなかった。

毒味男が言うには、先の紀州徳川藩に当る地域に、見事に焼けた斎藤順一郎の骨の幾片かを宅配されて警告を受けた人間が、二人いる。

「そんな場所に行くんだし、それから俺とおまえがそこへ、一番深い海をさがしに行くとなると、あの怪人が騒ぎ立てるだろう。あいつだけじゃない。徳川家のお姫様もそうだし、あのジゴロのあんちゃんもそうだ」

「ジゴロのあんちゃんってのは、愛田淳って奴の事か?」

「あの野郎。徳川和子の腰ぎんちゃく」

「あいつは好きじゃない」

毒味男はそのタケオの言葉を笑い、

「殴られたからか」

と言って立ち上がり、

「これから電話を入れるからな。俺ら一味の脅しの順番が、紀州藩の中を先にして他を後廻しにするのが可能かどうか怪人と相談してみるからな」

と言い、喫茶店の外に出て行く。

カルロスが、

「あの変態野郎、外に行ったぜ」

と言うのを聴き、タケオは、

「その言葉、あいつカンがいいし、分かっているから、使わない方がいいぜ」

と、忠告し、そう口に出した自分の言葉から、タケオ自身は、カンのよい毒味男が、タケオとカルロスが確実に党内党を揺るぎないものとして結成した、と読んでいる、と推測するのだった。元々カルロスを沈める深い海と言っても、日本の地理に疎いタケオがさがすのは絶望的に困難な事だったが、それを紀州藩の海だと決定するのは、毒味男に魂胆があってのはずだ。

カルロスはタケオの忠告に戸惑い顔で、

「分かった、分かった」

と言い、喫茶店の奥で新聞を読んでいる男を警察ではないかと言い出した。

タケオは見てすぐに、いつぞや公園で釜石から来たというひろしの為にチンピラを痛めつけた時、喫茶店に入って来た男と同一人物だと分かり、

「麻薬担当のGメンだぜ」

と言う。

「おまえがきょろきょろしてるから、狙われる、知らん顔しろ」

45

毒味男は戻って来るなり、Gメンに監視されておとなしくなった二人の変化に気づき、

「どうした?」

と訊いた。

「警察に監視されている」

毒味男はまるでタケオの言葉を耳にしなかったように、

「案の定、あの怪人、鴉のような声でがなり立ててやがる」

と言い、坐り、ごく自然に眼がそちらの方へ行ったというように男を見てから、

「さあ、しばらく時間稼ぎにどこかに行こう」

と言い、伝票を持って立ちあがる。

レジで金を払いながら、

「Gメンか、心配するな。俺があいつをまいてやる」

と言う。

毒味男が後を振り返るなと言うので、タケオは余計に、背後から自分を狙い撃ちしようとする敵につけられているという気がしながら歩いた。

毒味男の言うがまま、ビルに入り、二台あるエレベーターの一つに乗って、五階に上った。

エレベーターに乗り込む時にはすぐ後に誰もいなかったのに、タケオと毒味男とカルロスの三人がエレベーターから降り、サウナの入口に立ち、脱いだ靴を下駄箱に納いかかると、もう一台のエレベーターが開き、Gメンだという男が丸めた新聞を手にして姿を見せた。

タケオとカルロスは隣り合ったロッカーを与えられ、毒味男は一列後のロッカーを与えられた。

タケオとカルロスは日本のサウナに馴れていなかったので、素裸になって腰にバスタオルを巻き、納めたロッカーのキーをフロントに預けに行くと、二人の様子を毒味男がどこから見ていたのか、

「オリエントの康、ええんじゃ」

とどなる。

その方言が何を意味するのか、フロントにキーを置いて、声の方に行くと、毒味男は素裸で、
タオルを手に持ちキーをつけた足を上げて見せる。

「ああ、そうするのか」

とタケオがうなずき、カルロスがキーを取りに戻ろうとすると、Gメンの男が、

「ほら、持っとかないと、たとえ、日本だってごっそり持ってかれるぞ」

と、二つのキーをゆする。

Gメンの男は毒味男の隣のロッカーだった。

キーを持ったまま、毒味男がロッカーを閉めるのを待ちながら毒味男の裸を見ている。

「ちょっと待っててくれ」

毒味男はタケオとカルロスに言って、Gメンの男に素裸をわざと見せるようにのろのろと脱いだズボンのポケットをさぐり、煙草を取り出してロッカーの上へ置く。

「いい体だろ?」

毒味男はタケオに言う。

タケオが同意の相槌を打つより先に、ロッカーに体をもたせかけて毒味男の仕度が終るのを

待っていたGメンが、

「こんなに綺麗な体だと思わなかったな。針の痕だらけだと思ってたけどな」

と言う。

「でしょうが。刑事さんがずっと疑ってるの、知ってたからいい機会だと思って、サウナに裸になりに来た」

毒味男は両腕をGメンの方に突き出して体をねじってみる。

筋肉がくっきり浮き出る。

「いい体だ。さぞやもてるだろうな」

Gメンはそう言ってから、今、言った言葉には含みがあるのだというようににやりと笑い、

「この間、公園で騒ぎ起こしたらしいじゃないか」

と言う。

「さあ」

毒味男は言う。

「知らねえな?」

タケオに毒味男は訊く。

「知らない」

とタケオが言うと、Gメンは苦笑し、

「まあ、そんな事はどうでもいい」

と言い、毒味男がロッカーを閉め鍵をかけると、Gメンは体を起こし、入れ換わりに自分のロッカーを開け、

「おまえが射ってないのは分かったが、射たしてるかもしれんから、ちょっとは裸のつきあいをしておくか」

と言い、服を脱ぎ始める。

それから、毒味男のそばにGメンはぴたりと寄り添うようにいて、サウナ室に入ったり、冷水プールに飛び込んだりしたので、毒味男が「九階の怪人」とどう打ち合わせたのか聴かずじまいだった。

Gメンが超過激、超反動の一味、別名かい人二十一面相の存在に関心がなく、喫茶店で読んでいまロッカーの上に置いてある新聞にも記事のある斎藤順一郎の誘拐、脅迫、焼殺、それに死体遺棄事件にまるで無頓着なのに気づき、タケオは安心してサウナ室を出入りしたが、カルロスはGメンの標的が繁華街の一角の麻薬汚染に絡んでいるとにらまれた毒味男だと分かっても気味悪がって、ただ洗い場でのろのろと体を洗い、サウナ室に入っても毒味男とGメンがいるとすぐ出て来る。もう一回、サウナ室に入って汗を流し、冷水プールに飛び込んで出よ

うと決め、ドアを開けて息を詰めて中に入ると、毒味男に質問のあらかたをし終って興味がタケオに移ったというように、Gメンは、

「あんまり日本の女、たぶらかすなよな」

と切り出す。

「あの近辺は言ってみたら日本の一番弱い部分だからな。昔の赤線あとだから、三十年前、四十年前は売春婦がどっさりいた。そこへ同性愛の連中が集まった。そこへまた沖縄の連中が集まった。おまえがひっかけたレズにもなり切れない女……」

「オコゲか」

毒味男が言うと、Gメンは何のつもりか、性器に手をやりひっくり返して、

「オコゲ連中が集まり、今度はおまえのような外国人労働者が集まって来る」

と言い、性器を右手で摑んでぎゅっとしぼる。

「どうした？」

毒味男は訊いた。

「病気もらったかもしれんと思ってな」

Gメンは言い、毒味男が、

「どっちを姦った？」

と真顔で訊くと、

「おまえじゃあるまいし、オコゲに決ってるだろうが」

と友だちにするように毒味男の足を足で蹴る。

「いい女が可哀そうに俺があのあたりにいる手合の男じゃないと知ると、震えてやがんの。言っとくけど、ホテルに行ったのも同意の上だし、姦ったのも合意の上だ。なんでこんな別嬪がよりによってこんなところにいなくちゃならないと思うくらいの別嬪さんだな。俺はそれをヤクだと踏んでいる。だが、しょっぴくわけに行かない。バーのマスターに頼んで取りもってもらって、わざわざ非番の日にデートして、一発、いたさせて頂いて、それからチクチクしてる。俺はこんなちょっと見のいい外人らが病気、持ち込んだんじゃねえかって疑っている」

「ボーイ」

タケオは言う。

「チクチクするのか?」

毒味男は訊く。

「小便するとな」

Gメンは言い、タケオの顔を見て、

「何しろおまえら日本の女と姦るなって言いたい。働くのは認めてやるが、姦るのは止めろ」

と真顔で言い、タケオが笑うと、

「こんだけのいい男、女の方が放って置かねえよな」

と独り言のように言う。

46

サウナ室から出て、ビールでも飲まないかと毒味男はGメンを誘った。

タケオもカルロスも一瞬厭な顔をしたが、毒味男が暗に時間稼ぎが必要だというように、

「まだまっ昼間だろうが。いま時、繁華街へ行ったって、女なんてうろついているはずがねえだろう」

と言うと、渋々、二人は後に従いてくる。

休憩室のソファに坐るなり、毒味男は従業員に手に巻いた番号札を見せ、ビールを頼んで、すぐ運ばれてきたジョッキで乾杯をやってから、Gメンに、「あんたの商売も、どこまで遊びなのか、分からないな」と言う。

「気楽に見えるってか?」

Gメンがにやりと笑った。

「何の商売だって、本人にとっちゃあ傍から見るほど気楽じゃないさ」

Gメンはそう言い、ジョッキを持ちあげて喉を鳴らしてビールを一気に半分ほど空け、「ところで、あのビルの住人は、おまえの親戚か？」と切り出した。

「ほら、この前、公園で騒ぎ立ててた奴。おそろしい顔をしてる」

Gメンはビールが入り、毒味男の裸に麻薬中毒を示す何の徴候もないのに安堵して心が打ち解けたように見て、

「あいつ、もう一人の奴が憤慨しておまえの事を酷い奴だとけなすと、しきりに弁解していた。それでも悪口言うもんだから、弁解しきれないって踏んだのか、あいつは、おまえとはイトコとかハトコとか言ってたな。もう一人の奴は、親戚なんかをオカマの街に連れて来るなと言ってた。あの理屈はなかなかの物だったな。

俺は感心したよ。自分は福島の田舎で、親兄弟や親戚から、オカマだって毛嫌いされてこの街にいる。他の奴も、皆そうだって。それなのにおまえたちは、親戚で固まって、グループを作って、この街で大手振っている。おッと思ったな。そうか、この街に二、三人、親戚がいて組織を作りゃあ、ヘロインだってコカインだってたちまち自由に流通させられるなと思ってな」

「冗談じゃねえよ。何で俺らが組織を作る。あのオッサンとは顔見知りだが、親戚じゃねえ」

「故郷が一緒なのか?」

Gメンが訊くので、毒味男は「福島じゃない、青森じゃない、北海道じゃないって事だけさ」と答えると、Gメンはその言い方が分からないというように「ん?」と顔をむけた。

毒味男は苦笑した。

Gメンがチクチク痛みを持っているという性器をパンツの上から触るのを見て、毒味男は「淋病だろうな」と言い、また笑う。

「福島じゃない、青森じゃない、岩手じゃない、東京じゃない、と言って行ってな、それでやっと、たまたま俺の故郷とあいつの故郷が一緒だとなるんだ。最初から一緒だ、同じだと言うんじゃない」

「ま、いいさ。たまたまでも何でも。あのマスターが言っていたのは、あの街でマフィアのシシリアンみたいに根を張るなって事さ」

Gメンは言ってから、タケオの顔を見る。

「まさか、だよな」

Gメンは自問するように言う。

「よく似ているが、おまえまで親戚だって事はないよな」

タケオが物を言おうとすると、Gメンは「もし、おまえまでそうだと言うなら、俺はおまえらをしばらく張らせてもらうさ」と言い、毒味男とタケオとカルロスの三人をケムに巻くように、一つ隣のソファに坐ったばかりの洗い髪の若者に、「さあ、一旦、戻るか」と声を掛けた。

若者は素直に立ちあがった。

若者は鋭い視線を毒味男に投げかけた。

毒味男もタケオもカルロスも、その若者の登場が何を意味するのか気づき、しばらく動けないほど衝撃を受けたが、過去に何度もそんな事態に遭遇して自力で切り抜けて来たと気力を奮い起こしたように、毒味男は「いいって。怯える事ないって。徳川のお姫様にしばらく、かい人二十一面相ごっこは休んでな、その代わりに、くらま天狗ごっこするから、と連絡、一発取りゃあ済む事だって」と言い出す。

「なんだ、そのくらま天狗って？」

「南米じゃ無名か？」

毒味男は訊き直し、ジョッキの残りのビールを飲み干して立ちあがる。

「正義の味方さ。覆面で顔を隠してな。スパイダーマンとかバットマンなら知ってるか？　あ
あいう奴さ」

毒味男はそれでも分からないと首を傾げるタケオを、「可愛い顔してるな、たまんねえな」

と言い、電話の方に歩いていく。

タケオは毒味男の電話一本で、かい人二十一面相を名乗り、日本社会に衝撃を与え揺さぶっていた超過激、超反動の一味の活動が止まり、一人一人が元の場所に戻って、何喰わぬ顔でそのあたりに転がっている常人を演じるのを確信した。

Gメン一人だけでなく、Gメンの相棒の若者までが毒味男を監視していると姿を見せたのは衝撃だったが、その程度の官憲の追跡や監視など、狂暴で非情だが想像力に富みしなやかな一味には痛くもかゆくもないと暗に言うように、毒味男は、電話を掛け、笑い、歩いて来る。

「さあ、今から俺らは三人でくらま天狗だ」

毒味男は言い、タケオとカルロスに服を着て、自分に従いて来い、と言う。

47

毒味男は、Gメンとその相棒の若者が、自分と「九階の怪人」とタケオを、繁華街の一角に根を張るシシリアンのようだと言ったのを、面白いと思った。

Gメンの頭の中には、まだ、毒味男がヘロインやコカインを扱っているのではないか、という疑いがあるのは明白だった。

故郷の血族関係や宗教の洗礼の儀式を借りた繋りを軸にしたマフィアのように結束して、毒味男と「九階の怪人」らは、麻薬を扱っている。

しかし、本当は、扱っているのは麻薬ではなく、毒だ、と毒味男はうそぶいた。

体内を駆け巡る血の中に溶け込んでいる毒。

サウナで服を着ながら毒味男は同じように服を着ているタケオに、突然、体中の血に溶けた毒が湧き立ち、沸騰していると伝えたかった。

毒味男が視線を投げかけると、タケオは、その視線に含まれた心の内に湧いて出たその熱い毒への想いを、毒味男が人に見せる凶暴で瞬間的な衝動だと取ったように、「紀州の深い海にあの二人、沈めてやればいい」と言い出した。

「それで?」

毒味男は訊ねた。

「後は逃げればいい」

毒味男は、タケオがカルロスを殺害するのを回避したいから、Gメンと若者二人を代わりに殺害しようと言い出すのを分かりながら、タケオの犯罪者の能力を測るように、「どんな風にしてあいつらをおびき出す?」と訊いた。

「簡単さ。俺らが女をひっかける。そのまま、車に乗れば、あいつら二人は従いて来る」

タケオが意図的に幼稚な拉致計画をしゃべっているのだと気づきながら、「それもいいな」と毒味男は相槌を打ち、カルロスに「女、ひっかけてみるか」と訊く。

カルロスは毒味男に話しかけられる事そのものが怖くてならないように、怯えた眼を向けてうなずく。

夕暮の始まった繁華街の一角にタケオとカルロスは立って、通りかかる女にかたっ端から声を掛けた。しかしことごとく冷たく振られた。

毒味男は二人から一ブロックほどはずれた洋品店の前に立っている。

まだオカマにくっつくオコゲと呼ばれる女らが遊びに繰り出す時間ではなかった。

Gメンと相棒の若者がどこかから三人を監視している視線を感じ、そのGメンを引き寄せるなら、タケオやカルロスのような少し間の抜けた動きの方がよいと考え、毒味男は二人に中止の命令を出しそびれている。

Gメンと相棒は三人がいま世間を騒がせている脅迫、監禁、焼殺、死体遺棄の犯人だとは気づいていない。

だが、毒味男と「九階の怪人」がこの繁華街の一角に根を張ったシシリアンのようなものだと気づき、タケオと毒味男とよく似ていると気づいたGメンらが、かい人二十一面相と名乗る超過激、超反動の一味と察知するのは時間の問題だった。

いままでも危機は何度かあった。

しかしその都度、構成要員の一人一人が、あまりに違いすぎる身分であり、職種であり、性格だったから、捜査する者が一人から次の一人に繋る糸を見破れずに捜査の網の目から逃れたが、今回、毒味男にははっきり分かる事だが、オリエントの康の一粒種のタケオの存在で、ことごとくが違う。

中本の血には隠すより露にする力がある。

毒味男とタケオは中本の血で繋り、毒味男とタケオと「九階の怪人」は路地で繋り、タケオとカルロスは南米で繋ると、一人と次の一人の繋りが露《あらわ》になって、捜査官は容易に、徳川和子を含んだ紀州徳川藩の領地の者らが一味をつくり、薩摩や長州、土佐に引き起こされた明治維新からこちら百数十年の間に、一億国民総欲ボケと化したような社会に一矢を報いようとして、人に衝撃を与える数々の犯罪を為している事実に行き当たる。

Gメンと相棒の若者を、カルロスの代わりに殺害しようと言うタケオの提案に、一理はあった。

Gメンと相棒の若者は放っておいても数日のうちに、タケオが繁華街の一角にエメラルドを三個持って来た少年だと気づくし、そのエメラルドをたどれば銀座の宝石店に行きつくし、徳川和子にも斎藤順一郎にも行きつく。

Gメンと相棒の若者に犯人と名指しされる前に、カルロスを沈めるはずだった紀州の海に、二人を、毒味男への贈り物として殺して放り込む。

毒味男はそう考えて、にやりと笑った。

汚れひとつ知らない純情な少年の友を思っての一言は、母方から引き継いだ毒だらけの血の男にかかると、熟慮した果ての、凶悪な殺害計画に早変りする。

男が二人、毒味男の顔を品定めするように見て通り過ぎた。

毒味男は鼻白み、ふとタケオの方に眼を遣る。

タケオは女を口説いている。

タケオはうまく行ったと合図するように、手を上げる。

タケオの後にカルロスがいた。

三人は毒味男の方に歩いて来る。

「すこし酒を飲もうって。この子の他にちょうど二人、スナックで待ってるんだって」

タケオが言うと、女はオコゲをやりはじめて長いと暗に言うようにオカマ口調で「いい男ばかり三人だし、わたしたちも三人だから、ぴったしカンカンだけど、最初から言っとく。ベッドは駄目よ」と言う。

「じゃあ、布団か？」

毒味男が言うと、女は首を振る。

「メイクラブは駄目」

毒味男は女を風俗営業の女だと踏み、「ああ、俺らもそんなもの、あきあきしてる」と言う。

「これから一週間ほど休暇取るから、今日はその打ち合わせさ」

「どこの店？」

「店に出てるのは俺だけ。この二人の外人は、俺のヘルプだから、休ませて俺のヴァカンスにつきあわせて、しっかり客扱いを教える」

「ああ、そうなの」

と答える女の素振りから、毒味男は、女が三人に興味を持ちはじめたと気づき、ベッドへ行こうと口説くなら勝手を知っているシルクハットの方がよい、と見当をつけて誘った。

女がすぐ毒味男に腕を絡めたので、タケオはせっかく口説いたのに毒味男に横取りされたと思ったのか、カルロスにスペイン語で苦情を言い出す。

「何て英語で言ってるの？」

「気にする事ァないさ」

毒味男は言う。

「こいつらはちょっと不満があるとスペイン語でペチャクチャやるから、皆に信用されなくてな。カルロスは売れっ子のホストから殺してやると言われたよな」

シルクハットのマスターは三人が女を連れて行くと困り切ったような顔をした。

「いいじゃないか、女って言っても、こいつ、オカマが好きなんだから」

「そうよ。わたし、オカマちゃん大好きよ」

女が言うとシルクハットのマスターは「お黙りなさいよ、わたしはあんたのいけ図々しいのが厭なんだから」と言い返し、毒味男を見て、「断りたいけど、釜割りのサブちゃんの頼みだものね」と言い、おとなしくするなら坐っていいと言う。

「あと二人いるってよ」

シルクハットのマスターは大仰に「えっ」と驚く。

「なんなの、三人も雌がここに並ぶの？　ああ、怖ろしい。三人も？　ほんと？　このカウンターに三人も並んでわたしを見るの？」

「俺だけがいい目してもしょうがないだろうが。この二人にも相手つけてやらなきゃ」

女は「三対三」と言う。

シルクハットのマスターはカウンターの椅子に坐った女に、本心から怒りが噴き出したというようににらみつける。

「女のあんたはここでは存在しないの。わたしに話かけるの、よしてちょうだい。だいたい、わたしは、このサブがいると怖くて怖くて、調子がおかしくなるんだから」

「生理不順？」

奥の席から声がかかる。

「冗談じゃない、女じゃあるまいし」

シルクハットのマスターは急に男の口調になって、女に、「じゃあ、特別に許すから呼んでやりな」と言って、ワイングラスを四つ並べる。

「これはこの前のお礼だよ」と言って白ワインを注いでから、毒味男の顔を見て「何かあったの？」と訊く。

「いや、何にも」

毒味男が答えると、シルクハットのマスターは、「そうかなァ」と首を傾げ、「あの怪人がちょっと田舎へ墓参りに出かけて来るって居なくなってるし、わたしは、あの人の事、訊かれたし」

「田舎へ帰った？」

毒味男は訊き返す。

「そう、墓参りだって」

シルクハットのマスターが言うと、タケオが、「ママ・グランデ・オリュウ」と呪文のように声を出す。

48

「知らなかったの？」

シルクハットのマスターは毒味男に訊き、自分を注視している女に、「はやく電話を掛けて呼び出すのなら、呼び出しなさいよ」と言って、女がカウンターの椅子から降りて電話の受話器の方に歩くのに眼を遣り、声をひそめて、「結婚するって言うの、本当かしら？」と訊く。

「誰が？」

「あの怪人」

「誰と？」

毒味男が訊き直すと、マスターはカウンターをぽんと叩き、「いくら怪人だっていっても、人間とに決っているでしょ」と言い、肩をすぼめて身震いをする振りをする。

「墓参りのついでにむこうから嫁を連れて来ようと思うって。あの大カマの怪人がそんな事を言い出すから、皆なびっくりしたし、大笑いだったわよ。でも幾ら笑われても平気なんだって。十六か十七の処女を連れて来るんだって真剣に言うの」

毒味男はシルクハットのマスターの言葉をまともに取っていなかった。

墓参りに田舎へ帰ったというのも、田舎から処女を嫁にして連れて来る、というのも、「九階の怪人」が周到に本当の意図を隠して、繁華街の一角に出来たソドムの噂好きの住人らにばらまく作り話だと思い、その作り話の断片に暗号が入っているというように、墓参り、紀州、熊野、路地、処女、と考えて、考えがまとまらず、女が電話で、他のスナックにいる仲間を呼び出しているのを見ている。

タケオもカルロスも毒味男を見ていた。

女が電話を切り、自分を見つめている毒味男を知って笑いかけ、「そんな怖い顔でにらまないの。すぐ他の二人も来るんだから」と言い、毒味男の太腿に手を突き、椅子に坐り直した。ほどなく二人の女が合流し、男三人、女三人のカップルが出来上がったと言って、カウンターから奥の小さなボックス席に移って、女らのカラオケにつきあいながら、毒味男はシルクハットのマスターが言った「九階の怪人」の噂を思い出し、超過激、超反動の一味の数々の悪事が露見し、徳川和子以下総てのメンバーが警察の監視の下にあるという空想で頭がいっぱいになった。

女たちに言われるままカラオケを歌ったが、シルクハットの周囲に、Gメンだけでなく、刑事が何人も張り込んでいるように思って気が気ではなく、毒味男はドアを開けて客が出入りする度に注視した。

奥のボックス席は閉め切ったきりになっているが窓がある。

逮捕に来た刑事の手をのがれるには、窓を蹴破って外に出て、バットマンかスパイダーマンよろしく、ビルとビルの隙間を素速く抜けるしかない。

毒味男は心の中で、まさにくらま天狗だと思い、Gメンとその部下の若者を殺る為のコード名を、くらま天狗とするとした自分の思いつきをまんざらではない、とうそぶく。

三つのカップルに別れてシルクハットを出て、それが最初から分かり切った事だったのに、ビルの礎石に腰を下ろしたGメンが毒味男を見て立ちあがった時、狙われているのは、自分ではなく超過激、超反動の一味その物だという気がして、驚く。

「そんなに驚くなって」

Gメンは毒味男の驚きが演技だと取ったように言い、「これから、どこへ?」と訊く。

「見りゃ、分かるだろ」

毒味男は顎をしゃくって言ってから、「一対一、二対二、三対三の、くんずほぐれつのタッグマッチ」とGメンに手をあげて歩きかかると、Gメンは一緒の若者に合図してから毒味男のそばに寄り、「ちょっと話を聴かせてくんないかな?」と言う。

「俺たちは取り込み中でね」

「まだ時間も早いだろうが。少しだけ時間を割いてくんないかな」

毒味男が黙っていると「全員でなくともいい。そっちだけでいい」と言い出す。

毒味男はタケオを見た。

タケオは一瞬、緊張した鋭い眼で毒味男を見てからうなずき、「いいさ。俺たちこれからドライブしようと思ってたんだから」とあっけらかんとした声を出す。

「おまえらだけで行くのか?」

毒味男が言うと、タケオは「後から来ればいい」と、まるでGメン殺害計画がゲームそのものので、駒を一つ先にすすめるというように言う。

「そうか」

毒味男は呟く。

自分の呟きと共に、体の血が熱くなるのに毒味男は気づき、「じゃあ、先に行って待ってろ」と言い、Gメンに向かって、「あんまり難しい事を訊くなよな」とことさら渋い顔をしてみせ、女の背中に手を当て歩き出す。

49

Gメンが誘ったのは繁華街の一角の新装したホテルの一室だった。

Gメンは何度か使った事があるらしく、従業員は男二人、女一人の組合わせに何の疑いも差しはさまずに鍵を差し出した。

「へえ、顔なんだ」と毒味男がからかうと、「俺の身分は知らないさ」と言い、先に立ってエレベーターに乗り、また、先に立って部屋の鍵をあける。

「話、終ったら、俺は帰るから、この部屋を自由に使っていいからな」

Gメンはミニバーから、ウィスキーやウォッカのミニボトルをごそっと取って、テーブルに置き、冷蔵庫から氷を取り出して、三つのグラスに振り分けて入れ、ウィスキーのオンザロックを作ってから、「もう二人のつきあい長いのか?」と訊く。

「さっそく訊問か?」

毒味男が皮肉を言うと、「いや、いや」と矛先をそらすようにソファに坐り直し、グラスを取って、乾杯しようと差し出す。

一口飲んでからGメンは、「長かねえな。多くったって二、三回だな」と言う。

「今日、初めて会ったんだよ」

女が言うと、「そうだろ」とGメンは馴れなれしげに女に言う。

「見てて分かるさ。腕の組み方とか、そんなもので」

「俺もあいつらも、あんたがオコゲひっかけて姦ったって言うから、妙にその気になってしまったのさ」

Gメンは毒味男の言葉に「そうか」とうなずく。

「驚きゃしないさ。あの外人の齢下の方は日本人受けする男前だし、それにおまえだって男前だもの。女なんか狙い撃ちだろうよ」

Gメンはそう言ってから、ウィスキーのオンザロックを一息で飲み干し、胸ポケットから手帖を取り出して、「オウジ・コケル。オウチ・コロブか？　どっちにしろめずらしい名前だな」と言い出す。

「コケルと呼ぶのか、コロブと呼ぶのか？」

Gメンはまっすぐ毒味男を見つめる。

毒味男は感情を殺した声で、「コケル」と言う。

「そうか。この転という字、一字でコケルと読ませるのか。コケルとルビ振ってコンピューターから出て来たが、最初にインプットした奴の間違いだと思ったよ。しかし、方言だな。ころぶとかひっくり返るとかの意味だからな」

Gメンは毒味男の反応を見るように顔を上げ、ウィスキーのミニボトルの封を切ってグラスの中に注いでから、「オウジなのかオウチなのか?」と訊く。

「オウジ」

毒味男は答えてにやりと笑い、乾杯したきり口をつけなかったウィスキーのオンザロックの入ったグラスを差し上げ、「オウジ・コケルに乾杯」と言って、Gメンと同じように一気に飲み干す。

口に残った氷を噛みくだきながら、女にむかって「飲めよ」と言いかかると、Gメンは気を利かしたように冷蔵庫をあけ、ミネラル・ウォーターを取り出して女の持ったグラスにそそぎ、「さて、最初の訊問はそのオウジ・コケルという男が何でここで釜割りのサブと言われて怖れられてるかという事だ」と言う。

「仇名さ」

噛み砕いた氷を飲み込みながら毒味男は言う。

「仇名は分かってるさ」

「この近辺の連中が、俺が名前言わないものだから、いい加減にサブとつけたし、いい加減にカマ割りってつけ加えたんだろ。俺の実際の名前よりいい名前だぜ」

「俺が訊きたいのは、どうしてこんなところにいるのかって事さ」

「麻薬の匂いに引きつけられて来たっていいたいんだろ？　だからさっきも、お前が自分の眼で見てのとおりさ、肌に針の跡、一つもついてない。シャブもヘロインも、コカインも、俺は何一つやっていない。密売してる奴も知ってるさ。射ってる奴も知ってるさ。俺はどっちも関係ない。釜割りのサブは本名オウジ・コケルだからな。オウジ・コケルがそんな事しちゃ、名がすたるさ」

「何だ、そりゃあ？」

Gメンは笑う。

「オウジ・コケルという本名に俺は誇りを持っているって事だよ。俺がこのあたりの連中に怖れられてるのも、ちょっとはその名前に由来する事さ」

毒味男はGメンの顔を見つめて、「名前の由来を言ってやろうか？」と問う。

Gメンはうなずく。

毒味男は女を見る。

「おまえも聴け。聴いたらちょっとは俺の股座をなめるのに、熱が入る」

毒味男は女にウィンクする。

「もっとも、周囲も学校も俺をオウジ・コケルと呼ばないでオウジ・シゲルと呼び換えてきたけどな。字で書くと、王地転。

苗字の王地は、これもそう滅多にないが、紀州の熊野地方に行けば、地名として珍らしくない。というのも熊野詣の道筋には若王子とかなんとか王子というものがどっさりあって、祠のようなもので祭られてある。王地というのは母方の苗字だが、母方はその祠のあたりに住んでいた一統なのさ。王子から王地の姓がついたとしたら、コケルはどうついたか。

母親は王子のそばから川を下って降りて来て、河口の町の蓮池を埋めた跡に出来た路地で、俺の父親になる色男と暮らした。もちろん籍になぞ入っていない。その頃は戦争は終り、オリンピックがあってもう高度成長の頃だったので、若い父親は方々の建築現場を転々としていた。それで俺が生れる直前に、浜松の新幹線の建設現場で死んだ。だから俺は母の苗字を名乗っているんだけどな。ところが、俺が生れて、さて、困った。父親からどんな名前がいいのか、聴いてもいない。俺の母親の母親が、つまり祖母が佐倉の旦那に、どんな名前がいいか、訊きに行ったのさ。佐倉」

そう名前を呼ぶと不意に腹立たしくなる。

「この佐倉というのが、煮ても焼いても食えないほどの奴さ。こいつの大伯父が大逆事件の主謀者の大石誠之助で、こいつの兄弟が、東京で文化人を集めて自由だ平等だと謳い文句にして学院を作った男だ。しかしこの佐倉は路地の者らから次々、土地を取り上げた。米二合買う金がない為に借りに来た者らに、紙切れに判を押させて二合分の金を貸した。

紙切れはどんな書類にだって化けるさ。その佐倉に名前をつけてくれと頼みに行ってついたのが、コケル。佐倉の旦那はいぶかる哀れな祖母に、兄弟の名前はイサクと言う。弟の名はサメルと言うとケムに巻き、コケルとは立派な名前だとうそぶいた。コケルが具合が悪いなら、ヨブでもいい、とも言ったってよ。それでコケルとしたが、誰もかわいそうだって呼びやしなかったって訳さ。今の俺から言えば、コケルよりヨブの方がふさわしいけれどな」

「ヨブってのは聖書のあのヨブか？」

「ああ、そうさ」

毒味男は言う。

「おそらく佐倉の旦那は、聖人ヨブじゃなしに、ただ病気にやられて腐っていく奴という意味だけを込めて、俺をヨブと名づけろと言ったんだろうけれどな。コケルにしろヨブにしろ、ろくでもない名前さ。釜割りのサブの方が、百倍も千倍もいい。釜を割るんだからな。ハンマーで本物の金物の釜を割るにしろ、チンポコでケツの穴を引き裂いてしまうにしろ、力があるじゃないか。ポジティブじゃないか」

「オウジ・コケル」

Gメンは言う。

「その名前をつけた佐倉というのは、まだ生きているのか？」

「さあな」

毒味男はとぼけ、話をそらせる為に、意図して、Gメンが関心ある事を言うように、「あの若い方の外人、俺と似ていると言ったからどきっとしたぜ」と言う。

「親戚じゃないのか？　そこいら中の奴、言っている」

「親戚だとは思っているさ。それを確かめる為に一緒に紀州まで行ってみようと言ってな、そっちに会った。オコゲの話するから、紀州に行く前に、乱交でもしてマラ兄弟の契りを結ぼうって女、三人、ひっかけさせた」

Gメンは手帖をポケットに納ってから、「おまえ、もう一人の外人、狙ってるんじゃないか？」と訊く。

毒味男はカルロス殺害計画を知られているのか、と驚いたがおくびにも出さず、「あの毛むくじゃらの男のケツをか？」と訊く。

Gメンは笑う。

「あいつはコロンビアから来た奴だろ。どうも匂う。あいつの身辺、洗ってる最中だけどな。あいつがシンジケートの男なら、おまえがあの二人、連れているのはどうしてなのか、解けるのさ」

「あいつら行くとこないから俺のそばにいるだけさ。なあ」

と毒味男は女に相槌を求める。

女は話をどう聴いていたのか、それとも正確に分かっているがあえてトンチンカンを言うのか、「あの二人、この人のヘルプのホスト見習い。あの二人とうちの二人でちょうどいいのよ。うちの二人も新人なんだから」女はそう言い、「さあ」と立ちあがり、「一対一なの、それとも一対二なの？」といきなり訊く。

「一対二たって、こいつ」と毒味男がGメンの事を淋病にかかっていると言おうとすると、Gメンは、「今日は不問にしてやるからよ。だからお前も不問にしろ」と言い、戸惑う毒味男に、「おまえが先に姦れば何の文句もないじゃないか。それに俺はゴムをはめるんだから」と友だちのような口調で言い、いきなり服を脱ぎ始める。

「先に洗ってやるね」

女はGメンに合わせるように服を脱ぎ出し、「ねえ、旅行するなら皆なで一緒に行こうよ」と言って、茫然としている毒味男を見てシュミーズ姿で近寄り、キスをし、股間を撫ぜ、「コケルって呼べばいいの、シゲルって呼べばいいの？　それとも釜割りのサブ？」と訊き、毒味男が、「サブ」と答えると、「あの人、面白そうじゃない」と言う。

50

ドアの閉まる音が大きく響いて振り返ると、Gメンがジャンパー姿で立っていた。

「やっぱりそうだと思ったよ。おまえ、二発終って眠ったから、よっぽど抜き身で俺も二発目を姦らせてもらおうと思ったけど、後悔すると思って、我慢して、先々の為にと思って俺はゴムを買いに走ったんだぜ。俺がいない間に眼をさまして、おまえがまた挑みかかってんじゃないか、と心配していたら、案の定、そうだ」

Gメンは言う。

毒味男はGメンの言葉を聴かない振りをして、女に、「いい気持ちだ」とささやき、わざとらしく、ああ、と声を出す。

女には耳のそばで言う毒味男の言葉も声も聴こえていない。

ましてや、Gメンの言葉なぞ聴いてはいない。

女は毒味男が動く度に、本当に性器が奥深くに喰い入り、刺激を与えてよこすというように喉の奥から声を出す。

「早くイけって」

Gメンが言った。

「見ちゃいれないよ。後から見たら、玉の袋が尻の穴のあたりにぺたぺた当って、おまえら人間同士が姦ってる感じじゃないのな、牛か馬が姦ってる気がするぜ。見るものじゃないまったく。セックスってのは見るもんじゃない。見せるもんじゃない」

「うるせい奴だな」

毒味男は言い、女に、「一緒にイこ」とささやく。

「いいだろ？　気持ちいいだろ？　俺も気持ちいい。きゅっと締ってな」

「早くイけって。ゴムを三ダースも用意したんだからな。おい、サブ。車まで調達して来たんだからな」

Gメンは脈絡のない事を言って舌打ちしてからいきなり、毒味男の尻を蹴る。

毒味男は痛みに呻いた。

身を固くして、動かずにいると、女の性器が収縮するのが分かる。

女がのぼりつめたのがわかった。

痛みが遠ざかってから、毒味男は女から体を離して起き上がり、そのままシャワーを浴びに浴室に入ると、Gメンは後から従いて来て、「蹴り飛ばされて怒らないのか？」と訊く。

毒味男は勃起したままの性器をまず石鹸をつけて洗ってから、シャワーを頭から浴びる。

「怒らないのかよ?」

「おまえが俺を蹴ったからか?」

毒味男は訊き返し、Gメンがうなずくのを見てにやりと笑い、「俺だったら淋病をうつしたって我慢出来なかったら抜き身だって何だって姦るけど、おまえは想像出来ないような律儀者で、じっと我慢したんだから」と言う。

「だからゴムを三ダースも買って来たさ。こんだけあったら、少々遠いところへ行ったたって、途中切れる事はないだろうよ」

「車を使えば十時間ぐらいのところだぜ。十時間で三ダース。三十六発か」

女がシャワーを浴び衣服をつけ終るのを待って、三人は外へ出た。

夜は明けはじめたばかりだった。

「寒い」

女が言うとGメンは、「だろう。だから俺はジャンパーを用意して来た」と言い、ジャンパーを脱いで女に着せかけた。

女は素直に、「有難う」とそれをはおってから、「本当に旅行に出るの?」とGメンに訊く。

Gメンは毒味男の顔を見て、「俺はこいつらにずっと密着するさ」と言う。

「こいつら怪しいと言うのは、いままでの調査で分かっている。こいつらと一緒に行くところまで行ってみて、ちょっとでもキナ臭かったら、すぐにしょっぴいてやる」

「どうせ俺らをはめて、しょっぴいて、点数稼ぎするつもりなんだろ」

毒味男が言うと、Gメンは、「まあな」と笑い、「寒い」と身震いしてから、「おまえの手下の、あの二人の外人らは、もうとっくに口を割ったさ。おまえら組織のメンバーだってな」と言う。

毒味男はGメンがかまをかけたにすぎないと分かりながら、ひょっとすると二人は斎藤順一郎の殺害を早々にバラしてしまったのかもしれないと思い心配になって、「俺らを逮捕するのか?」と訊くと、「もっと親玉がいるだろうよ」と言う。

毒味男の肩になれなれしくGメンは手をかけ、「おまえは三発、俺はゴムをつかって一発、つまりナニ兄弟だろうよ」と言う。

「この女が取りもってくれた」

「みなまで言わなくとも分かるだろうよ。追ってる奴が追っかける奴と兄弟。麻薬捜査官と麻薬の売人が兄弟。兄弟は救け合うよな。秘密がどっさりあるからな」

「組織を教えろって事か?」

Gメンは毒味男の肩をかかえ、耳元に口をつけ、「船がいつ入るのか、いや、そんな事も要らない。荷が積まれている船の名前だけ教えてくれれば、後はこっちがおまえに迷惑かけないように割り出す」とささやく。

「チクレって？」

「大仰に考える事はない。もちろんおまえに迷惑をかけないだけじゃなしに、報酬もする。二、三千万程度の稼ぎぐらいなら、俺は特別に目を潰ってやる。俺らが報酬を二、三千万出すのなら問題だが、俺らの知らないうちにおまえは稼いだのさ。それでさっと手を引き、身を隠していればいい。おまえも得をする。俺らは大物を狙い撃ち出来るんだから、双方、めでたしめでたし。おまえが三発も行くのを見ていた俺の気持ち、分かるだろ」

笑いが腹の底からこみあがるのを耐えながら、毒味男は、「ああ」とうなずき、今度は毒味男がかまをかけるというように、「あの二人はもう取引場所へ出発したのか？」と訊く。

Gメンは、「いや、俺は待たせてある」と言う。

「俺んとこの若い連中があいつら二人を締め上げてな。あの二人から、おまえとオカマの親爺とあの二人は組織の末端部分を形成していて、おまえがそこの兄貴格だと吐かせたが、どこが取引場所かっての知っているの、おまえしかないって言うから、おまえを待っている」

「あの野郎ら」

毒味男は苦り切った顔をつくる。

「あいつらそこまでしゃべってるさ」

毒味男は憮然とした顔で、「分った、教えてやる」と言い、一瞬のうちに架空のコカイン取引をでっち上げる。

「日本の一等深い海って言うのを知っているか？　深海《フカウミ》という紀州の串本近辺にある家の苗字だが、その深海という奴が、フジナミの市の港に入る船から荷を受け取って俺たちに渡してくれる。フジナミの市のあたりの事をだから、日本で一番深い海と言う」

Gメンは「そうか」と言う。

真顔で「うちの若いのも、深い海って知ってるかと訊かれたと言ってたな」と言い、毒味男に、「すぐ出発するか？」と訊く。

「ああ、なるたけ早く出発した方がいい。そうでなかったら、深海の奴、取引が中止だと取って船から荷を下ろさないからな」

毒味男は言ってから、心の中で、おそらくタケオは同じ南米の出のカルロスを牲にするのがしのびないと、Gメンと若衆の二人を、身がわりにしようと必死の努力をすると思う。

「車はどこにある？」

毒味男が訊くと、Gメンは、「すぐそこのコンビニの前」と言い、歩き出してから、首を傾げ、「だけど、おまえもおまえの親もよくそんな名前つけられて、佐倉というやつを許しているな」と言い出す。

51

コンビニの前に車が二台停っていた。

毒味男と女、Gメンの三人が近づくと、後に停めた車の中からタケオが降りて、「あの二人、帰っちゃったぜ」と言い、毒味男がさながら南米生れだとでも言うように、Gメンの手下の若衆にされた事の苦痛を訴えるように、スペイン語でまくし立てはじめた。

「何だ？」

毒味男が訊くと、タケオは肩をすくめた。

そのタケオを見ていた女が、車の中をのぞき込み、「皆な、帰っちゃったの。しょうがない子ねぇ」と言い、ジャンパーを脱いでGメンに返し、他の二人の女が行かないなら自分も行かないと言い出す。

毒味男は舌うちした。

Gメンの手下の若衆が、女たちにもタケオたちにもよほど手ひどくやったのだと推測して、タケオにこのうさ晴らしは後でたっぷりやれと言うように、「ようし、一番深い海へ行くぜ」

と言うと、タケオは首を手刀で切る仕種をやって、車の中に戻った。

前に停めた車の運転席に毒味男が乗り込むと、女は「すぐ帰って来るでしょ?」と訊き、毒味男がうなずくと、「楽しかったよ」と言って手を上げてGメンには挨拶もしないで踵を返して歩き出す。

「何だあいつ。三ダースもゴム用意したのに」

Gメンの言葉を毒味男は笑った。

「イく時に悲鳴をあげるように大仰な声を出したから、嫌がられたんだぜ」

「本当に痛かったからな」

毒味男は車を発進させた。

首都高速から東名高速に入る頃、すっかり夜が明けた。

「眠っていいぞ」

後から従いて来る若衆の運転する車をルームミラーで見ながら、言うと、

「さっきの話、どうしてなんだよ?」

とGメンは訊く。

「佐倉という大地主の事か?」

「ああ」

Gメンは言い、「どうしてだ、コケル?」と、名前を呼ぶ。

喉元まで、だから欲ボケの斎藤順一郎の骨盤のあたりの骨を桐の箱に入れて特別仕立てにして、殺害予告として送りつけていると言葉がせり上がるが、毒味男は抑えて、「その男は並みの人間が太刀打ち出来るような奴じゃないさ」と言う。

元々が熊野三山の一つの速玉権現《はやたまごんげん》のおわす土地であり、水野の殿様の城下町であり、近隣の商業の中心地でありという時代時代によって異なる性格を持つ複雑な土地だったから、奇異な人間が多くいた。

これは江戸や京都のみならず、台湾、中国とも船を使っての交流があった事も起因し、新趣向好き、派手好きの土地柄も加わって、この佐倉という男は、大地主にもかかわらず、着物を左前に着て、道端に落ちている藁縄の切れ端すらもったいないと拾って集め、それを小作になにがしかの金を取って売りつけた。

どんな会合に出ても自分の膳だけでなく、他人の物まで折に詰めさせて持って帰るほどだったが、そのうち、佐倉は町からすぐのところに大きな屋敷を構え門を閉ざし、人前に姿を見せなくなった。

その土地の人間も、白紙に実印を押させられて米醤油を買うくらいの金で土地を取られた路地の者らも、しばらく佐倉という男の存在を忘れていた。

ところが東京で起った詐欺事件で佐倉の名前が突然浮上する。電気のメーターにつければ、電気代が一千万も二千万も引き下げられるという機械を大量に売り歩いた男が捕まり、その黒幕に、熊野の地主の佐倉がいると明らかになったのだった。

その時も佐倉の年齢の噂になった。

終戦直後、路地の者らが実印と白紙を持ってしきりに佐倉に金を借りに行った頃すでに七十を超えていたはずだし、路地に来た時、自分の足で立って歩けなくて、屈強の若者らが背負って廻った事から考えても、百歳は超えている。

その百歳を超えた佐倉が、野心が勢いあまって詐欺に発展した男の黒幕にひかえ、さらに熊野ダラーと呼ばれる株の仕手集団を率いている。

路地の者らは驚愕したのだった。

ひょっとすると、あの佐倉は死なんのじゃないか。いや、死なん事があるか、と噂しあっている。路地の者らはもともとそんな話が好きなので、佐倉をオリュウノオバという物覚えのいい産婆と比べ始める。

「その老婆も百歳を超えてるのか?」

「生きていればな。百十歳か百二十歳ぐらいになるだろうけど、俺が覚えているのは、死んでもそのまま家をオリュウノオバが住んでるように、誰かが朝夕、雨戸や障子を開けたり閉めたりしていた事だな。子供の頃、実際、俺は生きているような気がしていたよ。しかし、そのオリュウノオバなら生きていても、産婆だから悪作をするわけがないからいいんだが、佐倉は違う。突然、佐倉が何のつもりか、土地の登記証を人手に渡したってわけだ。あっという間に、立ちのきをさせられて、土地はさら地になりオリュウノオバの家のあった裏山も削り取られた」

「その佐倉というのは、今、生きているのか?」

Gメンは訊く。

毒味男が、「おそらくな」と答えると、「生きていると、百二十か百三十ぐらいか?」と言い、毒味男を見て、「まさか、そんな齢で生きているはずないだろ」と呟く。

「もし生きていたらすごいな。長寿日本一だぜ。いや、世界一かもしれないな。そうだな。たとえ、おまえがその男から、コケルと名づけられようと、相手がその齢になっていたら難詰《なんきつ》するのは難しいな」

「いや、俺はそう思わない」

毒味男は抑えが効かなくなったように言って、反応を見るようにGメンの顔を見てから、

「俺の叔父が、この男に難詰に行った時、コケルというのは立派な名前だと居なおってな、名づけられた本人でもないのに難くせつけに来たのは、小金を巻き上げようとしての事かと、使

用人にメッタ打ちにさせた。こいつを殺してもあきたらないよ。この熊野ダラーはいままで何をしていたと思う。銀行と組んでな、地揚げ屋と組んで、土地を買い漁っていた」

「百三十の爺さんがか？」

「ああ」

毒味男は言う。

「そのうち葬ってやるさ。深い海でも山の上でもいいさ」

52

高速道路は車を利用する通勤の者らでいっぱいになる朝のラッシュ・アワーだったが、おおむね渋滞もなしに順調に走れた。

車のハンドルを握っている毒味男の頭の中には、後続の車の運転席にいるタケオが一人でか、それとも後部座席に見え隠れするカルロスを使って二人でかその日本で一等深い海、フジナミの市の深海《フカウミ》、そんな地名はどこにもないが、そこでそれを決行するだろうから、高速道路を降りるのは夕方、深海には夜に着くのが、理想的だという考えがあったので、少しくらい渋滞があった方がよかった。

静岡のインターを過ぎたあたりからGメンが居眠りをはじめた。

「眠るならリクライニングにして眠った方が楽だぜ」

十時間か二十時間後に、深海に蹴り落とし、藻屑にしてしまおうと狙っている男に親切を施す、という皮肉を心の中で笑いながら毒味男は言った。

「ああ、悪いけど、そうさせてもらう」

Gメンはレバーを引いてリクライニング・シートを倒しながら言い、何のつもりか、「百三十歳の熊野ダラーか」と呟く。

「あまり考えない方がいい。夢の中に出て来るぜ」

「本当なら妖怪だな」

Gメンはそう言ったきり、明りを遮るように額に手を当て眠りにおちたらしく物を言わなくなった。

「妖怪の夢、見るなよ。可愛い顔して眠って」

毒味男はGメンに眼を遣って言った。

聴いている相手がいないのに言葉を話すと、独り言が癖になる。

「その男は妖怪さ。まったく」

毒味男は一人で言って一人でうなずく。

「そんな妖怪が生きられるのは、日本広しと言えども、あの熊野地方だけだよ。いや、俺もタケオも、人から見れば妖怪の一種かもしれん。れっきとした妖怪だったオリュウノオバなら、そうだ、と言う。妖怪、妖怪だよ」

毒味男は車のルームミラーに顔を写し、自分の鋭く光る眼を見て、百三十歳の妖怪の息の根を止めるのは、冗談のような屈辱の名前をつけられた鋭い眼の若い妖怪しかないと思い、そもそも超過激、超反動の一味を組織したのは、その妖怪を完全に葬る為なのだと独り言を呟く。

大逆事件は幸徳秋水が熊野を訪れ、熊野の知識人らに、無政府共産主義を説いたのだった。幸徳秋水の周囲に、医者の大石誠之助以下、キリスト教の牧師、浄土真宗の坊主らが集まり、法話会を浄泉寺で開いたのだった。

浄泉寺の檀家の路地の者らは幸徳秋水の説くクロポトキンやバクーニンの無政府共産主義の法話に耳を傾けた。

幸徳秋水らは翌日、料亭で酒を飲み、熊野川に小舟を浮かべて川海老すくいに興じた。その小舟の上で天皇暗殺の謀議をしたとされて、明治四十三年に一斉に検束されたのだった。超過激、超反動の一味に徳川和子が加わっているのは、徳川御三家の一つで、幕末の徳川家の家老だった水野忠邦の城下で、そんな事が起ったとされるのは、明治政府の中枢にいる長州や土佐の陰謀でしかないと憤慨しての事だったが、毒味男は、その幸徳秋水を取りまいた大石誠之助らの一味こそが、路地の土地を取り上げ、自分にコケルという冗談のような、屈辱の名前をつける妖怪たちだという意識がある。

路地の者らは大逆事件に連座した一味に同情し、今もなお、大石誠之助も浄泉寺の和尚高木顕明も、天子暗殺を謀るような人ではなかったと弁護し、立派な人たちだったと尊敬すらしているが、大石誠之助の一統の佐倉に、コケルと名づけられた毒味男から見れば、その一味は、着物を左前に着て腐るほど金があるのに藁縄を拾って廻る狂という字のつくような奇矯な振舞いの佐倉と変らない、鼻もちならないくらい傲慢な連中に映る。

百歩譲って、その一味を自由、平等という無政府共産主義をかかげた一味として認めたとしても、その一味が大逆を唆した事を考えれば結局は路地にたより、路地を喰い物にした佐倉と変らない。

毒味男は佐倉の家の者に打ちすえられる叔父の姿をありありと眼に浮かべる事が出来る。

名古屋を過ぎて、伊勢自動車道に入ってから、このまま走れば、全ての予定が狂ってしまうと毒味男は気づき、後続の車にはっきり分かるようにウィンカーを点滅させ、ブレーキを何度か踏んで合図してドライブインに入った。

車を停めると、Gメンは眼を開けて起きあがり、「ぶつぶつ独り言を言っていなかったか?」

と言う。

「眠らないで、人の独り言を聴いていたのか？」

Gメンは「いや」と首を振り、「幾ら商売熱心でも眠気には勝てないよ」と言う。

「あんたに火つけられたようなものだからな。人に佐倉の事を訊ねて、すぐ眠ってしまったから、俺は虫が起って、しばらく昔の事を考えていた。自分の事だからな。殺してやりたいと思っている男の事だから」

毒味男は顎をしゃくってGメンに車を降りろと合図し、歩いて毒味男に近寄るタケオに、「もうすぐだからな。だからしばらくここで休憩していく」と伝える。

ドアを開けて外に出て、毒味男はタケオに便所の方へ歩けと合図した。

歩き出したタケオに毒味男は小声で言った。

「ここから方々に連絡を取る。徳川の行かず後家にも連絡する。あの怪人にもな」

そう言ってみて毒味男は不意に、「九階の怪人」が勝手に佐倉に脅迫電話を入れ、相手が送りつけられていた物が物だったから怯えて応対したのを色よい返事の徴候だと取って熊野まで行っているのかもしれないと思い、「このドライブイン、出たら、すぐフジナミの市に着くから、心構えしとけ」と言う。

53

　Gメンがドライブインの中で、手下の若者と差し向かいになって、売店で買った地図を広げて、うどんを食っているのを見て、毒味男は外の公衆電話を使って、徳川和子に電話を入れた。

　徳川和子は毒味男からの電話だと気づくと周りに悟らせないようにする為なのかあらたまった口調になって、「そんなに遠くに行かなくたって、もうきちんと準備は出来ていますよ」と言い、暗号のように言葉を遣いながら、第二、第三の餌食になる人物との接触は済んでいると言う。

　特に有力なのは、若くして社長におさまった食料品会社の御曹子だと言う。

　その御曹子は父親の経営する食料品会社に入る前に、経営見習いの為に入っていた自動車販売の会社で南米に赴任していた事があるからブラジルはよく知っていると言う。

「あの子が言っていたバイアという土地の名前を言うと、ああ、ブードゥー教のさかんなところね、と言ってた。話によっては鉱山開発の資金を出してもいいとさえ言ってるのよ」

　毒味男は徳川和子に、「九階の怪人」が熊野へ墓参りの為に里帰りをしているのを知っているか？　と訊いた。

徳川和子は知らないと言い、「そう、東京にいないの」と考え込むように言ってから、「何のつもりで東京を離れるのか分からないけれど、わたしが逃げられないように、あの怪人だって逃げられないですよ。あなたもあの子も」と言い、急に激したように、「おそらく手が廻りはじめたから、高飛びのつもりじゃないの？　一人だけ逃すもんか」と怒鳴り出す。

ドライブインからGメンが出て来て、電話を掛けている毒味男を見ていた。

激し取り乱すと、普段とまるで違う言葉を吐く徳川和子を警戒して、電話を切りたかったが、Gメンが見つめているのでそれも出来ず、ただ黙っていると、「あんたとあのオカマがわたしをめちゃめちゃにしたんだから、絶対に逃がさない」と一層、声を荒らげる。

「落ち着け」

毒味男は言う。

「あいつはこの俺から逃げられやしない。逃げたって、あいつの事だから、バイアに行ってみるという智恵もないさ」

毒味男はそう言って初めて自分の言った言葉の意味に気づいて徳川和子に言いきかせるように、「いいか。発覚しそうになったら、あいつのエメラルドかっさらって金にしてアマゾンのジャングルにでも逃げりゃいいんだから」と言う。

東京にいると、自分たちのやった事がすぐ発覚しそうになると言う徳川和子を慰める為に不安ならいつ熊野へ来てもいい、と言って電話を切り、繁華街の一角のビルの九階ではなく、「九階の怪人」が立ち寄りそうな熊野の心当りに電話を掛けようとすると、Gメンが、「おい」と声を出して呼び、そのドライブインから見える山の方を地図を持った手で差し、「そのあたりの山、燃えて、煙が高速道路の上に流れ込んでいるらしいぞ」と言った。

毒味男はGメンが教える方向を見た。

煙はなかった。

「見えないぜ」

Gメンは真顔で、「いや、風の向きが違うだろうから、こっちからは見えないだろう」と言い、自分の眼で見るよりドライブインのテレビで観て確かめた方がいいとドライブインの中に誘った。

一台置いてあるテレビの前にドライブインの客も従業員も集って、上空からヘリコプターを使って実況中継する山火事のニュース速報を観ていた。

山火事は高速道路沿いに二カ所、さらにフジナミの市から熊野に抜けるあたりで一カ所、起きていた。

誰言うとなしに、ほとんど同時刻に三カ所が燃え上がっているのは、自然発生では考えられない、左翼ゲリラか、その山林に怨みを持つ者の放火だと言い始めると、タケオは、興奮してきらきらする眼を毒味男にむけ、「すぐそばで起っているの?」と訊く。

高速道路のそばに画像が切りかわるとテレビを観ていたトラックの運転手が「そこだろ?」と同僚に訊き、「こりゃあ、すぐ走り抜けなんだら、通行止めになってえらいめになる」と言い、すぐトラックを動かして、火がまわりきらないうちにと決めたように立ちあがる。

毒味男はその二人を見て、タケオにこれはおそらく絶好のチャンスだというように、「深海のあたりだな」と言った。

驚くタケオの顔を見つめて、牲を捧げる通過儀礼を決行する時が来たと合図するように、にやりと笑い、途中で通行止めになるかもしれないが、フジナミの市まで出てみようと言い、先に立ってドライブインを出た。

毒味男の後を追ってタケオが出て来る。

「放火か?」

タケオは言う。

「放火だろうよ」

毒味男は決行する時になって、逡巡する気持ちがありあり出た顔のタケオをからかうように、「畑、焼いたり、家、焼いたりするより、本当にこの欲ボケ日本の息の根を止めるつもりなら、山に放火して、一切合財、燃やしてしまった方が、効力があるな」とうそぶいたのだった。

その自分の言葉が、現実の物として立ちあがるとは、毒味男は夢にも思っていなかった。というのも、タケオがカルロスか、その身替りのGメンと手下の若者を、牲として殺害するというソドムの住人たる毒味男には最良の贈物を早く現実の物としてみたくて、「どうせ通行止めにされるのだからここにいた方がいいんじゃないか？」と止めるGメンの言葉に耳を貸さず高速道路をフジナミの市に走りだして、不運にも交通遮断に遭遇してしまった。煙と炎がちょうど高速道路を直撃するように襲い、それで停止した車に挟まれて、消防署と警察の勧告で車を置いて避難しなくてはならなくなった。

男を見つけたのはドライブインにいたトラックの運転手と相棒だった。二人はその男が単に間近で煙と火を見て、動顚《どうてん》し、常軌を逸した言動をしていると思ったらしく、「あんまり言わんほうがええ。冗談でもそんな事、言うたら、えらい事になる」とたしなめていた。最初にタケオがその男の言葉を聴いて不審に思い、毒味男に教えた。

男は放火の犯人だと言った。

「放火したのか？　と訊かれて、放火したと答える奴がいるのか？」

毒味男が笑うと、男はことさら狂っているのでも呆けているのでもない正気で、その山林の持ち主を徹底的にいたぶる為に放火したのだと明かそうとするように鋭い眼を毒味男にむけ、「日本がこうなったのは、こんな物があるからじゃ」と言ったのだった。

その一言を耳にして、毒味男は男を見直した。

「そうじゃろ？　日本の山を杉や檜に変えて、こいつら何もかもをめちゃくちゃにした。山を杉や檜に変えて誰が潤う？　潤うのは、山林地主だけじゃ。無精者の。虫も鳥も獣も住める自然の山を切り取って苗を植えて、五十年六十年経って孫の代に斬る。この無精者ら、自分らだけがエラくて、孫、子、親と三代も四代も五代もと続くという考えを持っとると思う。農地解放はあったけど山林解放はなかった。それで、この無精者ら、ええと思て、山をしたいようにしとる」

毒味男は男を見つめながら、「それで、そんな大層な理由で、放火したのか？」と訊いた。

男は毒味男が挑戦して来るのを一刀のもとに払うというように、「俺はこのあたりの山持っとる、水島ほど悪い奴はおらんと思うから、火つけたったんじゃ」と言い、毒味男の前にポケットサイズのウィスキーの壜三本とマッチを取り出し、「ガソリンまいて火つけたら、山は一発じゃわ」とうそぶき、警察に突き出すなら突き出せと居直ってみせた。

煙が夕焼けで赤く染っていた。

毒味男はふてくされた顔をして目の前にいる男が放った火で立った煙が、百年かかろうと千年かかろうと火を放てばことごとく燃え落ちると言っているとと感動さえして、タケオに、「この男を熊野へ連れて行こう」と急いたように言ったのだった。

54

山火事での交通遮断は延々と五時間にも及んだ。

Gメンと手下の若者は、それぞれしっかりと打ちあわせが出来ているらしく、Gメンは毒味男に、若者はタケオにぴったりとまといつき、一挙手一投足に目を凝らしていた。

毒味男は過去に渡って来た現場で、人がいつもそばにいる事になれていたので人にまといつかれるのを格別に苦痛と感じなかったが、超過激、超反動の一味たるタケオに次の展開を指示したり、あるいは相談を持ちかける事が出来ないので苛立ち、時折り車を置いて避難した休憩所まで事態の説明に来る警官や消防隊員に、「車をUターンさせて引き返させればいい」と噛みついた。

Gメンは、「まあまあ」と毒味男をなだめ、毒味男の傍で黙りこくって、煙の立ち上る方をにらんでいる放火男を見て渋面をつくり、「まあ、ゆっくりのんびりするさ」と言い出す。

「ヘロインの取引もコカインの取引も中止になるぜ」

毒味男が言うと、Gメンは顔をじっと穴のあくほど見つめて、「そうか」と言う。

毒味男はその時、初めて、Gメンが毒味男のやった実際の犯罪をかぎつけて、その捜査の為に麻薬の捜査官と称して近づいて来たのではないか、と疑い、緊張し、心理戦には心理戦で応じるというように、「もしこの山火事が、俺がこの男としめし合わせてやっていたら、面白いだろうな」と言い出すのだった。

「おい、オリエントの康。カルロス。聴いておけ。俺がこの男に、東京から連絡を取っていたのさ。東京でGメンにつきまとわれている。昼近くにフジナミの市に入る高速道路を通るから、山に放火して、その辺りを大混乱させておけ。その混乱に乗じて、Gメンを葬るって言ってな」

「さして混乱してないじゃないか」

Gメンは毒味男の言葉を鼻で嘲い、坐り込んでいる放火男に「もしそうなら、あまり上首尾じゃねえな」と言い、腕時計を見て、もう五時間も足止めを食っていると呟き、「さて、ここらでそろそろ本当の話を聴かせてもらおうか?」と、毒味男の前に坐り込んだ。

Gメンは淋病にかかった性器が痛むのか股間を手で触ってから、「何の為に深海へ行くんだ?」と訊く。

「コカインの取引があるからだよ」

「コカインか? そうか、コカインか? だけど、俺が押えている情報では、コカインってのはは、もっぱら横浜に着くって話だぜ。フジナミの市に港はあるが、あそこに入って来るのは、ロシアから外材を運んで来る船とか、後はバナナ船だな」

Gメンは毒味男の顔を見つめてから視線をタケオに移して、毒味男を挑発するように、「さっき車の中で、この男は面白い話をしてくれた。この男の本名は、コケル、だってよ」と言い出す。

「コケってのは虚仮だし、草よりもっと下等なじめじめした場所に生える黴とか苔の事だな、そんな意味の入った倒れる、転げるの、コケル」

Gメンは毒味男の怒りを煽るようにタケオに、「知らないか。おまえは半分だから、日本語を分からないか?」と訊き、タケオが事態の展開を呑み込めないでいるのに失望したように毒味男を見て、「いいか、あの繁華街の一角から、警察に何本もチクリの電話がかかって来ているぞ。あの九階の部屋のオカマと、おまえと組んで人身売買のような事をしているとか、同郷だから麻薬のシンジケートを作っているとかな。それだけじゃない、ダンボールを運び込んでいたともチクリが入っている。いま世間を騒がせている事件と噛んでるんじゃないかってな」

「俺は、昔、人を殺したからな」

毒味男が言うと、Gメンは「ほうっ」と言って、それを話せと促すように眼を輝かせる。

毒味男は演技なのか本当なのか、Gメンの話を催促する少年のような顔を見て、よっぽどからかってやろうと思ったが抑えて、下手に出るように、「あそこらのマスター連中、俺が人を殺して鑑別所から出て来た男だと知ってるからな」と言い、何度も話して嘘か本当か毒味男本人ですらあやしくなって来た事をさも本当のように話すのだった。

我ながら不思議な少年だと思ったし、ひねくれ、ねじ曲がった性格を持っていると思った。

おそらく、それは、そもそも佐倉という男に、コケルと命名され、その時は分からずに有難がり、後になってとんでもない名前だと気づいた母親らが、シゲルと変えたその事に原因があったのだろうが、つまらない置引きで捕まり、態度が悪いと放り込まれていた鑑別所で、毒味男は仲間から、アラビアンナイトのシゲルと呼ばれていた。

それは千に一つ本当の事があるかないかの空想癖、嘘つきという意味だった。

駅前でぼんやりしているベレー帽の男の荷物を置き引きしただけのつまらない犯罪は、少年らを前に語っていると、酷い殺人になっている。

「あんまり得意げにぺらぺら話す事じゃないけれどな。シャバに出たばかりだから、人と自分はこんなに違うって言いたくて、しゃべったのさ。十六の時、最初、俺の姿を見てそのオッサンが生意気な事をほざいたのさ。俺はなんにもしていなかった。ただ駅にたむろするガキの一人として、そこにいただけ。ところがオッサン、おそらく駅で汽車に乗り遅れてむしゃくしゃしていたのだろう。もともと叱言を言いたがるタイプっている。それが俺を名指しで怒鳴りつけるものだから、このオッサンに言われる筋合はないと思って、冗談じゃないと言い返す。そのあげく、オッサンは殴りつけて来た。それで腹立って、俺はそのオッサンを浜の松林に連れて行って、踏んだり蹴ったりした。最後は、そいつのしていたバンドで首を絞めて、松の木に吊してやった」

毒味男が言うと、Gメンは「悪い事をしやがって」と話を鵜呑みにしてつぶやき、毒味男の顔をじっと見つめる。

毒味男は腹の中で、人の心を透視するようにいくら見つめたところで、アラビアンナイトのシゲルと呼ばれた性格と毒味の家系の血が混って融合して出来た俺が、次々と空想を肥大化させながら起して来た犯罪の筋道は追えまいとうそぶき、ふと、Gメンを牲として殺害するのなら、まだかい人二十一面相の名を名乗っていない頃に起した二つの犯罪ぐらい明かしてもよいと考えがわいた。

その二つを知られた後は、皆がそうだったように、毒味男の牲になるか、一味に加わるか、二つに一つしかない。

「ようし」と毒味男は言った。

「山が放火されて、こんなところに閉じ込められているんだし、ここに、放火の犯人もいる事だしな。俺がやった事を教えてやるって」

毒味男が言うと、放火男は顔を向け、「わしを警察に連れて行ってくれ」と言い、胸に思いが詰まりすぎたというように大きく息を吸う。

55

毒味男は放火男が次に何を言い、するのかと見つめ、放火男がそれっきり黙ったのを見て、

「俺がどのくらい悪い奴か、一等知っているのは、あの九階に住む化物だな」と言う。

「九階のあのオカマだな」

「ああ」

毒味男は言い、「あいつが本当は一等悪い奴なのかもしれないけどな」と笑った。

「いまごろあいつはクシャミしてるさ。あの男が、オリュウノオバの唯一の親戚、オイに当るんだから、オリエントの康にしても、この毒味男にしてもカタなしさ。俺は少年鑑別所を出てぶらぶらしていた。その俺があの『九階の怪人』に会いに行ったのは、一にも二にも、あいつが、オリュウノオバの血筋であいつのところへ行けばオリュウノオバがそうだったように親身になってくれるものと思っての事だったが、あいつは違った。そんなババアの事を知らないと

さえ言う。金を貸してくれと言っても貸してくれない。俺は当時、金が欲しかったんだ。部屋を借りる金、飯を食う金、女に使う金。金にピーピーしている若者はだけど健康だし、女殺しの中本の血を半分継いでいるから男の魅力でピカピカしている。その俺に、あいつはオッサンをくっつけた。金は出来たさ。だが、苦しかった」

毒味男が言い止むと、Gメンは身を乗り出して、「殺ったのか?」と訊く。

毒味男はにやりと笑い、タケオがしていたように親指を立て、自分の喉をかき斬る仕種をして「殺った」と言う。

毒味男は息をしなくなったトドのように大きな古道具商の体を思い出した。

その次は独り暮しの老婆だった。

毒味男はその第一の犯罪から第二の犯罪への変化は、確実に自分の妄想癖虚言癖が作用していると思う。

そこをGメンにはっきりと理解してもらいたいと妙な衝動にとらえられながら、こう話している事が、おまえと手下の若者の殺害の第一段階なのだと思って、Gメンに「一つの犯罪が第二の犯罪の引き金になるというの分かるか?」と訊いた。

Gメンは言外に、自分への殺害予告を含んでいると気づきもしないで、「まあな」と言い、その言葉だけでは曖昧すぎると思ったのか、「反省する奴とそうじゃない奴がいるが、反省しない奴は、癖のようになるだろう」と言う。

「反省はしたさ。反省したが、そのババアが胸糞悪くなるほど業つくばりなのを見て、今度は知りあった女と組んで、このババアを温泉に連れて行ってやるとたぶらかして、殺した」

毒味男が老婆殺害の概略を言うと、Gメンは、「そう言えばそんな話をあそこで聴いた気がするな」と言い、まるで端から毒味男が言う事を信じていないというように、「まあ、おまえの過去の事はいい。今、やっている事を知りたいのさ」と言う。

「誰のチクリを聴いたって、おまえらはロクな事をしていない」

「そのババアを俺は背負ったんだぜ。その手ごたえ、まだ背中に残っている。生きているの背負っていた時、一緒に歩いていた共犯の女は歌をうたっていたけど、死んだババアをリュックに詰めて背負った時、女は黙り込んでいやがるの」

「昔の事はいいのさ」

毒味男は「今の事さ」と呻くように言った。

その自分の声が耳に響いていた。

タケオとカルロスを見つめ、Gメンと若者を殺すと教えるように顎をしゃくって合図してから放火男に、このまま退避させられたままでは夜になってしまうから、一緒に、高速道路を歩いて降りないかと誘い、放火男が従いて来ると答えるのを見て、毒味男はGメンと若者に、車をそこに置いて高速道路を出て山を越えてフジナミの市に出ないかと言った。

「車なんかは警察が何とかするだろうけど、山火事は大丈夫かよ？」

Gメンは言ったが、毒味男は、自分は紀州の出なので、紀伊半島の東からの入口にあるフジナミの市あたりの地形は知り尽くしていると言い、今、東の風が吹いているので降りて行く方向はまったく影響がないと答え、山越えを強行する事を同意させた。

車を置いて避難していた何人も見ていたし、口に出して、すぐ交通遮断は解除になるから早まるなと止める者もいたが、聴く耳を持たないと無視して、六人は高速道路の休憩所の裏の金網を越えて、外に出たのだった。

山と山の上に高速道路は懸かっているので、六人が降り立ったところは小高い山の尾根に当るところだった。

そこから杉の植林に沿って下に降り続け、二十分も行けば、高速道路のそばだと思えない岩肌の突き出た深山の面持ちのブナの原生林に出る。

「ここを降りて行けば、フジナミの市に出るのかよ」

Gメンが訊いた。

「何とかたどりつける」

毒味男はタケオとカルロスに最終指令を出すように見て、「このあたりは山伝いに行くと鈴鹿の方にも行くが、よほど道を間違わない限り、そっちの方へと行く事はないって」と言い、二人に言いきかせるように、「夜までに山を抜ければ、どうって事ない」と言う。

「ぐるぐる同じところを廻り続けるんじゃねえの？」

Gメンの言葉に、毒味男は、「いや、大丈夫だ」と答える。

「何にも考えないで歩いていると、道に迷ってしまうかもしれないけど、俺には悪運と言うか、悪霊と言うか、そんな物が憑いているのさ」

「悪霊が憑いているなら、道に迷うんじゃねえか？　ぐるぐる同じところ廻ってて、救け出された時にゃ、お前の言う取引も何もかもパーになっているんじゃねえの？」

Gメンは息が切れかかったようにあえいでいた。

山を降りきり、次の山の登りにさしかかってGメンが「今度は登りかよ。足場が悪いから余計へとへとになる」と口をあけ、あえぎながら立ち止まったのを見て、毒味男はタケオにここで牲をほふる通過儀礼を決行しろというように顎をしゃくると、若者が見とがめて「何だよ？」と気色ばんだ。

毒味男は笑った。

「タケオとカルロスはマンツーマンでついてやって、このへとへとだが威勢だけはいいGメンのアンチャンらの休憩につきあってやって、後で来い。俺は放火のオッサンと先に行って、のんびりと山の上で待っている」

毒味男の言葉にタケオは反抗するようにスペイン語で物を言った。

「いいか、言う通りしないと、俺はおまえらの上の者として処罰するからな」

タケオの反抗を抑え込むようにそう言って、さらにGメンと若者に言葉の意味を納得させるように、「こんな山の中にいると赤軍の残党みたいな気がしないか？　俺は左翼は大嫌いだったんだけどな。右翼の方だけど、ソ連やヨーロッパがああ崩れていくと、急に赤軍の残党の隊長にでもなったように、裏切り者を処刑してやりたい気がする」と言い、じゃあ、と言い置いて放火男と共に雑木の斜面を登りはじめた。

「待たなくていいのか？」と放火男は訊いた。

毒味男は答えなかった。

毒味男は物音がしないか、耳をそばだて、タケオとカルロスの選択はいずれにしろ、Gメンらを殺害するか、殺害したと嘘を言うか二つに一つだと思い、不意にそばを歩く放火男に本当の事を言ってみたくなって、「最近、不動産会社の社長が殺されて、骨が方々に送りつけられた事件、知っているか？」と訊いた。

「そんな事件、あったな」

放火男は言い、関心がないように、それっきり黙った。

毒味男は拍子抜けがしたが、心の中で、下手に関心を持てば、この俺におまえも殺されるからそれでいいと呟き、放火男にそもそも関心を持ったのは、熊野ダラーと称される妖怪のような男の山をも放火してやりたいと思っての事だと打ちあけるつもりで、「熊野にいる山林地主の佐倉という妖怪のような奴、焼き殺された奴の骨を送りつけられてるけど、そんな事より、おまえがしたように、どっさり持った山を焼かれた方が本当に怯えるな」と言う。

放火男は「山を焼くのはよっぽどの事じゃ」と言う。

56

山の斜面を登り続けて崖の上に出て、日が陰り始め、光にうっすらと赤い色がつき、辺りの雑木の葉が粘りつくような緑色に一様に染っているのを見て、毒味男は放火男に、間もなく日が暮れて暗くなるから、この辺りで後から来る者を待とうと言って、むき出しの岩に坐れと勧めた。

放火男は岩の上を手で払い素直に腰を下ろした。

四人を下に置き去りにしてから小一時間、経っていた。

毒味男は耳を澄ました。

山の斜面を這い上がる風の音と時期はずれの鶯の鳴き声以外、物音はなかった。毒味男は放火男が自分を見つめているのに戸惑いを覚え、どうした？　と訊き、放火男の正面の、苔の生えた岩に腰を下ろして向いあった。

「まだ燃えとるじゃろか？」

放火男は言った。

「燃えるだけ燃えたらええんじゃ」

放火男は言って、毒味男に、「ここらの山、どこへ継がっとるか知っとるかい？」と訊き、毒味男がタケオとカルロスの行為を想像しながら、「さあ」と首を振ると、「鈴鹿、大台、伊勢じゃの」と言い出す。

「フジナミの市に出るだろ？」

「ああ、フジナミの市にも出よるが、この山をまっすぐ行ったら、フジナミの市の隣の伊勢の神社の裏山辺りに出る。その山から神社は木を斬って社を造り変えるんじゃが、風の向きと勢いによったら、その神社の木も燃やしてしまうかも分らん。もしそうなったら、わしは孫子の代まで、逆賊じゃ。天子様の山にまで累を及ぼすんじゃから。じゃが、水島が悪い。一寸の虫にもある五分の魂をなめて、人を徹底的にいたぶって、人から何から何まで取り上げたあの水島が、そうさせたんじゃから」

「水島という山林地主にひどい目にあって、怨みを晴らす為に放火したんだ」

毒味男は放火男の言葉を誘うように言い、下の方から人が近づいてくる物音に気づいて、眼を凝らして、茂みの方を見る。

放火男は「おう」と言った。

放火男は短く刈り上げた髪を手でかき、「ダニにやられとる」とその手をはたき、また頭をかく。

ダニの痒みに苛立ったようなその仕種が放火男は見かけより実際は随分若い、と毒味男に気づかせる。

「あの水島は一族あげて業つく張りじゃから、かなわん」と言い、毒味男に話を聴いてくれるか？と訊ね、胸からあふれ出る思いを吐き出すように、その水島という男は代々に渡ってフジナミの市近辺に広大な農地と山林を持つ地主で、山林解放がなかったせいで、今まで悪の権化のまま、生きのびていると言った。

「どんなあくどい事をした？」

毒味男が訊くと、「俺らに労賃を払いよらへんのじゃ」とすかさず言う。

毒味男は軽い失望を味わった。

熊野で、突然送りつけられた斎藤順一郎のよく焼き上げた骨を前にして、毒味男の到着を震えながら待っている佐倉ともう一人の男は、もう少し手の込んだ、下劣な悪をやっている。手が込み、視ようとする努力をしなければ視えない品性下劣な悪だから、知能の限りをつくし、犯罪の奥義の総てを活用し、いたぶるだけいたぶって満天下に恥をさらさせて、かい人二十一面相グループは二人を葬る。

「労賃、払いよらんと、毎日毎日、ただ働きさせて幾ら文句を言うても聴きゃあせん。あれら山林解放もされんと、杉、檜、植えるのが国の力を蓄える事じゃと、甘い庇護を受けていままで来とるさか。山が人夫らの手にかかったら、マッチ一本、ガソリン一壜《びん》で灰になってしまう事を知らせん。あいつらは阿呆すぎる。一本百万じゃ二百万じゃと言うても、その木を金庫に納っとるわけでなし、銀行に預けとるわけでなし、灰にしたろと思う奴おったら、そのままじゃ」

「山に山番置いても駄目だし、柵するわけには行かないってか」

「金かけたら出来るじゃろが、そんな事をするんじゃったら怨まれんように人夫に払たらええ」

毒味男は確かに理にかなっているとうなずき、放火男をそこまで追い詰めた水島という山林地主を哀れむように笑い、茂みの中から近寄る物音の方に顔を向けて見つめた。

毒味男が立ち上がるより先に放火男が、音に怯えたように素早く振り向いて立ち、タケオとカルロスが服一つ乱さず茂みの梢を手で払いながら姿を見せたのを見て、安堵したように坐り込む。

毒味男は無言のまま首尾を問うように鋭い眼で見つめた。

「埋めた」

タケオは言った。

毒味男はタケオの言葉を吟味するように見つめ続け、ふと、古道具商を殺し、人間ではなくトドの死体のように嵩のある古道具商の体を埋めた後、今のタケオのように何一つ動揺せずに「九階の怪人」に殺害を告白した事を思い出した。

「九階の怪人」は毒味男の言う事を信じなかった。

殺人を犯した者は、テレビでも映画でも或いは小説でも、涙を流し、大地にひれ伏して罪を告白すると言い、蚊を叩いて殺した、蠅を殺したというように、罪の意識のかけらも持たずに告白するのを信じないと言ったのだった。

「そうか」

毒味男は言った。

タケオの脇に立ったカルロスが、敵意のこもったような鋭い眼で見て、「殺した」と言う。

「そうか」

毒味男はカルロスにも言った。

「二人がそう言うなら、俺は信用するしかない。元々、ゲームのような犯罪だからな。犯罪をゲームのように楽しむつもりだからな。これから行く熊野の路地で、死んだオリュウノオバが俺らを見てな、面白がってくれていたら、それでいい」

空に明りがある限り歩き続けると毒味男は言ったが、空がのぞける辺りは岩場が多く足を取られるし、人夫の手の入っていない、雑木の茂みや植林した杉の下は暗い闇になっていたので、歩き続けると危険だと言う放火男の意見を受け入れて、四人は沢の近くの草むらで体をよこたえて朝を待ったのだった。

57

空が白んだ頃に歩きはじめ、ようやくフジナミの市のはずれの国道に出た時が九時、まだ山の中にいたいと言う放火男と別れて、フジナミの市の喫茶店に入り、熱いコーヒーを頼み、トーストを食べた時が十時、それから電車に乗り、紀州熊野のその土地の駅に降り立ち、電話で連絡をつけていた「九階の怪人」に出迎えを受けた時はすでに四時を廻っていた。

「よう、よう、いらはれ、いらはれ」と「九階の怪人」は手を差し出して、三人に握手を強要してから、駅の周りを見廻して、「この駅はいけすかない雰囲気だよ」と言って、駅の円形状の広場を取り囲んだ建物を、一つずつ指差す。

「いつも誰か見てるような気がするし、本当に誰かが見ている。あの二階の喫茶店、その隣の土産物屋の二階の部屋、パチンコ屋の上のビジネス・ホテル」

「九階の怪人」は急に振り返って、毒味男に「そこ」と老人らが坐っているベンチを指差す。

「そのベンチから、中本の一統の一番長生きした男が死んで転がり落ちたの、あの喫茶店からも土産物屋の二階からも見てたって。一番長生きって言っても、四十二歳」

「九階の怪人」は言ってから、駅前のビルの一階にある寿司屋の奥の座敷に三人を誘った。毒味男は訝しげな顔をして、「おまえの根城に行けばいいじゃないか?」と言うと、「九階の怪人」はバツ悪げな顔をつくり、急に体の中心から芯が抜けたように科をつくって、「おまえら三人の若い色男を連れて行けばさ、あの白亜の殿堂に巣喰った口さがない連中、何を言い出すやら分からないじゃない」と言い、タケオとカルロスに、「さあさ、行こられ、行こられ」と妙な自分だけ分かる日本語を使って尻を叩く。

「九階の怪人」は振り返って毒味男を見る。

「まあ路地の者らの口さがないの、あの東京の連中の比と違うど。黙って、白亜の殿堂の中に潜り込んで、口を押さえて耳だけ立てて聴いとったら、ある事もない事もごちゃまぜにしてしゃべくっとる」

「九階の怪人」はそう言ってから、「オイラ、いま、誰の元に転がり込んでるか、知ってるかい？」と訊く。

毒味男が、「知らねえよ」と突っ撥ねると、「九階の怪人」は、「スエコノオバ」と言う。

毒味男が反応を示さないのを見て、「ほれ、シャブ中のヨシノオジと暮らしとった、ヨシノオジの子の鉄男に、手を焼いて、金切り声を挙げとった」と言う。毒味男は鉄男と名前を言われて辛じてそのスエコノオバを思い出し、「ああ、あのオバ」と言うと、「九階の怪人」は不意に、「おまえはあの鉄男と友だちと違たんか？」と訊く。

「齢は同じだけど、あいつは一人でいつもいろいろやってたからな」

「どこにおる？」

毒味男は首を振る。

「知らないな。随分、会ってないからな」

寿司屋の中に入り、「九階の怪人」はカウンターの中にいる板前に、奥の座敷を使わせてくれないかと声を掛けた。

板前は明らかに迷惑げな顔をしたが、「九階の怪人」がタケオを指差して、「ほら、この子。オリエントの康の息子」と言うと、包丁を動かしていた手を休めてタケオの顔を見つめ、「嘘か本当か分からんが、まあ、ええですよ。奥、使って下さい。ただし、騒ぐとすぐ出ていってもらいますよ」と言い、カウンターの外にいた見習とすぐ分かる少年に、「奥を準備してやれ」と顎をしゃくる。

「騒いだんだ、あいつ?」

毒味男が訊くと、板前は、「三日も続けて何人も荒っぽいの、引き連れてやってきて、奥で大騒ぎした」と言う。

奥の座敷に坐るなり、「九階の怪人」は、「ここの組の連中と飲んで敵の様子をさぐってただけ」と言い、斎藤順一郎の骨を送りつけた妖怪の佐倉の動きはとんとつかめないが、吉原というもう一人の市会議員の動きは手に取るように分かったと言った。

見習の少年が生ビールを運んできた。四杯持って来たビールジョッキの最後の一つをタケオの前に置いた時、「九階の怪人」の手が少年の尻にのび、触ったらしく少年はジョッキを引っ繰り返した。

タケオは咄嗟にビールが胸にかかるのを避ける為に立ちあがって、座卓の上を蛇行して流れるビールを見て、「早く」と言って次の日本語が出ないらしく雑巾で拭う振りをする。

「どしたん?」

板前の女房だと分かる女が、少年を詰って、台布巾を持って来てタケオに詫びながら拭きにかかる。

見習の少年はおろおろしていた。

板前の女房は少年の態度に癇癪を起したように、「ほら、ぼんやりしないで、早うビール持って来て」と言う。

板前の女房はまたタケオに謝り、注ぎ直した生ビールの入ったジョッキを少年から受け取ってタケオの前に置き、「こぼしてしもて済みません」と謝まる。

「尻、触られたから」

見習の少年は弁解するように言った。

「何言うとるの。誰が、あんたのお尻なんか、触る？」

「触られたさか」

少年は「九階の怪人」をにらみつける。

「アホな事、言わんと。早よ、出前に行き」

「尻、触られたから」

見習の少年は不平顔のまま、カウンターの方へ行った。

「九階の怪人」は板前の女房が座敷の障子戸を閉めてから、「触った言うて減るもんじゃあるまいし」と小声で呟いて、毒味男がタケオとカルロスに、またオカマ特有の手前勝手な理屈をこねはじめたと嘲い、そう思うだろうと同意を誘うようにウィンクすると、「九階の怪人」は科をつくってフンと鼻を鳴らし、一気に並の男なぞ想像つかないように過激に突っ走るのが、オカマと蔑まれる者の失地回復の方法だと心得ているのか、「サブちゃん、あの吉原というの、明日にでもまず血祭りにしてあげてから、佐倉にかかるんだわ」と言い出す。

「九階の怪人」はジョッキを持ち上げてビールを半分ほど一気に飲んで唇についた泡を左手で拭って、自分を見つめるタケオとカルロスに、「しばらく振りにこの土地に戻ったけど、ひどい事、起ってるんだよ」と、路地に渦巻く噂を説明しはじめる。

最初、その事件は何でもない夫婦喧嘩のようだった。

路地に住む夫婦が喧嘩して、男がぷいと家を飛び出し、その日、夫婦の間に一人いる娘が幼稚園の帰りに姿を消した。

誰もがてっきり男が娘を連れて家を出たのだと思い、不安がる女を、そのうち二人は舞い戻ってくるとなだめ、女にもうすこし亭主にも子供にも優しくしろと説教さえした。一週間後に男が一人で舞い戻って娘が幼稚園の帰り道で姿を消しているのに気づき、大騒ぎになった。どこをさがしても誰に訊いても手がかりがなかった。さらに一週間後、娘は河原のゴミ棄場に腐乱死体になって打ち棄てられているのが見つかった。

検死の結果、娘の小さな女陰が、カミソリで裂かれて暴行を受けていた事がわかり、土地は変質者の噂で持ちきりになったが、吉原という市会議員がその犯人だと取り沙汰されたのは、その頃だった。

言い出したのは、当の被害者の父親だった。

男はまず自分の女房に話し、それを路地の自治会の婦人会長を務める中年女に話し、中年女は警察友の会や老人慰問会の会員だったから、方々に相談半分、おしゃべり半分で話したのだった。

中年女はこう話した。

被害者になった娘の父親が打ち明けるには、実のところ、その父親は、長い事、昔、吉原が犯した少女へのイタズラを種に、その吉原をユスリ続けていた。

少女の事件は吉原の報復だ。

路地の誰もが、中年女がもって廻る父親の告白話を聴いて、少女の小さな女陰を切り裂き暴行して殺したのは、土地の一等地を地盤にして手堅く当選を果たす吉原以外にないと言ったが、路地の婦人会長のおしゃべりの努力も虚しく懇意にしている警官すら取りあってくれなかった。

不思議な光景は続いた。

父親は娘殺しの変質者は吉原だと認めさせる為に、毎年、盆暮に十万、二十万の金をイタズラ事件を種にユスリ続けたと自分で人に会うたびに告白するように言い続け、当の吉原はまっこうからそれを否定し同じように人に会うたびに、誰からもゆすられた事はない、男には会った事もないと言い続ける。

その吉原が足繁く佐倉の元へ出入りしはじめているという噂が立ち、佐倉の息のかかったチンピラが或る時、被害者の娘の父親の家へ来て、騒ぎ続けるのはみっともないから止めろとあの佐倉が言っていると言って、金を百万円、置いて行ったのだった。

「吉原はわたしらが贈った骨のプレゼント、見て、半狂乱になって騒いどる。面白いねェ」

「九階の怪人」はタケオに話しかける。

58

寿司で腹ごしらえをし、日が落ちてから、「九階の怪人」は三人に、路地へ行こうと誘った。

「九階の怪人」は勘定を払いながら、寿司屋の女房に、タケオを顎で差して、「ええ男じゃろ」と言い、一昔前に路地から南米に渡った中本の血のオリエントの康と呼ばれていた若衆の息子だと言い、方言で、「あんまり見るなよ。見とったら、ついふらふらとなって、寿司握っとる旦那、放り出して、股を開いとるようになる」とからかった。

寿司屋の女房が顔を赧らめ、「まあ」と言うのを見てタケオは、バツ悪げな顔をつくって、外を見るのだった。

毒味男はタケオの気持ちが分かった。

今のタケオには、進行している一連のゲームのような犯罪も、色気も関心がない。歩いて数分の距離にある父親の生れ出たその場所に立ちたい。

それで、毒味男は、釣り銭を待っている「九階の怪人」に、「先にいくど」と声を掛け、タケオに行こうと合図すると、「九階の怪人」は、「まあ、待て。そんなに早よ行ってもスエコに罵られて、あわ、喰うだけじゃから」と言って、釣り銭を受け取ってから、カウンターの中にいる板前に、「佐倉の爺さんにまだ鮨、届けとるんかい?」と訊く。

「このごろ、あんまり注文、来んな」

板前は顔を上げて、毒味男とタケオを見、次にカルロスを見る。

「今度、注文来たら、鼻からも眼からも涙出るくらい、ワサビ、入れたってくれ」

「九階の怪人」が言うと、板前は鮨を握る手を休めずに、「あの爺さんが本当に喰うとるかどうか分からん」と言う。

「そうやけど、ここへ注文来るの、昔から一番安い並の握りやろ？　それもたった一人前。あのドケチの佐倉ぐらいしかないて。藁縄を拾うて廻った」

「九階の怪人」は「さあ、あの爺さんじゃろか」と言う板前をからかうように笑ってから、くるりと振り返り、いままで演技をして男の振りをしていたというように科をつくってお辞儀をし、「おまたァ」と言う。

その寿司屋から路地まで歩いてすぐの距離の路地に入るまでの間、「九階の怪人」は、単なるオカマの手前勝手な妄想から、針の先ほどの隙間さえ見逃がさないリアルな細密な人の家の描写まである事ない事をまくし立てたのだった。

最初は今、戸を閉めて暖簾を撥ね上げて後にした寿司屋の話からだった。

本当に生きていれば優に百歳を超える佐倉からあの寿司屋に並の握り一人前の出前の注文が入るのは、あの男は実のところ昔、佐倉の稚児だからで、それが証拠に土地は佐倉の名義になっている、地代を払っていないその代わりに、並の握り一人前という馬鹿げた出前の注文に応じている。

寿司屋で働く見習は、実のところ、板前の稚児で、だから「九階の怪人」が尻を触ってからかったし、そんな事に辟易していた女房は見習の不平に取りあわなかった。

実のところ、れっきとした中本の血のタケオを強調したのは、板前にかまってもらえない女房がいつでも男になびく風情だったからだ、と言う。実のところ、を連発する「九階の怪人」の妄想を毒味男は笑ったが、タケオは真顔のまま路地の方の絵の具で濁ったように暗い空を見つめている。

「九階の怪人」は、毒味男かタケオかカルロスの誰かが、寿司屋の女房を佐倉攻略の為に落すべきだと言い、今度は、小さなただの肉の割れ目のような少女の女陰がカミソリで斬られていた細密描写になり、その話が済むと、雨の降る夕方に視た鬼火の話になる。

「美しい話だわさ」と「九階の怪人」は、路地に入るとば口にある夏芙蓉《なつふよう》の大木を仰ぎ見ながら言ったのだった。

「実もつけんとこの木は。ただ花だけ咲かせて」

「九階の怪人」はそう独り言を呟いてから、すっかり日が落ちて暗くなった中に立った毒味男に眼をやり、「中本の一統の木みたいじゃ」と言い、「この木の根方が一番、燃えとったね」と言う。

その日はしとしと朝から雨が降り続けていて、昔、ヨシノオジと一緒に暮らしていたスエコは、機嫌が悪かった。

繁華街の一角から路地に来てスエコの部屋に潜り込んでから、きちんと宿代だと金を入れていたが、雨が降ると、朝から「九階の怪人」に擦り寄って誘い、拒むと、まるで宿代も小遣い銭も渡していないように、「穀潰し」と詰って、そのうち、オリュウノオバの血筋だと思うから、部屋に置いてやっているのだと言い出すのだった。余程、スエコの部屋を出て他に移ろうかと思ったが、昔の路地は跡かたもなしに壊され、今はただ四角のアパートが建っているだけだから行くあてもないし、ビジネス・ホテルに移れば、進行している脅迫の糸が途切れてしまうと思って耐え、仕方なしにスエコを抱き寄せた。

我慢に我慢を重ねて、終ってから、パチンコへ行って時間を潰し、市会議員を脅迫していたと誰も取りあってくれない告白を続ける少女の父親である男の部屋に行こうと思って道を急いだ。

その時、路地一帯がぼうっと青く光る鬼火に包まれているのを見た。

「あの時、どういう気持ちだったか、あたしゃ、殺された少女が、あたしらのやっている事に気づいて、青い鬼火を出して復讐してくれと言っていると思って、アパートの一階に駆け込んで、少女の父親に、マモルさん、マモルさん、見なさいよ、あのノゾミちゃんが出て来てる、と言ったのよ。そうするとあのボケナス、本当に殺されたノゾミちゃんが出て来たと思って、仰天してる。あの驚きようったら。本当は父親のこいつが、小さな自分の娘、犯して、殺したんじゃないかって疑いたくなるくらい眼をひんむいて、震えている。そうじゃない、殺された少女本人じゃなくって、その魂だ、幽霊だって言ったんだけどね。かたかた震えている。震えながら、木の周りの青い鬼火じっと見てる」

「オリュウノオバはどう言っていた?」

毒味男がからかうつもりで、合の手を入れると、「オバか?」と「九階の怪人」は訊き直し、からかいなのか、そうでないのか見極めようとするように見つめ「オバはとっくに死んでるが」と言う。

「そうか?」

「死んでるじゃないの。死んでるから、この坊や、南米から持って来たエメラルドの一つ、わたしが相続出来るんじゃない。それとも、あのオバも欲ボケになって、あの世から自分の取り分だって戻って来たって言うの?」

「わかった、わかった」

毒味男は言い、タケオに説明をするように、新しい路地の境界線に、夜空に大きく枝を張った夏芙蓉の木を指し、「この木があったのは山の上の墓のそばだったから、移植する時に、その墓の土も運んだのだろうよ。だから、土の、滲み込んでいた燐《りん》が出たんだ」と言う。

タケオは日本語が理解出来ないらしく、ただ夏芙蓉の木を仰ぎ見た。

「燐だよ、燐。人を土の中に埋めるだろう。おまえとカルロスは昨日、あの麻薬捜査官らを殺って、山の中に埋めたんだろ。雨が降るとな、土の中で腐敗し、分解したあいつらの体から、青い燐が溶け出して、それが外に出て来る」

タケオは無表情だった。

毒味男は、タケオとカルロスが、自分にGメンたちを殺して埋めた、と嘘をついているのかもしれないと疑った。

「青い火みたいなもんだよ。人気のない、ただ鹿かイノシシかしか通らないあんな山の中で、おまえに殺された奴の燐がぼうっと光っている」

59

十棟から並ぶアパート群の第三号棟の二階Bに「九階の怪人」の寄宿するスエコの部屋はあり、「九階の怪人」はまず先にブザーを押してみて、スエコが部屋にいないのを確かめて、鍵を開けた。

喫茶店のトイレでよくみかける防臭剤の匂いがぷんぷんする玄関に四人が滑り込むようにして入ると、「九階の怪人」は内側から玄関の鍵をかけた。

「さあさ。いらはれ、いらはれ。鬼婆のいない間に、あの市会議員の脅迫の計画、計画」

「九階の怪人」は言って、部屋の六畳間に三人を導き入れ、壁の時計を見る。

「七時に十五分前か」

「九階の怪人」は呟き、坐りかかっていたが、思いついたというように立ち上がって、流しに歩いて窓から外をうかがい、「ここからノゾミちゃんの父親のマモルの家の玄関口が見える」と言い、ひょっとすると佐倉の息のかかったチンピラが、突っ返された百万円を持って、またやって来るかもしれないと言い出す。

「九階の怪人」は毒味男に「サブちゃん」と呼びかけ、「あのチンピラ、後援会の男らと名乗ってたけど、あいつが持って来た百万円に、屁をかますって出来ないかな？」と訊いた。

「さらってやるってか？」

「ううん、そうじゃない。屁をかます。イタチとかスカンクみたいに、一発かましてやって、手品のように取り上げてやる。それを取りあえず、綺麗に使って、有り難うござんしたと領収証つけて、佐倉か、佐倉が糸を牽いている後援会に送ってやる。かい人二十一面相よりって」

「詐欺をするのは簡単さ。話を納めてやると言えば、相手は出すだろう」

毒味男は言ってから、「九階の怪人」に今、現金がなくて困っているのか？と訊いた。

「九階の怪人」は首を振った。

「そんなのなら、百万ぐらいの端金は目を潰れ。俺は生命をもらう予定だからな。どうせとっつかまって死刑になるなら、一人殺そうが二人殺そうがどうって事ないんだから、綺麗さっぱりこの世を掃除してやるって。あいつが生命乞いするなら、十億ぐらい出しての事だな」

「でも、あの市会議員が、単なるチンケなロリコンの変態だけだったら」

「九階の怪人」は意外な事を言い出した。

毒味男はむかっ腹立ち、危険を冒し、苦労を重ねて、効果的な時機を計って、よく焼き上げた斎藤順一郎の骨を送りつけたと思って、「てめえ、この土地に来て、妙な里心ついたってのか」と言うと、「九階の怪人」は「まあ、まあサブちゃん、そう言わないで話を聴いてちょうだい。違うのよ」と言って、鎮まれと手で合図する。

「さっき、ヘンな事を言ったな。スエコと姦ったって」

「姦ったわよ。臭いの、我慢して」

「こっちへ来て、趣味が変ったんだ」

毒味男が言うと、「九階の怪人」は、「ああ、うるさい」と耳を手でふさぎかかった。

毒味男は「九階の怪人」の頭を思いっきり、平手ではたいた。

「九階の怪人」は一気に、男でも女でもないか弱いオカマになったというようにわっと声を上げて泣き、「なによ。人の恩義も忘れて。わたしが助けてやったのに。酷い」と言い、頭を抱えて「何んで罪もない人をこれ以上、殺さなくちゃいけないのよ」と声を荒らげた。

「声が大きい」

毒味男は言った。

「いいか、あの市会議員は市民の税金から給料もらいながら、少女を誘拐して殺したんだぞ。しかもチンポが入らないって、少女の性器をカミソリで斬って広げて、強姦してるんだぞ」

「だから、そんな事をあの男が出来るかって言ってるの。こっちに来て、あの男を観察してて、そんな事、出来っこないただのロリコンのウスノロだって分る。佐倉に糸を牽かれている後援会の連中も、ウスノロのような連中ばかり。少女のパンツ、おろしてポラロイド、撮った。パンツ、おろして、割れ目に触った。でも指を入れられない。わたしはあのマモルに訊き出して、警察のふりして、被害にあった少女の家に行って訊いたんだよ。親が自分の娘がイタズラされていたと気づいていたの、三人ぐらいしかいない。それも誰が犯人か分らない。あいつは臆病でウスノロのロリコンなんだ。触るぐらいで何にも出来ゃせん」

「じゃ、誰がやった？」

「さあ、そこまでは今のところ」

「父親のマモルか？」

毒味男がたたみかけるように訊くと、「九階の怪人」は壁の時計を見て、「七時十五分」と呟き、「サブちゃん」と真顔で毒味男を見つめる。

「東京から喜び勇んで、路地の善良な人間をいたぶる奴を、このかい人二十一面相様がこらしめてやるって来たけど、調べれば調べるほど、最初に考えていた事と違ってくるって、つらいよ。今のわたしの感じでは、七分三分の割り合いで、父親のマモルがクロじゃないかって思う。ずっと何年も仕事しないでブラブラして、あいつの収入と言えば、市会議員からゆすり取った何がしかの金くらいなんだ。女房とは当然の事ながらうまく行かない。それで、だから、俺はこう考えた。あいつは何万とか何十万とかという額ではない大金、おそらく一千万か二千万円を思いきってゆすった。だけど応じなかった。それで娘を連れ出して、市会議員に罪を被せるという挙に及んだのさ。それとも、たまたま夫婦喧嘩して娘を連れて外に飛び出して、娘が足手まといになった時に、いっそ殺して、その後、罪をあのウスノロになすりつけてやれって思いついて、やったか」

「だけど、父親が自分の娘の性器をカミソリで斬るか？」

毒味男が言うと、「九階の怪人」は「さあ。分からない」と言って、首を振った。

「マモルはあのウスノロの市会議員に、脅迫に対する復讐をされたと言っている」

「そう考えるのが一番、筋が通っている」

「でもサブちゃん、復讐なら、脅迫されていますって警察へ駆け込めば済むでしょ。しかし、またそう考えると、脅迫していたとマモルが言うのを、市会議員が否定しているって言うから、複雑になる」

「まあ、今となっては、市会議員はロリコン趣味も少女のパンツおろしたっていう些細な事も、すべてデマだって否定しなくちゃいけないんだ」

「だから、佐倉の息のかかったチンピラが持って来たのは、その百万円よ。百万円持って来たという話を聴いて、わたしは市会議員が犯人じゃないと思いはじめた。その百万円は、本当の犯人は、父親のあんたでしょ、わたしは外には否定するけど、真犯人のあんたにはロリコン趣味と少女へのイタズラの部分だけはっきりと認めますから、どうか私を巻き込まんでちょうだいと言っているように見える」

「九階の怪人」は、壁の時計を見た。

七時半を過ぎていた。

「九階の怪人」はあわてて立ちあがり、流しの窓に走って外をうかがい、「百万円が来た」と声を殺して言う。

その時、ドアの鍵を開ける音が立った。

ドアが開き、玄関の三和土《たたき》に脱いだ靴を見とがめて、この部屋の主であるスエコの、びっくりするほどの大声が響いた。

「誰な？ どこの盗っ人な？ 警察、どこもかしこも張っとるさか、この家から何を盗んでも、よう持ち出せんど」

「九階の怪人」が小声で「スエコじゃ。酒に酔うとる」と言ってウィンクし、突然、科をつくり、「あら、あら。御主人様、べろんべろんにお酔いになって」と玄関の方へ行く。

「要らんよ、気色の悪い」スエコは言って、玄関を上がり、六畳の間に来て仁王立ちになって、毒味男とタケオ、カルロスをにらみつけた。

60

「誰な？　人の留守に部屋に入り込んで」

スエコは小声で言い直してから、「九階の怪人」を訊ね直すように見る。

「スエコノイネ、酔いもさめるほどええ男じゃがい」とからかうように「九階の怪人」は言って仁王立ちになったスエコに、毒味男とタケオを中本の一統の若衆だ、と紹介する。

酔ったスエコは、中本の一統と聴いて軽蔑したようにへっと笑い「雪駄チャラチャラかよ」と小声で言い、突然、大声で、「何な？　人の留守に入り込んで来て」と言い、あぐらをかいて坐った。

カーテンの生地のようなごわごわした布でつくったスカートがまくれ、肥った腹と綿の下穿きまでのぞけると、「九階の怪人」は、「まあまあ、ぐでんぐでんにお酔いになって、美しい股まで見せて」と言い、まくれたスカートを直そうと手をのばす。

スエコはその「九階の怪人」の手を払いのける。

「九階の怪人」はスエコの反応を読んでいたように、「まあ」とだけ言い、毒味男に、「これだからね」と言う。

毒味男は「九階の怪人」に球を投げられたように、一瞬、頭の中で、いままでやった数々の犯罪の根拠も、これから行う犯罪の根拠も、酔ったスエコが見せる荒廃や絶望や、そのあげくの滑稽さ、愛らしさにあると思い、タケオにそれを言うように、「父親の生れた場所に来て、最初に眼にするのが、これだからびっくりするだろ」と問いかけた。

タケオは愛くるしい笑みを浮かべ、「びっくりしない、面白い」と言う。

タケオはスペイン語でカルロスに話しかけ、二人でうなずきあってから、「コロンビアでもこんなおばさん、たくさんいるって。ブラジルでも、アルゼンチンでもいる」と言い、子供の頃、よく木の上に登って、女たちが体を洗っているのをのぞいたと言った。

子供心にも若い娘の体は美しいと分かった。

しかし、或る年齢以上の女は、人間の体とは思えないような感じだった。

巨大な乳房や脂肪のついた腹はただ驚きでしかなく、息を殺して見詰めた。板の囲いでおおった村の共同浴場で、バケツの水をかぶって濡れた裸体は、タケオに、若い美しい娘の裸体より、神秘に見えた。

大人になると、男なら誰でもそうであるように、あの乳房と腹に突進して征服する。毒味男はタケオの描写するブラジルの貧民窟の共同浴場を想像し、細かく説明しなくとも、タケオが毒味男の感じている犯罪の根拠を分かってくれると思い、自分を見つめるスエコに、

「俺は毒味の折戸という一統の女親の子。夏羽という腹違いの兄弟がいたけど、この間、死んだらしい。これは、オリエントの康の息子」と説明すると、スエコはたった一言でけりをつけるというように、「そんな事は、オリュウノオバに話せ」と言う。

「九階の怪人」は奥の部屋に布団を敷いた。

「さあさ、居候が布団を敷いたから、いつでも寝て下され」

「九階の怪人」はまた流しに立って外を見てから、スエコに「警察が張っていると言ったな」と訊き直した。

「知らんよ、そんな事。それより酒、出さんかァ。居候のくせに」

スエコが声を荒らげると、「九階の怪人」は「はい、はい、ただいま。昼間のパチンコ、夜は酒」と歌うように言って流しの下から一升壜を取り出して運ぶ。

湯呑みを五つ用意し、まず最初にスエコに科をつくって「はい、旦那さま」と差し出す。

「アホか。気色の悪い」

スエコの言葉をタケオが笑うと、「他は下っ端がやれってんの」と言ってタケオに酒を皆に注げと一升壜を渡した。

湯呑みの酒を一口飲んでから「九階の怪人」は、「罠だと思わないか?」と毒味男に言う。

「罠と言うなら罠だろうな。おそらく市会議員は、焼いた人骨を送りつけられたと警察に通報している。警察はマモルが市会議員を脅迫している事実を知っているから、マモルとかい人二十一面相との何らかのつながりを察して、じっと張っている」

毒味男が言うと、「九階の怪人」は、「そんな察しがつくくらいこのあたりの警察って頭いいかな?」と言う。

「そのくらいは誰だって察しがつく。俺たちがやるのは、その向う側じゃないか。警察の網をかいくぐって、ロリコンの市会議員と佐倉をひきずり出して、仮面をひき剝がしてやる」

「違うのよ。わたしが言う罠ってのは、マモルに仕掛けられた罠よ。おそらく今日あたり、あいつは逮捕される。さっき、佐倉の手下が、金を持ってマモルの部屋に行った。

この前が百万だったら今回は二百万だわさ。百万が二百万に倍増したのを見て、こりゃあ、もっと奪《と》れると思うか、この程度でおさめとこうって思うか。受け取れば一巻の終り。受け取った後、マモルは逮捕されるか、それとも逃亡を企てる。受け取るなって言いたいけれど、あの男は受け取るだろうな」

「二百万で、何が出来る。受け取らないよ」

毒味男は言う。

「マモルって奴を覚えてないけれど、娘を自分で殺ったにしろ、殺られたにしろ、こんな額じゃないって突っ返すさ」

その夜は外に警察が張っていたというスエコの言葉を信じて用心して、朝までスエコの部屋を出ず、スエコだけ布団に寝て四人は六畳の間にゴロ寝した。

61

朝になって、事態は思わない方向に進展しているのに気づき、誰もが驚愕し、茫然となったのだった。

外が騒がしく、窓からのぞくと何人も急いた様子で路地の外の方にあわてた様子で走っていくのを見て、毒味男は三人と共に外に出て、夏芙蓉の大木の下に集まり、話している女らに声を掛け、何が起ったのかと訊いた。女の一人はマモルの女房のミツエが駅前のビジネス・ホテルの屋上から、飛び降り自殺をしたと言った。

「自殺？」と訊き直す毒味男をじっと見詰め、女は「帰って来たんやね」と言う。その言葉を聞いて、毒味男が自分を覚えてくれる者がいるのかと新鮮に思い、タケオをオリエントの康の息子だと教えると、居合わせた女らは一様に驚き、口ぐちにオリエントの康はいい男だったと言い出し、それで箍《たが》がはずれたのか、死んだミツエの隠し事まで暴きにかかる。

死んだのは午前六時すぎ、夜は明け、駅の周辺では近隣から野菜を持って集まった者らがもう働いていた。駅の広場は円形になっていて、その広場から大昔、一族を連れて不老不死の薬をさがしに渡来したという徐福の墓のある公園にかけて、朝市が立つので、駅前のビジネス・ホテルの屋上に立ったミツエの姿は最初から何人にも目撃されていた。

屋上にはミツエの他に誰も人はいなかった。人に連れられて行ったのでもない、突き落されたのでもない、何人もが目撃している前で、自分一人で決断して実行するというように、朝日を浴びてすくっと立って、しばらく遠くを見ていて、金網を越え始めた。

そのミツエを見て投身自殺するつもりだと気づいて、何人もが下から声を掛けたが、間に合わなかった。

金網を越えて飛び降りるまで、ものの一分とかからなかった。

屋上に立っていた時を目撃しそこねた人は、子供が鉄棒で遊ぶように金網に登って遊ぼうとしていて誤まって五階建ての建物の屋上から落ちてしまったように見えた。最初、誰なのか分からなかったが、ホテルの従業員が出て来て、昨日の夜に宿泊した客だと言い出し、宿泊名簿から、今、土地でもちきりの噂の事件の渦中の人物、誘拐され暴行され殺された子供の母親でマモルの女房のミツエだと分かり、そのうち、ミツエがマモルではない男とよく泊ると言い出し、女たちの推測は始まった。

ミツエとマモルは夫婦仲がよくなかったが、これはミツエが浮気をしていたからだった。いや、働かないグータラの亭主を持っているから、一回なにがしかの金でそのホテルを拠点に売春していたのかもしれない。

あのホテルの持ち主は昔終戦直後、女郎を置いた曖昧宿《あいまいやど》をやっていた。女たちと別れ、ビジネス・ホテルの方へ向いながら、毒味男が、「その客の中に市会議員がいるってわけか」と言うと、「九階の怪人」は我意を得たりというように、「そうだわさ」と言う。

マモルは女房に売春させながら、客の中に市会議員がいるのに気づいて、甘い汁を吸おうと脅迫を始める。いや、娘を市会議員の子供だと疑っていたのかもしれない。マモルは脅迫して、ついに大金を要求し、自分を親と信じる娘を連れ出し、性器まで裂いて強姦して殺す。

「ロリコンだってのは、マモルが犯罪を市会議員におしつけるつくり話かもしれない」

「九階の怪人」は言って、毒味男の反応を見る。

すでに遺体は運ばれているので、投身自殺現場に行っても立入禁止のロープを張って警察が見ているだけだったから、毒味男は難を避けて、広場の見える喫茶店に三人を誘った。

毒味男は佐倉を締め上げる絶好のチャンスが到来しているのかもしれないと思い、殺害した斎藤順一郎の骨を送って予告した市会議員と佐倉の動静を知る為に車が要ると踏んで、「九階の怪人」とカルロスをそこに残し、中古車屋に行った。

二十万円の車を十八万円に値切って現金で買い、さっそくタケオに、「市会議員がどこに住んでいるのか分からないが、佐倉の妖怪館は知っているからな」と言って、川のそばの製材工場の脇にある石垣積みの家を教えた。

「もっと大きな家だと思った」

タケオは言い、何を思い出したのか、母方の祖父の家は、佐倉の家の十倍はある豪邸だったと言い、毒味男に、「サブ」と呼び掛ける。毒味男は失望する。

「おまえは俺をそんな名前で呼ぶな。シゲルと呼べ」

「シゲル」

タケオは言い直し、告白すると前置きして、山の中でGメンとその部下の若者二人を殺していないと言い出す。

タケオは、Gメンとその部下の若者を毒味男に言われた通り殺害する気のカルロスをまず説得にかかった。カルロスに深い海の意味を話した。深い海でカルロスを殺す。そのカルロスを同じラテン・アメリカ人なので殺せないと言うなら、Gメンと若者を殺せと命令されている。だから、Gメンと若者を救けたければ、毒味男を麻薬密売人と間違えて追うのを、二人に止めさせなければならない。二人を引き離さなくてはならない。それには二人に、手柄を上げさせれば済む事だと説得して、カルロスに、コカイン取引を一つ白状させて、Gメンと若者に教え、二人を帰したと言った。

「そうだろうよ。殺してないと読んでいた。どうして殺さなかった？」

「どうして殺す？」

タケオは訊き返した。

「Gメンともう一人はカルロスの身がわりだろ。カルロス殺そうと言うのは、俺とシゲルが兄弟だっていう証明の為だろ？」

「それだけじゃなしに、カルロスに秘密を知られている」

「あいつは裏切らない」

毒味男が笑う。

「現に裏切ってるじゃないか。コカインの取引を吐いたんだろ？」

「一番の秘密は、あいつは売っていない。だから、カルロスがいるなら、コロンビアの船に乗って日本から脱出出来る」

「あいつを逃亡の為に生かしておけってか」

「殺す理由はない。もともと、人殺しの理由はない。シゲルは怒ってるから、人を殺したんだろ？」

「ソドムの主人だって言っているさ」

「ソドムよりエルドラドがいい。俺は三個、エメラルドを持って来た。エルドラドから証拠のエメラルドを持って、父の故郷に来た。父親のオリエントの康、コウ・オリエント・ナカモレが仲間にいつも言っていたもう一つのエルドラドに来た。何もかも黄金で出来ている。宝石で出来ている。父親はいつも仲間にそう言っていた。だからママ・グランデ・オリュウにプレゼントするのに、ちっぽけな汚れたエメラルドなんかだったら嘲われるって、綺麗な大きなのを選んだ。今日、エルドラドじゃなかったと知った」

タケオの眼に涙が浮かんだ。

「だからソドムの住人だって言ってる。神様に亡ぼされるあらゆる悪徳の栄える町に住んでるってな。面白い事件が起っているじゃないか。幼女を誘拐してな、ちんぽが入らないというので性器をカミソリで斬ってまでして、強姦して殺している。その母親は投身自殺した。諸悪の根源はこの佐倉だよ。佐倉って妖怪を生み出した大逆事件だよ。いや、明治維新からのこの百年だよ」

「日本中がソドムの町だって？」

「ああ、ソドム」

「外国から来たらエルドラドのように見える」

「エルドラドか」

毒味男は言い、いつからタケオのように純にエルドラドを求めるのを忘れ、ソドムの町の住人になり、悪徳を恥じる事なく生きるようになったのだろうと思い、不意に柄にもない事を考えていると思い、うろたえ、照れ隠しのように、「ここの人心は荒んでいるが景色はエルドラドのように綺麗だから、オリエントの康に案内してやる」と言って、車を海沿いに走らせた。

「ラテン・アメリカに行ったら、俺も案内してやる」

タケオが毒味男の心の動揺を見抜き、まるで新天地をめざして行こうと同志を募った父親のように、悪ではなく善だ、ソドムではなくエルドラドだと教化し翻意を促すように言うのを聴き、毒味男は、オリュウノオバが今、中本の血の二人を見ているのだと思うのだった。

「昔、蓮のいっぱい咲く池があったというのを聴いているか？」

毒味男はタケオに訊く。

タケオは首を振る。

62

「聴いていない」

タケオは言う。

毒味男は海沿いに続く松林の中に車を乗り入れ、停めた。

車を降りろと顎をしゃくって合図すると、タケオはその松林の中で毒味男に殴られでもする、と取ったように緊張した面持ちになり、毒味男の顔を見つめる。

毒味男はタケオのその反応を笑って、車の外に出た。

松林の中を歩き、毒味男は一本の松の幹の前に立って、タケオに向って車を松林の中に停めたのは意図があっての事ではないと言うように小便をし、車から降りて来ないタケオに、「その浜で子供の頃、泳いだ」と言う。

タケオは毒味男の声を聴いて、安堵したように車を降りた。

「深い海はここらあたりじゃなくって、もっと向こうに車で走ったあたりだぜ」

歩いて来るタケオに言ってから、毒味男は性器を納い、ジッパーをあげる。

「毒味の一統の男の小便で、この松の木は腐るかもしれんな」

毒味男はまたオリュウノオバを想い浮かべた。

「綺麗な透き通った水が、俺の口から体を通ってチンポから出る頃には、フグの毒やらトリカブトの毒やらを含んだ猛毒の小便になっている。代々の毒味役で沁み込んだ毒だから、並大抵の物じゃない」

毒味男の呟く言葉を聴いてタケオが歯を見せて爽やかな微笑を浮かべるのを見て、毒味男は松林の中を歩き出す。

「蓮池をお前の父親も実際は見ていない。もちろん、俺も見ていない。あの怪人だって見ていない。見ているのはオリュウノオバくらいさ」

「まだ生きている？」

「いや、死んだ」

毒味男は振り返ってタケオを見て、「とっくに死んでる。だが、俺も、生きているように言うなァ」と言い、中本の一統の若衆がいつもしたように、毒味男もオリュウノオバに向って心の中でオバ、オバと呼びかけてみる。

今は跡形もない路地の裏山の中腹にあった家の中で、障子戸に当たる風の音に混じった、中本の血の毒味男の声に眠りを破られてオリュウノオバは眼を覚まして、松林の中を通り抜けて、浜に降り立つ二人の若衆の姿を見て、はっと驚く。

オリュウノオバの胸は早鐘《はやがね》を打つように鳴る。

というのも今を盛りの若衆と、ようやく雛から巣立ったばかりだと知れる若衆が、人気のない浜に手を取りあうようにして降り、海の方へ歩くが、齢嵩《としかさ》の今を盛りと傍目に分かるほどの若衆の胸に憤怒の炎がちらちらと燃えているのが見える。

毒味男は砂利の浜を波打ち際に向って歩く度に、タケオに対する殺意のようなものがわきあがってくるのに気づいている。

タケオの方も毒味男の憤怒を気づいている。

同じ中本の血の若衆で、一方は毒にまみれて生れ、生き、一方は清浄しか知らないように、生れ、育っている。

オリュウノオバは心の中で、二人に呼び掛け、一刻も早くその浜から出ろ、と言う。

その浜に打ち寄せる波が荒いのは、急に深みになっているからで、地名は今は、松原と言うが、その近辺の苗字に深海というのが多いように昔は深海と人は呼び、誰も近寄らなかった。

深海は深膿《ふかうみ》にも通じる。

毒味男は、二人を想い描いて語りかけるオリュウノオバを想像して、そこに立っていると、悪霊に取り憑かれて、タケオを、命令に背き、人を裏切ったと殴り殺してしまいそうな気がして、砂利の浜に坐り、「このあたりを深海と言う」と告白するように言った。

タケオは毒味男を見た。

「このあたりからずっと松林の切れるあたりまで、本当は深海と言う。誰もここへは近づかない。ここの浜で遊んでいるのは、俺ぐらいだったな。海が深いからだけじゃない。松林にヒトマロという人物の霊がうろついていて、取り憑くと言ってな」

「悪霊？」

「ああ。自分がうろつきまわって成仏出来ないでいるから、人を引き込もうとする。俺に取り憑くかもしれん」

「俺をここに沈めるつもりか？」

タケオはいきなり訊ねる。

「いや。おまえを殺すつもりはない」

「カルロスを殺すのか？」

毒味男はタケオを黙って見つめた。

タケオは物を言いかかって止め、砂利の浜に坐って海を見て、「エルドラドに体中、黄金で出来た人間がいるって」と言い出す。

「おまえのその話を聴いて、俺は蓮池の話を思い出した。その蓮池の話をお前にしてやろうと思って、車を停めてこの浜に来て、急に俺は腹が立ってきた」

「ここに巣喰っている悪霊のせいか?」

「ヒトマロのせいかどうかは分からん。いや、違うな。そのエルドラドの話のせいだな。お前の父親のオリエントの康は、蓮池を思い浮かべながら、日本の紀州の熊野にエルドラドがあるって話を作りかえたのさ。俺だって今、南米へ行ったら、気のいいあのカルロスみたいな連中に、紀州のエルドラドの話をするさ。全部、黄金で出来ている。全部、他所へ持ち出せば、一つ何億と値のつく、ダイヤモンドやルビーやエメラルドで出来てるってな。黄金で出来た女は、ホテルの屋上から飛び降りる。頭や口から流れ出した血は、すくって売れば国の一つぐらい買えるほどの宝石の塊だったって。だが、お前は知ってるだろう。哀れな弱い普通の人間さ。蓮池そのものが、美しい物じゃないって分かるさ。花は綺麗でも根は泥の中にもぐってる」

「黄金で出来ている人間も、そうかもしれないね」

タケオは波に向って石を投げた。

喫茶店の前に車を横づけにして、タケオに「九階の怪人」とカルロスを呼び出しに行かせると、タケオはカルロスと出て来て、「九階の怪人」は見知らぬ男に呼び出されて外へ行ったきり戻ってこないらしいと言った。

「どんな男だよ」

毒味男が訊くと、カルロスはタケオに通訳してくれと言うように見て、スペイン語で話し出す。

「ジャケットを着た三十過ぎの男で、エメラルドを持っているのはお前かとカルロスに訊ねた、と言っている」

タケオは通訳してから、カルロスにスペイン語で訊き直した。

カルロスは首を振り、「ポリスのようじゃない」と言い、タケオの後を従いて車に乗り込んでから駅前の広場の方を見て、「今はいないけどあそこに男が一人いて、皆な驚いて話しかけていて、その男と三人で歩いていった」と言う。

「その男はどんな男だよ？」

「廻りの人が挨拶をしていたから、ビッグマンだと思う」

「ビッグマン？」

「体の大きな男」

カルロスは胸をそらしてビッグマンのふりをしてみてから、「佐倉かもしれない」と言う。

毒味男は笑った。

「佐倉であるはずがないだろう。生きているなら百歳を超えている年寄りだし、虫のような小男だって誰もが言っている」

毒味男は車を発進させた。

63

宅配便で送り届けられた人骨を前にして驚く生きていれば百歳を超える老人を想像しようとしたが上手く像が結ばなかった。

タケオとカルロスに市会議員の顔を教えようと考えて、毒味男は、ひとまず市内を車で流し、当りをつけた小学校の通りの家の標札を一つ一つ確め、それで、車を市会議員の家の見える道路に停めた。

小一時間ほど車の中にいて、家の中から誰も出て来る気配がないのに気づき、狭い土地に広がる噂の火に油をそそぐような事件が突発したのだから、家の中に蟄居《ちっきょ》しているのだと踏み、毒味男は、タケオとカルロスに、「いいか。穴の中に入り込んでしまった蟹を突つき出してやるからな。見ていろ」と言い、車の中にいて家の中から出て来る男を見ていろと命じて、車から降りた。

毒味男は市会議員の家の前を歩いて、四つ辻を曲がり、大通りに出て電話ボックスをさがした。

銀行の前の電話ボックスに入り、電話帖を開き、市会議員の電話番号を調べ、ふと直接、電話を掛けるより、一カ所、中継点を入れる方が無難だと思い、市会議員の隣の家の表札に、田所勇一とあったのを思い出して、電話番号を引き直した。

応対の女は電話にすぐ出た。

「宅急便ですが、ちょっと道、分からんようになってしまって」

毒味男が声を作って言うと、女は分かり易い道だから、と言い、道順を言い出す。

相槌を打ち、反復してから、市会議員の名前を言うと、「あれ、うちは田所やけど。それは隣や」と言い出す。「そうですか、後から車来て、道をよけろと言うので、すみませんが、隣へ道が分からんから、外へ出て待っててくれと伝えといてくれんですか」と言い、急かされたように声を作って電話を切った。

電話ボックスに写った自分の顔を見て毒味男は、六割か七割の確率で隣から連絡を受けた市会議員本人が玄関の前に立ち、直に宅配便を受け取ろうとする、と思う。

キーワードは、宅配便というものだった。

一度、何の気なしに宅配便を受け取り、中を開け、焼いた人骨が出て来て以来、市会議員は神経質になっている。

車の方に戻りながら毒味男は玄関の前に待ち受ける市会議員を想像した。

玄関先でたたずむ前を通っても、市会議員は、宅配便のトラックに気を取られ、毒味男の顔を観察する余裕はないはずだった。だが、市会議員は自分を脅迫する本当の犯人を初めて目撃する。

緊張して、毒味男は角を曲った。

玄関に誰も立っていなかった。

拍子抜けしたまま車に戻り、運転席に坐って、玄関を見つめた。

三十分ほど車の中で市会議員が玄関に現れるのを待ち続けて、中から誰も姿を見せる気配がないのにしびれを切らせ、車からまた降りて、無謀だと分かりながら、市会議員の家の玄関を開けた。

幾ら呼んでも誰も出て来なかった。

拍子抜けして帰ろうとして「いないんですかァ」と声を掛け、振り返ると、市会議員が血相変えて立ち、いきなり腕を摑み「誰に頼まれて、厭がらせに来た、誰に」と言う。

「いや、誰にも頼まれとらん」

「嘘を言え、嘘を」

市会議員は車の中で見つめているタケオとカルロスを、「あれらもグルか?」と訊く。

「何の事だよ、何の」

毒味男は市会議員の言葉を真似て怒った振りをして市会議員の腕を振り払った。

「マモルに頼まれたんか、あの屑のマモルに」

市会議員は言葉遣いのくせをからかわれたのに気づかずに物を言い、毒味男の顔に浮かんだ笑を見とがめるように「何な? 笑うほど、人の難儀が面白いんか? 俺はもうビタ一文、出さんど」と言って、毒味男の腕を手で小突く。

「痛いなァ」

「おう、このくらいで痛いか。あの屑のマモルのした事がどんな物か、知らんのか? 痛みどころと違うど。見てみよ。家の中に入って、中を見てみよ」

「何だよ」

「仏壇に飾っとる写真を見てみよ。母親をなぶり殺しにしたようなもんじゃ。十年も十五年も、人をむしり続けて。俺が言う事を聴かんようになったら、病弱の母親にねちねち、絡み続けて金をむしり続ける。嫁が死んだのを、俺のせいじゃと言うんか。マモルに帰って言うたれ。する事にも程があると言うて。俺が何んであんな事をせんならん。あんな事をしたと世間から白い眼で見られる罰を受けんならん」

「清廉潔白だったら始めから警察へ駆け込めばよかった」

毒味男が言うと、市会議員は眼の前にいる毒味男がやはりマモルに頼まれて脅迫に来た男だったと正体を現わしたと言うように、玄関の上り端に悲痛な声を上げて坐り込み、昂りが急激に苦しみに変ったように、「十年も十五年も前の間違いをいたぶられ続けて、もう充分に罰、受けとる」と言う。

市会議員は両手で顔をおおった。

苦しみや悲しみを耐えようとする万国共通の仕種だが、それが妙に女性的で、「九階の怪人」のように科をつくっているように毒味男には見え、思い切ってさぐりを入れるように、

「マモルはあんたの事、変態だと言ってる」と言った。

「そう言われるのが辛いんで、十年も十五年も、俺はあいつの脅迫に応じて金をせびられて来た。見てみよ。誰も俺に口をきいてくれもせん。後援会も一人抜け二人抜けしとる。今度の選挙では、結果は見なんでも分かる」

「マモルに脅迫されてないって言ってたろう。シラを切るから、マモルはあえて言う」

「今さっき、警察へ行って全部、言うて来た。脅迫されて、金をせびり取られとったの本当や言うて。市会議員を辞めるつもりで言うと言うて、十何年前の過ち、告白して来た。ええか、嘘みたいな話やけど、母一人子一人で育っとるさか、女に触った事もなかった。女、怖かった

んや。女を知った後から考えたら嘘みたいやけど、それで女の子が可愛らして、パンツの上から触った。それ以上、何もせん。その俺があんな残忍な事が出来るものか。あれはマモルの仕業や。鬼みたいな男じゃから、あのくらいの事はやる」

「マモルはあんたがやっとると言うとる」

毒味男は市会議員の反応を見るように、「マモルはあんたがあんな酷い事したのは、佐倉と同じで、路地の女の子を特別にいたぶったり、いたぶられたりしたい欲望があるからだと言っている」と言い、顔を上げた市会議員の表情から、人をさげすむような気持ちが透けて見えるのを知って「骨を送り付けたのは、マモルじゃない、俺だ」と声を落として言う。

「おまえと佐倉に送りつけたのは、二人とも路地を食い物にするのも程々にしろって意味でな」

「かい人二十一面相……」

市会議員は茫然として顔を向けた。

「俺は分かっているよ。おまえに筆下ろしさせたの、マモルの嫁だろうよ。おまえの悪戯した少女も路地の少女だよな。路地の女じゃなかったら、勃たねぇか？」

市会議員は気弱げな顔になる。

64

「勃たねえかよ？」

毒味男の言葉に市会議員は首を振った。

その市会議員の気弱げな顔を見て腹の底からむらむらと怒りのようなものが湧き上がって来るのに気づき、蜘蛛が獲物を捕獲して後で食す為に一旦は仮死の状態に陥し入れるように、市会議員の耳に顔を近づけ、毒液のように息を吐きかけ、「昨日、この土地に入ってな、今日が初のお目見えさ」と言う。

市会議員の首筋に鳥肌が立ち、身震いするのが分かる。

「あんな骨にするのもしないのも、俺の判断一つさ。あんたはマモルがやったと言う。マモルはあんたがやったと言う。どっちも相手がやったと言う。俺はあんたがやったと思っている」

「違う。俺はやってない」

「俺の心証は黒だな」

「何を証拠に言う？」

毒味男は酷薄げに笑を顔に浮かべ、「証拠はねぇな」と言った。

「証拠なんかは要らない。おまえが欲ボケで、変質者で、佐倉の息のかかった市会議員だって言うだけでいい。佐倉の息のかかっているのは、この土地ではどっさりいるだろう。昔の大地主だからな。寿司屋から材木商から不動産屋から、スーパーマーケットの社長まで。そのうち、一番、佐倉にかわいがられているのおまえじゃないか。佐倉を狙っている者としては、おまえは絶対の餌さ。おまえはやったのさ」

市会議員は「違う」と首を振った。

「そうか。違うか」

毒味男は市会議員の肩に手を掛けた。

「じゃあ、ちょっと俺らに従いて来い」

市会議員は毒味男の言葉を聴いて、その場から離れて一緒にどこかへ向えばどんな危害が加えられるかもしれないと不意に気づいたように、「俺がどこへ行かんならん」と言い、周りを見廻し、「話するんじゃったらここでええ」と言い出す。

「この玄関先でか?」

「中に入ってもろてもええ」

「おまえの家の中か? おまえのくだくだしい話を聴いていたら、そのうち警察が周りを取り囲んでいるってか」

毒味男は市会議員に乱暴はしないから車に乗れと言った。

玄関先でこれ以上に諍《いさか》うと、周りの家の人に怪しまれ、市会議員にも毒味男の方にも分が悪いと言い、隣家にも宅配便だと嘘をついて電話をしたが、玄関先で声を荒らげていても顔を出さない、と言うと、市会議員は「後援会、脱退した家じゃから」と言い、素直に車に乗り込んだ。

毒味男はタケオとカルロスを市会議員に紹介し、車を走らせた。

市内を一方通行の標識に忠実に運転すると、三十分もあれば隅から隅まで一巡してしまう。早朝、事件が突発したからか、街中も街はずれの畑ばかり目立つ道も、事件の噂が渦巻き、殺気立っている気がし、毒味男は問わず語りのように、「台風の後のようだな」と呟く。

「この土地は狭い町だから、何かが起ると樽の中の水に石を投げ入れたように噂が波になって伝わって、そのうち噂同士がぶつかってぐちゃぐちゃの噂になる。みんな張り切っているみたいだな」

隣に坐った市会議員は毒味男の顔を見つめた。

「この土地の出身か」

市会議員は呟く。

毒味男はその呟きを自分の展開しようとする事柄のよいきざしとしてとらえた。

この土地に関して、路地に関して、マモルや市会議員に関しても熟知しているのは、日本中を揺るがすかい人二十一面相だから、当然の事だと市会議員が思っていたのは、毒味男のやろうとする犯罪の意図を正確に感じてくれたという事にも通じる。

市会議員に向ってしたように、焼いた骨を送りつけた佐倉は、毒味男の判断では、ゴルフ場建設でボロ儲けした不動産屋や金融業者と並ぶほどの悪質な欲ボケの貧民を喰い物にする男だった。

斎藤順一郎が次の脅迫と犯罪を導く動機なら、斎藤順一郎の骨を送りつけた市会議員は、佐倉を揺さぶる動機にすぎなかった。

どの店に入っても顔を見られるなら、投身自殺の現場から近くしかも佐倉に出入りしているという寿司屋がよいと説得して、奥の座敷に入り、寿司屋の女房が毒味男に愛想よいのに気づきながら、佐倉という男が取らえどころないほど大きな邪悪な存在に写るのだった。

座敷に坐り、寿司屋の女房に酒を頼み、肴を頼んでから、眼の前に坐った市会議員に思わず佐倉の話を切り出しそうになった。

佐倉という踏破するには難しい山を相手にするには、眼の前にいる男を徹底的に斬り込んでやる事だと思い直し、酒が運ばれて来るのを待ってから、市会議員に、「マモルの女房とどうやって知りあったんだよ？」と訊いた。

「マモルが後援会に入っていたから」

「後援会ってのは、おまえのか」

「新地のスタンド・バーで働いとったし」

「マモルの女房が初めての女か？」

市会議員はむっとしたように脹れっ面をつくり「そんな事まで何で話さんならん」と言い、寿司屋の女房が障子を開けて大皿に盛った刺身を座卓に置き、外へ出るのを待って、「わしはここへ来たのは、あのマモルのやった事を全部聴いてもらおと思てじゃから」と言う。

「俺はマモルに直接、会わせようと思った」

毒味男が言うと、市会議員は息を詰めて一瞬見つめ、「ああ、幾らでも対決したる。連れて来るんやったら、連れて来たらええんじゃ」と言う。

「よし、そう言うなら、マモルと会わせる」

毒味男は市会議員の反応を見ながら、タケオとカルロスに、路地に行ってマモルを連れて来いと命じた。

顔を知らなくとも訊ねれば分かる。

おそらくマモルは部屋にいずに、女房の遺体の安置された青年会館にいて嘆き悲しんでいる。

駅前の寿司屋で代々毒味役だった折戸の家の娘を母親に持ち、中本の一統の男を父親に持つシゲルが呼んでいると言え、それでも訝るなら、ヤスオという若い男をさがし出し、その男にマモルを連れ出すのを頼めと言った。

タケオとカルロスが出かけてから、「ヤスオというのは、俺の遊び仲間で、どのくらい俺が気が荒いか、一から十まで知っている」と言う。

市会議員は毒味男の前に坐って、物を考えているのか、自分の体を抱えるように腕を巻き、ふうっと溜息をつく。

「本当にやってないのか？」

「やっとったら、ここにおらん」

「俺はヤスオというのをずっと手下にして来た。あいつのカンははずれた事がないからな。あれも気が荒い。この間は、御船漕ぎ競争の時、他所の地区の船と競り合って、おもいっきり櫂で頭を割ってやったと言ってたな」

市会議員は「ああ」とうなずく。

「知ってるのか？」

「その場面みとった」

「そのヤスオが俺に、おまえがやったと言って来た。しかも佐倉がもみ消し工作をして、迷宮入りにしようとしているとな。事件そのものがなかったような言い方をし始めていると言っていた。マモルの子供がいなくなったのも、オメコを切り裂かれて強姦されたのも、殺されていたのも、すべてなかった。あるのはマモルの妄想だけ」

「あのマモルの仕業にきまっとる。わしははめられかかとっただけじゃのに」

市会議員はそう言って毒味男を見、決心したように上着を脱ぎ、「ちょっと寿司屋を呼んでかまんか?」と訊き、障子を開け、寿司屋を呼び、何を説明しなくとも了解が取れているのだと言うように、「三十分したら、迎えに来てくれと伝えてくれんかい」と言う。

寿司屋は緊張した面持ちで「わかった」と言い、座敷で何が話されるのか興味津々のような見習の少年に、「おい、出前」と警告するように声を掛けた。

65

市会議員は腹をすえたように語りはじめた。

その日、五月一日に、被害にあった少女を連れたマモルに市会議員は、繁華街のパーラーで会った。

そのパーラーは銘茶を売る店の隣にあった。

昔からソフトクリームに宇治茶を混ぜて売っていたのをパーラーとして独立させたもので、大きな透明な硝子窓から外がのぞけるから、女や子供連れの客には人気があった。

二十人ばかりのメーデーの行進の後、マモルと少女が入って来た。

自分を支持してくれる店の主人と話していた市会議員は仰天した。

前を通りかかって少女がソフトクリームを食べたいと言うので入ったら、偶然に市会議員に会った、とマモルは言ったが、偶然であるはずがない。

親らしい事どころか亭主らしい事もした事のない、ただブラブラし、暇潰しにパチンコをやり、安酒を飲み、駅前の広場のベンチに坐っているだけの屑のような男が少女の手を引いてパーラーに入って来たのはそこに市会議員がいたからだった。

「何、食べるんな？　ソフトクリームか？」

そう少女に訊いているマモルを見ていると、品性の下劣さに嘔気すらした。

というのも、マモルが少女の食べるソフトクリーム一個の代金もポケットに持っていないのを、市会議員は知っている。

おそらくマモルは少女の手を引いて、繁華街中を、市会議員をさがして歩いたはずだった。

市会議員の家へも行ったかもしれない。

少女はべそをかきかかっていた。

歩き廻った疲れが鳩のように細い首のあたりに漂っていた。

ソフトクリームを二個でも三個でも食べていいと声を掛けたい衝動で心の中がうずいたが、優しい言葉を掛ければ、どんな難癖に拡大されてしまうかもしれないと思って耐えた。

その少女にもつとめて眼を遣らないようにした。

少女がソフトクリームを食べ始めた頃合いを見計らって、マモルたちの伝票も払って外に出た。

市会議員が人の伝票を払うのを疑う者はいない。

ただ、ひたすら自分につきまとうマモルから遠く離れたいと思って早足で駐車場まで歩き、車に飛び乗り、走り出した。

「その子の顔すらちゃんと見てない。見たら難癖をつけられると思って、眼をそらしとった」

「どんな難癖だよ?」

「じゃから、昔の事じゃ。女の子のパンツに触ったと言う。もう一つは、あの子が俺の子じゃという難癖」

市会議員はそんな事はありえないと言った。

マモルの嫁は食う為に駅裏の新地のスタンド・バーで働いていた。

マモルにそのスタンド・バーに連れていかれ、マモルの嫁や女たちの前で、市会議員は、女にからっきし駄目な変質者としてからかわれ、さんざんな目にあった。

その当時はすでに早く亡くなった父親の跡を継いで、毛並みのよい最年少の市会議員として当選していたので、その変質者扱いはこたえた。

それで自分を脅迫し続ける品性下劣なマモルを、性の先生に仕立てあげようと思いついた。母親に溺愛される毛並みのよい少年からの脱皮には強い力がいる。

その力をマモルだと考えれば、毎月、金品を脅し取られるという苦痛から逃れられる。

それで大阪へ視察の用事があった時、マモルに頼んで同行してもらった。視察が終ってから、飛田へ行った。

マモルは嬉々として遊び廻った。

市会議員は駄目だった。性器がどうしても言う事を聞かなかった。

マモルは優しいのか残忍なのか、眼の前で実演すらして見せ、それでも駄目な市会議員を嘲った。

疲れ果てて眠り込んだ明け方だった。

眠っている間に女が悪戯したのか、性器が勃起し、それが深々と女の中に入っていた。

駄目だと言おうとした途端、女が声を上げ体をよじったので、何か膜を破いた気がした途端、しびれが来て射精した。

だがマモルにはうまく行ったと言わなかった。

大阪からの帰り道も、マモルはさんざん馬鹿にした。

それでも、市会議員は怒らなかったし、からかいを苦痛だと思わなかった。

むしろ、マモルを愛すべき単純な人物とさえ思った。

マモルに隠れて、新地に行きはじめたのは、その頃からだった。

市会議員が新地で遊び、客の大半がしているように、ビジネス・ホテルに部屋を取り、女を連れ出して泊まっている、とマモルが知ったのは随分と後になってから、マモルの女房が子供を産んでからの事だった。

「あいつは俺をいつまでも女の子の白いパンツに触るだけで満足する男じゃと嘲いたいさか、自分の嫁が俺と寝たと聴いて激怒した。それからずっと俺に脅迫しとる。あの子はおまえの子供じゃと言うて。ソフトクリームを食べさせに来た時も、あいつは、人質としておまえの子供、預かっとるとでも言いたくて、俺に見せに連れて来たはずじゃ」

「今日、死んだマモルの嫁が全てを握っていたって言うのか?」

「わしは全部、警察に話した」

「あいつがおまえの子供だからって、カミソリで斬って強姦して殺したってか?」

「あいつは自分の子供じゃと分かってもそうする」

毒味男は心の中で呻き声を上げる。

呻き声を上げる自分から逃げようとするように視線を市会議員から外し、障子と障子の間に隙間があり、そこから寿司屋の女房の姿が見えるのに気づき、酒を頼んだ。

「はい、ただいま」と答える声がし、ほどなく座敷の空気を入れ替えるように大きく障子を開けて女房が酒を持って入って来た。

「大変な事件が起ったよな」と毒味男が言うと、「自殺じゃなくって客に突き落とされたと言うてる」と寿司屋の女房は意外な事を言う。

「おまえがやったのか？」

毒味男が訊くと「冗談言うな」と市会議員は毒味男をにらみつけた。

「本当か嘘か知らんけど、ずっと脅されていて、子供は殺されるし、奥さんは突き落とされて殺されたと噂してる。うちの見習が警察の人が言うとったらしい、と噂、聴いて来た」

「本当かよ？」

毒味男は混乱した噂を伝える女房の顔を見、かがんで銚子を受けようとするのを見計らって、「九階の怪人」が見習の少年にしたように尻を撫ぜた。

寿司屋の女房は悲鳴を上げ、「すけべ」と言ってから、笑い出す。

「わたしのようなおばあさんにちょっかい出さなくったって、若い娘いっぱいおるのに」

「いないよ」

女房は「います」と言い、毒味男を見て、「でもハンサムねえ」と言い、市会議員に「浮気して見よかなァ」と意味ありげに話しかけた。

「ああ、しよう」

「それなら、あの亭主、殺してくれたらすぐに」

「殺してやるよ」

毒味男が笑いながら軽口を返すと、「佐倉の大日那、嘆くわい」と市会議員が言う。

「何な？」とマモルが姿を現わしたのは、その時だった。

「今度は俺も殺すと言うんか？」

マモルは座敷に仁王立ちになって、市会議員に向って怒鳴った。

66

「今度は俺をも殺すんか？」

仁王立ちになったマモルがそう言い直すのを聴いて、毒味男が「まあ、アニ、そんなに急かんと」と割って入ると、マモルは余計な言葉をはさむ者がいるというように顔をしかめ、毒味男に視線を移した。

マモルの視線が毒味男に釘付けになった。

毒味男は自分を見て驚き、動揺するマモルの心理を、その眼の動きから手に取るように察知し、「あの折戸のシゲルか?」と訊く言葉に対して、自分の顔に浮かべる微笑がどんな効果を持つのか熟知してにやりと笑を作り、「ひさし振りじゃ」と方言を使って言った。

マモルは観念したように毒味男の言葉に、「おう、久し振りじゃ」と居直ったように答え、「なんない?」と訊いた。

毒味男は眼の前に坐った市会議員を顎でしゃくって教え、「この男に頼まれてわざわざ東京から出て来た」と嘘を作った。

「この男にか?」

「おお、この男に」

毒味男が鸚鵡《おうむ》返しをしてうなずくと、マモルは手ごわい相手が突然、現われたというように見て、「あのスエコの部屋に転がり込んだオリュウノオバのオイも一緒か?」と訊く。

毒味男はまたうなずいた。

マモルは観念したように小さな叫び声をあげ、「どおりでそうじゃ」と言い、事の真実を問い質すのだと覚悟した市会議員の鋭い視線を受けながら、坐った。

「あの男もある事ない事を調べ廻っとるようじゃが、あのなよなよした男もおまえと同じでこの変態性の味方か？」

「味方じゃないが、ただ本当の事、知りたいと言うこの男に頼まれた」

毒味男が言うと、マモルは「この男がわしの娘を殺したし、嫁をビルの屋上から突き落して殺したんじゃのに、本当の事、嘘の事が何んで要る」と声を荒らげ始める。

「どうした、何んで大声出し始めた？」

毒味男は笑いながら訊ねた。

「おまえはどうせこの男の言う事を真に受ける。俺の言う話を本当とは聴いてくれん。ワルのお前の事じゃから、この男からか佐倉からか金をせびり取ろと思て、俺の話す事など、どうでもええと思て聴かんじゃろが、わしは本当にこの男に娘を殺されたし、また女房を殺された。警察にも言うた。警察の方は、相手が市会議員じゃさかと言うて何遍言うてもまともに調べてくれんけど、自分があいつを脅しとった事まで言うた」

「俺も言うた」

市会議員は言った。

「おまえに脅されとったと。ええか、わしはあんたに脅されとったと知られたら、狭い町で食い合いするんじゃさか選挙の票が大分、減る。あんたに脅されとった内容が、少女のパンツを触ったという事じゃと知られたら、おそらく当選は出来んほどに票は激減する。もう市会に当選するの、無理じゃ。佐倉の親爺はそれでもまだぎりぎりの線で当選出来ると言うけど、路地のなまくら者の言う事、誰も相手にせんから気にかけるな、と言うけど、わしは、もうあかんと思とる。おそらくこの男は、新たに市会議員にでも立候補しようとする者からも金を取っとる」

「そんな事、知るもんか」とマモルは怒鳴った。

「おまえは次に立候補の噂のある魚屋とか本屋から金もろとる」

市会議員とマモルのやり取りを聴いていると、毒味男の心証では、少女を強姦し殺したのはマモルがおまえだと言う度に市会議員ではなく、マモル本人の犯行だという印象が強くなり、正直とまどった。タケオとカルロスが子供の頃から毒味男の子分のヤスオを連れて寿司屋に入って来て、急に人数の増えた座敷に厭気がさしたように「これで帰る」と立ちあがりかかる市会議員に合わせて、毒味男も立ちあがった。

このまま歩いて帰ると車に乗るのを固辞し続けるのに業をにやし、「乗れよ、俺が暴いてやる。おまえが真犯人なんだろ?」と押し殺した声で言うと、市会議員は車に乗り込み「どうしても俺を犯人にしたいんじゃ。あのマモルじゃ、厭なんじゃ」と言い、その言い種に驚き改めて顔を見直すと、知恵の廻るのはお前だけではないと言うように見て、「あんたはどうしても、路地の外から犯人、出したいんだ」と言う。

「まあ、そうだな。出来ればそんな悪事は路地の外で起って欲しい。犯人が実の親だなんて言うのは絶望以外にないからな。だからあいつが犯人らしいと分かっても、まだあんたを尋問したいのさ」

「何を訊く？」

「あんたの事」

「それが何になる？」

毒味男は車のアクセルを踏み込んだ。

「あんたは俺が骨を送りつけた方の犯人だと言うのは、忘れてないよな？」

市会議員はうなずいた。

「かい人二十一面相だと言ってな、方々に焼いた人骨を送りつけているその男としてな、あんたが少女をイタズラして殺したって耳にして、あのマモルと絡んでいるのを知っての事なんだけど、おまえの早く死んだ父親の事を知りたい？」

「俺は何にも知らないさ」

「父親は佐倉の手下の市会議員で、佐倉が動くと後を従いて廻った。雨降って道がぬかるんでいると、若衆らに背負ってもらったのさ。その時、若衆らに佐倉を背負ってやれと命じたのが、おまえの父親だぜ。佐倉の御用達」

毒味男はそう言い、そろそろ本題に入るというように、「二代に渡って佐倉とつるんで二代に渡って路地に絡んでいるから、狙われるさ」と言う。

「かい人二十一面相は何を言いたい。あのマモルの嘘八百を真に受けて、俺をあんな骨にすると言うんか?」

毒味男は首を振り、何を言い出すのか不安げな市会議員を見てにやりと笑う。

「さっき、あの寿司屋に飛び込んで来たマモルが、俺の顔を見て驚いて、怯えたのを覚えているか。俺は昔から、あいつの十倍も二十倍も悪かったのだから。誰も怖くなかった、何も怖くなかった。あいつが少女殺しの真犯人でも、俺の方が十倍、二十倍、悪い事をしている。俺は警察に逮捕されれば、死刑だしな。それも一、二回分じゃない。五、六回分の死刑に価するような男さ」

車の中で市会議員は何を言い出すのかと神妙に待ち受けるように身を固くして毒味男の話を聴いていた。

死刑に価するような罪の告白をされてもかなわないが、少しぐらい中味をのぞいてみたい、という気持ちがありあり浮かんだ顔で、毒味男の話にうなずき、「分かったよ」と言う。

「あいつは強がり言い張っとる。あんたに見抜かれとるの、分かるさか」

「俺の事もあいつ、見抜いとる。あいつが犯人だと分かっても、あいつはあいつに俺が牙をむけないというのを見抜いてる。どうしてか言おうか？」

毒味男が訊くと、市会議員は、不意に、「もう言わんでくれ。もうこれ以上引き込まんでくれ」と言う。

67

毒味男は黙ったまま、車を停めた。

車は海岸に沿った国道にいた。最初、見ると水平線と海と岩場の配分の美しさに驚くが、すぐ馴れる。変哲もない海岸沿いだった。

「おまえを脅迫の相手に選んだのは、間違いだったかもしれないと思っていたが、今は違う。おまえを選んで骨を送りつけたのは間違ってなかったと確信している。というのもな、ちょうどおまえのような奴がいた。そいつに、同じ事が起っていたのを思い出したからな。そいつの母親は父親の違う三人の子供を産んだ。そいつの母親は駄菓子を売って暮らしていたけど、そのうちお好み焼きもやりはじめた。三人の子供のうち長男が母親の手伝いしている。駄菓子屋は小さなスーパーマーケットのようになった。

その頃、強姦事件が起こる。

犯人は別の奴さ。だけど、その駄菓子屋の長男が噂された。あいつだって。でもそいつ同性愛なんだ。だけど、強姦された少女まで、あいつだって言う。可哀そうな男だよ」

「強姦したの、あんたか？」

「ああ」

毒味男はうなずいてから、「悪い盛りの十四、五の頃の話だから」と言う。

「俺みたいなドジがいるんだ」

「ドジというより、その男の場合は、子供らのピエロ扱いだな。母親は、店が駄菓子屋からスーパーマーケットになっても、お好み焼きをやっている。油物をしょっちゅう食べているから、どんどん肥っていってな。最後は癌で死んだが、男はあんたに似ている」

「わしは同性愛じゃない」

「似たようなものじゃないか。変態だろ？」

市会議員の眼がくもっているのを見て「まあ、変態だからって小さくなる事はないさ。俺は自慢じゃないが変態の数々を体現して来たんだから」と言うと、市会議員はうつろな眼差しを向ける。

そのうつろな眼差しが何なのか、毒味男は分からなかった。

毒味男はそのうつろな眼差しの中に含有している微かな媚を売るような光が、同性愛者特有のものか、被虐性欲者のものか見分けられないまま、市会議員に、「あんたがあの骨のようになりたくなかったら、俺や怪人や混血の少年らの仲間になる事だな」と言う。

「仲間と言うのは、かい人二十一面相か？」

「かい人二十一面相と呼んだっていい。名前はどう呼んだっていい。マモルの娘を誘拐して強姦して殺したと言われているおまえは、つまり二つに一つしか道がないのさ。俺らがいままで起して来て、これからも次々に起す事件の犯行グループに加わるか、それとも敵対した者、秘密を知った者として、欲ボケの不動産屋のように、処刑されて焼かれて骨にされて、次のターゲットを脅迫する道具として使われるか。次のターゲットは佐倉さ。この近辺の大地主」

「俺が仲間に入って、何する？　それこそ、この前まで女に触るのも怖ろしかった箱入り息子の男に」

毒味男は市会議員が心ですでに一味に加わってみようと決意していると踏み、「いいか、おまえは俺らから言えば、サラブレッドなのさ」と言い、手のうちにあるカードをすべて明すように、「もちろん、おまえ程度をサラブレッドと言っていると、本当のサラブレッドが怒るけどな」とつけ加える。

「紀州徳川家のれっきとした血のお姫様からみたら、こんな土地の士族の末裔なんか下の下の身分に決っているけど、この土地では、おまえの父親も、お前も、市会議員をやっているのは、士族の出だからさ。毒味役やら木馬引きやら、ろくな出でない俺らからみれば、お前は使い道の多いサラブレッドさ。性の愉楽の味を知りたいのなら、俺に言えって。あんな屑のようなマモルなんかを先生にするな。いいか、俺や混血のタケオは、路地の中で、千年、性の専門家みたいに言われて来た中本の一統の血の男だぜ。何でも教えてやる。ホモでもサドでもマゾでも、スカトロジーでもフェティシズムでも。おまえは性の愉楽に悶死するさ」

「性の愉楽」

市会議員は呟く。

「仲間になるのを厭じゃと断ったら、殺されて骨に焼かれるし、仲間になったら悶死するんか?」

「おお、そうじゃ」

毒味男は方言を使って言う。

「市会議員の選挙では、俺は確実に落ちる。佐倉の親爺は県会に出ろと言うが、市会議員で落ちる者が県会議員に当選するはずないの、分かっとる。あのマモルに暗殺されたようなもんじゃ」

「暗殺しようと言うのは、マモルだけじゃない、俺たちがおまえをこのまま放っておかない。マモルのやっているのは、おまえを破滅の道づれにする方法だけど俺たちは、おまえをただの道具にするだけさ。お前の体、見て、俺は服を着てても、お前の裸を想像出来るさ。俺が同性愛の経験があるからじゃない。少年院を出て渡り歩いた工事現場で、男の体をいやというくらい見て来たからな。おまえは少年のような体をしているよ。箸よりも重い物を持ったことがないからな。齢は俺より上だけど、おまえはまだ一人前じゃない。俺の言う事に逆らえば、すぐにでも、その体、俺らにバラバラにされる。言う事を聴けば、性の愉楽をたっぷり堪能させるし、何十億もの資金を持ってな、エルドラドへ行く。エメラルドの鉱山がある」

「エメラルド?」

「路地のようなものさ」

「エルドラド?」

「その話は、お前が仲間になって佐倉に引きあわしてくれた時にゆっくりしてやる」

「佐倉」

市会議員は言う。

68

佐倉という名前の響きが毒味男が聴くのと、市会議員が聴くのとでは大きな差があるのを毒味男は知っていた。

佐倉にまといつき、お先棒をかついでいた親を持ち、自分も佐倉のそばにいる市会議員と、命名を依頼して、その佐倉から思わず出た児戯《じぎ》でか真底からの悪意でか、コケルと名付けられたという毒味男の間に違いがなければおかしい。

その佐倉を血祭りにあげてやる。

しかし姿が見えなかった。

市会議員の父親と路地に現われ、ぬかるんだ道を路地の者らに背負わせて歩いたというのが路地の者らに目撃された最後の姿で、それ以降、誰も実際の姿を見た事はなかった。その目撃された最後の姿を路地の者らが何度も言うので、実際に自分の眼で見たわけではないのに毒味男ですらありありと想像出来るほどだったが、しかしその佐倉が自分で歩く事が困難なほど衰弱した老人だったのか、かくしゃくとしているのにぬかるんだ道なぞ歩けないと屈強の者に背負わせたのか、判別がつかない。

その佐倉の最後に目撃された姿からもう五十年近く過っている。当然の事ながら、毒味男もタケオも生れてはいない。タケオの父親のオリエントの康が満州に渡ったか、渡らなかったかという時代、毒味男にしてみれば、今は死んでいないオリュウノオバの霊魂でも呼び出し、訊ねてみなければ整序出来ないような路地の歴史に繰り込まれた時代だった。

毒味男は、佐倉という年齢不詳の妖怪のような佐倉に思いを巡らせると、すぐオリュウノオバを心の中で呼び出す自分の反応を面白いと思った。

片方に明治以来百年の妖怪がいるなら、こちらには、路地開闢《かいびゃく》以来、千年のオリュウノオバがいる。

或る時はかい人二十一面相と名乗る超過激、超反動の一味が主謀者として祭りあげる紀州徳川家のお姫様、徳川和子にしてみれば、百年の妖怪も千年のオリュウノオバも、同じ紀州の領地内の対立で、二つの差異はさして違わないとなるのだろうが、心の中でオリュウノオバを頼りにするところのある毒味男には、佐倉という妖怪の名前を口にし耳にした途端、魂の芯を背中からか、尻からか吸い取られるような不安が芽生えて広がる感じがする。

明日の朝、十時に迎えに来ると言って、市会議員を家まで送り、毒味男はそのまま車を走らせて駅前の寿司屋に行った。入口を入り、座敷の障子を開けかかると、寿司屋の女房が「さっき、皆な、帰ったけど」と声を掛けた。

寿司のカウンターの前に坐っていた男が椅子から立ちあがって、「わし、あの吉原を連れに来たんじゃけど」と言った。

「誰だよ、吉原って？」

「あの市会議員の吉原」

毒味男は気弱げな表情を見せる男に、ことさら、「あの市会議員の吉原？」と訊ね直し、「はい、あの吉原」と答える男に、薄笑いをつくりながら、「あの吉原か」と言った。

「あの吉原は家で蒲団を被って寝とるんじゃないか。どいつもこいつも、鬼みたいな奴だって」

男は毒味男の言葉を理解しかねたようだった。

「あいつは俺のようなすれっからしとまるっきり違う。初で、おぼこ娘のようで、そこを突つき廻されたって呻いている」

毒味男はカウンターの中にいる寿司屋を見てから、女房に意味ありげに視線を移し、「俺みたいな、女を視たらすぐ手を出したくなるような男とまるで違うからな」と言った。寿司屋の女房は毒味男を見つめた。

「さっき、あいつと話したけど、あいつは女性恐怖症といっていいくらいの優しい男だよ」

「話し方も優しいもんね」

女房は言って、眼の前にいる男を「畑中さん」と紹介した。

男は頭を下げてから、毒味男に名前を訊ねるように眼をやる。

毒味男は「俺は折戸の」と言って声を止め、「コケルと言う」と、ことさら佐倉に名付けられた屈辱の名前を言い、耳にした名前は自分の聴き違えだという顔をする男に、「まあ、心配するな、俺が戻って来たんだから、あのマモルの百倍も悪い奴が戻って来て、あの市会議員ともう仲良しになって、あいつに俺がついてやっているんだから」と言った。

男は毒味男の言葉を聴いて一層、不安げな顔になった。

「心配するなって、このコケル様があらわれたのだから。いいか、少年院に入っている時だって、集団脱走して村から村へ転々とした時だって、俺は性の専門家だったんだからな。一番、女の事をよく知っている。一番、女にこまめ。一番、女にもてる。あの市会議員は俺に、女の扱い方を教えてくれと言っている」

「あの吉原がか?」

毒味男は男にそうだとうなずく代わりに、中本の一統の若衆らしく、亭主がカウンターの向うから見ているのにそばにいる寿司屋の女房に向って片目を潰ってウィンクをやり、そこにいる皆を煙に巻くように白い歯を見せて爽やかな微笑を見せ、「おっと、あいつをさがさなんだら」と方言を使って、寿司屋を出るのだった。

中本の一統の若衆の微笑は媚薬のように女の心にも男の心にも効く。毒味男はその効果を充分に知っていた。寿司屋を出て車に戻り、車を発進させながら、毒味男は、今は悪夢としか思えない古道具商に囲われていた日々を思い出し、その古道具商を殺すはめになったのは、自分の体の半分を流れる高貴にして澱んだ中本の一統の血のせいだと思うのだった。

中本の一統の若衆の血は甘い。体液すら甘いと相手は言う。汗か、腋臭か、それを或る者はくちなしの花と草の青い汁の混った匂いだと言い、或る者は路地の裏山に大きな木が一本あった夏芙蓉のような匂いだ、と言った。

もし、両親ともに中本の一統の血であったら、女たちにか、古道具商のような男にか、毒味男は体をバラバラにされていると思い、自分のもう一つの、毒味役の家系の血が古道具商を殺して自分を救け出したのだと思い、「あんまり俺に簡単に近寄るなよ」と声に出して言って、車の鏡に顔を写してにやりと笑ってみた。

子供の頃から、何度も、悪事を重ねる毎にそう言った。

路地の誰もが心の中で羨望半分軽蔑半分で「雪駄ちゃらちゃらかよ」と色事にだけたけて、雪駄を鳴らして、女との交渉に忙しい中本の一統の若衆だと決めつけ、皆目、腕力はないとあなどっていると、突然半分の血が目覚め、いままでの性の愉楽に酔いしれていた同じ若衆がやると思えないような酷い報復を受ける事になる。

69

車を路地の入口の夏芙蓉の木の脇に停め、毒味男はスエコのアパートに向って歩いた。スエコのアパートの階段を上りかかると、「九階の怪人」が隣の建物の三階の踊り場から顔をのぞかせて「釜割りのサブちゃん」と、作った裏声で呼びかけ、振り返った毒味男に手を振り「いまテレビでやっていた」と言う。

「何をやっていた?」

毒味男が訊くと、「あれ」と言う。

毒味男はその「あれ」がかい人二十一面相に関する事だと察知して、それ以上物を言うな、とあわててスエコのアパートの隣の建物の階段を駆け上がった。ドアを開けっ放したマモルの部屋の前で、カルロスが膝を両手で抱え顔を埋めてしゃがんでいた。

毒味男がカルロスに声を掛けるより先に、バタバタと音を立てて階段を「九階の怪人」が降りて来て、「言うとおりしないから自業自得だわさ」と言い、カルロスの腕を持ちあげ起こしかかった。

「おまえとタケオがバカ正直すぎるんだって。何も本当の事を言う必要はないのに」

「何の話だよ?」

「こいつらは麻薬捜査官に、麻薬の取引場所を教えてしまって、それで、船ごと一網打尽になったって」

開け放したマモルの部屋の中にタケオの姿が見えるので、毒味男は名前を呼び、顔をのぞかせたタケオに、「あのGメンがもう手柄を挙げたのか?」と訊くと、「九階の怪人」は「そのGメンって麻薬捜査官の事だろ?」と訊きなおした。

深い溜息をつき、また頭を抱えてしゃがみ込むカルロスを見て、「このサブの言う通りしていれば、よかったのに、おまえらは仲間から報復リンチだね」と「九階の怪人」はからかうように言った。

「このわたしらを見てごらんよ。尻尾を見せるようでいて、ひとつも正体は現わさない。肉を切らせて骨を斬るっていうようにマモルとロリコンの市会議員を両てんびんかけて徐々に相手に近付いている」と言い、毒味男にマモルは集会場に検視から戻されて来た嫁の死体のそばに付いていってやりに行っているのでいないから、気にする事なく中に入れと体を押した。

「サブちゃん」

マモルの部屋に入りかかる毒味男に、背後から「九階の怪人」が呼びかけた。

「何人もの人間が、佐倉というのはまだ生きていると言うし、徳川のお姫様も株の上下を繰り返し始めたミシン会社に喰いついた仕手集団の資金は、熊野ダラーだって言っているけど、本当に生きていると思う？」と訊く。

「生きているみたいだな」

「そう。死んだって事がない限り、病気でも何でも生きているはずだけど、本当に生きているとすると、百五十歳近くになる。日本人がそんな齢まで生きられると思う？」

「九階の怪人」は言ってスエコの部屋とまったく同じつくりの奥の部屋に毒味男を案内し、小さな仏壇に飾った笑顔の少女の写真を取って渡した。

「こんな子を親が強姦して殺すの、あの一角でも起らない酷い事だよ」

「九階の怪人」は男っぽく言って、思わず照れたように毒味男を見て「サブちゃん」と、毒味男の手の写真をのぞき込むようにして体を擦り寄せかかった。

「どうした？」

毒味男は訊いた。

「いくら一味だと言っても、九階で巣を張った蜘蛛みたいな奴にある程度以上近寄られ、気色悪くてしょうがない」

「オリュウノオバの甥としてでも？」

毒味男は「九階の怪人」のその言い種にあきれ、「おまえの気色の悪さがなんでオリュウノオバと関係がある」と言って、しょげ返っているカルロスをなだめるようにそばに立っているタケオに「こいつがオリュウノオバの甥だと思うような事をしたと思うか?」と訊いた。

カルロスとタケオが同時に顔を上げて、タケオが笑いながらゆっくり首を振り、「ノー」と言う。

「僕は直接聴いていないが、コウ・オリエント・ナカモレがいつも言っていたのは、ママ・グランデ・オリュウ。おばあさん。グランデ、グランデ……」

タケオは腕を広げた。

毒味男は「そうだろ」とうなずいた。

「おまえが自分の伯母さんだと思っているオリュウノオバは、酒を飲んでパチンコをやっているスエコと変らない路地の女さ。酒もパチンコもやらないかもしれんが、普通の女だぜ。俺やタケオが思っているのは、そんなんじゃない」

「だから私も言っている」

「九階の怪人」はすねたというように科をつくって「ええ、ええ。オリュウノオバの事は、中本の一統の役者のようなあんたらにおまかせするわ。これからはっきりと区別する。あんたらの言うオリュウノオバは、こんなにでっかくて、わたしの言うオリュウノオバは、哀れな酒飲みのスエコと同じようなアホな女だって」

「九階の怪人」は苦笑している毒味男の手から少女の写真を「返してちょうだい」と取り上げ、写真を見て「あんたらのオリュウノオバも、哀れなスエコと変らないオリュウノオバも、実の親にオメコを裂かれて強姦され殺された少女を不憫でしょうがないと思っている」と言い、「まんまーい」とお経をはしょって呟いて、小さな仏壇の中にもどした。

「あんたらのオリュウノオバもわたしのオリュウノオバも、どうやって強姦したか分かっていたんだわさ。一部始終を見ていたんだから。オリュウノオバは嫁がビジネス・ホテルから身投げするのも、全部見ていた。あのマモルの奴」

「マモルが姦ったと言うのか」

「九階の怪人」は首を振った。

「佐倉……」

「九階の怪人」は言った。

70

「佐倉がやったと言うのか？」

毒味男は訊き直した。

「九階の怪人」は襖に背をもたれかけさせて、膝を立てて坐ったカルロスに眼をやり、「こんな若い元気のいい男じゃないから、佐倉は、女の子の首を絞める力もない」と言い、窓の外に顔をむける。

その窓からスエコの入った建物の台所の窓が見えた。

「実際にやったのは、この部屋の住人のマモルだと思うけど、自分の女房が市会議員の吉原を客にしている、子供は市会議員の吉原の種だ、と言ったのは、あの路地に取り憑いた妖怪の佐倉なのよ」

「九階の怪人」は言い、襖を背にして膝を立てて並んで坐ったタケオに「怖ろしいよー」と子供をあやすように顔をつくってみせた。

「マモルはだから言うんだわさ。全部、市会議員がやったんだって。でも、本当はマモルがやった。その事を知っているから、女房はビルから身投げした」

「佐倉が糸を引いてるってか?」

「そう、佐倉。なにもかも、この路地で起る事件の元凶は佐倉」

「九階の怪人」は謳うように言ってから、不意に、「寿司屋の女房に渡りをつけておいてやったわよ。夜の七時、市民会館の横のレストラン」と言った。

毒味男が何の事か、咄嗟に呑み込めず、「何だよ?」と訊き返しにかかると、「心配しなくていいわさ」と肩を叩いた。

「おまえもちょっとはあの女に気があるんだろ。東京のあそこで、何年、こんな事をしていたと思うね? おまえがこの今のタケオよりひ若い頃、腹減って眼だけ光らせていた頃から、あそこでおまえに、金持ちを何人も紹介したじゃないか。でもすぐその大恩人を殺しておしまいになったけど」

毒味男は「九階の怪人」をにらんだ。

タケオが怒りが湧き出た毒味男が発する不穏な、きな臭い暴力の匂いを嗅ぎ取めたように顔を上げる。

タケオの澄んだ純な光をたたえた眼になだめられるように思い、毒味男は、「おう、その通りしたる。今日の夜の七時じゃね」と言う。

「佐倉を攻略するの、あんたが頼りだから」

「あの時は、東京の事、西も東も分からんから、路地の産婆で俺をも取り上げたオリュウノオバの甥じゃと言うあんたが頼りじゃった。俺はオリュウノオバを覚えとる。今はないけど、昔あった裏山の中腹ぐらいにあった家で、寝たきりになっとったけど、もの覚えて口は達者じゃった。そこの家へ行たら、オリュウノオバは、おお雛人形みたいな子供じゃと言う」

毒味男は思い出す。

その時、子供心に、オリュウノオバの口から出る瑠璃《るり》だとか、鯔背《いなせ》だとかが、よい言葉というぐらいしか分からなかったが、後になって、女の子には、牡丹《ぼたん》のようだ芍薬《しゃくやく》のようだ、と花にたとえた言葉を使い、男の子には折々に飾る人形か役者の名を使ってほめた、と気づいたのだった。

「おまえもそのオリュウノオバと一緒だと思ったら、おまえは甥だよ。オリュウノオバと似ても似つかない。おまえは俺を古道具商に売ったんだろ?」

「殺す事はないのに」

「おまえ自身が俺に殺されなくってよかったと思うべきさ」

毒味男は「九階の怪人」の頭をこづくか、尻を蹴りとばしてやりたくてうずうずしたが、タケオとカルロスが顔を上げてじっと見詰めているのを気づいて、思いとどまった。

「九階の怪人」は路地のスエコの部屋、タケオとカルロスには、駅前の広場に面したマモルの女房が身投げしたビジネス・ホテルを見通せる、ホテルに部屋を確保させた。「シゲルはどこに泊る？」と訊くタケオに、「俺は子供の頃をここで過したから、どこでも拠点に出来る」と答え、不意に毒味男は、その土地に対する自分のわだかまりをタケオに指摘されたような気がして心の中で呻いた。

心の中で呻く自分を見つめるようにタケオを見て、「ひょっとすると、夜中、泊めてくれと言うかもしれんけどな」と言い、毒味男はタケオとカルロスに路地の集会場に行くから従いて来いと命じて歩き出した。

歩き出すと、毒味男の耳に、「そう、佐倉。なにもかも、この路地で起る事件の元凶は佐倉」と謳うように言った「九階の怪人」の声がよみがえった。

佐倉が事件の元凶とするなら、またもや、大逆事件までさかのぼらなければならない。というのは、路地の者が慕うにしても畏れるにしても、佐倉が大逆事件に連座した一味の首謀者の血縁でなかったら、一切の話は味の淡いものになってしまう。

毒味男は、大逆事件を明治政府のデッチ上げだと思う。

天皇に爆裂弾を投げるという大逆のデッチ上げは、まず時の左翼思想の弾圧の為だった。

さらにその謀議の場所が元の紀州藩のその土地だとする事で、明治維新を果してある程度整序した新体制の徹底化の効果が上がる。

路地は大逆事件の連座グループと関わっていた。

路地を檀家に持つ寺の和尚が加わっていたし、佐倉の叔父に当る首謀者は開業医だったので、路地の者らは無料診察の恩恵を受けた。

診察室に来て、ドアを三回、ノックすれば路地の者が来たと分かるので、直接、応対する。

その首謀者らが天皇暗殺謀議の疑いで一網打尽の眼にあい、路地の者らは土地の者らと同じようになす術もなく、立ちすくんだ。

立ちすくむしかなかった事が首謀者の甥の佐倉を路地の者にとって特別な位置に押しあげた。

首謀者の一族は、大地主なのだった。

事ある毎に佐倉に駆け込んだ。

甥の佐倉が大逆事件に連座した開業医の首謀者とまるで違うと気づいたのははるか後になって、実際に路地の裏山が削り取られ、路地の建物が跡形もなくなってからだったが、路地の者らは米しょうゆを買ったり、博奕を打つ金欲しさに、佐倉に言われるまま実印を作って持ち込み、住んでいた土地を担保に金を借りた。

佐倉はいつの間にか、路地の土地を持っていた。

土地に大がかりな開発の噂が出る度に、路地に不審火があった。

路地の者らは佐倉の息のかかった荒くれ者がやったと噂した。

佐倉の番頭を長い間やり、独立して材木商に成り上がった浜村龍造も、路地に姿を見せた若い頃、不審火の犯人と目された事があった。

71

少女が誘拐され、小さな性器をカミソリで裂かれて強姦され、殺された事件が、それが路地と関わった事件である限り、佐倉が真犯人だとする、「九階の怪人」の推理は正しい、と毒味男は思った。

というのも、佐倉は路地のいたるところに存在する。

佐倉と路地が別々にあるのではなく、佐倉が路地をつくり出しているし、路地が、親しげだが怖ろしい佐倉をつくり出している。

さながら、オリュウノオバがそうであるように。

毒味男はマモルが佐倉に会ったのだろうと思った。

「九階の怪人」の説に従えば、おそらくそう考えるのが自然だ。

浜村龍造がそうなようにいままで路地で噂されるほどの荒くれ男の何人もが、佐倉という男の妖怪に吸い寄せられるように近づき、そのあげく妖術に会ったように劇的に変身しているように、マモルはふらふらと近付いた。

佐倉の腰ぎんちゃくだった親を持つ市会議員の吉原は、少女のパンツに触れたのを目撃されたマモルに金をせびり続けられたので音を上げ、早くから佐倉に相談に行っていた。

佐倉はマモルに決定的な罠を仕掛ける。

佐倉は近寄ったマモルに、まず、女房が市会議員を客に取って売春している、と言う。

マモルは衝撃を受ける。大人の女にからっきし、駄目だと軽蔑し、嘲笑していた市会議員が自分の女房の客となって寝ている。それで、マモルは女房を市会議員に寝盗られたような気がする。

次に佐倉はマモルに、子供は市会議員の種ではないか、と耳そばでささやきかける。

マモルはさらに衝撃を受け、苦しみ、怒りに震える。

その次の行動を佐倉が直接示唆したかどうかは想像出来ないが、長い間、少女のパンツを触ったという些細な事で金品をゆすり続けたマモルが、自分の所有するたった一つの物、女と子供を、軽蔑し嘲笑し、ゆすり続けた市会議員に侵蝕されていたという事を喚起するように繰り返し耳そばでささやき続けたのは想像出来る。

マモルは絶望的な犯罪に打って出る。

マモルは少女を隠す。外には誘拐されたと言いふらし、少女を強姦する。

泣き騒ぐ少女は自分の物ではなかった。少女は、市会議員の子供だった。軽蔑と嘲笑とゆすりへの市会議員の試みた報復の産物だった。

マモルは泣き騒ぐわが子を取りおさえ、小さな二枚の貝のような性器を切り裂き、性器を挿入して、殺す。

マモルは少女の死体が発見されてから、犯人は市会議員の吉原だと名指し、自分から、実のところ、少女をイタズラする市会議員を目撃して長い間、金品をゆすり続けていたと、告白した。

ロリコンの変態の市会議員は、マモルに対する報復として、マモルの娘を誘拐し、ロリコンの変態の餌食にして殺したと言った。

女房は少女の死体が発見された時あたりに、マモルが真犯人だと分かった。マモルが何を意図してそんな事をしたのか察知し、絶望してビジネス・ホテルの階上から投身自殺した。

毒味男は投身自殺した女房の言動を洗えば、マモルが佐倉に吸い寄せられ、佐倉の妖術にかかって、わが子を強姦して殺すという鬼のような行為をしでかしたというのがはっきりすると思い、路地の角の夏芙蓉の脇にいた女に、「もう葬式、始まったんかい?」と方言で訊いた。

妙な事を訊くというように毒味男を見て、「今日の夜、お通夜やろ?」と言い、後にいるタケオとカルロスを見て、「外人が何人もスエコさんのアパートを出たり入ったりしとるというの、あんたらかん?」と訊く。

「外人、と言うて」

毒味男は女を見て齢格好から噂にしか聴いていないだろうと思いながら、「こいつは混血じゃけど。親がオリエントの康、と呼ばれた中本の康夫と言う」と言うと、女は「ブラジルに行た?」と目を輝かせる。

「そのブラジルに行た。知っとるんか?」

「わたしは知らんけど、その頃、よう後を従いて廻っとった人の彼女になっとったの、うちのおばさん」

「どこにおる?」

毒味男が訊くと、「わたしも行くとこやさか、一緒に行これ」と、一寸待っていてくれと言い置いて、アパートの方へ走っていった。

女の部屋は立ち並ぶ建物の奥の棟にあるらしく、しばらく戻って来なかった。

アパートの方を見ているタケオに「オリエントの康を知っている人間に会える」と毒味男が言うと、タケオは夏芙蓉の枝に手をかけ、「この木はジャカランダのような花が咲く?」と訊く。

「分らんな。ジャカランダを知らないから」

「カルロスは知っている。カルロスもこの木がジャカランダに似ていると言っている」

「僕の町の真中に、こんな木があった。その木の幹が半分なくなっていたの、ジープがぶつけてしまったから、ブエノスアイレスの人間にもサンパウロの人間にも、ここの町の事を言う時、ジャカランダとそっくりの木が町の入口にあったって言うとすぐああそうかと分かる。コウ・オリエント・ナカモレの町も一緒かって」

両手に野菜を入れたスーパーマーケットの袋を二つ抱えた女が現われ、「あっちやから」と集会場の方を指差した。

毒味男が歩きだしかかると、タケオとカルロスが女の方に小走りに歩き、「持ちます」と袋に手をのばした。

「持ってもらうわ」

女は二つの袋をタケオとカルロスに渡した。

「やっぱし外人やねえ」

女は言ってから、「スエコさんの部屋におるの、本当にオリュウノオバの甥なんかん?」と訊く。

毒味男がそうだとうなずくと、「気色の悪い。女みたいになよなよして」と言ってから、タケオの顔を見て、「混血でも、おばさん、喜ぶわ」と言う。

「幾つ？」

「十九」

タケオは言う。

「ねえ、初めてブラジルから来て、親のとこへ行ってみたら、びっくりするような事件が起っとる。最初、誘拐やと言ってたら、今度は殺されて見つかった。それもえらい姿で。そうしとったら今朝の事やから。あの子、苦してしょうなしで、まるでこの土地中の人間に、物言おうとするみたいに、駅前のビルの上から、皆なが見とる前に飛び降りた。即死やから」

「集会場に集っとるんか？」

「路地の女ら、だいたい皆な。なんかあったら炊き出しするの、わたしらの勤めや」

「えらいね」

毒味男が御苦労な事だな、という方言を言うと、女は顔を上げ、「ホトキさんを置いとる大広間にマモルがおるさか言えんけど、裏の台所で、女の人ら皆な言うとる。おかしい言うて」と言い、毒味男の反応を見ながら、「警察、何人も路地に来とる」と言う。

「私服か？」

「私服。そんなんすぐ分かる。花を何遍も届けて来るのも私服。ここ耳を立てて話、聴いとるの。用もないのに、裏に廻って来て」

72

毒味男は、私服という言葉に緊張した。

その私服らは少女の誘拐殺人の事件の渦中にいるマモルの挙動を張っての事で、毒味男らの超過激、超反動の一味やかい人二十一面相の動きを察知しての事ではないと分かっているが、毒味男は、そのまま女と共に集会場に行けば、張っている私服の網の中に飛び込んでしまいかねないと思ったのだった。

それで、一計を案じる事にした。

「集会場に梅吉の姐さんがおるかいね？　前田の姐さんとか山下のブリキ屋の嫁さん？」

毒味男はおそるおそる女に訊くというように顔をつくった。

歩をすすめながら女が、「おるよ、あの人ら婦人会の中心やから。なんで？」と訊き返すのを聴いて、毒味男は「あかん」と声を上げて立ち止まる。

いかにも中本の一統の若衆だというように、「そんな皆なが集っとるとこへ行たら、あっちもこっちも手をつけとったんかと袋叩きにあう」と路地の女らの勢いに辟易して嫉妬に怯えたような眼を女に向ける。

「どしたん？」

「どしたん、と言うて、俺はあかん」

毒味男は今一度、「どしたん？」と訊く女に、「今、俺が姿を見せたらあの姐さんら、ようも平気な面して帰って来たとつるし上げにくる」と言い、自分はスエコの部屋で待っているから、タケオをそのおばさんに会わせてやってくれと頼んだ。

タケオは立ち止まって、真意を見抜いたように毒味男の顔を見た。

タケオはにやりと笑い、毒味男にウィンクして合図を送り、「行こう」と女を促して集会場の方へ歩き出した。アパートとアパートの間のすべり台を置いた公園まがいの空地を曲がって、タケオたち三人が姿を消してから、毒味男はスエコのアパートに戻ろうと道を引き返しはじめた。スエコのアパートの階段をあがりかかり、ふと自分を注視している視線があるような気がした。

毒味男は振り返って、そこに誰もいないのを確かめてから、一心に自分を注視していたのは、路地の裏山に住んでいた千年も生きながらえた妖怪のオリュウノオバかもしれないと思い、そこにまるでオリュウノオバがいるように、「オリュウノオバかよ？　俺が心配かよ？」と声に出して訊ねた。

「わしの他に、誰がおるんなよ。わしの他に誰がおまえの事を心配する者がおるんなよ」

毒味男は階段を上りながら、問い質すようなオリュウノオバの声を幻聴のように想像し、階段にまで差し込んだ光で土埃が舞っているのを見て、それが中本の高貴にして澱んだ血を持つ若衆の特権のように、いまはもう跡かたもなく削り取られた裏山の中腹の家で、老衰の身を臥え、眠っているのか目覚めているのか分からない状態のまま、中本の一統に生れた毒味男とタケオをじっと見つめ、息を吹きかけるようにして語りかけ、中本の血の若衆がひき起す悲喜劇に涙を流したり笑ったり、性の愉楽に打ち震える若衆の姿に熱い溜め息をつき、気遅れに叱咤するオリュウノオバを想像するのだった。

毒味男も気づいている。

いや、南米から来た混血のタケオですら、誰に言われるともなしに知っている。

中本の若衆らは千年も生きながらえた妖怪のオリュウノオバに、その誕生からその死まで、路地の者らの誕生日や祥月命日を記憶するようにあらかじめ記憶され、人形遣いが人形を操るように取り出される。そのあげく、いまがまるで過去で、過去の事件を反復しているような気になって、現実を生きる。

73

夜明け前に空が深い青に変化する頃、しばらく声を聴かなかった金色の小鳥の波を打つような羽音と鳴き声を耳にした気がしたし、夜明けと共に開く甘い夏芙蓉の匂いが強く漂って息苦しいような気がした。

毒味男はオリュウノオバが目覚めたように思った。

寿司屋の女房と共に素裸でいた毒味男は心の中で、「オバ、見たかよ?」と呼びかける。

「見やせんよ、そんな人の閨《うるう》の秘事」

「見たいんじゃがい?」

「見たないよ。あきたよ」

オリュウノオバは、呟く。

毒味男は心の中で、「見よよ」と言って、蒲団をはだけ、気がイってしまって快い疲れにまどろんでいる寿司屋の女房の体を仰むけに起し、子を産んだ事のない為に桃色のままの乳首に唇を近づける。唇が乳首に当り、唇を開け舌の先で押すと、寿司屋の女房はまどろみの中でも性の遊戯を演じているように声を上げ、左手で毒味男の後頭部を押え、右手をのばして硬いままの性器をさぐり、容積を量るように握るのだった。

乳首を舌で押し、周囲をこすり強く吸うと寿司屋の女房は喉首を見せて身を反らし、一層、後頭部を抑えた手にも性器を握った手にも力を込めて反応する。

長く尾を引いた声を上げ終ってから、寿司屋の女房は弾かれたように体を起し、毒味男の唇に唇をつけて身をのしかけ、唇を離して「すごい人」とささやく。

毒味男が「よく女にそう言われる」と答えて笑い、足に足を絡めると、寿司屋の女房は、「あんたを知ったら、どうにかなってしまう」と言う。

毒味男は目覚めたオリュウノオバに「ほれ」と心の中で呼びかけ、「ほうほ。それがなんなよ？」と鼻白んだように答える声を空耳で聴くように想像しながら、「どんな風になる？」と寿司屋の女房に訊ねた。

「どんな風に言うて」

「旦那を捨てるのか？」

寿司屋の女房はためらいもなく「うん」と答えた。

「俺に貢ぐのか？」

「貢げと言われたら貢ぐかもしれん」

「旦那を殺してくれと言ったら、やるか？」

寿司屋の女房は毒味男の顔を見つめてから、「こんなにして何度か逢うとったら、そうなるやろね」と言う。

「どうして、そうなると思う？」

毒味男はオリュウノオバにこれから女の言う言葉を耳の穴、ほじってよく聴けと言う。

寿司屋の女房は自分を見つめる毒味男に微笑を浮かべてから、自分の足に絡めた毒味男の足に顔をむけ、「女の事、知りつくしてるから」と言った。

「おまえの手に握られてる物がか？」

寿司屋の女房は十八歳の娘の仕種のように首を振る。

「これもそうやけど、これだけと違う。全体」

寿司屋の女房はそう言って、毒味男が絡めた足に力を込めると不意に言葉を失ったように黙り、また唇に唇を重ね、舌を差し入れかかる。

その舌を吸い、湧いて出た唾を舌に乗せて送りながら、毒味男は背中に手を当て体を反転させて上になった。

唇を離して寿司屋の女房の耳元にむかって唇を動かした。

寿司屋の女房は快楽の波が耳から首筋に向けて這い上がり、その這い上がる速度に耐えられない、一刻も早く快楽の中心に触れて欲しいと言うように、声を上げながら耳を押しつける。

それを性の技術と言うなら、毒味男は誰に教わったのでもない。

あまりの男振りのよさに女が腰から先に落ちるという中本の一統の若衆の皆ながそうなように、毒味男も、女の求めている事にこまめに応えていく。

女が耳を押しつけるのはそこに性の快楽の極点が凝固したように存ると主張したいからだし、女がのびをするように身を反らすのは、身を反らした方に快楽が流れていると言い、男の愛撫を誘っているからだった。

毒味男は、誘われるまま従いていく。

誘いを察知して手抜きせずに丁寧に脇腹から下腹への稜線をたどり、おそらく旦那の寿司屋が手抜きし、放置したままの、恥骨のふくらみの周囲や太腿のつけ根に唇をつけ、吸い、舌でくすぐり、押せば、どんな女でも、自分が唇や舌や指に反応する快楽の楽器だと自覚するはずだった。

毒味男は眼の前に広がる光景を心の底から美しいと思う。

他の女と比べれば、大陰唇が鈍重に厚くても、その女陰という形その物が、快楽の波の発生器がここにあると無言で言い、どんな微かな愛撫も感知しようと息を殺して待っている気がして、妙に昂ぶり、平常でなくなる。

唇を押し当てると、声が一層大きくなる。

寿司屋の女房は声を上げ続けた。

毒味男の頭を両脚ではさんで快楽の絶頂を耐えるのを見届けてから、硬く締った女陰の中に、その圧迫を味わいながら、性器を挿入する。

寿司屋の女房が形の違う快楽の波の新鮮さに気づいたように、動き始めるのを見て、毒味男はオリュウノオバではなく、自分自身に言い聴かせるように、俺は好き者だと心の中でつくづくうそぶくのだった。

女陰に性器を挿入し、しかも正常位と呼ばれる体位で、五回目の性交の為に腰を使っていると、寿司屋の女房の顔も体のどこをとっても、若い男があきもせず挑みかかるほどの魅力なぞないただの使い古しの中年女だと見える。

乳房は萎れかかり、腹も太腿も中年期の脂が廻っている。

その寿司屋の女房は毒味男に合わせて腰を使う。

眼をうっとりと閉じ、まるで毒味男の性器の勃起が自分の美貌や体の魅力でひき起されたというように恍惚として口を開け、快楽の波が来る度に声を上げ、顔を左右に振っている。

寿司屋の女房の顔を見ていると、快楽の絶頂は永久に来ないような気がした。

毒味男は腰を使いながら、最初、寿司屋の女房に挑みかかっている若さの盛りにいる自分に関心を集中した。

女ならすべての女が、男なら同性愛者が、勃起して射精の絶頂に駆けのぼろうと努力している毒味男の、腰の動き、体の筋肉の動きを見て欲情するはずだった。

性器の雁首の部分がこすれる。

その部分の他に、まるで小さな蛇が絡みついたように見える性器のふくらんだ血管が女陰にはボルトのネジのような感触を与えるし、ぴたぴたと蟻の門渡りに当る陰嚢の効果も棄て難い。

寿司屋の女房が快楽の波に耐えられなくなったように、敷布団の上に突いた毒味男の手に唇を圧しつけるのを見て、射精の為の昂りがすぐそばにある気がして、毒味男は、性器を出し入れされながら射精の瞬間を待ち受けているようにまといつく女陰の充血した膣を想い描いた。

大きい物が欲しい、硬い物が欲しいと夜毎すすり泣いていたそいつは、今、麻痺してしまうほど大きくて硬い物をほおばって、それでももっともっとと言い続けている。

毒味男は欲しいならもっとやる、と思い、はっきりと射精の昂りに形をつくりはじめたのを寿司屋の女房に言うように、片手で体を支えて腰を使いながら片手で頭を抱えあげ、唇に唇を重ね、湧いて出た唾のすべを舌で送り込み、「もう行くぞ」とあえぎ声で言った。

「いいか、もう行くぞ。中で行くぞ」

寿司屋の女房はうなずいた。

腰を振り立てられながら、うなずいても、その動作がはっきりと伝わらなかったと思ったのか、それとも性器のつけ根、体の奥から固い殻を破って姿を見せはじめた男の快楽の熱いマグマを感知したのか、「好き、大好き」と言い、思い切ってのけぞり、蒲団の上に体をまた横たえ、声を上げる。

「俺も」

毒味男は寿司屋の女房が上げ続ける声を耳にしながら、一気に崖から飛び込むように女陰の一等奥に性器を挿入したまま射精した。

荒い息が鎮まるのを互いに促すように体を撫ぜ合って時間を過ごし、遠くで鶏が鳴くのを耳にして、毒味男は時計を見た。

夜はまもなく明ける。

毒味男は寿司屋の女房に、朝まで一緒にいたいが、夜が明け切ってしまうと、早起きの多い地方だから人に顔を見られる危険があると説明して、水ごりを取るように水だけのシャワーで体を洗い、服を着た。

「昼飯を食いに行くから」

毒味男が言うと、寿司屋の女房は、「これからどこへ行くん？」と訊く。

「外人らの泊ってるビジネス・ホテルに行って少し眠るさ」

毒味男は外に出て、旅館の二軒隣の空地に停めた車に行き、鍵でトランクを開けて、中に積んだ三本のポリタンクを確かめてから、寿司屋の女房が自分の計画に気づいていたかもしれないと疑った。

運転席に坐り、エンジンをかけて、もし計画を察知しても五発、男が挑むのを許した女が、相手の男の計画を人にバラす事はないと考え、毒味男は、「心配は要らん。大丈夫じゃ」と方言を使って、独り言を呟き、車を走らせた。

佐倉の持っているもういつ切り出してもいい太さに成長した杉の美林は夜目にもはっきりと際立っていた。

一つの山に一本のポリタンクに詰めたガソリンの割り合いだった。ガソリンを杉の美林に満遍なくまく必要はなかった。

佐倉の持っている杉の美林で正確に三カ所、ガソリンをまいて火を放てば、愛田淳に命令して沖縄から郵送させた脅迫状の中味の実行の時が近づいたというメッセージとして、この土地の妖怪、佐倉の元に届く。

ガソリンの炎が山火事になれば願ってもない事だった。

毒味男は下草の茂みに向って、煙草を放り投げた。

74

さっきまで手に持ち、口に咥えてけむりを吸うと野イチゴの赤い実のように見えた煙草の火は、暗闇の中を飛んで、危機を察知した虫のように下草の茂みの中に不意に姿を消した。

気化したガソリンの臭いが毒味男の立っている道路の端まで流れて来ていた。かけたままの車のエンジン音が、波を打っていた。

毒味男は下草の茂みの方を見つめた。

ガソリンに引火する気配はまだなかった。煙草の火が下草の葉や茎に受けた夜露に当たって消えてしまったのかもしれないと思い、毒味男は新たに煙草を取り出し、自分が興奮しているのに気づきながら、口に咥えてライターで火をつけかかった。

その瞬間だった。

一瞬、闇の中に下草の絡みつくように繁茂した茨やブナの落ち生えや草の茎が明るく浮かびあがって、爆発音が立つ。

炎がその絡みついた下草から現われて下草を呑み込み、杉の幹と幹の間を朝霧のように流れる。

毒味男は躊躇する暇もなく車に乗り込み、走り出した。ヘッドライトを点けていなかった。満天の空に輝く星が頼りだった。

山の中に点在する集落に抜ける道を極力避けて、材木を切り出すトラックの為につけた林道をもっぱら選って、毒味男は山の反対側に出て、国道へ抜ける道を走り続けた。

山の杉の美林を狙い定めて放火するのは、毒味男には大きな山という物を相手に全能力を元にした格闘のようなものだった。ガソリンをまくのは一回目よりも二回目、それよりも三回目の方が手早く正確に出来たが、杉の美林の下に分け入り、ガソリンをまきはじめると、自分が自然という物を憎悪しているから、こんな事をしている気になる。毒味男は、杉は自然ではない、と心の中で言った。杉は他の植物を切り払った場所に植えられ、人工的に育てられ、切り出されて売られる物で、ここでは佐倉の財産だ。

その杉を憎悪するというより、俺は、持ち主の佐倉を憎悪しているから放火をすると思いながら、ガソリンをまき、火を放ち、炎が立ちあがるのと共に、ヘッドライトを消した車で飛ぶように走り出しながら、山に棲む神のような物が前に立ちはだかり、自分をねじふせに来るような気がして、畏れた。

ヘッドライトを消した車は何度も、道から転落しそうになった。山肌に車を近づけて進めば、転落はまぬがれると思ってスピードを上げると、飛び出した木の枝や岩に脇腹をこすられる。

毒味男はその都度、寿司屋の女房に五度も挑みかかったのを後悔し、ひょっとすると、今、自分の前に手を広げて立ちはだかるように難儀を振りかける山の神は、実のところ、佐倉の山に放火したのを怒っているのではなく、五発も姦って女の匂いをつけて山に来た毒味男を嫉妬し、怒っているのかもしれないと思う。

山仕事をする者は山の神に性器を見せ、仕事の無事を祈る。

そんな事は迷信にすぎないと毒味男は思っているが、そのままの状態が続けば、放火現場のそばにいた車として誰かに目撃される事になるか、車ごと道から転落し、現場から逃げられなくなると思い、ベルトをはずし、ファスナーを降ろし、性器を出した。

「欲しかったらやるぞ」

ごく自然に暗闇の中で声が出た。

オリュウノオバが笑い転げる気がした。

その笑い声を耳にして闇の中にいる山の神が笑う。

「佐倉も佐倉の手下らも、こんな事して山に杉を植えたり斬ったりしとるんじゃろうけど、俺の方が味がええ。何遍でもしたる」

毒味男は耳そばで、うなだれた形のままではなくしゃきっと勃たしてみろ、と言われた気がして、真顔で、本当に危機を脱出するにはこの手しかないのだというように闇の中でふっと溜息をつき、手に唾をつけ性器を握り、しごいた。

山が炎を上げ、燃えている。

しかも三カ所同時に。その三カ所は佐倉の山だ。

タケオはその話を耳にした途端、夜が明けてから、部屋のドアを蹴破るような勢いで叩き、ドアを開けるなり、「おまえらもう起きろ」と命令し、いままでタケオの眠っていたベッドに服を着たまま入り込んだ毒味男を想い描いた。

タケオはパンツ一つで寝ていた。

「まだ、眠りたい」

タケオが言うと、毒味男は「今日はマモルの女房の葬式だろ。葬式の後、マモルを見張っとけ」と言い、「まだ、ボンヤリしている」とカルロスのベッドの端に腰掛けて言うタケオに、「眠りにここへ来たのか」と言って、不意に、「服にガソリンの匂いしみついている。このままじゃ眠れん」と起き上って服を脱ぎ、パンツ一つでまたベッドに入ったのだった。

タケオはカルロスを誘って仕方なく下の喫茶店に朝食を取りに降りた。

そこでは明らかに放火と分かる山火事の噂でもちきりだった。

カフェ・オ・レとトーストの朝食を取りながらタケオは、評判の杉の美林をほぼ全焼している山火事の噂に耳を傾け、外に出て、「あいつだ」とカルロスに言った。

カルロスは怯えたような眼を向け、「ああ」とうなずいた。

「あいつはまた、誰かを殺そうとしている」

「誰を？」

「佐倉」

タケオは言う。

ビジネス・ホテルから駅前の広場を横切って、朝の空に枝を張った大きな夏芙蓉の木の下まで来て狂咲きのように、まばらに咲いた夏芙蓉の花に金色の蜂鳥のような小鳥が舞っているのを見上げ、タケオは、毒味男が人を殺すのは、金色の蜂鳥のような小鳥が蜜に魅かれて空を舞うように飛び、蜜を吸うような事だと思いつくのだった。

タケオが目撃したのは斎藤順一郎の殺害だけだったが、毒味男は反省もなしにまるで快楽そのものに憑かれたように殺す。

その憑かれたような動きは、自分の娘を強姦し殺したというマモルの行動にも、マモルの女房の動きにも共通しているように見える。

「ハミング・バード？」

カルロスはタケオに訊いた。

「ああ、ハミング・バードかもしれない」

75

夏芙蓉の木を見上げているタケオに、アパートの窓から顔を出した女が、「ちょっと来てみいよ」と手招きする。

その女が集会場の台所で通夜に出す料理の材料を丹念に洗っていた女だと気づき、「葬式の料理が出来たって?」と訊き返すと、女は一瞬、呆気に取られ、言葉の意味が葬式まんじゅうでもくれるというのか、というからかいだと気づいたように、「もう半畳入れるの覚えとるの」と言う。

女の手招きは執拗だった。

葬式はまだ始まる時間でなかったし、その女のアパートからマモルのアパートも「九階の怪人」の潜り込んだスエコのアパートも監視出来ると踏んでタケオはカルロスを誘って、女が手招きする方に歩いた。

女はタケオが窓辺に立つと、「おまえ、中本の康夫の忘れがたみじゃと言いたねェ?」と妙な日本語を使うのだった。

「コウ・オリエント・ナカモレ。オリエントの康」

「おお、そう呼ばれてたと言いたよ。じゃが、中本の康夫じゃがい」

タケオは首を振った。

「知らんのかよ?」

女はあきれ顔で訊いた。

「つらいよ。わざわざ南米から来て親の本当の名前も知らんのかよ」

女は言ってタケオの顔を見つめる。

「ママ・グランデのオリュウノオバに訊いたら、全部分かると思っていたから」

「赤ん坊みたいな事言うて」

女は笑い、「中本の康夫やよ。中本の康夫の男親はうちのと同じ男親や」と言う。

「同じって?」

「同じ男親」

「男親って?」

タケオが訊くと、女は眼を宙に放ってから「父親」と言葉を換える。

「では兄弟?」

「まあ、そうなるわい」

「僕から言うとオジさん」

女は手に持った袋をあけ、中から子供の遊び道具のような赤や緑の石を取り出しかかり、カルロスがスペイン語で、「エメラルドも入っている」と言うと、不意に袋に石を戻し、立ち話も何だから玄関に廻って部屋に上れと言った。

タケオもカルロスも小さな錦糸の袋の中にあった色とりどりの石に魅かれて急くように玄関に廻り、部屋の中に入った。

女の坐っている日の射し込む窓のある奥の部屋に入り、タケオは一瞬、アルゼンチンの山奥でインディオのシャーマンの小屋に紛れ込み、神託を受けた時の事を思い出した。

いままで訪れた路地の中のアパートのどの人間の部屋とも間取りや大きさに変りがあるわけではなかった。

しかし印象はまるで違う。

誰もが、インディオのシャーマンの小屋に紛れ込み、神託を受け、シャーマンから救世主だとほめたたえられあがめられたタケオを、霊的な能力があり、神霊の加護があるからだと言ったが、この能力のせいなのか、タケオは、整頓された部屋の中に異様な緊張がみなぎっている気がする。

「これ、おまえの男親がうちのに送って来たんじぇ」

女は畳に坐ったタケオとカルロスの前に、錦糸の布袋から色とりどりの石をあけてみせた。

「やっぱり、ルビーとかサファイアだ」

カルロスはスペイン語で興奮し上ずった声を出した。

「どのくらいで売れる？　皆な指輪にしたら丁度いいくらいの大きさの宝石だぜ」

「分からないな」

タケオは言い、自分の顔を見つめる女に、「全部、宝石だから、売ればすごい金になるって」とカルロスの言葉を伝えると、女は畳の上の色とりどりの石をかき集め、小山をつくってから、「いらんよ、今さら」と言い、タケオに、「見てみ、あのアニ」と仏壇の写真を眼で教える。

若い男が、真中に軍鶏を置いて中腰になっていた。

若い男はハンサムだった。

「死ぬちょっと前の写真じゃけど、この石の袋、あのアニが残していたもんやから、ずっと手をつけんで置いとった。昨日、おまえの顔を見て、中本の康夫と言うたら、うちのアニと確か兄弟やと思い出した。一緒に育ってないけど、それぞれ種は一緒や。それで中本の康夫から大分昔、南米で死んだと話を聴いてから、うちのアニに物を贈って来とったのを思い出して、それでアニが錦糸の袋に入れて大事に納とったの、仏壇に置いとるの思い出したんじぇ」

「オリエントの康が送った物か？」

「中本の康夫」

女は言い直す。

「うちのアニは中本と呼ばんと、女親の松井と言う名前じゃが、中本の康夫とうちのアニは齢が十ぐらい離れとったんかいね。これまで何にも連絡なかったのに、中本の康夫が南米で死んだと言うてオリュウノオバの家で、礼如さんが祥月命日のお経を上げだす頃に、木箱に入ってこの石と手紙が来たんじゃ。オリュウノオバとこへうちのアニが木箱ごと持っていた。オバ、こんな物、南米のヤスオノアニから届いたぞ。オリュウノオバはもうぼけとる。眼もかすんどるし、うちのアニの言葉も分からん。オリュウノオバ、それでも物、言うみたいに口、動かすんで、耳、近づけたら、それは玉手箱じゃと言う。

うちのアニは字をよう読まなんだ。手紙をしばらく見て、初めて自分の実の兄からかけられた兄弟らしい振る舞いじゃと言うて、そのまま納い込んだ。うちのアニが死ぬ間際になって、わしにその手紙を読んでもろて来いと言うの」

「何て書いてあった？」

「金つくって南米へ来い。うちのアニ、泣き笑いしとった。来い、言うても、手紙、届いたその時じゃったら体、ピンピンしとってどこへでも行けるけど、今は朽ち果てて行くの待つだけじゃわ」

女は病身の夫そのものになったように溜息をつく。

女はタケオの顔を見た。

「わし、綺麗なもんやで。死んだ人を詰る気は毛頭ないけど、マモルの嫁さんらの気持ち、分からん。うちのアニ、死んでからも、誰も男らそばに寄せつけん。ここでいっつもオリュウノオバみたいなもんやと言うとる。

路地の女の人ら自分らがそうやから、オリュウノオバ、礼如さんだけと違う、中本の誰それと関係あったと言うけど、幾ら女好きの中本の若衆でも、寝たきりの婆さんをどうするんよ」

女はそう言ってから、オリュウノオバがそこにいるように仏壇の方を見て、「笑とるわ」と言う。

「オリュウノオバが言った玉手箱と言うのは何？」

タケオが訊くと、「そうやんで、手紙、読んだ時はうちのアニ、もうどこへも行けんようになってからじゃから」と言って、ふと、驚いたようにタケオを見て、「オリュウノオバはそんな事まで見透して言うたんかいの？」と訊いた。

「見透しとったんかも分からんね」

女が自問自答するように呟いた時、「オバサン」という声と共に玄関が開けられ、「参らせてよォ」と少女が手に小菊の花束を持って入って来た。

奥の部屋にいるタケオとカルロスに気づいて、少女は金縛りにあったように立ちすくんだ。

女は少女の姿を見て、「この人らかまんのや。参って」と言い、ゆっくりと立ちあがって少女の手を引く。

少女は女に手を引かれて、体に血が通い始めたように動き、小菊の花束の中から二本抜き取って仏壇に花を挿し、ろうそくに火をともし、線香をつけ、鐘をたたいて手を組む。経を唱えているらしかったが、声は聴えなかった。五分ほど仏壇に向いあってから深々と頭を下げ、タケオたちの視線を避けるように顔をうつむけて畳に置いた小菊の花束を取り、「オバサン、おおきに」と言って、立ちあがる。

女は「そうか」と言って少女の後を従いて玄関に出て、少女を送り出してから戻って来た。

「あの子の腹、見たか？」

タケオは首を振った。

「あの子、腹、大きい。ああして人の家の仏壇、参って廻る仏さんみたいな子やのに、誰かに悪戯されたらして」

「智恵が足らないのか？」

女はうなずきかかって、首を振る。

「智恵が足らんのでなしに、わしみたいにオリュウノオバが見えたり、イズミシキブが見えたりする。おそらく、あんたら二人にも、まといついとる霊があると言うて来る。ここにうちのアニがおる。そこにあんたの男親、おる。オリュウノオバがにこにこしながら、ここにおる」

「見えるのか？」

タケオが訊くと、「見えるよ」と素気なく女は言った。

その時、また玄関の開く音と「オバサン」と言う少女の声がした。

「菊の花、もう二本ずつ、挿さして。ケチしとったら、皆なに叱られる」

女は立ちあがりながら「ほれ」と言った通りだというように笑いかけた。

奥の部屋に現われた少女はいまさっきとは印象が一変していた。色の白い、整った顔立ちの少女の快活な笑はタケオの眼を魅いた。

「もう二本ずつ、挿さなんだら」と弁解するように言う少女にタケオは「俺らの他に誰かここにおるのか？」と訊いた。

少女は振り向かず仏壇に小菊の花を差しながら、「おるよ」と歌うように言い、「さあ、これですっきりした」と言って、礼を言って立ちあがる。

その少女が、窓の外を見た。タケオは釣られるように少女の視線の向うを見た。夏芙蓉の木の周りを蜂鳥のような金色の小鳥が群がって飛んでいた。

女が錦糸の布袋に色とりどりの石を納め、まるで少女と自分の眼にありありと見えるオリエントの康とその弟の二人に言うように、「これ返しとくわ」と言って差し出す。

76

タケオはごく自然にその錦糸の布袋を受け取った。

それから次々とタケオに起った事は、女から手渡されたその錦糸の布袋に納められた色とりどりの石の魔力のせいかもしれない。それとも白昼の幻覚のように、夏芙蓉の狂い咲きの花に魅かれて狂喜乱舞する蜂鳥のような金色の小鳥の波を打つ鳴き声のせいか、駅の広場に面したビジネス・ホテルの屋上から投身自殺したマモルの女房の亡霊か、少女の怨霊か、裏山が削られ元の路地が壊され、今、新たに建てられた白いモルタル塗りのアパートが建ち並ぶ、新しい路地になってもまだ漂い続けているオリュウノオバの霊魂の導きなのか。

「やれ、安気になったァ」

錦糸の布袋をタケオに渡して女はそう言い、九時から始まるマモルの女房の葬儀に出る為に喪服に着替えるから部屋を出てくれと言う。

「わたし、もうちょっと花、挿さしてもろてくるわァ」

少女も気を利かすように言って、外に出た。

少女はアパートの前に立ち、後から外に出るタケオに「持っとった花、みんな挿してしもたんで、花、取って来るから、ここで待ってて」と言い、タケオの返事も聴かずに路地の道を駆け出し始めた。

少女は建ち並ぶアパート群の一等端まで走って、左に折れた。そこからはアパートにさえぎられて見えないが、路地の者らがつくる菜園があった。

少女は野菜を作るかわりに花を作り、その花を切って、人の家の仏壇に花を挿して廻る。

少女は、知能の発育が劣っているわけでも、気が違っているわけでもなく、ただ純で人見知りし、霊感が強いだけだと分かるが、妊娠していると聴かされているその体を庇う事なく全力で疾走していく姿を見ていると、タケオは金縛りにあったようにその場を動けず、手持ちぶさたをごまかす為に、夏芙蓉の木の方から黒い喪服姿の男が歩いて来ているのを知りながら錦糸の布袋を取り出してカルロスに、「綺麗な布だ」と見せたのだった。

カルロスが、「ああ、綺麗だ」と答えるより先に、歩いて来た男が、「何が入っとる?」と訊いた。

その問いはカルロスが発したのではないと分かっているのに、タケオはカルロスが訊ねたような気がして、「きちんと磨いていないけどすこし手を加えれば物になる宝石の原石」と答えた。「ほう」と声を上げて関心を示し、「どう？　見せてくれ」と掌を広げて差し出す男の動きに呑まれたように、錦糸の布袋を開けて、色とりどりの石を出して見せたのだった。

男は掌の石を指で選りながら「これはエメラルド、これはサファイア」と正確に石の名を言い、「磨かいでもすぐ指輪やブローチに加工出来るな」と言って顔を上げ、タケオの顔を見て、「どしたんない？」と訊いた。

その問い方が直截すぎ、ひょっとすると路地に潜入している私服の一人かもしれないと警戒し、黙ったまま男の掌から石を受け取り、錦糸の布袋に戻しかかると、男はタケオの警戒を察知して「違う、違う。わしは市会議員の吉原の連れで、植木屋じゃ」と笑う。

「私服じゃないのか？」

「違う、違う。今日は山火事でごった返しとるさか、わしが何人もの香典、まとめて持って来て、代表で葬式に出席に来た」

男は香典の束を胸ポケットから取り出して見せる。

「山は火事しとる。そこへまた葬式じゃ。陰気臭い、三隣亡か仏滅の日じゃと思てここへ来たら、二人の若い色男が立っとる。手に持っとる袋の中味を何ないと訊いたら、宝石じゃと言う。確かに宝石じゃ。どうせ売るんだろうから買うてくれる人を知っとるから紹介したろと思て、しかし紹介するんじゃったら盗品じゃったら悪いと思て、どこから手に入れたんない？と訊いた。もっともその買うてくれる人、盗品じゃ何じゃという小さい事にこだわらん人じゃけど」

「誰だよ？」

「名前は今、言えんけど」

男は真顔になった。

その男の顔を見て、市会議員の友だちで何人かの代表で葬儀に出席するという言葉から、宝石の買い手として紹介しようという人は佐倉を措《お》いてないと考え、タケオは、なるだけ男に好意を抱かせて自分に関心を引きつける為に、自分は昔、鳴らしたオリエントの康という路地の男が南米に渡って土地の混血女につくった一粒種だと経歴を語り、さらにさっき手に入れたばかりの錦糸の布袋の宝石との数奇な出会いを語って聴かせた。

タケオにしてみれば、実父オリエントの康が冒険や希望や夢の為にそれを使えと弟に送った宝石を今、挫折の悔しさと共に自分が手にしている条りに感動してもらいたかったが、植木屋だという男は、話を聴き終えるなり、開口一番、「ここの人はどんな金銭感覚しとるんかいね」と言い、高価な宝石を値打ちなぞ無関心なようにやりとりすると驚嘆するのだった。

「おかしなとこじゃ、ちょっとの事に尾鰭《おひれ》をつけて、人を脅迫して金をせびり続けとる人間もおりゃ、ぽんと宝石、引き渡す者もおる。昔もそんな事あった。高い宝石がばらまかれとるの。わしがさっき、宝石を買うてくれる人、と言うたのは、いま、山が燃えとる佐倉じゃけど、その佐倉がよう言うとる。よっぽど印象に残っとるらして、路地の者が入れ替わり立ち替わりして、泥のついた指輪やブローチを拾たけど、買うてくれと持って来るんじゃと何遍も言うとる。盗品じゃと分かっておっても、どうせ買うたるしかないから、皆なに言うた。盗んで山分けした物じゃと分かっとるから、何にもわざわざ泥つけてごまかして持って来いでもええ。ところが、皆な、本当に拾たと言う。どこに落ちとる？　路地の道に。そうじゃったら、わし、拾いに行く、と佐倉は言うて、本当に路地の道をさがした。路地の道から佐倉は二個指輪を見つけ、皆なの言っているのが本当じゃと分かった。盗んだ者が指輪やブローチに値段などあるもんかというようにばらまいとるんじゃ」

男はタケオに言って顔を上げ、カルロスが驚きの声を上げると遠くを見て、不意に緊張した表情になった。

タケオはあわてて振り返った。

77

切ったばかりの小菊の束を持った少女が転んだらしく、地面に倒れていた。手をついてのろのろと起き上がりながら、自分を見ている三人の方に救けを求めるように眼を遣る。その起き上がる動作があまりに緩慢なので、見るに見かねたようにカルロスが小走りに駆け寄って、抱き起した。

「葬式に顔出したら、わしは役目済むんじゃさか、それから佐倉に会わしたる」

男はそう言ってからタケオに、「ただしあんた、一人だけじゃ」と言う。

男にそう言われてタケオは腹の中で、佐倉に会うという事を毒味男にどうやって伝えようかと考え、ひょっとすると毒味男や「九階の怪人」の計画に自分が佐倉に会う事で齟齬が生じるかもしれないと思い、会う時を後にずらすべきだと考え、「山が燃えているなら今日は大変な日だから、今日じゃない方がいいんじゃない？」と言うと、男は「そんなもんじゃない」と言う。

「放火されたって噂してた山火事でしょ」

「放火かもしれん。いや、放火じゃろよ。放火であっても自然発火であっても、あの佐倉は何とも思わん。むしろ自分の山が火事になったと聴いてわくわくしとる。ほっぺた一つ打たれたら百発殴り返すか、いっその事、毒でも盛って殺してしまえという考えじゃさか、誰ぞが仕掛けた山火事、何に化るか、分からん。わしゃ、想像出来る。今、わくわくしとる。今、会うてくれと言うたら会うじゃろし、その袋の宝石を一億で買うてくれと言うたら一億で買うかもしれん」

少女の肩を抱きかかえるようにして歩いて来るカルロスを男は見ながら、「一人で会うのは都合が悪いのか？」と訊いた。

「そんな事はないけど」

タケオは言った。

カルロスに抱えられた少女はタケオと男の立っている場所まで来ると、しくしくと泣き出した。

その泣き声の陰鬱さに閉口したように「今日はやっぱり三隣亡で仏滅じゃ」と空を仰ぎ、空を翔び交う金色の小鳥が不吉極りない事の象徴だというように顔をしかめ、「またあの糞蝿みたいな鳥じゃ」と呟き、葬儀に顔を出した後、すぐ戻るからここにいろとタケオに言い置いて、集会場の方へ歩いて行った。

カルロスが、甘えたように泣き続ける少女の頬の涙を指でぬぐってやり、「大丈夫？」と訊くと少女は、小菊を持った手を上げて、「あと二軒とお地蔵さんに挿しに行く」と言い、明らかにタケオとカルロスに同行してくれと誘うように二人を見た。

タケオがカルロスにスペイン語で、一緒に行ってやれと勧めかかっていると、アパートの中から錦糸の布袋をくれた女が喪服に着替えて姿を見せ、カルロスの腕に抱えられてしなだれかかったような少女の姿を見て、何を誤解したのか、「知らんどう」と声を立てる。

「この子の親も兄貴らも、腹の子の親を、誰ないね？　と捜しとるんじゃさか。そんなに抱え込んどっただけで、荒っぽい親も兄貴らもおまえらがそうじゃと思うわ」

タケオは女に言われ、一歩後に下ったが、カルロスは話の中味どころか方言そのものを聴き取れなくて理解出来ないように腕の中の少女に、「もう泣かないねー」と話しかけていた。

タケオはカルロスにスペイン語で女の言っている事を伝えた。

その少女は誰の眼にも器量のよい気の優しい汚れを知らない娘だと映るから、人の家に勝手に上り、仏壇に花を挿しても誰も拒む事はしなかった。

近ごろ特に娘らしく綺麗になって来たので、親や兄弟が心配していたが、それが突然、現実の物となった。

少女は妊娠している。

親や兄弟らは堕胎をさせるつもりだが、路地の中でいたいけな少女が誘拐され、小さな性器をカミソリで裂かれて強姦されて殺されるという酷い事件が突発し、さらにその女親がビジネス・ホテルの屋上から投身自殺するという事件が重なった今、柔で霊感の強い少女に堕胎を強行すれば、必ず神経に障害が起きるからと、事態が鎮まるのを待っているのだった。

少女の父親は土建請負業とは名ばかりのヤクザ者だったし、二人いる兄貴は、新しく出来たヤクザの若頭と若頭代行をしている。

タケオのスペイン語を聞いてカルロスが肩に廻した腕を放した。

それを見て、女が、「ミイちゃん、おばさんと一緒に葬式に行こか？」と声を掛けると、少女は、「この人らに一緒に花、挿しに行てもらう」と言う。

「ミイちゃんがそう思ても、この人らは他に用がある」

「行ってくれると言うた」

少女はタケオやカルロスの言わなかった事を言い出した。

女は二人を見てから困ったと言うように顔をしかめ、「そうや、それやったら、おばさんも連れて」と言い出す。

少女と共にアパートの四階に行き、「花、挿さしてェ」と声を掛けてドアを開け、返事を待たないで中に入って行く少女をドアの外で待った。次のアパートの階段を昇り始めて、タケオは佐倉攻撃がかい人二十一面相の大きな仕事の一つなら、毒味男や「九階の怪人」に対して、佐倉に会わせてやるという男と会った事実だけでも報告しておく必要があると考え、少女が「花、挿さして」と人の家へ入り込んだ隙に、カルロスと女には電話を掛けて来ると断って、今さっき上ったばかりの階段を駆けおりた。

葬儀はまだ始まらないから、男が言った時間まで充分あると思ったが、階段を駆け降りるとその勢いが自分の現在の気持ちのリズムのように思えて、駆ける必要はまるでないと思いながら、スエコの部屋のあるアパートの方へ駆け出し、ふと誰かが自分を見ている気がして、振り返り空を仰いだ。

仏壇に花を挿し終えたらしい少女が、アパートの窓から自分を見つめているのを、タケオは見た。

まるで少女は山の彼方から人を透視するという仏陀か聖母マリアのように見ていると一瞬、思って、タケオは体の中から急にリズムが消えたように駆ける気力を喪くして立ちどまり、さらにかい人二十一面相も超過激、超反動の一味も無縁で、自分もまた空から降りそそぐ柔らかい光を受けた路地のここでは、七代に渡る仏の因果を受けた中本の一統の正統な嫡子だと思ったた。自分は、オリエントの康が、南米で健康だけ取り柄のような混血女を選んで種を植えつけたのが芽を吹き、十九歳まで育ってこの路地に姿を見せた中本の若衆だ、といままで思いもつかなかった事を、さながら耳元で誰かにささやかれでもするように考えたのだった。

タケオは自分を見つめる少女に、手をあげて合図した。

少女はタケオの背後に何かが見え、その力で体どころか意識の端まで金縛りにあっているように、合図に反応しなかった。

金色の小鳥の鳴き声が波を打って響いている青空を見ながら、タケオは男がそこで待っていろと言った女のアパートの前に歩き、そこに当の喪服姿の男が葬儀がまだ始まっていないのに立ち、タケオの顔を見て、「おう、来た、来た」と言うのを、まるであらかじめ予測していたように、タケオは笑いかけた。

そのタケオの、いかにも中本の若衆らしい爽やかな笑いを見て、男の方から、「あんたも聴いたんかい？」と訊ねた。

「警察が耳打ちするんじゃ。なるべく早よ、離れた方がええ。葬式の最中であろと何であろと、犯人、逮捕したると言うんじゃさか、わしはとばっちり受けたらかなわんと言うて、預った香典だけ入口に置いて来た。あの鬼のような男、逮捕される」

男はタケオの腕を押し、「行こ、行こ」と声を掛ける。

男に促されるまま路地の外に置いた車の方に歩きながら、鬼のような、と形容されるマモルが女房の葬式に出席している最中に嘆きや悲しみや怒りを演じるバケの皮をはがされるように警察に逮捕されるというのも、タケオは、さっき誰かから聴かされていた気がした。

車の助手席に乗り込み、不意に少女の顔を思い浮かべる。

男は車を発進させてから、「佐倉に会う時の注意だけしといたるわ」と言い出す。

「佐倉に会うたら、取りあえず物言わんと黙っとくことじゃね。向うが言えと言うてから言う」

男は笑った。

78

タケオが男と共に去ってから、そのタケオが立っていた場所に来て、少女は長い間、夏芙蓉の木を見つめていた。

顔をこころもち上げて、夏芙蓉の木の背後の青空が眩しいというように眼を細め、時折まばたきをしながら見つめ、梢についた季節はずれの白い花の廻りを飛び交う、金色の小鳥の鳴き声や羽音が波を打って響くのに、首を傾げている。

少女は異変を察知したように、顔をくもらせ、新しい路地の中に出来たアパート群の中の真中に位置するそこに立って、それ以上、夏芙蓉と金色の小鳥を見つめていれば、異変が災禍となり、さらにその災禍が脹れ上がる気がして、親と共に住む自分のアパートの部屋の方に逃げるように駆けたのだった。

夏芙蓉の花の匂いが次第に濃密になり、それが風に運ばれ路地を越えて、その土地の方々に流れるのか、金色の小鳥が一羽、また一羽と砂礫のように空を翔んで現われ続ける。

晩秋の稲の実った田圃に雀が群れたり、番鳥がねぐらにした木に集まって鳴き騒ぐ光景はあるが、熊蜂程度の大きさで蜂のように素早く羽音を立て鳴きながら一かたまりに群れて飛ぶ小鳥を見ていると、夏芙蓉の甘い匂いを胸に吸い込んでいる人間も小鳥と変らず、知らないうちに刺戟を受けて昂ぶり、常軌を逸したようになるような不安を抱く。

集会場で開かれるマモルの女房の葬儀に出る為に路地の入口を通った者らは、狂咲して幾つも花をつけた夏芙蓉とそれに群れる金色の小鳥を見て驚き、誰が言うともなしに、昔の路地が背した裏山の頂上にあった夏芙蓉を移植したから、いま、狂咲が起ったり、小鳥が群れるという事になる、と言う。

狂咲する夏芙蓉も小鳥も、人間の世界で取り行われる葬儀や突発した山火事を知っているようだと言い、そのうち女の一人が、元の路地を壊した時、裏山にあった夏芙蓉を切ってしまうのがしのびがたくて新しい路地の入口に移植したから、いま自分たちは直に目撃出来るが、実のところ、以前から路地で異変がある度に夏芙蓉は狂咲し、金色の小鳥は狂喜乱舞するように群れていたのだと言い出し、これもまた誰言うともなしに、それは裏山の中腹にあった家に住んでいたオリュウノオバが眼にし、耳にしていた事だったと言い出し、まるで昼日中に、夏芙蓉の太い幹の中からオリュウノオバが姿を現わすように視つめるのだった。

しかしその時はまだよかった。裏山に住んでいたオリュウノオバの霊魂が夏芙蓉の木に宿されていようと、この現実にことさら出て来て欲しいと切実に思う者もいなかったが、集会場でのマモルの女房の葬儀の最中、マモルが焼香し終るや否や、ころあいを計っていたように警官に外に連れ出され、そのまま自分の娘の強姦殺害と死体遺棄の犯人として逮捕され、一瞬に警察と報道の人間と路地の者らで蜂の巣を突ついたような騒ぎになってから、路地の誰もが本当に、もし霊魂が夏芙蓉の木に宿されているというのなら、いますぐオリュウノオバに出て来て魂が圧し潰されるような悲痛な気持ちを慰めて欲しいと思うようになったのだった。

ホテルの部屋のベッドで眠り込んでいる毒味男に、突発した事態を知らせたのは、思いがけない電話だった。

受話器から聴えて来る一言二言で、相手が徳川和子だと気づき、寝ぼけ眼のまま時計を見て、葬儀が終ったあたりだと推測しながら、「もうそろそろ、そっちで動きのある頃だと思っていた」と毒味男が言うと、徳川和子はいきなり、「やったわね」と言い出す。

モーニング・ショーで朝から紀伊半島の山火事を上空から現場中継している。

上空から燃え広がる三カ所の山火事を見ているとヘリコプターの上から中継しているものだから、素早く放火と逃走のヒットアンドウェイを繰り返している毒味男の顔がありありと眼に浮かび、東京で愛田淳と敢行している脅迫の報告かたがた声援の電話を掛けたくなったのだ、と言い、「幼女殺しの犯人、実の父親だっていう事件も、さすが紀州ってところね」と言ったのだった。

毒味男は徳川和子の感心する事件がマモルの事件だと気づかなかった。なまくらな返事をして、徳川和子と愛田淳が熊野ダラーと呼ばれる仕手集団の素性を洗い、さらにそれとは別個に、電機メーカーの一族に脅迫をしている現在の事態の進行具合を訊ねた。

徳川和子が報告するには、熊野ダラーと呼ばれる仕手集団は現在のところ、集中的に精密機械メーカーの株を買い漁っている、名前を変えているが、紀州・熊野の大地主の佐倉が噛んでいて、この男が没落した旧華族二家の全面的な援助の為の資金をそこから調達していると言った。

徳川和子は旧華族二家の名前を自分で出して、電話の向こうで異様に興奮した。

毒味男は戸惑った。

徳川和子を毒味男に引き合わせたのは、欲望渦巻く、と言っても専ら下半身だが、その東京の繁華街の一角に巣喰った「九階の怪人」だったが、犯罪の道に引き込み、逃げられないようにがんじがらめに縛ったのは、他でもない代々毒味として宮中や徳川家にさしむけられた母方の血と中本の血を持つ毒味男その人だった。

超過激、超反動の一味をつくり、かい人二十一面相を名乗り始めて、一層、徳川和子は宮中や皇族の元華族と言うと、異様に興奮するのが分かる。

これははっきりしている事だが、天皇や皇族を心から尊び、畏れるのは徳川和子も毒味男も一緒だった。

だが、その天皇や皇族をまつりあげる旗にして功成り名遂げた者らに、徳川和子は敵愾心をむき出しにする。

長い間ブラック・リストに載せて襲撃の機会を狙っていたホテルのオーナー一族がそうだった。

その一族は幕末では一介の炭屋にすぎなかったが、明治維新の頃の戦役で維新側に炭や薪を供給した報償で成り上がった。

徳川和子に言わせれば、明治維新で始まった日本の近代で欲ボケがぬけぬけと成り上がり、いままた新たな欲ボケが旧欲ボケとつるんで金儲けをしている。

もう少し事態が動けば紀州に出向くと言う徳川和子が電話を切ったので、毒味男はテレビのスイッチを入れた。

テレビの画面いっぱいに、マモルの顔写真が写し出されるのを見て、徳川和子が、さすが紀州で起こる事件だ、と感心したのはこの事だったのか、と驚き、ベッドの端に坐り込んで毒味男は声もなしにテレビを見つめた。

モーニング・ショーの出演者らの非難の合唱をしばらく聴き、毒味男は自分の体が火を点ければ燃え出すほどガソリンの匂いにまみれているのを知った。

どこで衣服を調達しても顔を憶えられる時は憶えられると覚悟して、スーパーマーケットで上から下までそろえてからサウナに行った。

79

毒味男はサウナ室に入って、体に溜った毒液のように汗が胸を伝い落ちるのを見て、徳川和子のような人間には、酷い眼をおおいたくなるような事件も、抑圧されたエネルギーの噴出として写るかもしれないが、すぐ近くにいる者には、立っている基盤すら揺さぶられる怖ろしい衝撃的な事件になると思ったのだった。

マモルはまず女房を疑い、あげくは、娘が市会議員の種ではないか、と疑い、どう考えても自分の種だと思うのに、自分の心の中に渦巻く猜疑心を言いがかりにして、俺が疑うんだから娘は市会議員の種だと酔っ払いのような理屈をつけて、泣きわめく少女の性器を切り裂き、性器を挿入し、殺す。

貧すれば人の弱みを見つけて脅す事だってしかねない。

圧倒的優位に立っていたと思っていたら、実のところ、ひっくり返されていた、と知った時の狼狽と屈辱感も違う情況に置き換えれば誰にでもある。

貧した男が狼狽と屈辱感に煽られ、報復の挙に出る。

それでも自分の娘の性器を裂いて強姦し、殺す事まで人はするだろうか？

毒味男はマモルの顔を思い出し、古い路地が壊れ裏山が削り取られた現在の新しい路地では歯止めが利かなくなり、そんな酷い事をやってしまうと思い、溜息をつく。

徳川和子が現代の人心の乱れの一切合財が明治維新にあるというように、毒味男は、路地の者の人心の乱れは佐倉によると思い、自分のあまり上手でない屁理屈に苦笑する。

それで毒味男は、こう考えたのだった。

マモルの犯した人倫にもとる事件は毒味男がやったとしてもよいし、逆に毒味男が犯した事件をマモルがやったとしてもよい。

共に子供の頃から品行方正でもなかった。

マモルが東京に流れて行って「九階の怪人」の元へ顔を出し、古道具商の男妾になれば、毒味男のようになってしまう。

毒味男は、それで決心した。

当初の計画通り、市会議員を殺害するか、殺害と等しいような損傷を心身に与える。

真新しい服に着替え、一段も二段も男振りが上がったような気になってサウナの鏡に全身を写して、受け付けの女が盗見しているのを見て、手当たり次第に女を引っかけて姦るのと、次々と人を殺していくのにそう大差ないと思い、盗見する女の視線をつかまえてにやりと笑い、そのまま振り返って、「さっき、服、着替えとる時に、俺のチンポを見たやろ?」と声を掛ける。

「見た言うても」

女が顔を赧らめて抗弁しかかるので「見られてもかまんけど」と言い、「何時に終る?」と訊ねると、女は「五時で交替」と言う。

その五時に暇があるかどうか分からなかったので、喉元まで五時に待っていると言葉が出かかったが耐えて、外に出て、市会議員を玩具を壊すように殺害したその昂奮のさめないうちに、女の熱い肌に触れ、人を殺害する時は酷さきわまりなく動いた手がまるで陶芸家のように、音楽家のように女の曲線をなぞり、擦り寄り、しかし結局、女を内側から裂くように腰を振り立てるのを想像し、毒味男はそんな事が出来れば男冥利につきると思う。

いや、いままでそうやってきたのだった。

古道具商を殺害し、死体を遺棄した後、殺した事を忘れる為というより、神経に異常をきたしそうなほど不快な記憶としてある男の指や唇や肌の感触を一刻も早く消し去りたく、手当り次第に女を物にし、女の肌に触れ、女を抱き寄せて眠った。

女三昧に耽り、そうこうしているうちにまた次のターゲットが現われる。

車で一周するだけで、その土地が山火事と少女殺しの父親逮捕の噂でわき返っているのが分かった。

繁華街の信号機のそばでも荒物屋の前でも興奮して怯えたような顔で立ち話している女らの姿が眼についたし、妙に通りに車や人影が多く、急いたように車を走らせていた。

「見とけよ、そのうち、アッと言わせてやるから」

毒味男は呟き、車を市会議員の家の前の通りに入れた。

家の中から男が出て来、その男に従いて市会議員が出て来た。

二人が家の前でお辞儀を繰り返しながら離れるわけでもなく言葉を交わしているのを見て、毒味男はチッと音をさせて舌打ちし、今、車を玄関前に横づけするのは賢明な策ではないと考え、アクセルを踏んで目立たない程度にスピードを上げ、市会議員の家の前を通りすぎた。

入り組んだ道をわざと選って走って時間を稼ぎ、元の道に戻ると、市会議員は玄関の前に立ち、手を上げた。

その馴れ馴れしい仕草を見て、毒味男はヘッと嘲るように笑い、マモルが逮捕されて小躍りして喜んだその心の隙間に俺はあいくちを突きつけてやると独り言を呟き、市会議員の前で車を停めた。

内側から助手席のドアを開けると、市会議員は「外人みたいな子、あんたの連れじゃろ？」と訊き、毒味男がそうだと答えて問いただすと、タケオが一人で佐倉の邸に行って、毒味男たちと南米のエメラルド鉱山の開発に行くから出資しろと言っていたと言う。

市会議員は毒味男に、これから佐倉の邸に行かないかと誘った。

毒味男は一瞬、誰かから毒味男やタケオの動きが佐倉に伝わり、行動を読まれ、佐倉が先手を打ちに来たのだと考えて緊張し、「佐倉の邸はどこにある？」とはぐらかすように市会議員に訊いた。

80

市会議員は戸惑ったような顔を作った。

「随分、この土地にいなかったから、佐倉の邸、どこにあるのか、忘れたな」

毒味男はそう言って、手を伸ばして助手席のドアを開け、市会議員に車に乗れと勧めた。

何でもない毒味男の行動に紛れた凶悪な犯意を敏感に察知したように、市会議員の顔に怯えが浮かび、「ここからなら歩いてもいけるけど」と言い、毒味男が自分の顔をじっと見詰めているのを見て、「それなら車に乗せてもらうわ」と助手席に乗った。

「蓬莱山の神社の横の邸、ちょっとずつ改造しとるけどの。本体の方はほとんど変らん」

毒味男は車を発進させてから、思い出したふりをして、「蓬莱の神社の横の大きな邸」とわざとらしく言った。

市会議員は毒味男のその言い方にも、凶暴な犯意を嗅ぎとめたように黙った。

「覚えとる。覚えとる。大きな邸じゃった。蓬莱山も神社もすっぽり入るぐらいの邸じゃった。皆な、言うとった。昔、天皇に爆弾を投げようとした人間のオイじゃさか、邸もこれ見よがしに神社より大きいと。佐倉は自分を天皇よりエライと思とると」

「普通の人間には分からんくらい大きな邸じゃったさか」

「あのぐらいの大きさの邸、外国じゃざらにあるらしいがな。だけど、ここは日本だからな。常識はずれの大きさの邸は天皇に盾ついた一統のこれ見よがしの物として見えるだろうよ」

「佐倉は大逆事件はデッチ上げだと言い続けている」

「心の中では、分からん」

そう言う毒味男を見て、市会議員は物を言いかけて黙り、そこを越えれば蓬莱山が見える坂道の信号で毒味男が車を停めると、「右翼ですか？」と訊いた。

「どういう意味だよ？」

「天皇に盾ついた大逆事件の一統だから、佐倉を脅しているんかん？　佐倉のバックアップを受けているわしを脅すんかん？」

毒味男は笑った。

「俺を右翼なぞと言ったら、真面目に軍歌鳴らして走り廻っている連中に悪いさ。俺は犯罪者さ。犯罪が好きなだけさ」

「マモルが捕ったの、知っとるかん？」

毒味男は車を加速させながら市会議員を見た。

心の中に、だから、取りあえずおまえをターゲットに選んだ、と言葉が湧いた。

しかしターゲットに選ばれた市会議員本人に、マモルが自己破滅的な人倫にもとる犯罪の容疑者として逮捕されたから、おまえを殺害か決定的な損傷を負わせると決意していると言い、その理由を説明出来ないと思って黙った。

言葉で言えるのは、毒味男自身が犯罪というものの味を知っている、という事だった。古道具商を殺してから、「九階の怪人」を引き込み、徳川和子を引き込み、南米から来たオリエントの康の一粒種のタケオを引き込んで犯罪を繰り返したのも、結局、紐が首に喰い込んで相手の息が止った瞬間、いままで競い合っていた他人が消え、まったく自分一人になってしまうような感覚を皆なに伝えたいからだった。

他人の自由を剝奪する暴力の最大の勝利の瞬間。その瞬間には、怨みや嫉妬や不満はかき消えている。

「警察がわしの言う事を信じて、マモルの言う事を信じなんだ」

市会議員は身震いした。

「ニュースで流れたらしく、後援会から何本もハビに嚙まれたようなものやと慰めの電話をもろたけど」

「あいつはハビか？」

「ハビじゃよ」

「マモルはハビか」

市会議員の指示で蓬萊山の神社の境内に車を乗り入れ、神馬の厩の横にある駐車場に車を入れた。

駐車場の脇に木戸があり、その木戸一面にすいかずらのつるが絡んでいた。

市会議員は繁ったすいかずらのつるに眼を留めた毒味男に気づき、少し歩くと裏口に出ると教え、大きすぎる邸のせいで日当りのよい神社側や蓬萊山の側の庭は植物が繁茂し、密林状態になっている、と言った。

市会議員の言う通り、神社の社務所の脇に裏口があった。裏口の木戸の脇にインターホンがあり、市会議員はボタンを押して名前を言った。

すぐ木戸が内側から開けられ、男が顔を出した。

市会議員は男の顔を見て恐縮し、男に毒味男を紹介するのを忘れたように自分が受けた励ましの電話の話を持ち出した。

「ハビに嚙まれたようなものじゃ、毒のある蛇に」

男は言い、そばにいる毒味男に、「のう」と相槌を求めるように顔をむけた。

毒味男は心の中で、先ほどの市会議員の気の利いた言葉はこの男の吐いた物だったのか、と思い、男に「死ぬほどの効き目はないじゃろ」と答えた。

「おうよ。死ぬほどの効き目はない。選挙の票が二、三百ほど減るだけじゃ」

男は闊達な口調で言い、毒味男の顔を改めて見て市会議員に、「あの話の男かい?」と訊いた。

市会議員は秘密の話が暴露されたというように緊張し、「シゲルさんと言う」と毒味男を紹介した。

「折戸シゲルという姓名じゃけど」と、毒味男は言い直した。

男は折戸という苗字にもシゲルという名前にも反応せず、人が自己紹介すれば自分もするのが当然だというように、「ここで居候しとる田口良一と言う」とあっけらかんと言った。

「いまも、筏《いかだ》の話しとったんじゃ。若い衆が筏をやりたいと言うとる。筏と言っても観光筏じゃけどの。観光客を乗せて、筏で川を下りる。阿呆な商売じゃと言っとるんじゃ。ジェットコースターの自然版みたいに思とるが、そのうち必ず水に落ちて溺れるの出る。死人が出たら、中止じゃ。筏と言うの、遊ぶ為にあるのと違うのに」

男は一人でしゃべってから、ふと思い出したように、「あの混血の子の連れか?」と訊いた。

「親戚だけど」

毒味男が言うと、男は「書斎におるじゃろから」と、毒味男に従いて来いと歩き出した。

81

裏口から邸の母屋まで雑木林のように密生した樹木の中を歩いて渡りながら、男は、何かを察知したようにしきりに毒味男の顔をうかがうように見た。

母屋は洋風に改築したばかりだと言った。だだっ広い部屋はことごとく板張の床で土足のまま上ってよいように出来ていた。

男は先に立って歩き、「人、おらんみたいに見えるじゃろ」と話しかけ、書斎に待ち受ける者の秘密を明かすというように、「あの男は気がふれとるから、こんな広い邸でも狭て息苦しいと言う」と言う。

書斎の開いた入口に来て、男は咳払いをしてから、入口に立った。

だだっ広い部屋に置かれた長椅子にタケオが坐り、その前の椅子に男が坐っているのが見えた。

「折戸シゲルという名前の、その子の親戚を連れて来た」

田口良一と名乗った男は、背を見せて椅子に坐った男の方に歩きながら言い、毒味男と市会議員に、「中に入れ」と小声で呼んだ。

「今日は機嫌がええ日じゃがい、天気もええし、朝から街中、祭の日みたいに騒いどるし」

田口良一は男に言ってから、また毒味男に男の前に出ろと合図した。

「誰が来たて？」

椅子に坐った男の訊ねる声に、毒味男は、路地から代々毒味として宮中や徳川家に差し出された家系の女を母親に持ち、七代に渡り仏の因果がついて廻ると言われる中本の血の男を父親に持つ折戸シゲルだと名乗ろうと歩き出し、タケオの前にあるテーブルの上に置いた物を見て声を呑んだ。

テーブルの上に錦糸で織った布袋があり、色とりどりの宝石がばらまいたように置いてあったが、その横に宝石の数十倍の値打ち物のように、炎の跡がくっきり残った飴色の斎藤順一郎の大腿骨が置かれてあった。

ただ大腿骨は二本に断ち切られていた。二つに裁断したのは毒味男やかい人二十一面相の仕業ではない。

毒味男がやった事は、大きい物は大きいように自然のままで梱包し、ワープロで作成した脅迫状と共に宅配便で佐倉宛に送った事だけだった。

「誰が来たて？」

男は毒味男が無言なので苛立ったように田口良一に訊いた。

「誰が来たて機嫌がええ日じゃろよ。山、燃えとるし」

田口良一が言うと、男は「面白いけどの」と言う。

男は体をねじって振り返り、背後から近寄る毒味男に眼を遣り、さらにその向うにいる市会議員を見て、「血の道の女が雨降ったらすっきりするように、山、燃えとると思うと気分がすっきりするけどの」と言い、外から入って来た毒味男に何のこだわりも感じないと言うように、「まあ、坐れ」と言う。

毒味男はタケオの横に坐った。

タケオは、路地で会った植木屋だという男にここに連れて来てもらった、と言った。

その植木屋は山火事の現場に行った。

男が、話をかわす二人の顔を見比べ、「イトコ同士か？」と訊いたので、眼の前にある二つに断ち切られた斎藤順一郎の大腿骨に脅されるような気になりながら、「折戸のシゲルと言う」と言う。

「ああ。折戸のワルか」

男は即座に言った。

男は明らかに毒味男を挑発するように、「おまえの本当の名前はコケルと言わなんだか？」と訊いた。

毒味男は挑発に乗せられては計画が失敗すると思いながら、黙っていると屈辱に屈辱を重ねる事になると我慢ならず、「おまえが名付けた毒の種じゃ」と言うと、男は、アイヤと妙な聴き馴れない言葉を言って笑い、脇に立っている田口良一に、「この男も俺を佐倉じゃと思とるぞ」と言う。

「佐倉じゃと人が言うんじゃから、佐倉にしとけ」

田口良一が言うと、男は怒りにたぎる毒味男を一層からかうように、「佐倉本人が俺を佐倉じゃと思て、物を言いかける邸じゃもの、コケルという名前、俺がつけたと文句言われるのも無理ない」と言い、佐倉から何度もその話を聴かされているのだと言った。

佐倉から、それがよほど面白いことだったのか、何度もコケルという名をつけたと抗議に来た女とその兄の話を聴かされていた。

佐倉は、自分がつけたのはミゲルというものだったが、無知な路地の者らは、コケルと読み間違ったのだと言った。

折戸の女は、毒味の家系を自慢してから、名付けを頼んだからコケルなどという妙な名前をつけられたとわなわなと怒りに体を震わせ、ついには佐倉が路地を食い物にする希代のペテン師、天皇に盾つく大逆賊だと詰った。

「そこにおったらしい」と男は、毒味男の母親と伯父の二人の立った場所を、外から明るい日の光の射し込む入口のあたりを指差した。

「もっとも佐倉は、ミゲルとつけたのではなしに、コケルと本当につけた、と俺は思うけど」

「佐倉はどこにおる？」

「ここにおると言うとる」

男は不機嫌な声で言い、佐倉に関する一切の問責も取引も自分がやるというように、テーブルの上の斎藤順一郎の大腿骨の半分をつかみ、裁断面を手で撫ぜ、「触ってみ、象牙のようにつるつるしとる。丁寧に俺が磨いたんじゃさか」と、毒味男に向って差し出した。

それも毒味男に対する挑発だと分かっていたが、脅迫状と共に届けられた人骨を二つに裁ち、裁断面を磨く姿を想像すると、その神経の鈍感さに嫌悪すら抱いて、毒味男は骨を受け取らなかった。

男は骨をテーブルに戻した。

「使い走りの植木屋に連れられて宝石持ち込んで来て、南米の鉱山を開発せんかとこの子が言うんじゃけど、本当に一つが三億ぐらいするエメラルド持っとるんかい？」

「三個、あるよ」

タケオは言い、毒味男にいまエメラルドは誰が持っているのかと訊いた。

男たちの前で名前を出すのをはばかったが、南米の鉱山の出資の約束を取りつけるには証拠を見せる事だと思い詰めたようなタケオをなだめる為に仕方なく、徳川和子の名前を言った。男でなく田口良一が徳川という苗字に関心を持ち、男が「徳川家の人か？」と訊くので、うなずき、徳川和子という徳川家のお姫様が間もなくエメラルドを三個、持って佐倉に会いに来る、と言うと、「佐倉のオヤジは、その時は俺が佐倉じゃと起き出して来る」と言う。

その徳川和子が来て、持参したエメラルドを見て、南米の鉱山開発の出資を決めると男は言い、田口良一に合図した。

田口良一は「さあ」と促し、タケオに宝石を錦糸の袋に納わせた。

毒味男が立ち上がると男も立ち上がった。

男は毒味男の後に立ち、独り言を呟くように、「徳川和子さんに早よ来なんだら、生きとる佐倉に会うの間に合わんと言うたれ」と言う。

毒味男が「そう言う」と答えると、「早よせなんだら、俺が相手になったら手強いぞ」と言う。

「山につけ火したの、おまえじゃろ」

男は毒味男の耳にささやいた。

「佐倉は寝たきりで話聴いてそんな悪い奴がまた現われたと嬉んどる」

「生きとるんか？」

「ああ、生きとる」

「百五十ぐらいじゃろ」

毒味男が言うと、「そのくらいじゃろ」と男は言い、「見たいか？」と訊いた。

毒味男はうなずいた。

「佐倉に直に自分で、山につけ火したの、俺じゃ、人骨送りつけたの俺じゃと言うか？」

毒味男は男を見つめ、「俺は誰が邪魔しよと、おまえを火だるまにし、おまえの邸も山も火事にして灰にしたると直接、言う」と言うと、男は「分かった」と言い、毒味男に従いて来いと言って先に立って奥の方へ歩き出した。

書斎の二倍ほどの広さの明るい部屋の中に大きなベッドが置いてあった。

寝台の上に鼻から管を通した白髪の男が寝ていた。

これがあの佐倉か、と妙な感動に胸をおののかせながら近寄ると眼がいきなり開いた。

だが瞳は動かなかった。

82

玩具の人形か剝製の野鳥の瞳のようだと思い、毒味男が見つめると、「今、眠っとるんじゃろ」と男は言った。

男がその毒味男の肩をたたいた。

広い明るい部屋の窓際に置いてある椅子を差して坐れと言った。

「年寄りじゃさか、眠っとったら、すぐにはさめん。時間がかかるんじゃ」

男は毒味男が椅子に坐ったのを見て、ベッドの上の白髪の男の顔を確認するようにのぞき込み、「起きたら、おまえを見て小踊りするように嬉ぶんじゃ」と呟いて、ベッドのそばにあった椅子を毒味男のそばに運んだ。

男は椅子に坐りかかって、「煙草を吸うたか?」と訊いた。

「吸う時もあるが、今は吸わん」

男は毒味男を見ながら坐った。

「このベッドに寝ている年寄りに気を遣っているのなら、心配要らんど。この部屋は空調もしとる。冷暖房も自動的になっとる。外からの光も本物は一切入って来ん」

男はそう言ってから、胸ポケットをさぐり、名刺入れを出した。

名刺を一枚、抜きとって、毒味男に渡す。

名刺には表に大木戸新一という名前が太い明朝体の活字で印刷してあるだけだった。

裏には、住所と電話番号がある。

男は毒味男が住所を読んでいるのを見て、「駅前の貸事務所の住所と電話じゃ」といい、毒味男に事もなげに佐倉のオイに当る、と言った。その時、良一と呼ばれた男が部屋に入って来て、タケオと市会議員を帰すのかと訊いた。

毒味男が返事するより先に、男が「もうじき、眼がさめるさか。佐倉にこのワルが物言っておるんじゃさか。ちょっと待っといてやれと言うたれ」と言い、不意に、まるで予期しない感情の昂りに襲われたように、「そうザラにおらん。こんな佐倉のような果報者は」と激した口調で言って良一を見、次に毒味男を見る。

良一は、また始ったという顔で部屋の外に出た。

「なにもかもみんな、佐倉が呼んどるんじゃ。ここへ集まれと呼んどるんじゃ。あのマモルという男もここに来とったど。あれ、捕って、死刑になるのか、無期になるんかも俺は分からんが、恩赦でもあって外に出られて、まだ佐倉が生きとったら、またまっ先にここへ来る」

「そんなにワルが好きなのか」

「じゃから、おまえが来たと知ったら、眠っとった時間がもったいなかったと言うじゃろよ。骨、届いた時も、他所にも届いとる骨と一緒かいの？　と訊いて、一緒じゃと分かると、電気会社や不動産屋や菓子屋の連中と格が違うとむくれとった。しゃれこうべが欲しい、喉仏が欲しい。一緒におった医者やスーパーの社長が、しゃれこうべは頭、こなごなに砕かれて殺されたんで形が整ってないし、喉仏も善人の死体を焼いたら、喉の骨が仏様の形に出るので、この骨は小悪人のものじゃろから、無残に壊れたんじゃと言うたんじゃ。骨を送りつけた悪党は、佐倉に一番ええとこを選んで送って来た。その悪党が姿を現わした。よりによって、佐倉が名付け親になった男じゃと言う。佐倉がゴッド・ファーザーじゃ」

その時ベッドで寝ている男の唇が動き、声が洩れ出た。

男は白髪頭の男の方に振りむき、「ミカエル」と唇の動きを読む。

男は立ち上がってベッドの脇に歩き、白髪の男の顔すれすれに顔を近づけた。

「そうか、起こして欲しか」

男は言って、毒味男に暗に、佐倉が目覚めたから覚悟は出来ているかと声を掛けるように眼を遣り、それからベッドの脇のボタンを押す。音も立てずベッドは動いた。

自然の外の強い光が硝子に仕掛けられた細工で、室内に届く時には柔らかい優しい明るさに変えられている。

その棘のまったくないような光のせいか、空調のせいか、毒味男はベッドの背が徐々にせり上がり、佐倉だという白髪の男が正面に現われるのを、幻覚を見るような気で見ていた。いや、それははっきりと幻覚と言った方が正しいかもしれなかった。

とうの昔、死んでいてよいはずの男が、鼻から管を通し、動きのない剝製の鳥のような眼を開いて、毒味男の前に現われる。

ベッドがまだゆっくりと動いているうちに、白髪の男は物を言うように声を出した。

男は白髪の男に顔をくっつけ逐一、言葉を読み取った。

ミカエル。大天使。アダムとイブを楽園から追放した者。

男は読み取った言葉を言ってから、「大天使の名前から取って名付けたんかい？」と白髪の男に訊き返す。

白髪の男は物を言った。

母親や路地の者らが読み間違いをしたが、名付け間違いをしたわけではない。

白髪の男は小さく咳をした。

よく観察すると、その咳は体の奥から笑いがこみ上がって、肺か気管か、その感情の変化に耐えられず弱った筋肉がひきつれを起しているのだと分かった。

毒味男は怒りに体が熱くなった。

「この野郎、ひねり潰してやろうか？」

男は素早く毒味男を見た。

言葉とは違い、毒味男の本心は別なところにあると分かったように、こんこん咳ながら物を言う白髪の男に顔を近づける。

大天使ミカエルの名前を誰が知ろう。

ミゲルはコケルになり、ミカエルはカエルになる。

眠りからゆっくりとさめながら、二人の男の声がしているのを聴くともなしに聴いていた。

声の主は大天使ミカエルから取って名付けたおまえだと分かった。それで分かった。大きな人骨を送りつけて来た意味が。

男は白髪の男の唇の動きから眼をそらし、毒味男の後の窓を見た。

「羽根など生えてない」

男はぶっきら棒に言い、ベッドの脇のスイッチを押した。

白髪の男は咳をしながら、声を出し続けていた。

男は言葉を読み取らなかった。

ベッドが、元の位置に戻っても白髪の男が声を出し続けるので、「佐倉は何と言うとる？」

と毒味男が訊くと、「幻覚じゃ。幻覚を言うとる」と言い、男は毒味男の方に歩いて来る。

「どこにそんな体力があるのか、興奮して話し出したらキリがない」

男は言って、また元の椅子に坐わる。

坐るなり、「おお、これからそれを言ってみよ、と思とるとこじゃ。黙っとけ」と声を出す。

毒味男の耳には意味不明の声にすぎないが、男には白髪の男の言葉が聴き取れているらしかった。

「眼が覚めたらうるさい奴じゃ」

男は照れたように見て、毒味男に、送りつけて来たのが大腿骨ではなく腕の骨だったら、穴を開けて骨笛を造れると佐倉が言った、と言い出す。それをその大天使ミカエル転じてコケルになった男に言え。骨を二つに切断したのはその為だった。どんな悪党が脅迫状と共に焼いた骨を送りつけたのか見当がつかなかったが、男は佐倉の案を受け入れ、悪党が姿を見せた時に吹いて音を出して聴かせる為に、笛を造るつもりだった。

「あの骨よりおまえの骨の方がええ笛になる」

毒味男は言う。

男は笑った。

「年寄りの骨じゃさかい、かすかすで息が洩れるわい」

男がからかうように言うと、寝たままの白髪の男が声を出した。

「悪党ら、そのうち見ておれ、と死にかかっとるくせに言うとる」

男はベッドから聴える声に耳を澄ます。

まるで幻聴に答えるように、男は「おうよ」と答える。

「万事、抜かりなしにやっとる。俺はおまえじゃ。佐倉の看板、背負とる。山、焼いたくらいで犯人じゃと警察に突き出すものか。倉一つ二つ潰したところでどうという事ない。この男、買うたる」

男は大声で言って、毒味男に向って片目を瞑った。

83

男が呼んだのか、部屋の中に中年女が入って来た。

男は腕時計を見て、「これからまた寝るんじゃ」と言い、毒味男に部屋の外に出ろと言った。

毒味男の後に立って男はくすりと笑った。

「言うのに事欠いて、この悪党を買えじゃと」

男は長椅子の置いた部屋から姿を見せた良一に、「佐倉は上々の機嫌じゃ」と言い、部屋に入った。

元の自分の坐っていた椅子に坐り、毒味男にいきなり「幾らで売る？」と訊く。

「俺をか？」

男は「おう」と声を出し、にやにや笑う。

「おまえ以外にない。可愛いらし顔をしとるけどまだ石鹸の匂いしとるような男、幾ら集めても何の足しにもならん。悪党のおまえ以外に他におろか」

男はそう言って良一を見た。

「聖書でアダムとイブが禁断の木の実を喰て楽園から追放されるじゃろ。追放した大天使の名前ミカエルの名前じゃとまた思いつきを言うて、この男を大天使ミカエルの顕現《けんげん》じゃと言い始めた。思いつきに空想が混り本当になる。羽根、生えとるさか、飛んでいかんようにむしったれと言う。

二人で坐って話しとったら、この男の羽根むしったさか、渋々、椅子に坐っとる。むしった羽根を見せてみよ、と言う。そのうち大天使ミカエルの顕現じゃさか、その男を買えと言う」

「それであいつは笑とったんじゃ」

毒味男が方言を使っていうと、男は「売るか？」と真顔で訊いた。

「焼いた骨、送りつけて来たし、山を一遍に三カ所もガソリンまいて放火した悪党じゃさか、俺らも、悪党じゃというの分かるんじゃろ。本当は金のわらじはいてさがし廻らんのじゃならんけど、自分でここにおるとノロシ上げてくれたみたいじゃ。もう調べとるじゃろけど、悪党仲間、ようけこの近辺におるから、デパートの社長、呉服屋のオヤジ、医者、名士がずらりと並んどる。

言うたら第二の大逆事件じゃの。昔の大逆事件の首謀者の血筋の佐倉がおって、俺がおるから、何にも昔のように天皇に盾つかなんでも、第二の大逆事件じゃの。大阪の地検がきな臭さに気づいて嗅いで廻っとるけど、まだよう嗅ぎ当てん。おそらくどこかに潜んでる優秀な検事が、そのうち第二の大逆事件として、一網打尽にしたると狙とるじゃろけど、熊野ダラーと呼ばれる幻の仕手集団は逃げ足が早い。ゴルフ場の建設も上手に運んどる」

「地検に目をつけられたの、殿様商売のとこじゃの」

「他所の土地はいままで一遍もやられてないさか、今ごろ一回目の大逆事件やっとる。まだ検察庁や軍隊がどのくらい怖ろしか、肌身で知ってないさか調子に乗ってやりすぎて、姿を消すの、忘れ、たたき落される」

男は言い、毒味男に、「第二の大逆事件に加わらんか?」と訊いた。

その男の誘いは毒味男には魅力だった。

一部の銘柄の株価を吊り上げ、高値で売り抜けて利益を手に姿を消す熊野ダラーもゴルフ場建設を餌に銀行から融資を引き出し、それを土地の購入や株の購入に廻すのに反感は抱いたが、佐倉にもその男にもある額の汚穢を示す傷跡のような物に魅かれた。

その傷跡は大逆事件によってつけられた物だった。

大逆事件直後から、この土地の出身の者は心の中に天皇に盾つく気持ちがあると疑われて就職にも結婚にも齟齬《そご》が出たが、それから百年以上も経った今、その大逆の傷を額に持つ一統が生きていて、その汚穢の傷の匂いに集まるように、悪党らが集っている。

白髪の男が老衰してなお生きているのも汚穢の傷のおかげだった。

佐倉は天皇に盾つくような事を一統の者がしたというのを否定したい。

だが、大逆事件はあった。

一統の者が処刑された。時代が変ろうと何度も何度も警察の一斉検挙のその時と処刑の時に立ち戻り、苦しみ、溜息をつき、自分の矛盾を解消するのは周りに悪党を集める事だというように、この土地に湧いて出るワルに手を差しのべる。

その佐倉に直接、本当におまえの喉首をかき切る男が他ならない、大逆事件の原因になった路地から、まさに大天使ミカエルのように現われたと恐怖を与え、覚悟をさせるのは、佐倉のそばにいる悪党だという男たちの誰かを殺す事だと毒味男は思った。

「九階の怪人」は「それはいい考えだわさ」と事もなげに言った。

「一人一人、名士を殺してやればいいわ。スエコと暮らしていて、ちょっと行動を一緒にしてみると、よく分かるよ。デパートに入ったら、すぐ従業員が後をつける。早いうちにデパートの名士を殺ってしまえばいいわ」

「まあ、待て。大天使ミカエル様は、効果的に順番通りやる」

毒味男は市会議員の顔を思い浮かべた。

禁断の木の実を食べたのではなく、おまえは禁断の木の実に触れ、いじくり、木の実が腐敗して落ちる原因をつくった。と言っても、鈍感な市会議員には分からない。人倫にもとる行為を犯したマモルを、路地という楽園に住むアダムやイブたちの一人だと言うと誰もが鼻を鳴らすだろうが、自分がもし大天使ミカエルなら、禁断の果実がここにあるとマモルに教えたような市会議員を杖で打ち殺す。

大木戸と名乗った男は、事件の影響で票が、二、三百減ると言った。

毒味男は違うと思った。

大逆事件を生んだ優しさのまるでないこの町では、マモルにつけ狙われていた事に同情し、さらに、少女にしたイタズラというのもマモルのでっち上げだと言いくるめる者が現われるのは必至だから減るどころか、倍増もするはずだった。

P+D BOOKS ラインアップ

熱風 中上健次 ●中上健次、未完の遺作が初単行本化!

残りの雪(上) 立原正秋 ●古都鎌倉に美しく燃え上がる宿命的な愛

残りの雪(下) 立原正秋 ●里子と坂西の愛欲の日々が終焉に近づく

魔界水滸伝 6 栗本 薫 ●地球を破滅へ導く難病・ランド症候群の猛威

噺のまくら 三遊亭圓生 ●「まくら(短い話)」の名手圓生が送る65篇

銃と十字架 遠藤周作 ●初めて司祭となった日本人の生涯を描く

P+D BOOKS ラインアップ

おバカさん	遠藤周作	●純なナポレオンの末裔が珍事を巻き起こす
焔の中	吉行淳之介	●青春=戦時下だった吉行の半自伝的小説
親鸞 1 叡山の巻	丹羽文雄	●浄土真宗の創始者・親鸞。苦難の生涯を描く
天を突く石像	笹沢左保	●汚職と政治が巡る渾身の社会派ミステリー
浮世に言い忘れたこと	三遊亭圓生	●昭和の名人が語る、落語版「花伝書」
居酒屋兆治	山口 瞳	●高倉健主演作原作、居酒屋に集う人間愛憎劇
小説 葛飾北斎（上）	小島政二郎	●北斎の生涯を描いた時代ロマン小説の傑作
小説 葛飾北斎（下）	小島政二郎	●老境に向かう北斎の葛藤を描く

P+D BOOKS ラインアップ

山中鹿之助	松本清張	●松本清張、幻の作品が初単行本化!
秋夜	水上勉	●闇に押し込めた過去が露わに…凛烈な私小説
鳳仙花	中上健次	●中上健次が故郷紀州に描く〝母の物語〟
魔界水滸伝 1	栗本薫	●壮大なスケールで描く超伝奇シリーズ第一弾
魔界水滸伝 2	栗本薫	●〝先住者〟〝古き者たち〟の戦いに挑む人間界
どくとるマンボウ追想記	北杜夫	●「どくとるマンボウ」が語る昭和初期の東京
剣ケ崎・白い罌粟	立原正秋	●直木賞受賞作含む、立原正秋の代表的短編集
サド復活	澁澤龍彥	●澁澤龍彥、渾身の処女エッセイ集

（お断り）

本書は1996年に集英社より発刊された中上健次全集13を底本としております。
あきらかに間違いと思われるものについては訂正いたしましたが、
基本的には底本にしたがっております。
また、底本にある人種・身分・職業・身体等に関する表現で、現在からみれば、
不当、不適切と思われる箇所がありますが、著者に差別的意図のないこと、
時代背景と作品価値とを鑑み、著者が故人でもあるため、原文のままにしております。

「熱風」は弊社発行の週刊誌『週刊ポスト』に1991年4月5日号から1992年2月7日号
まで連載されていた作品ですが、著者逝去のため、中断のまま未完となった作品です。

中上健次（なかがみ けんじ）
1946年（昭和21年）８月２日―1992年（平成４年）８月12日、享年46。和歌山県出身。
1976年『岬』で第74回芥川賞を受賞。代表作に『枯木灘』など。

P+D BOOKS

ピー プラス ディー ブックス

P+Dとはペーパーバックとデジタルの略称です。
後世に受け継がれるべき名作でありながら、現在入手困難となっている作品を、
B6判ペーパーバック書籍と電子書籍で、同時かつ同価格にて発売・配信する、
小学館のまったく新しいスタイルのブックレーベルです。

熱風

2015年11月15日　初版第1刷発行

著者　中上健次
発行人　田中敏隆
発行所　株式会社　小学館
〒101-8001
東京都千代田区一ツ橋2-3-1
電話　編集　03-3230-9355
販売　03-5281-3555
印刷所　中央精版印刷株式会社
製本所　中央精版印刷株式会社
装丁　おおうちおさむ（ナノナノグラフィックス）

ISBN978-4-09-352238-0

P+D BOOKS